Christoph Hardebusch

SCHATTEN KAISER

Roman

PIPER

Entdecke die Welt der Piper Fantasy:

PiperFantasy.de

Von Christoph Hardebusch liegen im Piper Verlag vor:
Feuerstimmen
Schattenkaiser

MIX
Papier aus verantwortungsvollen Quellen
FSC® C083411
FSC
www.fsc.org

Ungekürzte Taschenbuchausgabe
Februar 2018
ISBN 978-3-492-28087-7

Umschlaggestaltung: Guter Punkt, München
Umschlagabbildung: Markus Weber, Guter Punkt, unter Verwendung von Motiven von Thinkstock
Karte und Kapitelvignette: Markus Weber
Satz: Tobias Wantzen, Bremen
Gesetzt aus der Guardi
Druck und Bindung: CPI books GmbH, Leck
Printed in the EU

Für Natalja, deren Glaube an mich
das alles erst möglich macht.

RAGHATE
NICIA
DALOS
HELIOPOLIS
ASTRIEN
KESSOS
ATHA
APAREN
VENA
PILCAE

CHARIDEN
WEISSE SEE
THRAWIEN
TIRNAW
STOKINTH
EUBUSOS
THRAN
BOSEIA
TAURISCI
ICANTI

PROLOG

Die mächtigen Säulen ragten weit hinauf und verschwanden in der Dunkelheit der gewaltigen Halle. Irgendwo dort oben zwischen den Schatten stützten sie die Decke, denn obwohl es unfassbar erschien, war dies keine Kaverne im Felsen, sondern ein Bauwerk von Menschenhand, eingezwängt zwischen die Wände einer Schlucht zwar, aber dennoch ein Wunder, geschaffen von Sterblichen. Die wenigen Feuerschalen reichten bei Weitem nicht aus, um die Finsternis zu vertreiben. Kein Fenster zierte die Wände, auf denen mystische Symbole jede Handbreit bedeckten. Selbst die Säulen waren mit jenen Bildern übersät, die den Schutz der Geister gewähren sollten.

Die Augen des einzigen Bewohners der Halle hatten keine Mühe, die Dunkelheit zu durchdringen. Für ihn war sie wie dünner Nebel. Selbst nach all der Zeit konnte ihm die Ironie der Symbole noch ein Lächeln entlocken. Doch jetzt fesselte etwas anderes seine Aufmerksamkeit.

Für einen Moment ignorierte er den nagenden Hunger in seinen Eingeweiden und konzentrierte sich auf die Geräusche vom fernen Ende der Halle. Mit einem vertrauten Knirschen öffnete sich das einzige Portal, und einige Personen betraten vorsichtig sein Reich – wenn man es so nennen wollte.

Erst als sie ihn im Schein der Feuer vor dem Felsen kauern sahen, entspannten sie sich ein wenig und näherten sich ihm. Seine Augen wurden schmal, als er Kervan erkannte, ihren weisen Mann. Wenn der Alte persönlich zu einer Audienz kam, musste es wichtig sein.

Hinter dem Weißhaarigen schleiften ein Mann und eine Frau eine vierte, offenbar bewusstlose Gestalt zwischen sich mit. Angeekelt wandte er die Augen ab. Es würde niemals aufhören. Verzweiflung machte sich in ihm breit. Als sie die Markierungen erreichten, hielt die kleine Gruppe inne und fiel vor ihm auf die Knie. Für einen Augenblick war ihm der Witz der Situation bewusst, denn ihr König kniete vor ihnen und sie vor ihm.

Die Bilder, die in ihre Haut gestochen waren, spiegelten jene Muster in der großen Halle. Keiner wagte es, ihn direkt anzusehen, und er wusste, wie er aussah: nackt und bleich, mit verfilzten schwarzen Haaren, die ihm ins Gesicht fielen und zwischen denen seine unmenschlichen Augen im Feuerschein funkelten. Sie alle kannten die Legenden, sie alle fürchteten ihn mehr als den Tod. Dennoch kehrten sie immer wieder zu ihm zurück, flehten ihn ob seiner Weisheit an, brachten ihm ihre Opfer dar, die er so hasste.

Endlich hob Kervan an zu sprechen.

»Herr. Wir bringen Kunde aus dem Osten.«

Das überraschte den Kauernden, und er hob fragend den Kopf, auch wenn der Alte es nicht sehen konnte. Trotzdem fuhr er fort.

»Reiter kamen. Sie brachten Geschenke. Sie baten uns, für sie zu kämpfen, und unser Lohn sollten Waffen sein, Waffen und Beute. Sie erzählten uns von den reichen Landen jenseits der Berge, die nur darauf warten, dass wir uns ihren Wohlstand nehmen.«

»Reiter? Beschreibe sie!«, sagte der Mann mit einer Stimme, die vom langen Schweigen rau geworden war.

»Sie trugen Rüstungen aus Metall und hatten lange Schwerter.«

Interessiert lehnte sich der König weiter vor. Keine Barbaren aus den hohen Tälern also, keine Wilden aus den Lücken zwischen der Zivilisation.

»Führten sie ein Kriegszeichen? Ein Banner?«

»Auf ihren Gewändern war ein gehörnter Schädel, Herr«, erwiderte Kervan, ohne ihn anzusehen.

Für einen langen Moment herrschte Stille in der Halle. Der Alte konnte die Tragweite seiner Beobachtungen nicht verstehen, wusste nicht, was das Symbol bedeutete. Kein Schädel, eine Maske.

»Dann ist es so weit. Lasst mich allein«, befahl der Mann.

Den Blick immer noch fest auf den Boden gerichtet, erhob sich das Trio. Doch bevor sie sich wieder entfernten, gaben die zwei Begleiter des weisen Mannes dem Bewusstlosen einen Stoß, sodass dessen Arm über die für Fremde unsichtbare Grenze fiel. Sie selbst waren sorgsam darauf bedacht, Abstand zu halten.

Ein Zittern lief durch den Körper des Königs, doch er würde stark sein, er würde warten, wenigstens bis die anderen die Halle verlassen hatten. Er wusste nicht, wie lange das letzte Mal her gewesen sein mochte, eine Woche, vielleicht zwei. Einerlei, was er tat, sie kehrten immer wieder zurück, egal, ob er sie anschrie, beschimpfte, sie anflehte, sie bedrohte. Und immer wieder wurde er schwach, immer wieder unterlag er dem Fluch, und auch jetzt konnte er den Hunger spüren, der gegen seine Entschlossenheit anbrandete, furchtbarer als jedes menschliche Verlangen, stärker als jedes andere Gefühl.

Vor seinen Augen lag die bewegungslose Gestalt, er konnte jeden Muskel sehen, sah das sanfte Heben und Senken der Brust, hörte den leisen Atem, das Rauschen des Blutes in den Adern. Doch er sah noch mehr. Die Lebenskraft, den Geist, schwach und verborgen, ohne Bewusstsein. Sterbliche mochten daran glauben; der König konnte den Geist im Fleisch sehen.

Noch bevor das kleine Grüppchen beim Portal angelangt war, brach seine Standfestigkeit in sich zusammen, und er warf sich nach vorn, zu seiner Beute, seiner Nahrung. Die gewaltigen Ketten klirrten in den Metallfassungen im Felsen hinter ihm und hielten ihn unnachgiebig fest, als er sein Opfer beinahe erreicht hatte. Der Hunger in ihm brüllte auf, und die unmenschlichen Laute hallten zwischen den Säulen umher.

Aber trotz der Ketten an seinen Handgelenken gelang es ihm, den Menschen zu packen, nur diesen Arm, der nah genug war, ihn zu sich heranzuziehen. Er schlug die Zähne in das warme Fleisch. Aus der Wunde kam Blut, warmes, lebendiges, köstliches Blut, das er gierig trank. Später würde die Scham kommen, der Ekel, die Verzweiflung, doch jetzt gab es nur die süße Labsal, die als Einzige seinen endlosen Hunger stillen konnte.

Jetzt verzehrte er den Geist des Mannes, um den seinen zu stärken.

DARIUSH

Es war ein angenehmer Spätsommertag, mit seiner Wärme einem Tag in der Heimat des erschöpften Wanderers durchaus nicht unähnlich. Wäre er dortgeblieben, dann würde er sich jetzt um die Mittagszeit der stärksten Hitze entziehen. So aber schlich er durch den kleinen Wald, dem jede Ähnlichkeit mit der weiten, ihm vertrauten Savannenlandschaft fehlte. Er warf einen prüfenden Blick auf die Bergkette, die sich in einiger Entfernung vor ihm erhob, und schätzte die dunklen Wolken ein, die sich an den Flanken der Höhenzüge zusammenballten. Früher oder später würde es ein Gewitter geben, und er sehnte sich bereits jetzt nach dem Regen.

Im Schatten der Bäume des kleinen Laubwäldchens war es etwas kühler als in der Sonne, die auf die Ebene herabbrannte. Nur das Zwitschern der Vögel und das Summen der vielfältigen Insekten durchbrach die Stille des Waldes, und der Mann aus dem Norden hätte den Moment genießen können; ein Teil Erinnerung an seine Heimat, ein Teil Erwartung des Regens. Doch die furchtbaren Schreie zerstörten den Augenblick, sowohl die langen, klagenden

Rufe, als auch das raue Gelächter und die Kommandos, die der Wind zu ihm herübertrug. *Zeit zu verschwinden.* Wie man es ihn vor langer Zeit gelehrt hatte, bewegte sich Dariush von Schatten zu Schatten, während er sich dem Rand des Waldes näherte.

Zwischen den letzten Bäumen hindurch konnte er genau das erkennen, was er befürchtet hatte. Das kleine Dorf, zu dem sowohl der Wald als auch die teilweise bereits abgeernteten Felder der Umgebung gehören mussten, war die Quelle des infernalischen Lärms. Zwischen den gedrungenen Fachwerkhäusern spielte sich ein Drama ab, das Dariush einen leisen Fluch entlockte. Aber es war nicht so sehr das Leid der Bauern, die dort von gerüsteten Reitern zusammengetrieben und mit brutaler Gewalt überwältigt wurden, das ihn die Situation verwünschen ließ. Eher die Sorge darum, in den Angriff verwickelt zu werden. Er wollte keine Entdeckung riskieren, und gerade jetzt hier zu sein, brachte ihn in Gefahr. Menschen starben überall, dessen war er sich mehr als bewusst, und jene, die sich nicht verteidigen konnten, wurden leicht Opfer anderer.

Seines Wissens musste dieses Dorf noch unter dem Schutz des Imperiums stehen, wenn es auch am äußersten, stets gefährdeten Rand lag, und vermutlich würden die imperialen Truppen blutige Wiedergutmachung für diesen Überfall von den Gebirgsbewohnern fordern. Doch den Dörflern, die sich für ihren Schutz auf den mächtigen Arm des Imperiums verlassen hatten, würde diese Vergeltung wenig nutzen.

Einen Herzschlag lang dachte Dariush an Flucht, aber zu viele der Felder waren nackt und leer und boten keinerlei Schutz vor den Blicken der Reiter. Zudem konnte jede Bewegung die Aufmerksamkeit der Angreifer auf sich ziehen, die auf flüchtende Dörfler oder Späher der imperialen Legionen achten würden. Er hatte bereits Glück gehabt, dass er das Dorf im Schutz des Waldes erreicht hatte. Wäre er von einer anderen Seite gekommen, hätte man ihn vermutlich längst entdeckt.

Es wäre vernünftig, ein Versteck zwischen den Bäumen zu suchen. Vielleicht würden die Angreifer den Wald später durchsuchen, vielleicht auch nicht, aber Dariush war sich recht sicher, dass er sich den Häschern im Schutz der Bäume entziehen konnte. Schnell begann er, einen Stamm zu erklimmen. Seine Bewegungen waren präzise und geschickt, und schließlich hatte er den höchsten Punkt erreicht, an dem die Zweige sein Gewicht noch tragen konnten. Dank seiner dunklen Reisekleidung war er ohnehin schwer zu entdecken, aber dennoch begann er sich zu konzentrieren.

Wie immer fiel ihm der erste Schritt leicht, und schon bald spürte er die vertraute Macht der Geister in sich eindringen, denen er mithilfe seiner Magie den Weg geebnet hatte. Er war keiner der großen Meister in dieser Kunst, aber seine bescheidenen Fähigkeiten würden ausreichen, um ihn vor neugierigen Blicken zu verbergen, denn die Geister würden ihn in Schatten hüllen, die ihn mit der Düsternis der Baumwipfel verschmelzen ließen. Sein Pakt mit den Geistern war vor langer Zeit von seinem Lehrmeister geschlossen worden, und er behielt auch außerhalb der Grenzen seiner Heimat Gültigkeit.

Von der Baumkrone aus bot sich ihm ein guter Einblick in die Mitte des Dorfs, die vorher durch die Häuser verborgen gewesen war. Nun konnte er erkennen, dass die Reiter die verängstigten Bauern am Brunnen zusammentrieben. Es schien ihm, als würden sie vornehmlich Frauen und junge Männer heraussuchen. Die zahlreichen, zwischen den Gebäuden verstreuten reglosen Körper deuteten darauf hin, dass einige Dörfler Widerstand geleistet hatten. Oder die Berittenen hatten kein Interesse an ihnen gehabt. Ein Beutezug also, um Gefangene zu machen, Sklaven, die sich in seiner nördlichen Heimat und vermutlich auch im Osten gut verkaufen ließen.

Obwohl das Imperium selbst auch Sklaverei betrieb, schützte das Bürgerrecht seine eigenen Bewohner vor diesem Los, denn jeder Offizielle hätte sie sofort an den magischen Zeichen erkannt. Jeder freie Bürger des Imperiums trug ein Abzeichen unter der Haut, das ihn als solchen auswies, und die Sklaven trugen das Zeichen ihrer Besitzer.

Seufzend richtete sich Dariush auf eine lange Wartezeit ein, denn es mochte gut sein, dass die Angreifer eine Nacht im Dorf verbringen würden, je nachdem, wie sicher sie sich vor der imperialen Armee fühlten. Doch schon wenige Atemzüge später bemerkte er eine Bewegung, die ihn ein weiteres Mal fluchen ließ. Eine kleine, gebückte Gestalt löste sich aus dem Schatten eines Stalls und lief über ein noch nicht abgeerntetes Feld zwischen Dorf und Wald.

Einen Augenblick lang schien es, als ob sie unbemerkt geblieben wäre, aber dann brach zwischen zwei Fachwerkhäusern ein Bewaffneter durch einen beschädigten Lattenzaun und setzte der Gestalt nach. Obwohl der Verfolger durch Rüstung und Schild behindert war, verringerte er die Distanz zu der flüchtenden Gestalt, die sich als junge Frau entpuppte. Ihr langes, weizenblondes Haar wehte hinter ihr her, während sie panisch versuchte, den kleinen Forst zu erreichen, von dem sie sich offenbar Schutz versprach. Doch schon zwischen den ersten Bäumen holte ihr Jäger sie ein und streckte sie mit einem harten Faustschlag zu Boden.

Gern hätte der in der Baumkrone verborgene Dariush auf dieses Schauspiel verzichtet, doch er hatte keine Wahl. Das Mädchen – vielleicht auch eine junge Frau, das war schwierig zu erkennen – versuchte, auf allen vieren davonzukriechen, aber der bärtige Krieger gab ihr einen beinahe beiläufigen Tritt, der sie herumwarf.

Entsetzt zog sie sich nach vorn, weiter von ihrem Angreifer fort, doch in dem weichen Waldboden hatten ihre Bemühungen wenig Erfolg. Mit einem bellenden Lachen steckte der Gerüstete sein kurzes Schwert weg und schob den Rundschild über die Schulter. Wie nicht anders zu erwarten, begann er, an den Bändern seiner Beinkleider zu nesteln, wobei er jedoch einen nervösen Blick in Richtung Dorf warf. Dariush in seinem Versteck war überrascht. Wollte er seine Beute nicht teilen, oder gab es einen anderen Grund, dass er bei seinem Vorhaben nicht gesehen werden wollte?

Doch der Krieger hätte sich keine Sorgen zu machen brauchen, denn niemand sonst schien die kurze Verfolgung bemerkt zu haben. Im Dorf ging das blutige Geschehen unbeirrt weiter.

Wieder warf sich die blonde Frau herum, um zu fliehen, und wieder hob der jetzt nur noch halb Gerüstete die Faust, um sie daran zu hindern. Sein kantiges, wettergegerbtes Gesicht zeigte einen entschlossenen Ausdruck. Und mit einem Mal schob sich eine andere Szene vor die Augen des verborgenen Mannes, aus einer anderen Zeit, von einem weit entfernten Ort. Möglicherweise stammten die Bilder von den Geistern, denen er Zugang zu seinem Körper erlaubt hatte, um sich besser zu tarnen, oder vielleicht war es auch nur eine Regung seines Gewissens. Das schuldbewusste Nagen in seinem Hinterkopf hatte er bisher erfolgreich ignoriert.

Jedenfalls hatte er plötzlich eine vertraute Vision. Er sah eine weite Ebene vor sich, spärlich von Buschwerk bewachsen, die im vollen Mondlicht seiner Heimat leuchtete. Um sich herum hörte er das angsterfüllte Blöken der Kamele, die Schreie und das Geräusch von scharfem Metall, das auf Fleisch traf. Blutgeruch stieg ihm in die Nase, auch andere Gerüche des menschlichen Lebens und Sterbens. Er wollte die Augen schließen, wollte nicht hinsehen. Zu oft war er in seinen Albträumen schon gezwungen gewesen, die Szene zu betrachten, doch er konnte den Blick einfach nicht abwenden. Hinter einer Erhebung, etwas abseits von dem Blutbad, das die Vermummten an der Karawane anrichteten, saß eine junge Frau auf dem Boden.

Blut lief ihr aus dem dichten schwarzen Haar in die Augen, und sie blinzelte verzweifelt. Über ihr stand eine Gestalt in dunklen Roben, das Gesicht hinter einem Tuch verborgen, das nur einen schmalen Schlitz für die Augen frei ließ. Auch diese Gestalt war mit Blut befleckt, doch war es nicht ihr eigenes. Langsam hob sie ihr Schwert über den Kopf, während sich die Frau am Boden abwehrend die Hände vors Gesicht hielt. Doch keine Hand, kein Arm würde den Schlag dieser Waffe aufhalten, gnadenlos würde sie durch Fleisch, Sehnen und Knochen schneiden, bis sie sich tief in ihr Opfer grub und der kauernden Frau das Leben nahm. Wie immer verblasste die Vision genau in dem Augenblick, als die Klinge niedersauste, und gab Dariush' Sicht wieder für das Hier und Jetzt frei.

Für einen kurzen Augenblick machte ihn die Intensität der Vision benommen, und er musste sich sammeln, um sich wieder unter Kontrolle zu bringen. Dann handelte er, ohne noch länger zu überlegen. Ebenso geschickt, wie er sich den Baum hinaufgearbeitet hatte, kletterte er jetzt wieder hinunter, fast geräuschlos.

Auf einem unteren Ast angekommen, schätzte Dariush die Entfernung zu der Frau und ihrem Peiniger ab und rief erneut in einer stummen Geste die Geister um Hilfe an. Diesmal spürte er ihre Kraft in seine Glieder fließen und ließ sich einfach fallen. Es mochten gut zehn Schritt bis zum Boden sein, aber er wusste, dass er den Sturz unbeschadet überstehen würde. Noch im Sturz fuhren seine Hände an die Griffe seiner beiden kurzen Klingen. Doch bevor er den Krieger erreichte, sah das Mädchen ihn über die Schulter ihres Angreifers hinweg an. Prompt fuhr der herum. Anstatt seinem Gegner von schräg oben in den Hals zu schlagen, grub sich die linke Waffe in den mit Metall verstärkten Holzschild auf der Schulter, und die Rechte kratzte über die Rüstung am Rücken, statt den ungeschützten Nacken zu treffen. Dann schlug Dariush am Boden auf und musste sich über die Schulter abrollen.

Getragen von der Macht der Geister kam er sofort wieder in einen sicheren Stand, beide Schwerter erhoben, um die wahrscheinlichsten Angriffswege seines Widersachers abzublocken, doch der war durch die harten Schläge einige Schritte zurückgetaumelt und zog gerade erst seinen gespaltenen Schild von der Schulter. Die Dummheit des Mädchens hatte verhindert, dass er den bärtigen Krieger schnell aus dem Hinterhalt töten konnte, also würde es zum Kampf kommen. Ohne zu zögern, warf sich der Nordländer nach vorn, nicht bereit, auch nur einen Augenblick zu verschenken.

Der Gerüstete tänzelte mit den Instinkten eines geübten Kriegers nach hinten, während er seine eigene Waffe aus der Scheide zog. Dennoch war beiden bewusst, dass er einen erheblichen Nachteil hatte, denn seine Beinkleider waren bereits herabgerutscht und behinderten ihn. Dem ersten stürmischen Angriff war er noch entgangen, aber dann blitzten die beiden Klingen wieder und schlugen so schnell auf ihn ein, dass ihnen das Auge kaum zu folgen vermochte.

Erst traf eine Schneide den bereits zerschlagenen Schild und hieb ein großes Stück heraus, dann schlug die andere gegen sein Schwert und trieb ihm den Schwertarm an die Seite, nur um den Weg für die rechts geführte Waffe zu bereiten, die in einem gezielten Stoß in seinen Unterleib eindrang. Die Teile der Rüstung, die diese verwundbare Stelle hätten schützen sollen, baumelten ihm ebenfalls um die Knie.

Augenblicklich versagten die Muskeln des Gerüsteten, und er wäre zu Boden gesunken, wenn sein Gegner nicht an ihn herangetreten wäre und ihn beinahe freundschaftlich mit der Linken umarmt hätte. »Geh in Frieden«, flüsterte er, noch während die Augen des Verletzten glasig wurden.

Dann trieb er das Schwert mit einem heftigen Ruck bis zum Heft in den Körper und unter den Rippen hindurch bis zum Herzen. Dem gerüsteten Krieger entfuhr ein letzter Seufzer, dann ließ Dariush den nunmehr Toten langsam zu Boden gleiten.

Bisher hatte die tödliche Wunde wenig geblutet, aber als er seine Klinge aus den Eingeweiden des besiegten Gegners zog, schoss ein Schwall Blut hervor und lief ihm über die Hand. Für einen kurzen Augenblick genoss er das Gefühl des Siegs, das Gefühl, selbst noch am Leben zu sein.

Dann jedoch lief er geduckt zum Waldrand und spähte zum Dorf hinüber.

Noch immer schien niemand das Geschehen im Wald bemerkt zu haben oder gar den fehlenden Krieger zu vermissen. Doch das würde nicht ewig so bleiben. Jetzt blieb nur noch die Flucht als einzige Alternative, so ungewiss auch die Aussicht auf Erfolg war. Schnell bewegte er sich zu dem Gefallenen zurück und fing an, seine Hand sowie seine Waffe an dessen Kleidung zu reinigen. Natürlich waren auch seine eigenen Kleider mit Blut bespritzt, und diese Flecken würden bleiben, bis er eine bessere Möglichkeit fand.

Zu seiner großen Überraschung entdeckte er, dass Rüstung und Waffen des Toten von guter Qualität waren. Sie wirkten anders als die im Imperium üblichen Waffen, und aus dem Norden stammten sie sicherlich auch nicht, also musste der gefallene Krieger sie an einem anderen Ort erhalten haben.

Die Bewohner der hohen Berge waren nicht gerade für ihre Handwerkskunst bekannt. Vielmehr stahlen oder raubten sie sich die Dinge, die sie selber nicht herstellen konnten. Vielleicht hatte dieser Mann seine Ausrüstung von den Völkern des Südens, denn von jenen wusste der Nordländer wenig, und es mochte sein, dass sie Waffen in dieser Art herstellten und führten.

Ein Geräusch lenkte seine Aufmerksamkeit von der Leiche weg, und er sah die junge Frau, die sich an einen jungen Schössling klammerte und angsterfüllt zu ihm herübersah. In ihrem blassen, schmalen Gesicht wirkten die weit aufgerissenen blauen Augen riesig.

Beinahe hätte er über der Betrachtung des Toten vergessen, warum er sich in dieser misslichen Lage befand. Natürlich war das Mädchen verängstigt, aber wenn sie die

Freiheit, die sie eben gewonnen hatte, behalten wollte, dann musste sie sich beruhigen und ihm vertrauen. Denn er war sicher, dass sie den Berittenen allein niemals entkommen würde. Also steckte er seine Waffen zurück und ging einige Schritte auf sie zu, sorgsam darauf bedacht, so wenig bedrohlich wie möglich zu wirken.

Seine Bemühungen schienen nicht die gewünschte Wirkung zu haben, denn sie rollte sich zusammen und begann leise zu wimmern. Vermutlich hatte sie in ihrem Dorf furchtbare Dinge mit angesehen, und sie hatte keinen Grund, diesem blutbesudelten Fremden zu vertrauen.

Erst dann fiel ihm auf, dass immer noch Schatten um ihn spielten, sich in den Falten seines Mantels festsetzten und versuchten, mit den Schemen der Umgebung zu verschmelzen. Sobald er sich bewegte, verlor die Magie der Geister ihre Kraft, da sich die Umgebung zu schnell änderte. In dem lichten Wäldchen tanzten die Schatten nervös über seinen Körper und fanden zu wenig Dunkelheit um ihn herum, mit der sie sich vermischen konnten. Schnell entließ er seine körperlosen Begleiter, woraufhin die Schatten an ihm innerhalb weniger Herzschläge verblassten und vom Licht vertrieben wurden.

Er berührte das verängstige Mädchen an der Schulter und sagte in ihrer Sprache: »Es ist gut. Ich werde dir nichts tun. Sieh mich an, ja?«

Einen Augenblick lang musste er warten, dann wandte sie ihm ihr tränenüberströmtes Gesicht zu. Sie war tatsächlich noch sehr jung, eher Kind als Frau. Mit einem Lächeln fuhr er fort: »Er kann dir nicht mehr wehtun. Aber seine Begleiter schon. Wir müssen von hier verschwinden, und zwar schleunigst. Verstanden?«

Diesmal nickte sie, deutete dann aber in Richtung ihres

Dorfs: »Meine Eltern, meine Schwester ...«, sagte sie mit erstickter Stimme. »Sie sind noch dort.«

Da er nicht wusste, was er antworten sollte, schüttelte der Nordländer nur den Kopf.

»Ich muss ihnen helfen!«

»Wir können ihnen nicht helfen.«

»Nein! Wir können ... wir müssen ...«

Ihre Stimme verlor sich in den Geräuschen des Waldes, die nach der kurzen Unterbrechung durch den Kampf wieder eingesetzt hatten. Es würde schwierig für sie werden, aber es gab keine andere Lösung. Selbst wenn er gewollt hätte, es gab nichts, was er gegen eine solche Übermacht ausrichten konnte. Zum Glück kam ihm eine Idee.

»Gibt es Legionen in der Nähe? Soldaten?«

Wieder nickte sie: »Es gibt eine Festung im Süden. Manchmal kommen Soldaten hierher.«

In den Süden wollte er ohnehin, und irgendwo musste er das Mädchen ja abliefern, wenn sie denn den Reitern entkamen.

»Dann gehen wir dorthin. Die Armee kann deinen Verwandten helfen, was wir nicht können. Je schneller wir sie erreichen, desto eher können sie die Verfolgung aufnehmen.«

Das Mädchen nickte zögerlich.

»Wie heißt du?«, wollte er wissen.

»Ariadne.«

»Das bedeutet in deiner Sprache Melodie, nicht wahr?«

Sie nickte.

»Ich bin Dariush.«

Offensichtlich hatte sie Schwierigkeiten mit den fremden Silben seines Namens. Nach einigen Versuchen fragte sie unsicher: »Dareios?«

»Ja, so nennt man mich bei deinen Leuten.«

Natürlich verschwieg er ihr, dass die Hoffnung, dass die Armee die Angreifer stellen würde, nicht groß war, sobald die sich in die unzugänglichen Regionen ihrer Bergheimat zurückgezogen hatten. Aber die Lüge erfüllte ihren Zweck und gab dem Mädchen ein Ziel, das sie von ihrer Situation ablenkte.

Eine schnelle Durchsuchung des Toten ergab wenig Nützliches, abgesehen von einem Dolch, den Dariush wortlos Ariadne reichte, so wenig er ihr wohl auch nützen würde, wenn man sie entdecken sollte. Dann stahlen sie sich im Schutz des Waldes fort, denn sich verstecken war nun nicht mehr möglich, denn früher oder später würde man den Toten suchen. Dariush führte sie möglichst verborgen vor den Blicken der Angreifer in einem großen Bogen Richtung Süden.

BRAYN

Hoch über dem Land nutze der Rabe geschickt die Aufwinde, um sich mühelos seinem Ziel zu nähern. Nur selten musste er mit den Schwingen schlagen, um wieder an Höhe zu gewinnen, die meiste Zeit über konnte er einfach segeln. Sein prächtiges schwarzes Gefieder glänzte im Sonnenlicht, und das Rauschen des Windes war das einzige Geräusch in diesen luftigen Höhen.

Doch seine Aufmerksamkeit galt dem von einem Wäldchen gekrönten Hügel, der sich wenige Meilen vor ihm erhob. Hinter ihm bäumten sich düstere Wolken auf und würden wohl auch bald diese Gegend erreichen, aber noch brannte die Sonne herab. Unwillig, sich einem Regenguss auszusetzen, begann der Rabe nun doch, mit den Flügeln zu schlagen, um seinen Flug zu beschleunigen. Das Land zog nur so unter ihm dahin, bis er das Wäldchen erreichte. Mit einer winzigen Bewegung seiner Schwanzfedern legte er sich in eine Kurve und glitt wie ein Schatten zwischen den Bäumen hindurch.

Hier, durch das Laub vor den Strahlen der Sonne geschützt, war es zwar immer noch warm, aber nicht mehr so drückend heiß. Ein paar weitere Flügelschläge brachten den Raben bis zu einer mächtigen Esche, in deren Schatten eine zusammengekrümmte Gestalt lag. Geschickt näherte er sich dem Menschen und landete einige Schritt entfernt auf dem Waldboden. Mit schief gelegtem Kopf betrachtete der schwarze Vogel den Mann einen Augenblick lang, bevor er an ihn heranhüpfte. Der Zusammengekauerte gab kein Lebenszeichen von sich.

Erst als der Vogel sanft mit dem Schnabel über die Wange des Mannes fuhr, bewegte er sich, fuhr sich ungelenk mit der Hand über das Gesicht und hustete. Zwei Hüpfer brachten den Raben in Sicherheit, als der Mann sich taumelnd vom Boden erhob und auf die Beine kam, die ihn offensichtlich kaum trugen.

Erst als er einige Zeit an den Baum gelehnt gestanden und mehrmals den Kopf geschüttelt hatte, wobei einige Blätter aus seinen verfilzten blonden Haaren fielen, erhob sich der Rabe mit einigen Flügelschlägen wieder in die Lüfte und landete auf der Schulter seines Gefährten.

Mit einem breiten Grinsen sah Brayn den Vogel an, woraufhin der Rabe abermals mit dem Schnabel die Wange liebkoste. Für einige Herzschläge rieben die beiden ihre Köpfe aneinander, dann riss sich der Mann los und sagte mit belegter Stimme: »Wir müssen aufbrechen. Die anderen sollten darüber Bescheid wissen.«

Daraufhin löste sich der Rabe mit einem lauten Ruf von seiner Schulter und verschwand schnell zwischen den Bäumen. Einen Augenblick lang sah Brayn seinem geflügelten Begleiter nach, dann löste er sich mit einem Seufzen vom Baum. Noch bevor er den Fuß des Hügels erreicht hatte, waren seine Bewegungen sicher, und er hatte sich wieder an seinen eigenen Körper gewöhnt. Trotzdem war der Weg zum Lager lang, und er erreichte die Palisade nicht mehr, bevor die dunklen Wolken den gesamten Himmel bedeckten. In immer kürzeren Abständen erfüllte das Grollen des Donners die aufgeheizte Luft, und als endlich der Regen fiel, war es fast eine Erleichterung.

Er war bereits bis auf die Haut durchnässt, als die Wachen ihm das Tor zu dem befestigten Lager öffnete. Sein Haar hing ihm in Strähnen ins Gesicht, und seine Lederkleidung klebte ihm an der Haut. Durch die Wolken war es so dunkel wie am späten Abend, obwohl die Sonne noch einige Stunden am Himmel stehen würde. Brayn sah, dass im Zelt des Kommandeurs Licht brannte. Auf dem Weg dorthin kam er an seinem eigenen Zelt vorbei, in dem sein Rabe bereits auf einer Stange saß.

»Du bist wohl nicht nass geworden, was?«

Statt zu antworten, legte der Vogel nur den Kopf schräg und sah ihn spöttisch an. Brayn machte eine wegwerfende Handbewegung und ging weiter.

Vor dem Eingang des großen Hauptzelts standen zwei gerüstete und bewaffnete Männer, die ihn jedoch anstandslos passieren ließen. Trotz der brennenden Talglichter war es im Inneren recht dunkel, weshalb seine Augen einen Moment brauchten, um alles zu erkennen.

Zu seiner Überraschung waren nicht nur alle Offiziere der Einheit anwesend, sondern auch noch zwei Soldaten der Thuma. Stumm nickte er den Anwesenden zu und sah seinen Kommandeur fragend an, woraufhin der fast unmerklich den Kopf schüttelte. Um Zeit zu gewinnen, strich sich Brayn erst mal umständlich das Wasser aus den Kleidern, bevor er mit dem Finger über die Schulter wies: »'Tschuldigung, aber der Regen hat mich draußen überrascht.«

Diesmal nickte der Kommandeur, bevor er sich an die beiden Soldaten wandte: »Das ist alles?«

»Ja, Herr«, antwortete der kleinere der beiden.

»Danke.«

Ohne ein weiteres Wort drehten sich die Soldaten um und verließen das Zelt. Jetzt endlich sah Brayn seinen Vorgesetzten an und hob fragend eine Augenbraue. An der Miene des Kommandeurs konnte er schon erkennen, dass die beiden nicht die besten Nachrichten überbracht hatten.

»Neue Befehle«, antwortete der grauhaarige Kommandant auf die unausgesprochene Frage. »Aber zuerst: Was gibt es zu berichten?«

Brayn warf einen Blick in die Runde. »Es sieht nicht gut aus, aber das konnten wir uns ja schon denken. Das Dorf ist geplündert und gebrandschatzt worden. Ich konnte keine Überlebenden entdecken, aber dafür mehr als genug Leichen.«

»War wohl ein Festmahl?«, unterbrach ihn Thalia, jedoch ohne Abscheu in der Stimme. Die kampferprobte Söldnerin war, wie fast immer, vollständig gerüstet und bewaffnet und lehnte gegen eine der dicken Stangen, die das Zelt trugen.

Brayn bedachte sie mit einem abschätzenden Blick: »Erst die Arbeit, dann das Vergnügen«, entgegnete er.

Er ignorierte ihr Schnauben und fuhr fort: »Sie waren nicht besonders vorsichtig, und ich konnte ihren Spuren leicht folgen. Sie sind beritten, ein ganzer Haufen, und sie haben Gefangene. Sie ziehen in Richtung der Berge. Vielleicht haben wir Glück, wenn wir sie angreifen wollen, denn das Wetter wird sie langsam machen.«

»Ich wünschte, wir könnten sie verfolgen, aber wir haben neue Befehle.«

»Sie haben Sklaven genommen, Frauen, Kinder. Sollen wir sie einfach ihrem Schicksal überlassen? Was können das für Befehle sein?«, fragte Brayn ungläubig.

»Wir brechen schon morgen auf. Nach Westen, zurück in die Zivilisation. Wir sollen mit anderen Foederati zusammentreffen und auf weitere Anweisungen warten«, entgegnete der Kommandeur.

»Verdammt noch mal, das kann nicht sein! Wir wissen, dass die Magistra Militium die Überfälle beendet sehen will. Darum sind wir doch erst hierhergeschickt worden. Unseren Trupp jetzt abzuziehen, ist doch völlig sinnlos!«

Bevor der Kommandeur antworten konnte, lehnte sich Thalia nach vorne: »Das wissen wir auch. Aber die Befehle kommen von ganz oben, direkt aus der großen Stadt selbst. Uns schmeckt das so wenig wie dir, nur hatten wir schon Zeit, um uns daran zu gewöhnen.«

Immer noch verwirrt sah Brayn seinen Vorgesetzten an, der wortlos nickte. Dann drehte der ältere Mann sich um und befahl: »Teilt euren Leuten mit, dass wir uns auf den Weg machen. Wenn morgen die Sonne aufgeht, müssen wir unsere Hintern in Bewegung setzen. Weggetreten!«

Ohne ein weiteres Wort zu verlieren, verließen die Offiziere das Kommandozelt. Brayn wollte ihnen folgen, doch als er gerade durch den Eingang trat, hörte er seinen Kommandeur sagen: »Du nicht, Brayn. Wir müssen reden.«

Er wandte sich um und kehrte zurück in die Düsternis des Zelts. Ohne ihn zu beachten, warf sich der ältere Mann auf seine Schlafstatt und seufzte. Der Schlamm tropfte von seinen Stiefeln auf die Felle, doch das schien ihn nicht zu stören.

»Verdammtes Dreckswetter. Es wird den Leuten nicht gefallen, bei diesem Regen marschieren zu müssen.«

»Warum sollte ich bleiben? Doch wohl nicht, um über das Wetter zu reden, Decebal«, antwortete Brayn unwirsch.

Wieder seufzte der Kommandeur und deutete auf eine Kiste, auf der eine Karaffe und einige irdene Trinkbecher standen.

»Nimm dir was von dem Wein, Brayn. Vielleicht muntert dich das etwas auf. Da hinten sind Tücher, trockne dich ab. Und dann unterhalten wir uns.«

Obwohl er noch immer wütend war, folgte Brayn den Worten seines Vorgesetzten. Er war sich bewusst, dass der Alte vermutlich ebenso wenig Herr seiner Entscheidungen war wie er selbst. Als er mit dampfender Kleidung und einem Becher voll schwerem, rotem Wein am Feuer saß, fragte er: »Und?«

»Ich habe die Boten heute Morgen empfangen. Es besteht kein Zweifel, sie kommen direkt aus der Hauptstadt. Und die Befehle sind eindeutig: Alle Söldner sollen sich an einigen ausgewählten Orten im Reich treffen.«

»Das klingt ziemlich ... ungewöhnlich«, gab er vorsichtig zurück.

»Das ist es auch. Irgendetwas geht vor, aber ich weiß nicht, was.«

Das gab Brayn zu denken. Wenn alle Foederati abgezogen wurden, aber selbst ihre Hauptleute nicht mehr Informationen hatten, musste es um eine große Sache gehen.

»Eine Invasion?«, fragte er nachdenklich.

»Vielleicht. Aber davon hätten wir doch etwas hören müssen? Die Befehle jedenfalls kamen nicht über die üblichen Wege.«

Verwirrt schaute Brayn den alten Mann an, mit dem er schon viele Jahre auf Schlachtfeldern und in Heerlagern verbracht hatte, doch dessen Miene war schwer zu deuten. Decebal fuhr fort: »Sie hatten die richtigen Siegel, damit war alles in Ordnung, nur wurden sie nicht vom Stab der Magistra Militium, sondern vom Kaiserhof selbst geschickt.«

»Was? Wer sollte sich denn dort darum kümmern, was wir tun?«, erwiderte Brayn.

»Ich weiß es nicht. Aber ich weiß, dass die Magistra in Richtung Hauptstadt aufgebrochen ist. Erst wird sie zu irgendwelchen Feierlichkeiten an den Hof beordert, und dann erhalten wir an ihr vorbei Befehle, die denen der Magistra widersprechen.«

Brayn rieb sich die Schläfe. »Was meinst du?«, fragte er. »Mach es nicht spannender als eine athanische Hure.«

Decebal lächelte. Die leichten Damen der Hauptstadt standen in dem Ruf, ihrem Gewerbe mit besonders viel Pomp nachzugehen.

»Ich meine gar nichts. Ich bin nur der einfache Anführer einer Söldnereinheit. Aber ich weiß, dass die Thuma nicht in der Lage sein wird, die Dörfer ordentlich zu schützen. Das sind Provinzsoldaten. Die können ihr Fort verteidigen und ein paar Äcker bestellen, aber gegen diese Räuber, die bei Nacht kommen, blitzschnell zuschlagen und wieder verschwinden, haben sie kein Mittel.«

In Gedanken versunken nickte Brayn. Es stimmte, dass die Thumen kaum in der Lage waren, Eindringlinge zu verfolgen. Das Imperium verließ sich bei der Verteidigung neben den Provinzeinheiten hauptsächlich auf Foederati, die für Geld und Beute kämpften. Die eigenen Einheiten waren in Städten oder Festungen stationiert, meistens nicht besonders gut ausgerüstet und ausgebildet und gegen einen schnell zuschlagenden Feind machtlos. Und lange Zeit des Jahres arbeiteten die Soldaten noch dazu auf den Feldern.

Natürlich gab es Ausnahmen. Die kaiserliche Thuma im Herzen des Reichs war eine Eliteeinheit, die es mit jedem Gegner aufnehmen konnte, und einige der gefährdeten Provinzen hatten durchaus auch fähige Soldaten, aber der Großteil war nur für den Garnisonsdienst zu gebrauchen.

»Warum zieht man uns also gerade jetzt ab, da die Überfälle an Häufigkeit zunehmen?«

»Vielleicht gibt es irgendwo einen Krieg. Aber welchen Grund könnte es geben, darüber zu schweigen? Es wird Monate dauern, bis alle Foederati in den Heerlagern angekommen sind. Wenn wir tatsächlich angegriffen würden, dann hätte man uns doch sicher direkt an den Ort des Geschehens gesandt, wo wir nützlich sind, und nicht irgendwohin in längst befriedete Gebiete des Imperiums. Sieh dir die Karte an«, forderte Decebal ihn auf, während er sich ein Stück Brot von einem Tablett auf der Kiste nahm.

Brayn beugte sich über den Tisch, um den sich vor Kurzem die Offiziere versammelt hatten und auf dem einer der Schätze der Einheit lag, nämlich ihr gesammeltes Kartenwerk. Obenauf lag ein recht genauer Plan der Ostprovinzen, in der die wichtigsten militärischen Details eingetragen waren. Zudem gab es noch einige neuere Markierungen, die Brayn jedoch nicht verstand.

»Was stellen diese kleinen Flammen dar?«, fragte er.

»Das sind Dörfer, die in diesem Jahr Opfer von Überfällen wurden«, entgegnete Decebal düster.

»So viele!«

»Ja, mehr als zwei Dutzend. Alle nah am Rand des Imperiums liegend, alle niedergebrannt, geplündert und die Menschen verschleppt. Die Angreifer gehen immer gleich vor, schlagen schnell zu und sind wieder in den Bergen verschwunden, noch bevor das Militär den Arsch hochbekommt. Und noch etwas: Den Berichten nach ist die Ausrüstung der Marodeure sehr gut. Besser, als man erwarten könnte.«

»Klingt nicht nach den üblichen Überfällen«, sagte Brayn bedächtig.

»Es gibt eine Art Muster. Ich habe mich in den letzten Wochen umgehört, schließlich will ich wissen, womit wir es zu tun haben. Bei deinem Dorf da ist es das erste Mal, dass Einheiten in der Nähe waren, die die Marodeure vielleicht hätten erwischen können. Sie schlagen immer dort zu, wo nur Soldaten der Thuma Dienst tun.«

»Und wir wurden von der Magistra persönlich hierherbeordert!«, entfuhr es Brayn.

»Richtig. Hätte sie uns den Marschbefehl nicht vor ihrer Abreise gegeben, dann gäbe es hier auch niemanden, der die Verfolgung aufnehmen könnte.«

»Heißt das, wir schnappen sie uns doch?«, wollte Brayn wissen.

»Nein. Wir haben Befehle, die wir nicht ignorieren können, ohne unseren Status als Foederati zu gefährden.«

Enttäuscht ließ Brayn den Weinbecher sinken. Die Räuber würden mit ihren Gefangenen in die Berge entkommen. Die Dörfler, die sich auf das Imperium verlassen hatten, bezahlten ihr Vertrauen nun mit Tod oder Sklaverei. Missmutig starrte der Rabenschamane ins Feuer und bemerkte erst, dass sein Kommandeur an ihn herangetreten war, als der ihm die schwielige Hand auf die Schulter legte.

»Kopf hoch. Wir werden diese Überfälle nicht einfach auf sich beruhen lassen. Aber irgendetwas braut sich zusammen, und ich möchte nicht blind ins Auge des Sturms ziehen.«

Überrascht sah Brayn in das vom Leben gezeichnete Gesicht Decebals.

»Wir werden uns zum Sammelpunkt begeben«, fuhr dieser fort, »aber ich brauche jemanden, der eine Aufgabe für mich erledigt.«

»Was für eine Aufgabe?«

»Jemand muss in die Hauptstadt reisen und mit der Magistra Militium sprechen. Ich glaube nicht, dass sie weiß, was hinter ihrem Rücken vorgeht. Und man sollte ihr mitteilen, was ich herausgefunden habe. Wir werden vermutlich lange genug im Heerlager warten müssen, damit ein Einzelner wieder zu uns aufschließen kann. Derjenige müsste natürlich bei der Magistra vorgelassen werden«, fügte Decebal mit einem fragenden Blick hinzu. »Bekommst du das hin?«

Brayn verdrehte die Augen: »Das ist lange her. Ebenso lang wie das letzte Mal, dass ich ein wenig Zeit für mich hatte.«

»Genau, du hast dir ein wenig Spaß verdient. Hauptsache, du stößt wieder zu uns, bevor wir weitergeschickt werden.«

Mit einem Seufzen erhob sich Brayn von seinem Platz am Feuer.

»Ich bin sowieso zu alt für das alles. Ein wenig Zeit abseits der Einheit wird mir guttun«, meinte er mit einem halben Lächeln.

Dann verließ er das Zelt und trat hinaus in den Regen. In der Ferne grollte der Donner, und in Brayns Ohren klang es wie ein Omen für die Zukunft. Ohne auf die dicken Tropfen zu achten, ging er in Gedanken versunken zu seinem Zelt zurück, wo sein gefiederter Freund schon auf ihn wartete. Es war an der Zeit, zu packen.

VALERIA

Ungeduldig trommelte Valeria mit den Fingern auf der Lehne der hölzernen Bank herum. Die tagelange Fahrt in der schaukelnden Kutsche zerrte an ihren Nerven, aber die Befehle waren eindeutig gewesen. Sie musste bis zum Krönungsjubiläum in der Hauptstadt sein, begleitet von ihrem gesamten Tross. Und da die Gefolgschaft der Magistra Militium nicht unerheblich war, blieb ihr nichts anderes übrig, als mit einer Kolonne von schweren Wagen zu reisen.

Die Botschaft war ebenso nüchtern wie förmlich gewesen und hatte ihr keinen Spielraum gelassen, denn die Befehle waren vom Kaiser selbst unterzeichnet worden. Zuerst war Valeria überrascht gewesen, doch schnell war ihrer Verwunderung Ärger gewichen. Aber ihr blieb keine andere Wahl, als die Zelte abzubrechen und sich auf den langen Weg in Richtung Hauptstadt zu machen. Womit sie alles andere als glücklich war.

Wieder warf Valeria einen Blick aus dem Fenster, aber die Landschaft hatte sich kaum verändert. Wie sollte sie auch? Obwohl die besten Pferde der Armee vor die Kutsche gespannt waren, kamen sie doch kaum schneller als mit Schrittgeschwindigkeit voran. Sie waren noch so weit vom Zentrum des Reichs entfernt, dass die Straßen kaum mehr als schlammige Pfade waren.

Die Straßen waren neben den Flüssen die Lebensadern des Reichs, überlebensnotwendig für den Handel, aber auch für die Verteidigung des Imperiums, die Valeria oblag. In der Vergangenheit war jedoch trotz ihrer Bemühungen wenig geschehen, um die äußeren Regionen besser an die Kernlande anzubinden, und die Bewohner dieser Gegenden zahlten den Preis für die Nachlässigkeit der kaiserlichen Verwaltung. Ihr kam es vor, als ob jedes Goldstück, das für die Verteidigung und Sicherung der Grenzgebiete ausgegeben wurde, zuerst durch die gierigen Hände von mindestens sechs Hofbeamten lief, die alle so laut über den Verlust lamentierten, als würde es sich um ein Fingerglied handeln.

Unbewusst wurde das Trommeln ihrer Finger lauter, als sich ihre bereits düstere Stimmung noch weiter verschlechterte. Es gab wenig, was sie mehr verabscheute als die stundenlangen Sitzungen der Räte und die endlos scheinenden Versammlungen, an denen sie teilnehmen musste, wenn sie am Hof war. Die verschiedenen Zweige der imperialen Familie waren in allen Bereichen und Behörden vertreten und versuchten stets, sich gegenseitig an Macht und Einfluss zu übertreffen. Es würde Komplimente, Geschenke, Gefälligkeiten und unmoralische Angebote jeder Art geben, nur um Valeria auf die eine oder andere Seite zu ziehen und sich ihre Unterstützung zu sichern.

Es war ihre Pflicht, Bedrohungen des Reichs, die über die Möglichkeiten der Thumen hinausgingen, zu erkennen und abzuwehren. Aber wie sollte sie ihrer Pflicht nachkommen, wenn sie in der Hauptstadt war, fern der Grenzen, eingebunden in das uralte und erdrückende Zeremoniell des Kaiserhofs? Gerade jetzt, da die wilden Bergmenschen im Osten unruhig wurden und die Grenzdörfer mit Feuer und Schwert angriffen, wurde sie zu den Feierlichkeiten gerufen.

Tatsächlich war es Tradition, dass der Oberbefehlshaber der Armee an den Festivitäten teilnahm – immerhin wurde die mythische Begründerin der Dynastie geehrt. Aber seit den dunklen Tagen war es selten der Fall gewesen, dass die Aufgaben des Magisters Valeria die Zeit dafür ließen. Zu viele Feinde hatte sich das Reich durch seinen Aufstieg geschaffen, zu viele Völker unterworfen, zu viel Macht und Reichtum angehäuft, als dass ein dauerhafter Frieden möglich gewesen wäre. Deshalb war der Platz der Magistra Militium an den Grenzen des Imperiums, bei den Soldaten, welche die Sicherheit und den Wohlstand Athanopolis' oft genug mit ihrem Leben bezahlten.

Der Titel war eine Erfindung der Quaestori, geschaffen, als es für die Kaiser unmöglich wurde, das immer größer werdende Reich und die ständig wachsenden Armeen selbst zu kontrollieren. Der einzige Rang im Imperium in ihrer Zunge, und damit der einzige, der dem Geschlecht des Trägers oder der Trägerin angepasst wurde. Alle anderen waren in der Alten Zunge Pydniras, die bei Titeln keinen derartigen Unterschied machte.

Ihr Blick fiel auf den jungen Adjutanten, der ihr gegenübersaß und zu schlafen vorgab. Beinahe gegen ihren Willen musste sie grinsen. Gordian kannte sie nur allzu gut, und der junge Mann wusste, wann es geraten war, ihrer Aufmerksamkeit aus dem Weg zu gehen. Vermutlich hatte das Trommeln ihrer Finger sie verraten.

Wenige ihrer direkten Untergebenen mochten sie, das

war ihr bewusst, aber es war Valeria egal, solange sie ihren Befehlen folgten. Zu gerade, zu schnell war ihr Weg durch die Ränge der Armee gewesen, und ihre Blutsverwandtschaft mit dem Kaiser stieß bei vielen Offizieren aus anderen alteingesessenen Familien auf Misstrauen. Aber solange sie Erfolge aufweisen konnte, würde niemand ihren Rang infrage stellen.

»Gordian. Erspar mir die Vorstellung. Gib mir die Karten.«

Mit einem verlegenen Blick öffnete der Angesprochene die blauen Augen und hob die schwere Kiste unter seiner Bank hervor.

»Ich dachte, Ihr wünscht vielleicht ein wenig Ruhe.«

»Ha! Ruhe werden wir auf dieser unseligen Fahrt mehr als genug haben«, erwiderte Valeria.

»Welche Karte wollt Ihr haben?«

»Die östlichen Provinzen. Und schick nach einem Boten. Ich muss eine Nachricht versenden.«

Mit einem Ruck blieb der Wagen ein weiteres Mal stehen, ohne Zweifel vor einem neuen Schlammloch. Während Gordian aus der Tür sprang und zum Tross lief, beugte sich Valeria über die Karte. Die Marodeure waren gut informiert, ihre Späher schienen sehr viel Wissen über die Verteilung der imperialen Armee gesammelt zu haben. Es war an der Zeit, den Spieß endlich umzudrehen.

In ihrem Kopf formte sich bereits ein Plan, und als Gordian mit einem berittenen Boten zurückkehrte, schrieb Valeria schnell einige Befehle auf und versiegelte das Dokument. Der junge Reiter hob die Depeschentasche grüßend vor die Brust, bevor er seinem Falben die Sporen gab und der Kolonne entgegen nach Osten ritt. Zumindest würde jetzt eine Überraschung auf die Krieger aus den Bergen warten, wenn sie sich wieder auf das Gebiet des Imperiums wagten. Trotzdem war ihr nicht wohl dabei, die Grenze gerade jetzt zu verlassen, aber das ließ sich nun einmal nicht ändern.

Während Gordian die Karten wieder in die Kiste einsortierte, warf Valeria einen letzten Blick auf die Landschaft. Der Osten des Reichs war wild und ungezähmt, ein Land mit gewaltigen Wäldern, reißenden Strömen und mächtigen Gebirgszügen. Seit mehr als tausend Jahren versuchte die Zivilisation hier Fuß zu fassen, und erst einmal zuvor war das Reich so weit vorgedrungen, nur um den unsicheren Einfluss nach der großen Katastrophe wieder zu verlieren. Manchmal fand man noch Ruinen, Überreste aus den großen Tagen. Mit einem letzten Blick auf den Botenreiter traf sie eine Entscheidung.

»Mein Pferd«, rief sie den Soldaten zu, die hinter ihrer Kutsche marschierten. »Bringt mir meinen Braunen.«

Sofort kam Bewegung in die Reihen ihrer Untergebenen. Kurze Zeit später führte der Rittmeister ein gesatteltes Pferd an die Kutsche, auf das sie geschickt aufsprang. Ihr langer, purpurner Umhang wehte im Wind, als sie das Tier zum Galopp antrieb und zur Vorhut aufschloss. Teils ritt sie, um sich zu bewegen, teils um dem Wagen zu entkommen und sich wieder wie eine Soldatin zu fühlen.

Einzig die hünenhafte Gestalt von Exoristos, der neben den Soldaten hertrottete, ragte aus der Reihe hervor. Sein massiger Leib war nahezu komplett mit fremdartigen Hautbildern bedeckt, und zotteliges weißes Haar fiel über seinen breiten Nacken hinab. Obwohl er nun schon viele Jahre unter ihr diente, hatte er sich niemals an die Metallrüstungen gewöhnen können, die ihre Garde trug, und so war er in wenig mehr als einen Lederharnisch gekleidet, an dem er in Schlaufen und Beuteln seinen spärlichen Besitz befestigt hatte. Trotz seiner Größe war er erstaunlich behände, und er hatte keinerlei Schwierigkeiten, mit den anderen Soldaten Schritt zu halten. Nur allzu gut konnte sich Valeria noch an ihre erste Begegnung mit den eindrucksvollen Umnos erinnern.

Offiziell war es eine Strafexpedition gewesen, geplant als Vergeltung für Überfälle auf Handelswege des Reichs, doch eigentlich ging es nur um eins: den Feinden des Imperiums sollte gezeigt werden, dass niemand vor seiner militärischen Macht sicher war, nicht einmal die Bergvölker in ihren gut geschützten Gebirgsverstecken. Umnos nannten die anderen Völker der Umgebung die wilden Menschen aufgrund ihrer dunklen, getragenen Gesänge, die man immer wieder in den Bergen von Tal zu Tal widerhallen hören konnte, manchmal viele Tage und Nächte lang.

Soweit Valeria wusste, hatten die Umnos ihre Täler nur selten verlassen, und sicherlich nicht, um Besitzungen des Imperiums anzugreifen, doch der damalige Magister Militium, Valerias Onkel, hatte einen Angriff befohlen, um ein Zeichen zu setzen. Das Imperium war wieder im Osten angelangt, und diesmal würde es bleiben. Die Menschen der östlichen Länder würden gut daran tun, dies zu akzeptieren.

Valeria hatte damals gerade erst ihren ersten Befehl über die Truppen erhalten. Dank lokaler Kundschafter hatte sie den stärksten Clan der Umnos als Ziel auserkoren und eine Reihe von schnellen Angriffen auf die leichter zu erreichenden Dörfer gestartet. Wie erwartet hatte es wenig Gegenwehr gegeben, und der größte Teil ihrer Gegner war in die höher gelegenen Täler geflüchtet. Daraufhin war Valeria mit ihrer Truppe aufgebrochen, um das Herz des Clans zu erobern. Damals hatte sie alles auf eine Karte gesetzt, denn der Winter war früher als erwartet hereingebrochen, und die Bedingungen im Gebirge waren mörderisch, doch Valeria war jung gewesen und hatte darauf gebrannt, ihre Fähigkeiten unter Beweis zu stellen.

Dank ihrer Späher fühlte sie sich sicher, weshalb der Angriff vollkommen überraschend über sie gekommen war. Plötzlich waren die kalten Winde von den tiefen Gesängen erfüllt gewesen, mit denen die Umnos in die Schlacht zogen, und dann waren die ersten Gesteinsbrocken auf die Reihen ihrer Einheiten niedergegangen. Der Ort war perfekt gewählt, ein steiler Hang linker Hand und ein Abgrund auf der rechten Seite behinderten ihre Soldaten und machten vor allem ihre Kavallerie fast nutzlos. Die Schamanen der Umnos hatten ihren Clan gegen Entdeckung geschützt, und Valerias Elementpriester hatten sich von den mächtigen Geistern der Berge täuschen lassen.

Die ersten Salven waren verheerend gewesen und hatten breite Schneisen des Todes in ihre Reihen gerissen. Vor allem die Berittenen waren schwer getroffen worden. Die geworfenen Felsen rissen Pferde und Reiter in den Abgrund und lösten eine Panik aus, der viele weitere Soldaten zum Opfer fielen.

Statt den Feind in einer offenen Feldschlacht zu stellen und zu besiegen, hatte sie sich in eine Falle locken lassen, und vor ihren Augen zerbröckelte der spärliche Widerstand ihrer Leute unter den andauernden Angriffen der Umnos. Weiter vorne war der Pfad durch Bäume und Gestein blockiert worden, was einen Sturm auf die Stellungen ihrer Gegner unmöglich machte.

Zum Entsetzen ihrer untergebenen Offiziere hatte Valeria ihrem Pferd die Sporen gegeben und war in das Zentrum des Angriffs zu ihren Truppen geritten, während sie Befehle rief. Überall um sie herum herrschte Chaos, Verwundete schrien, Soldaten versuchten Schutz vor den Felsbrocken zu suchen, an Gegenwehr war fast nicht zu denken.

Ihre eigene Leibgarde war mit ihr vorgestürmt und bildete nun einen Kern der Ordnung inmitten des Chaos. Nach und nach wurden ihre Befehle befolgt, nahmen die Bogenschützen Position ein und erwiderten das Feuer, während die Fußsoldaten sich hinter ihren Schilden verschanzten und so die Bogenschützen vor den schlimmsten Treffern schützten. Das eigene Feuer hatte Wirkung gezeigt und wenigstens eine Handvoll ihrer Feinde gefällt. Irgendwann musste ihr Bannerträger von einem Wurfgeschoss getroffen worden sein, denn sie erinnerte sich daran, dass sie die Phoenixstandarte selbst getragen hatte, als der Gesang ihrer Feinde sich veränderte und plötzlich Dutzende Umnos den Hang hinabgeprescht kamen.

Niemals würde sie den Anblick vergessen, als die gewaltigen Krieger mit wehenden weißen Mähnen über den schneebedeckten Hang auf sie zupreschten, die grobschlächtigen Waffen gezückt hielten und dabei ihre traurig klingenden Schlachtlieder ertönen ließen.

Ein letztes Mal gab sie Befehle, versuchte ihren eigenen Soldaten Mut und Zuversicht einzuflößen und bereitete sich selbst auf den Aufprall vor. Einige der Angreifer fielen unter den Pfeilen der Bogenschützen, aber viele erreichten ihre Reihen, und dann gab es nur noch die Schlacht und den Tod.

Die vorderste Reihe brach unter dem wilden Ansturm der Umnos ein und wurde zurückgeworfen. Die bloße Wucht des Aufpralls riss überall Löcher in die Verteidigungslinien. Mit ihrer urtümlichen Kraft konnten die wilden Menschen selbst beste Rüstungen durchschlagen und Gegner niederstrecken. Zahlenmäßig waren sie unterlegen, aber einer von ihnen war ihren Kriegern mehr als ebenbürtig, und sie nutzten das Gelände geschickt zu ihrem Vorteil.

Valerias Truppen waren solche Gegner nicht gewöhnt, und schon bald machte sich Panik breit. Jeder der Soldaten hatte schon von den Legenden der Gebirgsvölker gehört, davon, dass die Umnos keine lebendigen Wesen seien, sondern Berggeister, so unbesiegbar und stark wie das Gebirge selbst.

Fassungslos sah Valeria ihre Linien bröckeln. Die ersten Soldaten flohen bereits. Ohne nachzudenken, war sie nach vorne gestürmt, hatte ihre Standarte über dem Kopf geschwenkt und ihre Garde zu sich gerufen. An die nächsten Minuten konnte sie sich kaum noch erinnern. Der Schnee war vom Blut der Verwundeten und Gefallenen rot, und es waren derer viele.

Doch Valerias Beispiel hatte ihre Soldaten neu angespornt, und sie hatten sich wieder gesammelt, die Reihen geschlossen und die Umnos Schritt für Schritt zurückgedrängt. Keiner der wilden Menschen war geflohen, keiner hatte sich ergeben, jeder hatte bis zum letzten Atemzug gekämpft, keine Gnade erwartend oder gewährend.

Nachdem der letzte Feind in den zertretenen Schnee gesunken war, brach ein unglaublicher Jubel unter den Überlebenden aus. Erst nachdem die Aufregung der Schlacht aus ihren Gliedern wich, bemerkte Valeria die Wunde. Ein Beil war durch die Rüstung gefahren, die von den besten Schmieden des Reichs angefertigt worden war, als sei das Metall nur Pergament gewesen. Benommen sah sie einen Moment lang auf das Blut, das ihre Beinkleider verfärbte, dann brach sie zusammen.

Fast drei Wochen lang hatte ihr Leben auf dem Spiel gestanden, bevor es den Priestern und Feldscherern gelang, sie von der Schwelle des Todes zurückzuholen. Die Umnos hatten die Friedensbedingungen des Imperiums akzeptiert, während Valeria noch im Lazarett lag, und ihr Onkel hatte sie für ihren Sieg befördert.

Unter seinem Volk war Exoristos ein Anführer gewesen. Die Schande der Niederlage ruhte auf seinen Schultern und führte ihn dazu, seinem Stamm den Rücken zuzukehren. Um seine Ehre wiederherzustellen, hatte er seine Loyalität der Frau angeboten, die ihn besiegt hatte. Durch das System der Foederati war Valeria daran gewöhnt, ehemalige Feinde an ihrer Seite und unter ihrem Befehl zu haben, doch der Umnos war kein Söldling. Von einem Feind war er zu einem Verbündeten und schließlich zu einem Freund geworden. Noch heute war er der Einzige ihrer Begleiter, der nie das Haupt vor ihr geneigt hatte, aber sie wusste, dass sie sich seinen Respekt dennoch verdient hatte. Und dieser Respekt war ehrlich und wog schwerer als all die güldenen Worte silberner Zungen, die man ihr in der Hauptstadt ins Ohr flüstern würde.

Trotzdem hinterließ die Erinnerung an den Feldzug auch nach beinahe vierzehn Jahren immer noch einen bitteren Nachgeschmack in ihrem Mund. Unbewusst glitt ihre Hand unter die Tunika und berührte die große Narbe, die vom Rippenbogen bis zum Bauchnabel reichte, während sie ihren Braunen neben Exoristos lenkte. Es war nicht die einzige Narbe, die sie aus den letzten zwei Jahrzehnten zurückbehalten hatte, wohl aber die längste. Die Priester hatten ihr gesagt, dass man die Narbe fast gänzlich entfernen könne, aber Valeria hatte sich dagegen entschieden, so wie sie alle Zeichen ihrer Verwundungen noch auf dem Körper trug. Die Narbe würde sie immer an jenen verhängnisvollen Tag erinnern, an dem ihre Ungeduld sie fast das Leben gekostet und sie so viele Männer und Frauen in den Tod geführt hatte.

Bei den Truppen hatte die Schlacht ihr Ansehen jedoch gesteigert. Obwohl die Verluste hoch gewesen waren und Valeria sich die Schuld dafür gab, hatte ihr Sieg tiefen Eindruck hinterlassen. Manchmal erzählte Gordian von den Gesprächen der einfachen Fußsoldaten an den Feuern und berichtete ihr von den Legenden, die sich inzwischen um ihre Person rankten.

Aber den gewaltigen Umnos neben ihr würden diese Geschichten nicht interessieren. Wie für die meisten Bergmenschen zählten auch für den Krieger Taten mehr als Worte. Er folgte ihr wegen ihrer Fähigkeiten, nicht wegen ihres Titels oder ihrer Abstammung.

Obgleich sie wusste, dass Exoristos ein Ausgestoßener war, wie die meisten der Umnos, die man außerhalb ihrer Täler antraf, bedeutete ihr seine Loyalität viel.

»Und?«, fragte Valeria ihn unvermittelt. Bisher hatte Exoristos keinerlei Hinweis gegeben, dass er das Näherkommen der Magistra bemerkt hatte.

»Ein langer Weg für ein Fest«, antwortete der Umnos mit dem getragenen Akzent, der ihm zu eigen war.

Valeria lachte kurz auf: »Du hast recht. Ein langer, und wie ich fürchte, ein sinnloser Weg.«

»Warum gehen wir ihn dann?«

»Weil ich Pflichten habe und mich den Befehlen meines Herrn beugen muss«, erwiderte Valeria ernst.

Wortlos nickte Exoristos. Am Anfang ihrer Bekanntschaft hatte Valeria mehrfach versucht, ihn mit seinem eigentlichen Namen anzusprechen, aber er hatte sie gebeten, den Versuch aufzugeben. Sie wusste nicht, ob es daran lag, dass er seine Vergangenheit abschütteln wollte, oder weil sie einfach die Sprache der Umnos nicht beherrschte. So oder so hatte sie eingewilligt und benutzte nun wie alle anderen seinen angenommenen Namen.

»Bald kehren wir wieder an die Grenzen zurück. Die Bergvölker sind unruhig. Ich kann es mir nicht erlauben, allzu lange auf weichen Kissen zu sitzen und dem salbungsvollen Gerede der Höflinge zu lauschen«, versicherte Valeria.

»Unsere Klingen haben zu lange keinen Kampf mehr gesehen. Als Häuptling solltet Ihr Euren Leuten wieder Eure Stärke zeigen.«

Überrascht sah Valeria den Umnos an. Wie immer konnte sie in seinem Gesicht keinerlei Gefühlsregung erkennen, und wie immer fragte sie sich, ob dies an seiner Selbstkontrolle lag oder ob Umnos generell wenig Mimik besaßen.

Sie wählte ihre Worte mit Bedacht, denn obwohl er schon viele Jahre unter den Soldaten des Imperiums lebte, war Exoristos immer noch tief in den Traditionen und Gebräuchen seines Volks verwurzelt: »Ich diene dem Imperium, wie es mir aufgetragen wird. Mein Platz ist nicht mehr in der Schlacht. Ich trage die Verantwortung für viele Menschenleben.«

Wieder nickte der Umnos. »Aber Euer Blut sehnt sich dennoch nach dem Krieg?«

Mit einer hochgezogenen Augenbraue suchte Valeria in seinen dunklen Augen vergeblich nach einem Hinweis auf seine Gedanken, einer Regung in seinem Gesicht. Es stimmte, das wusste sie. Die endlosen Gespräche und Planungen ermüdeten sie, und manchmal sehnte sie sich tatsächlich nach den alten Tagen zurück, in denen sie an der Spitze ihrer Soldaten gekämpft hatte.

Aber diese Zeiten waren vorbei, und Valeria vergrub ihre Gefühle tief in sich. Umso erstaunlicher war dieser Satz von Exoristos. Doch bevor sie ihn fragen konnte, woher sein Wissen stammte, fuhr er fort: »Ihr seid meinem Volk ähnlicher als jeder andere Imperiale, den ich je kennengelernt habe.«

Dann wandte er sich ab und ging schneller. Valeria blieb unschlüssig zurück und fragte sich, ob der Umnos seine Worte eher als Kompliment oder als Fluch gemeint hatte. Schließlich zuckte sie mit den Achseln und ritt zurück zu ihrer Kutsche.

Als sie wieder in das Gefährt stieg, sah sie, wie Gordian das Gesicht kurz verzog. Offenbar konnte er erkennen, dass sich ihre Laune durch den Ritt nicht gerade verbessert hatte.

»Schlaf noch etwas«, riet sie ihm, und er schloss dankbar die Augen.

Sie selbst jedoch betrachtete das weite Land, das zu beschützen ihre Aufgabe war, und schmiedete in Gedanken bereits Pläne für ihre Rückkehr an die Grenzen, während die Kutsche langsam gen Hauptstadt fuhr.

BRAYN

Das ganze Lager war von Betriebsamkeit erfüllt. Die Befehle hatten die einfachen Soldaten der Foederati erreicht, und diese begannen mit den üblichen Vorbereitungen für den Abmarsch. Die regulären Soldaten des Imperiums saßen weiterhin an den Feuern unter den Zeltplanen und beobachteten die fremden Krieger bei ihren Bemühungen. Brayn selbst hatte seine wenigen Besitztümer zu einem handlichen Bündel verschnürt und gönnte sich auf seiner Schlafstatt ein wenig Ruhe. Das Verschmelzen mit dem Geisterraben hatte ihn mehr ermüdet, als er vor den anderen zugegeben hatte, und er genoss die Stille seiner Jurte.

Morgen würden die Foederati die Zelte abbauen und auf den Wagen verstauen. Der Schamane musste ein wenig grinsen, als er an die Flüche denken musste, die er morgen früh bereits verpassen würde. Nasse Zelte waren immer ein Ärgernis, und der Regen wirkte nicht so, als wollte er bald aufhören. Spätestens morgen Abend würde die Stimmung ihren Tiefpunkt erreicht haben – nasse Soldaten in durchweichten Zelten waren niemals glücklich. Ihn selbst focht das Wetter wenig an. Schon seit frühester Kindheit war er es gewohnt, Wind und Wetter zu trotzen, sie zu akzeptieren und sich mit ihnen zu arrangieren.

Eigentlich freute er sich auf die Einsamkeit der nächsten Tage und Wochen. Allerdings gab es auch Dinge, die er vermissen würde. Wie auf Kommando hörte er vom Eingang der Jurte her jemanden sagen: »Willst du den ganzen Kram hier mitschleppen?«

Ohne aufzusehen, antwortete er: »Das meiste gehört nicht mir. Es hat sich herumgesprochen, dass ich zu viel Platz habe, und Leute stellen Dinge bei mir unter. Was du genau weißt, Thalia, oder ist diese Kiste, vermutlich voller Beute, nicht die deine?«

Ohne ihn einer Antwort zu würdigen, trat die Söldnerin in die Jurte und ließ die Eingangsplane hinter sich zufallen, was das Innere des Zelts in tiefe Schatten hüllte. Mit einer Hand strich sie lächelnd über den Deckel der Truhe: »Unversehrt. Wie praktisch doch Aberglauben sein kann. Sie denken, du verwandelst sie in Maden, wenn sie unerlaubt dein Zelt betreten.«

»Wer sagt dir, dass dem nicht so ist?«, gab Brayn zurück.

Das entlockte Thalia ein Schnauben: »Ich kämpfe schon lange an deiner Seite, Federmann. Du hast Dinge über unsere Feinde herausgefunden, du hast uns den Weg zu ihnen gewiesen, du hast ihre Köpfe mit Verwirrung gefüllt, ihnen das Augenlicht genommen. Ja, ich habe dich sogar schon die Augen eines toten Mannes essen sehen. Aber Maden? Nein, Maden hast du noch aus keinem gemacht.«

»Stimmt. Wozu sie in Maden verwandeln, wenn man sie einfach zu Asche verbrennen kann?«

Diesmal musste die hochgewachsene Söldnerin lachen. Doch schnell wurde sie wieder ernst: »Worüber habt ihr gesprochen, der alte Mann und du?«

»Das wird er nur ungern hören. Alter Mann …« Brayn schüttelte den Kopf.

»Ihr seid beide alte Männer. Also?«, hakte Thalia nach.

»Es ist kein Geheimnis. Ich werde nicht mit euch reisen. Ich mache einen Umweg. Decebal denkt, dass jemand mit ihr sprechen sollte.«

Obwohl das Gesicht der Kriegerin in Halbschatten gehüllt war, konnte Brayn sehen, wie sie sich auf die Unterlippe biss, wie immer, wenn sie angestrengt nachdachte. Nach einigen Augenblicken des Schweigens sagte sie schließlich: »Er hat recht. Und du bist die logische Wahl dafür. Er selbst kann nicht fort, und du bist einer der wenigen, die unsere hochverehrte Magistra noch aus anderen Zeiten kennen. Wann hättest du es mir gesagt?«

»Ich wusste, dass du zu mir kommen würdest«, entgegnete Brayn.

»Ach? Und hast du das aus den Gedärmen eines Huhns gelesen?«

»Nein, ich kenne dich einfach nur«, erwiderte er spöttisch.

Plötzlich trat sie an ihn heran, packte die Vorderseite seines Hemds und zog ihn in eine sitzende Position. In ihren Augen blitzte es gefährlich auf.

»So, tust du das? Und, bin ich so einfach zu durchschauen?«

Statt zu antworten, zuckte Brayn nur mit den Achseln, und dann fanden ihre Lippen schon die seinen. Die Söldnerin ließ ihn langsam wieder auf seine Schlafstatt gleiten, ohne jedoch den Kuss zu beenden. Er konnte ihr Gewicht auf seiner Brust spüren, ihre kräftigen Finger, die sich in sein ungebändigtes Haar gruben, den Knauf ihres Dolchs, der gegen seine Lenden drückte. Gierig öffnete ihre Zunge seinen

Mund, und ihm entfuhr ein Stöhnen, als ihre Hand über seinen Bauch glitt. Wie immer war sie voller Verlangen, und Brayn wusste, dass er diese Nacht kaum Schlaf finden würde.

Während draußen die Dunkelheit der Nacht langsam einem grauen Morgen wich, lag Brayn noch mit offenen Augen neben Thalia und genoss ihre Nähe und Wärme unter den Decken und Fellen seiner Schlafstatt. Sie beide wussten, dass es ein Abschied auf unbestimmte Zeit war, und sie hatten ihre letzten gemeinsamen Stunden nicht schlafend verbringen wollen. Doch jetzt ruhte die Söldnerin neben ihm, während der Schamane seinen Aufbruch noch hinauszögerte.

Allzu lange durfte er nicht mehr liegen bleiben, denn dann würde die Trägheit ihren Tribut fordern, und er würde sich für den Rest seines Lebens Spitzen von Thalia über müde alte Männer anhören müssen. Um ihn herum erwachte das Lager langsam, schon bald würde die Einheit sich marschbereit machen, und spätestens dann sollte er verschwinden.

Gedankenverloren streichelte er Thalias Schulter. Ihr dunkles Haar floss darüber und bildete einen hübschen Kontrast zu seinen blonden Strähnen. Hier und da fanden seine suchenden Finger auf ihrem Leib Narben, Zeugen eines Lebens, das von Krieg und Schlachten geprägt war. Die Priester der Elemente im Imperium waren durchaus in der Lage, die Zeichen solcher Wunden fast ganz verschwinden zu lassen, aber die stolze Kriegerin sagte immer wieder, dass sie gern an ihre Fehler erinnert werde, damit sie sie nicht noch einmal begehen musste.

Das Gefühl ihres Körpers unter seinen Fingerkuppen brachte ein Lächeln auf Brayns Lippen. Vorsichtig löste er sich aus ihrer Umarmung und glitt unter den Fellen hervor in die Kälte des Morgens. Ein letzter Kuss auf ihr Haar, dann kleidete er sich an, sammelte seine wenigen Besitztümer ein und verließ die Jurte. Der Regen hatte sich in ein feines Nieseln verwandelt, durch das hier und dort der Schein von Lampen drang, in deren Licht bereits das Verpacken der Ausrüstung begonnen hatte.

Für einen Moment sah sich Brayn um, bevor er den Raben auf einem benachbarten Zelt erblickte. Missmutig beäugte der große Vogel ihn von oben herab, was den Schamanen zum Grinsen reizte.

»Tu nicht so. Es gibt genug Zelte. Du hast nicht die ganze Nacht im Regen verbracht, das wissen wir beide.«

Statt ihn einer Antwort zu würdigen, stieß der Rabe sich ab und erhob sich in die Lüfte. Er würde noch eine Zeit lang schmollen, wie immer, wenn Thalia ihn aus dem Zelt gescheucht hatte, aber er würde sich auch wieder beruhigen. Mit geübter Hand verstaute Brayn das Gepäck auf seinem Rücken und schritt durch das Tor des Lagers, das ihm von den Wachen geöffnet wurde. Mit einem letzten Blick zurück wandte er sich nach Westen, während hinter ihm eine von grauen Wolken verborgene Sonne ein fahles Licht auf die Welt warf.

Um die Müdigkeit zu vertreiben, schlug der Schamane einen schnellen Schritt an. Heute würde er nicht weit kommen, bevor er ruhen musste, das war ihm bewusst, aber der Rest der Foederati musste davon ja nichts erfahren.

Irgendwo hoch über ihm würde der Rabe kreisen und ihn vor jeder Gefahr warnen, weshalb er nicht sonderlich aufmerksam sein musste. Sein Geistbegleiter mochte vielleicht schlechter Stimmung sein, aber er würde Brayn niemals im Stich lassen. Seit seiner frühesten Jugend begleitete der Rabe den Schamanen, seit Brayn tief in den undurchdringlichen Wäldern seiner Heimat im Süden sein Seelentier gesucht und in Rabe gefunden hatte. Sein alter Lehrer Eochaid hatte ihn auf die tagelange Prüfung vorbereitet und über seinen Leib gewacht, während Brayns Geist auf anderen Pfaden wandelte.

Das stundenlange Tanzen und Singen hatte ihn bis an den Rand der Bewusstlosigkeit gebracht, und die Kräuter, die in ihrem kleinen Feuer verbrannten, taten mit ihrem würzigen Rauch ein Übriges, um ihm den Übergang in die Welt der Geister zu erleichtern. Trotzdem war es eine gewaltige Anstrengung für den jungen Schamanen gewesen. Die Erinnerungen an die tatsächlichen Ereignisse auf seiner spirituellen Reise waren undeutlich und schemenhaft. Nur an eines konnte er sich auch nach all der Zeit deutlich erinnern: an den wunderschönen, tiefschwarzen Raben, der ihn wieder zurück in seinen Körper geleitet hatte.

Als Brayn damals die Augen wieder aufschlug, da hatte ein Rabe aus Fleisch und Blut auf seiner Brust gehockt und ihn neugierig beäugt. Es geschah nur selten, dass ein Schamane bei seiner ersten Geistreise das Tor so weit öffnete, dass ein Teil seines Totems in einem Tier Gestalt annehmen konnte. Seitdem waren der Rabe und Brayn unzertrennlich, denn der Pakt, den er auf seiner Reise mit Rabe geschlossen hatte, würde erst mit seinem Tod enden, wenn Brayns Seele in die Welt der Geister eingehen würde. Ein Teil von Brayn war in dem Raben und ein Teil des Raben in ihm. Mehr noch als die übliche Verbindung zwischen Geist und Schamanen kräftigte dieses Band seine Beziehung zu Rabe.

Damals hatte er wenig über die Welt gewusst und geglaubt, dass alle Wesen, die mehr als nur die ihnen selbst innewohnenden Kräfte benutzen wollen, Schamanen sein müssten. Aber seine Reisen durch die Ländereien der Menschen hatten ihn eines Besseren belehrt. Natürlich stimmte es, dass ein jeder einen Pakt eingehen musste, denn es war unmöglich, die reine Macht der Geisterwelt zu kontrollieren, wenn man sich einfach so für sie öffnete. Aber die Ansichten und Praktiken der Magiewirkenden war so unterschiedlich wie die Menschen selbst.

Im Imperium herrschte der Kult der Vier Elemente, dessen Priester sich einem dieser Elemente verschrieben und mit den mächtigen Elementargeistern paktierten. An anderen Orten verehrte man andere Geister, denn deren Welt war so groß und verschieden wie die materielle Welt auch. Das Wissen um die Freundschaften und Fehden der Geister machte einen guten Schamanen ebenso aus wie seine Fähigkeit, ihrer Macht einen Weg in seine eigene Welt zu ebnen.

Und dies galt nicht nur für die Menschen selbst, auch wenn Brayn Geschichten gehört hatte, nach denen andere Wesen stärker mit der Geisterwelt verbunden waren und mehr Macht aus sich selbst ziehen konnten, ohne eine Pforte öffnen zu müssen. Natürlich kannte er auch die Legenden um die Ungebrochene Zeit, als es nur eine Welt gegeben hatte, bevor die materielle und die spirituelle getrennt wurden und alles noch eins war. Niemand wusste jedoch, wieso einige Wesen in der einen und andere in der anderen Welt geblieben waren, und auch nicht, warum die Verbindungen zwischen den Welten an verschiedenen Orten und bei verschiedenen Wesen unterschiedlich stark waren.

Oder anders gesagt: Alle wussten es, aber jeder hatte andere Antworten auf diese Fragen. Inzwischen hatte Brayn aufgehört, sich damit zu beschäftigen. Die Welt war, wie sie war, und er akzeptierte es. Rabe war gut zu ihm, Rabe gab ihm seine Macht, und das war alles, was der Schamane wissen musste.

Damals war es ihm schwergefallen, die Lehren seines Volks als nur eine Wahrheit von vielen zu akzeptieren, aber Jahre der Wanderungen durch die Welt hatten ihn verändert. Zuerst war er einfach dem Ruf gefolgt, denn wie hatte Eochaid gesagt? Raben sind die Vorboten des Wandels. Wer von Rabe auserwählt wird, der wird immer Veränderung suchen. Und tatsächlich spürte Brayn schon bald den Wunsch in sich, seine Heimat zu verlassen. Irgendwann war er zu Decebal gestoßen, dessen Einheit damals im Süden des Imperiums gekämpft hatte, und irgendwie war er bei ihnen hängen geblieben. Die Bezahlung war gut, auch wenn er sich wenig aus Geld machte, aber vor allem schätzte er das unstete Leben als Foederati, das seinen Neigungen entgegenkam.

Ein lauter Ruf riss ihn aus seinen Gedanken, und ein Blick nach oben bestätigte ihm, dass sein gefiederter Freund in einem geschwungenen Bogen zu ihm herabglitt. Zuerst dachte Brayn, dass er etwas gesehen hatte, aber er wirkte nicht wirklich besorgt. Vermutlich hatte er einfach nur seinen Groll überwunden und wollte sich versöhnen. Also deutete der Schamane auf ein kleines Wäldchen, das nicht weit vor ihnen lag, und rief: »Lass uns dort eine Rast einlegen!«

Wieder krächzte der Rabe, bevor er in Richtung der Bäume davonflog. Brayn beeilte sich. Unter den mächtigen Kronen würde es trockener sein, und vielleicht konnte er nach einer Mahlzeit aus seinem Reiseproviant dort auch noch ein wenig Schlaf finden.

Der ständige Nieselregen hatte ihn bis auf die Haut durchnässt, aber in seinem Gepäck befanden sich noch trockene Decken. Doch bevor er sich zur Ruhe begab, kniete er sich zwischen zwei Bäume am Waldrand und ließ seinen Geist wandern. Die Nässe hinderte ihn daran, sich schneller zu entspannen, aber er besaß genug Übung, um auch unter widrigen Umständen zu meditieren. Sein Bewusstsein breitete sich aus, als er sich für die Empfindungen der Geisterwelt öffnete.

Für einen Moment spürte er seinen Körper unter sich, dann drangen mit der Wucht einer starken Welle vielerlei Empfindungen aus dem Wald auf ihn ein. Das Leben und Sterben von Tieren und Pflanzen erzeugte ein verwirrendes Kaleidoskop aus Sinnesreizen. Leicht konnte man sich in diesem Wirrwarr verlieren, und mancher kehrte von einer solchen Reise nicht zurück.

Zudem war es nicht ungefährlich, seinen Körper so weit zu öffnen, denn in diesen Augenblicken war man den Geistern schutzlos ausgeliefert. Ein wenig war es, als würde er die Kraft der Geister durch sich hindurchströmen lassen, um in der physischen Welt Veränderungen zu wirken. Doch statt die Welt der Geister in sich zu rufen, trat Brayn nun teilweise in sie hinein. Dabei lieferte er seinen Körper den Strömungen der Geisterwelt aus. Es musste nicht unbedingt etwas Schlimmes geschehen, doch mächtige Geister konnten ihm in den Leib fahren, ihn vielleicht sogar beherrschen und eine Rückkehr erschweren oder gar unmöglich machen. Deshalb sollte eigentlich ein zweiter Schamane anwesend sein, der solche Übergriffe abwehren konnte, aber Brayn hatte nicht vorgehabt, lange in der Geisterwelt zu verweilen. Die ersten Eindrücke des Waldes genügten ihm bereits. Wären Menschen oder andere Störenfriede anwesend gewesen, hätte er das ohne Zweifel gespürt.

Das Leben im dem Wäldchen war zwar weit davon entfernt, friedfertig zu sein, aber der tägliche Überlebenskampf der Tiere würde Brayn nicht gefährlich werden. Zufrieden erhob er sich und schritt auf der Suche nach einem geeigneten Lagerplatz tiefer zwischen die Bäume. Im Schatten einer großen Eiche bereitete er sein Lager vor und zog sich aus. Dann rollte er sich in eine Decke ein, während seine Kleider an einem halbwegs trockenen Platz hingen. Ein Feuer hätte zu großen Aufwand bedeutet, besonders, da er wirklich müde war. Im sicheren Wissen um die Wacht seines Begleiters schlief Brayn schnell ein.

Als er die Augen wieder öffnete, war der Schamane einen Herzschlag lang verwirrt. Tief unter ihm zog das Land vorbei, getaucht in Licht und Schatten, wie an einem wolkigen Tag. Hügel, Wälder, Flüsse, Seen, Felder, Dörfer und Städte konnte er erkennen, mal in gleißendem Licht erstrahlend, dann wieder eingehüllt in fast undurchdringliche Finsternis. Die Flüge des Raben waren ähnlich, doch Brayn bewegte sich viel zu schnell, viel zu hoch, und es fehlte der Wind im Gefieder, die kalte Luft, das erhebende Gefühl des Fliegens. Trotzdem war er ein Rabe, und er akzeptierte diese Wahrheit, ohne darüber nachzudenken.

Erst jetzt wurde dem Schamanen bewusst, dass er träumte. Er sah klar und deutlich, war aber immer noch in der Welt des Schlafs gefangen. Bevor er jedoch weiter darüber nachdenken konnte, erschloss sich unter ihm ein Tal, das einst von saftigen grünen Wiesen bedeckt gewesen sein mochte. Jetzt hatte sich allerdings der Tod dort niedergelassen, denn zwei gewaltige Heere prallten mit ungeheurer

Gewalt aufeinander. Während sich sein Flug verlangsamte, konnte Brayn das Kämpfen und Sterben betrachten, seltsam entrückt, denn obwohl er jede Einzelheit sah, jeden Tod, jede grausame Verletzung, das Blut und die Schmerzen, schwebte er dennoch über den Dingen. Kriegsmaschinen schleuderten Verderben in die Reihen der Soldaten, Schwärme von Pfeilen senkten sich in ungeschütztes Fleisch, und an der Kampflinie hielten Schwert und Axt und Keule blutige Ernte.

Aus seiner luftigen Position konnte Brayn Banner mit doppelköpfigen Adlern und andere mit seltsamen, gehörnten Schädeln ausmachen. Einst hatte das Imperium unter dem Adlerbanner gekämpft, doch gegen wen es dort in die Schlacht zog, wusste er nicht. Unvermittelt war es Nacht, und er fand sich direkt über dem Feld wieder, das von den Überbleibseln der Schlacht übersät war. Leichen, verdreht und oft mit abgetrennten Gliedmaßen, zerbrochene Waffen, Blut und Schmutz, so weit das Auge reichte.

Gnädigerweise ersparte ihm sein Traum den Geruch, den Brayn nur allzu gut von unzähligen Schlachtfeldern kannte. Sanft ließ er sich auf dem Knie einer Gefallenen nieder und sprang von dort auf ihre Brust, die von einem mächtigen Hieb regelrecht gespalten worden war. Der Blick in ihr Gesicht ließ den Schamanen erzittern, denn er sah das blutverschmierte Antlitz Thalias. Bevor er sich von dem Schreck erholen konnte, hatte er sich vorgebeugt und fing an, mit dem Schnabel auf ihr Gesicht einzuhacken.

Obwohl sich Brayn gegen den Traum wehrte, musste er hilflos mit ansehen, wie er Thalias Auge aus ihrem Gesicht pflückte und verschlang. Wieder wechselte der Traum, doch diesmal kam ihm die Empfindung bekannt vor. Manchmal gewährten die Geister ihm einen Blick in die Vergangenheit, zeigten ihm das Letzte, was ein Toter gesehen hatte, bevor seine Seele in den Weiten der Geisterwelt aufgegangen war.

Jetzt sah Brayn die Schlacht aus Thalias Perspektive. In dem Getümmel konnte er wenig erkennen, weder Freund noch Feind unterscheiden, doch dann trat eine Gestalt aus den Reihen der Kämpfenden auf Thalia zu, wischte ihr Schwert mit einer beinahe beiläufigen Handbewegung zur Seite und trieb seine Axt in ihre Brust. Im Fallen konnte Brayn einen Blick auf das Gesicht des Mannes erhaschen, der seine Geliebte getötet hatte. Und trotz der wild funkelnden Augen, der verzerrten Grimasse und den Blutspuren erkannte er sich eindeutig selbst wieder. Diesmal jedoch ließ ihn der Schreck aus dem Schlaf hochschrecken. Mit einem Schrei fuhr er aus der Decke, was den Raben, der auf seiner Brust gesessen hatte, zu einem empörten Keckern veranlasste, als er sich mit wildem Flügelschlag vor einem Sturz rettete. Brayns Herz schlug ihm bis zum Hals, sein Leib war mit kaltem Schweiß bedeckt, und er benötigte lange Zeit, bis das Zittern seiner Gliedmaßen nachließ.

Da er wusste, dass an Schlaf wohl nicht mehr zu denken war, packte er seine Sachen und machte sich zum Aufbruch bereit. Währenddessen fragte er sich, was ihm die Geister wohl gezeigt hatten. Seine Ängste oder vielleicht gar seine Zukunft? Dieser Gedanke ließ ihn frösteln, und nicht einmal der zärtliche Schnabel seines Seelenbegleiters an seiner Wange konnte die dunklen Gedanken vertreiben, als er sich wieder auf den Weg machte.

ARIADNE

Der Fremde fluchte in seiner melodiösen Sprache leise vor sich hin. Zwar konnte Ariadne die Worte nicht verstehen, doch der Tonfall und sein Gesichtsausdruck machten ihren Sinn mehr als deutlich. Er hatte den Kopf vorsichtig aus dem Graben gehoben, in den sie sich geworfen hatten, als das Getrappel von Hufen näher gekommen war.

Die Äcker um sie herum waren bereits abgeerntet und boten kaum Schutz, aber an dem Graben zwischen den Feldern wuchsen Gräser, die sie verbargen. Nur fragte sich Ariadne, wie lange noch, denn obwohl die Reiter auf dem Feld angehalten hatten, würden sie vermutlich ihren Weg fortsetzen, der sie direkt zu ihrem Versteck führen musste. Immer noch fluchend ließ sich Dareios zurück in den Graben rutschen und deutete mit einem Kopfnicken zu seiner Linken.

»Dort entlang. Bleib unten.«

»Wie haben sie uns gefunden?«, fragte Ariadne ängstlich.

»Nicht reden«, erwiderte er knapp und begann, auf allen vieren den Graben entlangzukriechen.

Ariadne tat es ihm gleich. Schon bald waren sie beide von Kopf bis Fuß mit Schlamm bedeckt, denn der prasselnde Regen hatte das Erdreich aufgeweicht. Aber Schmutz und Nässe waren ihre geringsten Probleme.

Zuerst hatte es den Anschein gehabt, dass ihnen die Flucht geglückt war, doch jetzt waren ihnen Reiter auf der Spur. Und auch wenn Ariadne sie nicht gesehen hatte, sprach die Reaktion ihres Begleiters Bände. Wenn es imperiale Soldaten gewesen wären, hätten sie sich nicht verstecken müssen. Also krochen Ariadne und der Nordländer durch die schlammige Furche, fort von ihren Verfolgern.

An einer Stelle, an der ein anderer Graben ihren kreuzte, bog ihr Beschützer ab. Hin und wieder hielt er an, um über den Rand zu spähen, nur um sie dann zu noch größerer Eile anzutreiben. Erst nachdem sie eine kleine Ewigkeit mühsam so vorangekommen waren, bedeutete Dareios ihr anzuhalten. Mit einem schnellen Blick überzeugte er sich, dass sie ihre Jäger abgeschüttelt hatten, bevor er sich gegen die schlammige Wand des Grabens lehnte.

»Wir machen eine kurze Rast. Sie sind vorbeigeritten. Aber sie werden wohl wiederkommen. Bis dahin müssen wir von hier verschwunden sein.«

Jetzt wiederholte Ariadne ihre Frage: »Wie haben sie uns gefunden?«

Dareios schüttelte den Kopf.

»Noch haben sie uns nicht gefunden. Der Regen hat unsere Spuren verwischt. Aber sie nehmen ziemlich große Mühen auf sich, um uns zu suchen. Das waren drei Späher zu Pferd – ziemlich viele, um einen einzelnen Mann und ein Mädchen zu suchen«, erklärte ihr Dareios.

»Sie müssen wissen, dass wir zu den Legionen wollen«, fügte er mit düsterem Gesichtsausdruck hinzu. Er zog seine

Handschuhe aus und schüttelte den Schlamm aus ihnen. Erfolglos versuchte er seine Hände zu säubern, gab jedoch bald mit einem Seufzen auf. Dann drehte er die Handschuhe auf links und steckte sie in seinen Gürtel.

Aus seinem Gepäck fischte er Brot und Käse, und bei dem Anblick lief Ariadne das Wasser im Munde zusammen. Erst jetzt fiel ihr auf, dass sie den ganzen Tag kaum etwas gegessen hatte. Nass und schweigend aßen sie ihr kärgliches Mahl. Nur allzu bald wollte Dareios wieder aufbrechen.

Möglichst schnell huschten sie über die Felder, immer darauf bedacht, bald ein Gebüsch oder eine Hecke zu erreichen. Stets gab Dareios die Anweisungen, bedeutete Ariadne zu laufen oder sich zu verstecken, und beobachtete dabei die Umgebung, ohne viele Worte mit ihr zu wechseln. Ariadne selbst war inzwischen viel zu erschöpft, um zu reden.

Das Entsetzen und die Angst waren einer dumpfen Müdigkeit gewichen, die ihren Geist durchdrang und ihre Glieder taub werden ließ. Als die Schatten schon lange in ein allgemeines Zwielicht übergegangen waren, forderte die Anstrengung des Tages ihren Tribut. Nach einem Lauf über eine offene Wiese wurde dem Mädchen im Schutz eines kleinen Gehölzes schwarz vor Augen.

Als sie wieder zu sich kam, beugte sich der Nordländer über sie: »Hörst du mich?«, fragte er.

An seinem Gesicht konnte Ariadne nicht erkennen, ob er besorgt oder zornig war.

Benommen nickte sie. Für einen Moment glaubte sie sich im Haus ihrer Familie, doch dann kehrten die Erinnerungen mit Macht zurück. Ihr Heim war geplündert und niedergebrannt worden. Ihre Familie war tot oder verschleppt. Nachbarn, Freunde, Familie, alle waren fort, und Ariadne war ganz allein. Tränen stiegen ihr in die Augen, ihre Kehle war wie zugeschnürt. Einen Herzschlag lang kämpfte sie dagegen an, doch dann begann sie zu weinen.

Die Erkenntnis, dass alles, was sie kannte, ausgelöscht worden war, traf sie mit voller Wucht, wie ein körperlicher Schlag. Ihr Leib schüttelte sich unkontrolliert wie unter Krämpfen, und jeder Atemzug schmerzte in ihrem Hals. Sie schlang die Arme um den Körper und lag auf der feuchten Erde, unfähig, mehr zu tun, als schluchzend zu atmen. Wie durch einen Schleier sah sie das hilflose Gesicht des Nordländers über sich. Irgendwann verebbte das Beben, und die Tränen versiegten. Mit einem halbwegs sauberen Teil ihres Ärmels wischte sich Ariadne über das Gesicht und setzte sich mit dem Rücken an einen Baum gelehnt auf.

»Trink etwas«, befahl ihr Dareios und gab ihr einen kleinen Wasserschlauch.

Gierig ließ Ariadne die Flüssigkeit die Kehle hinabrinnen. Noch bevor sie fertig war, sagte der Nordländer: »Wir werden hier rasten. Morgen brechen wir vor Sonnenaufgang auf.«

Mit diesen Worten warf er ihr seine Decke zu und suchte sich ein ebenes Stück Boden.

»Versuch zu schlafen. Du kannst deinen Leuten am besten helfen, wenn du wach und bei Verstand bist.«

Wortlos nickte Ariadne, obwohl sie sicher war, dass sie nicht schlafen würde. Die Wunden in ihrem Inneren waren zu frisch, der Verlust zu groß. Doch kaum hatte sie sich in die Decke gerollt, fielen ihr die Augen zu.

Ein sanfter Stoß an ihrer Schulter weckte sie wieder. Das Erste, was sie hörte, war das Geräusch des Regens, dann sah sie Dareios in der Dunkelheit über ihr knien. Einen Lidschlag lang wurde sie von eisiger Angst beherrscht, doch dann flüsterte der Nordmann: »Iss etwas, wir müssen weiter.«

Schlaftrunken nickte Ariadne, dann richtete sie sich auf. Während sie ihre feuchte Kleidung zurechtzog, nahm sie sich zum ersten Mal seit ihrer Begegnung die Zeit, ihren Begleiter genauer zu betrachten. Er hockte auf den Fersen und beobachtete abwechselnd sie und die Umgebung.

Entweder hatte er schon gegessen, oder er war nicht hungrig, jedenfalls überließ er ihr das Brot und den Käse. Im langsamen Aufdämmern des Tages sah sie, wie mitgenommen seine ganze Erscheinung wirkte. Seine Kleidung war mit Schlamm bedeckt, obwohl er offensichtlich in der Nacht versucht hatte, den gröbsten Schmutz zu entfernen. Auch sein Reisegepäck, in dem er gerade die feuchte Decke verstaute, sah inzwischen aus wie das eines Bettlers. Seine Haut war schmutzig, und er hatte sein verfilztes, langes Haar zu einem festen Zopf zusammengebunden.

Dareios war kein sehr großer Mann. *Mein Vater würde ihn sicherlich um eine Haupteslänge überragen,* dachte Ariadne. Seine Haut war dunkel, soweit man das unter der Schmutzschicht erkennen konnte, und auf seinem Gesicht zeichnete sich der Schatten eines Barts ab. Das auffälligste Merkmal in seinem Antlitz waren aber die Augen, die unter den schwarzen Augenbrauen hervorschauten. Ihr intensiver Blick ließ Ariadne erschauern, und es erschien ihr, als könne Dareios direkt in ihre Seele blicken.

Inzwischen war sie sich jedoch sicher, dass der Nordländer keine üblen Absichten hegte, denn ihr wurde klar, dass er sie schon viele Male hätte töten oder schänden können, wenn dies sein Wunsch gewesen wäre. Zuerst war sie ihm gefolgt, weil sie in Panik gewesen war und nicht wusste, was sie sonst tun sollte. Dann hatte sie kaum eine Wahl gehabt, denn die Verfolger hätten sie wohl längst aufgespürt, wenn Dareios sie nicht immer wieder abgehängt hätte.

Und jetzt hatte sie Vertrauen zu ihm gefasst. Trotz seiner schweigsamen und abweisenden Art hatte er sich doch um sie gekümmert, sie beschützt, auch dann, als es einfacher gewesen wäre, sie zurückzulassen. Als hätte er ihre Gedanken gelesen, kniff er die Augen leicht zusammen und fragte: »Fertig?«

Hastig stopfte das Mädchen den letzten Kanten Brot in den Mund und nickte.

»Du bist mutig genug«, teilte ihr Dareios unvermittelt mit, als habe er ihre Gedanken gelesen.

Einen Augenblick lang kämpfte Ariadne mit dem trockenen Brot, bevor sie es schluckte und antworten konnte. »Wieso?«

Mit einem abwägenden Blick über die Schulter antwortete er: »Wenige hätten gestern so lange durchgehalten.«

Die Antwort überraschte Ariadne, immerhin war sie vor seinen Augen zusammengebrochen, aber bevor sie weiterfragen konnte, war Dareios bereits in den Regen getreten und rannte geduckt über das offene Feld. Seufzend erhob sie sich trotz ihrer protestierenden Muskeln und tat es ihm gleich.

Das leise Fluchen des Nordländers war inzwischen zu einem vertrauten Gefährten geworden. Insgesamt bedachte er ihre Verfolger sicherlich häufiger mit Worten als Ariadne selbst. Seit drei Tagen und Nächten lieferten sie sich nun schon ein Katz-und-Maus-Spiel mit den Berittenen, und immer wieder gelang es Dareios, sie zu übertölpeln. Aber dennoch gaben sie nicht auf. Es schien, als wüssten sie, dass ihre Beute noch in der Nähe war, aber nicht genau, wo sich die beiden aufhielten. Allzu weit konnte die Festung der imperialen Legionen nicht mehr entfernt sein, doch auch das hielt die Marodeure nicht davon ab, sie zu verfolgen. Erst letzte Nacht hatte Dareios unvermittelt ihr Lager abgebrochen, und sie waren noch einige Stunden weitergewandert, sodass sie beide jetzt vollkommen erschöpft waren. Der Anblick der Reiter auf der Kuppe eines nahen Hügels erschien Ariadne umso entmutigender. Zu allem Unglück schrumpften ihre Vorräte immer weiter zusammen, und an Jagd war natürlich nicht zu denken. Wenigstens gab es dank des ständigen Nieselregens genug Wasser. Für einen Moment gab das Auftauchen der Verfolger Ariadne ein wenig Ruhe, die sie nutzte, um die Augen zu schließen. Bevor sie jedoch einschlafen konnte, ertönte Dareios Stimme: »Wir lassen sie passieren und schlagen dann einen Bogen hinter diesem Hügel dort. Ruh dich ein wenig aus.«

»Schon dabei«, erwiderte Ariadne matt.

Ein kleines Lachen des Nordländers brachte sie dazu, die Augen noch mal zu öffnen und ihn anzusehen. Dunkle Ringe lagen unter seinen Augen, und seine Haut wirkte mittlerweile mehr grau als braun. Sie runzelte die Stirn. Bevor sie ihn jedoch fragen konnte, was er so amüsant fand, antwortete er schon: »Du lernst schnell. Auch die erzwungene Ruhe ist dir willkommen. Das ist gut.«

Mit diesen Worten schob er sich selbst tiefer in das Unterholz und schloss die Augen. Für einige Herzschläge beobachtete Ariadne ihren Retter, dann zuckte sie mit den Achseln und versuchte, ein wenig Ruhe zu finden.

Als Ariadne die Augen wieder aufschlug, fühlte sie sich ausgeruhter als seit Tagen. Das Dämmerlicht, das inzwischen hereingebrochen war, zeigte ihr, dass sie viel länger gerastet hatten als geplant. Weder gestern noch heute hatten sie einen Blick auf die Berittenen erhascht, und Dareios hatte deshalb offenbar beschlossen, ihnen mehr Ruhe zu gönnen. Trotz des anhaltenden Regens, des rationierten Essens, der alles durchdringenden Nässe und der Tatsache, dass sich Ariadne an einem scharfen Stein den Fuß aufgeschnitten hatte. Ihr Begleiter hatte ihr einen Verband aus einem Stück Decke angelegt, aber dennoch schmerzte es bei jedem Schritt.

Für einen Moment schob sich das Bild ihrer weichen Ledersandalen vor ihr geistiges Auge, doch dann fiel ihr sofort ein, dass die Sandalen vermutlich mit ihrem Heim und allem darin verbrannt waren, und sie schob den Gedanken wieder beiseite. *Bald würden sie die Bastion der Soldaten erreichen,* versuchte sie sich selbst zu überzeugen, und dann würden die imperialen Legionen die Räuber finden und bestrafen und ihre Familie retten. Ein jäher Fluch riss sie aus ihren Träumereien. Erschreckt sah sie Dareios an, dann folgten ihre Augen seinem Blick. Sie hatten gerade den Kamm eines Hügels erreicht, und vor ihnen lag ein kleines Tal, durch das sich ein breiter Fluss zog. Sie hatte schon von dem Strom gehört, ohne jemals hier gewesen zu sein, es war der Thran, der sich von den Bergen im Osten nach Westen schlängelte.

Zuerst bemerkte sie den Grund für Dareios Gefühlsausbruch nicht, dann jedoch sah sie es: Ein ganzes Stück flussaufwärts befand sich eine steinerne Brücke, die sich in einem massiven Bogen über das Wasser erhob. Und zwischen ihnen und der Brücke konnte sie drei Pferde sehen, die auf einer Wiese grasten. Nach einigen Augenblicken des Suchens entdeckte sie auch die Besitzer der Tiere, die es sich unter einem nahe gelegenen Baum gemütlich gemacht hatten. Verzweifelt ließ sich Ariadne zu Boden sinken.

»Das sind keine Menschen, das sind üble Geister!«, entfuhr es ihr.

Dareios schüttelte den Kopf. »Nein. Sie sind Menschen, genauso wie wir. Aber vielleicht helfen die Geister ihnen. Sie können uns nicht aufspüren, sonst hätten sie es längst getan. Aber dennoch ... vielleicht helfen die Geister ihnen ...«

Seine Worte verklangen.

»Sind es Magier?«, fragte Ariadne ängstlich. In ihrem Leben war sie nur einmal Zeugin davon geworden, wie Magie gewirkt wurde. Ein Priester des Feuerkults hatte zum Sommerwendfest einen Scheiterhaufen mit einer bloßen Geste entzündet. Aber in ihrem Dorf hatte es genug Geschichten von Magiern, Schamanen, Geisterbeschwörern und Priestern gegeben, um zu wissen, welche Macht sie besitzen konnten.

»Vielleicht. Ich kenne dieses Volk nicht. Wenn, dann sind sie schwach«, unterbrach Dareios ihre Gedanken.

Fragend sah sie ihn an.

»Nun, wie gesagt, sie können uns nicht direkt entdecken. Ich kann sie täuschen. Wären ihre Geistverbündeten stark, wären wir ihnen niemals entkommen. Wie dem auch sei, wir müssen über den Fluss. Kannst du schwimmen?«

Mutlos schüttelte Ariadne den Kopf.

»Dann müssen wir über die Brücke. Wir warten bis zum Einbruch der Nacht. Vielleicht ziehen sie ja von allein ab«, sagte Dareios ohne große Hoffnung in der Stimme, »und wenn nicht, dann lassen wir uns etwas anderes einfallen. So oder so, die Jagd endet heute Nacht.«

»Wo sind die Soldaten des Imperators?«, wollte Ariadne wissen.

»Jenseits des Flusses, hinter dicken Mauern in Sicherheit«, entgegnete Dareios. »Aber du hast recht«, fuhr er leise fort, »diese Späher gehen ein hohes Risiko ein, nur um uns zu jagen. Der Mann, den ich getötet habe, muss sehr wertvoll für sie gewesen sein, wenn sie so sehr darauf bedacht sind, mich zu fangen.«

Wieder einmal blieb ihnen wenig anderes zu tun, als zu warten. Wie sie sich bereits gedacht hatten, verließen die Reiter ihren Posten nicht, sondern zogen sich bei Einbruch der Nacht noch mit ihren Pferden direkt zu der Brücke zurück. Bevor es gänzlich dunkel wurde, teilte Dareios den gesamten Rest ihrer Vorräte unter ihnen auf.

»Still deinen Hunger. Bald sind wir entweder in Sicherheit oder tot.«

Die Kälte in seiner Stimme ließ Ariadne schaudern, was sie aber nicht davon abhielt, ihren Teil des Essens hinunterzuschlingen. Zum ersten Mal seit Tagen fühlte sie sich satt. Dann teilte ihr der Nordländer mit, was sie zu tun hatte: »Du schleichst dich mit mir an, bis ich dir bedeute, dass du warten sollst. Dort wartest du. Sobald du mich rufen hörst, rennst du los, über die Brücke. Du läufst, bis du nicht mehr kannst, und versteckst dich. Such den Weg von der Brücke zu den Soldaten. Es kann nicht mehr weit sein. Halt nicht an, bis du die Festung siehst.«

»Was ist mit dir?«

»Ich werde dich finden«, entgegnete Dareios mit einem Lächeln, das seine weißen Zähne zeigte. Die Geste war zu freundlich und jagte Ariadne unwillkürlich einen Schauer über den Rücken. *Er lügt,* dachte sie.

Sie warteten in der Dunkelheit, bis Dareios nach einer Ewigkeit das Signal zum Aufbruch gab. Jetzt kamen ihnen die dichte Wolkendecke und ihre verschmutzten Kleider zugute, denn in der fast pechschwarzen Nacht würde man sie kaum sehen können. Als sie noch ein Stück von der Brücke entfernt waren, drückte Dareios Ariadne mit der Hand in die Hocke und schlich weiter. Ihr Herz schlug ihr bis zum Hals, und ihre Hände zitterten. Jeden Augenblick rechnete sie mit dem Ruf des Nordländers, der mit sicheren Schritten in der Nacht verschwunden war.

Doch stattdessen erklang ein heller Schrei von der Brücke. Angst erfüllte Ariadne, dann jedoch rief Dareios nach ihr, und sie rannte los, geduckt, wie er es ihr gezeigt hatte, und so schnell sie ihre Füße trugen. Vor ihr schlug Metall auf Metall, ein lauter Schrei wurde zu einem röchelnden Gurgeln, doch Ariadne wurde nicht langsamer, sondern lief zwischen den Pferden hindurch, die unweit der Brücke angebunden waren. Plötzlich flammte ein Lichtschein auf. Ein fahlgrünes Leuchten erfüllte die Nacht vor ihr mit einem überirdischen Glanz. Ihre Augen benötigten einen Moment, um sich an die plötzliche Helligkeit zu gewöhnen, doch dann sah sie Dareios, der sich gegen zwei Krieger wehrte.

Einer seiner Gegner zog ein Bein nach, aber dennoch

hatten sie den Nordländer geschickt in die Mitte genommen, was ihn zwang, ständig in Bewegung zu bleiben. Eine dritte Gestalt lag an das Geländer der Brücke gelehnt, von ihr ging das unheimliche Licht aus.

Obwohl sie weiterlief, stockte Ariadne der Atem, als sie mit ansehen musste, wie einer der beiden Gegner Dareios mit einem Schlag seiner Axt in die Seite traf. Ohne einen Laut ging der Nordländer zu Boden, wurde förmlich von der Wucht des Angriffs nach hinten geschleudert. Entsetzt beschleunigte Ariadne ihren Lauf noch und sprang über die Beine der auf der Brücke liegenden Gestalt.

Panik vernebelte ihr den Blick, das Pochen des Bluts in ihren Ohren verdrängte alle anderen Geräusche, ihr einziges Ziel war das Ende der Brücke. *Du läufst weiter,* wiederholte sie im Kopf wieder und wieder Dareios' Worte. Ihre Füße klatschten auf den Stein, einer nackt, der andere mit Stoff umwickelt, und doch nahm sie alles nur von fern wahr, die Panik, den Schmerz, so als wäre es nicht ihr Körper, der dort über die Brücke rannte. Sie hatte den Lichtschein schnell hinter sich gelassen, und das Ende kam immer näher, es waren noch dreißig Schritt, zwanzig, zehn, da schlug ihr etwas in den Rücken und brachte sie zu Fall.

Ungebremst prallte sie gegen den harten Stein und überschlug sich einmal, bevor sie benommen auf dem Rücken liegen blieb. Das grüne Licht war erloschen, aber sie konnte die Gestalt eines der beiden Späher erkennen, der sich riesig und bedrohlich gegen den Himmel abzeichnete. Sie wollte schreien, aber ihr Körper reagierte nicht. Ein nasses, widerwärtiges Geräusch ertönte, gefolgt von einem überraschten Seufzer, dann brach die Gestalt zusammen.

Trotz ihrer Starre hörte Ariadne einige geflüsterte Worte und erkannte die Stimme als die von Dareios. Bevor sie sich fragen konnte, wie das möglich sei, kniete der auch schon neben ihr und wischte ihr mit der Hand über das Gesicht.

»Du blutest. Wo?«, fragte er besorgt.

»Du bist tot. Er hat dich getroffen«, stammelte das Mädchen.

»Nein, er dachte, er hätte mich getroffen. Wir sollten keine Zeit verlieren. Kannst du stehen?«

Immer noch benommen von dem Sturz richtete sich Ariadne auf, gestützt von dem Nordmann. Entgegen ihres ersten Instinkts gingen sie zurück auf die andere Seite der Brücke. Dort durchsuchte Dareios schnell und gewissenhaft die Leichen ihrer Verfolger, bevor er ihr Gepäck auf die Pferde packte und sie mit diesen an den Zügeln aufbrachen, nicht jedoch, ohne auch den dritten Toten zu plündern. Erst nachdem sie ein gutes Stück Weg zurückgelegt hatten, erlaubte Dareios ihnen eine Rast.

»Die Frau«, begann er, wurde jedoch gleich unterbrochen: »Welche Frau?«

»Es war eine Frau dabei, von der das Leuchten ausging, das du gesehen hast. Sie hat mich bemerkt, bevor ich auch nur in der Nähe war. Vermutlich wurde sie von den Geistern gewarnt. Erwartet haben sie uns auf jeden Fall. Ich habe sie niedergestreckt, aber die beiden anderen waren wach. Ich habe einen mit einem Wurfdorn getroffen, aber sie hatten ihre Rüstungen offenbar auch im Schlaf an, weshalb ihn der Dorn nicht genug behindert hat. Gegen zwei gerüstete Kämpfer zu bestehen, ist nicht einfach, also habe ich einen Treffer vorgetäuscht und versuchte, mich totzustellen. Das war aber gar nicht nötig«, erklärte Dareios ihr mit einem Stirnrunzeln, »denn sobald sie dich gesehen hatte, rief die Frau den Männern etwas zu, woraufhin der

Unverletzte dich verfolgt hat. Ich habe erst den einen getötet, dann die Frau und schlussendlich deinen Verfolger.«

»Sie war eine Magierin«, hauchte Ariadne ängstlich.

»Zumindest hatte sie einen Pakt mit einem Geist, der mächtig genug ist, um durch die Schatten zu sehen.«

»Das verstehe ich nicht.«

»Es ist nicht wichtig, dass du es jetzt verstehst. Wir haben ihre Pferde, ihre Ausrüstung und ihren Proviant. Unsere Chancen, die Festung zu erreichen, haben sich erheblich verbessert.«

THYRON

Schnelle Schritte hallten in den langen Gängen des Palasts wider und erzeugten die Illusion einer ganzen Gruppe, die durch die Korridore lief. Aber es war nur ein Mann, der versuchte, so schnell voranzukommen, wie es ihm möglich war, ohne seine Würde zu verlieren. Es war seiner Stellung nicht angemessen, zu laufen oder gar zu rennen. Zudem war sein Weg weit, und er atmete bereits jetzt schwer.

Natürlich hatte er kein Auge für die Schönheiten der Baukunst, die ihn umgaben. Selbst hier, in den abgelegenen Bereichen des kaiserlichen Bezirks, war jede Handbreit der Wände mit Reliefs bedeckt. Unzählige Künstler und Handwerker hatten in vielen Jahrhunderten Bilder von erhabener Pracht geschaffen. Öllampen beleuchteten den Weg, und die Kunstwerke wurden regelmäßig von Sklaven sorgsam instand gesetzt, obwohl sich nur noch selten Beamte des kaiserlichen Hofs hierherverirrten, fand das höfische und bürokratische Leben des Kaiserhofs doch inzwischen in dem neu errichteten Palast statt, der sich weiter im Zentrum des kaiserlichen Bezirks befand.

Aber für Thyron war dieser Weg der kürzeste zu den

Gemächern seines Herrn und Vorgesetzten. Dennoch bestand die Gefahr, dass er sich verspätete, was den Unwillen seines Herrn erregen würde. Und Thyron fürchtete wenig mehr als den Zorn des Lucius Secundus Astrius, des mächtigen kaiserlichen Kämmerers.

Also hastete Thyron, ohne auf die Schmerzen in seinen Waden zu achten, durch die schier endlosen Gänge, begleitet nur von den leblosen steinernen Augen der Könige, Helden und Bauern auf den Wandbildern, deren Herzen sein Ungemach nicht erreichen konnte. Natürlich wäre es ungerecht, wenn Lucius ihn für seine Verspätung bestrafen würde, aber der Eunuch war bei seinen Untergebenen weniger für seine Gerechtigkeit als vielmehr für seinen Jähzorn bekannt.

Hinzu kam, dass er Thyron aufgrund dessen Herkunft aus den erst jüngst wieder unterworfenen Provinzen des Ostens verachtete. Bitter dachte Thyron, dass der Kämmerer selbst aus dem Südwesten stammte und damit nicht gerade aus dem Herzen des Imperiums, aber Lucius war von edlem Blut, der Letzte einer langen Reihe von treuen Dienern der Kaiser in Athanopolis.

Thyrons Eltern hingegen waren kaum mehr als einfache Bauern, auch wenn sie für die Verhältnisse in Thrawien durchaus wohlhabend waren. Immerhin hatten sie ihrem zweitgeborenen Sohn eine Karriere in der kaiserlichen Bürokratie ermöglicht.

Aber obwohl Thyron die Leiter der verschiedenen Ämter stetig erklommen hatte und nun in der Hauptstadt selbst einen verantwortungsvollen und ehrenvollen Posten innehatte, betrachteten Menschen wie Lucius ihn immer noch als Emporkömmling, als Fremden und kaum zivilisierten Barbaren, der nichts im politischen, kulturellen und spirituellen Zentrum der Welt verloren hatte, obwohl es durchaus nicht ungewöhnlich war, dass fähige Beamte aus den Provinzen in die Hauptstadt gerufen wurden.

Also machte der Kämmerer Thyron das Leben schwer, auch wenn dieser sich sicher war, dass er seine Aufgaben gewissenhaft erfüllte. Vielleicht liebte Lucius es einfach generell, seine Untergebenen zu quälen, denn Thyron war nicht der Einzige unter ihnen, der seinen Herrn fürchtete. Blieb nur zu hoffen, dass der Kaiser bald einen neuen Kämmerer berief und Lucius in den wohlverdienten Ruhestand zurück nach Astrien schickte.

In einem sorgsam gehüteten Winkel seines Herzens hoffte Thyron, dass er selbst in das Amt erhoben wurde, das so viel Macht und Einfluss mit sich brachte. Immerhin kontrollierte der Kämmerer den Zugang zu den kaiserlichen Gemächern, eine Funktion, die Lucius seit der Thronbesteigung des Vierfach gesalbten Kaisers Justinian II. Athanos mehr und mehr ausgeweitet hatte.

Nun besaß der ergraute Eunuch fast alleinig das Ohr und die Gunst des jungen Herrschers und nutzte seine Nähe zum Thron geschickt, um seine politischen Feinde in unbedeutenden Positionen zu halten. Im weit gespannten Netz der höfischen Intrigen in Athanopolis zog Lucius an vielen Fäden. Ein Grund mehr, warum Thyron seine Hoffnungen auf das Amt des Kämmerers für sich behielt und selbst in dunkelsten Stunden niemandem je anvertraut hatte. Es genügte ihm vollauf, sich als Untergebener nur der Verachtung und nicht als dessen Konkurrent Lucius Feindschaft auszusetzen.

Noch einmal beschleunigte Thyron seine Schritte, denn Verärgerung würde vermutlich in Strafarbeiten resultieren, was er in Anbetracht des morgigen Beginns der Rennsaison im Hippodrom auf keinen Fall riskieren wollte. Für vier glorreiche Tage würde fast die gesamte Bürokratie in der Hauptstadt lahmgelegt sein, würden die Geschäfte und Werkstätten geschlossen bleiben, während die vier großen Parteien den Auftakt der Rennen begannen.

Dieses Ereignis wollte Thyron auf keinen Fall verpassen, und es war durchaus möglich, dass Lucius ihm zur Strafe genug Arbeit aufbürden würde, damit genau das geschah, sollte Thyron zu spät zu der Besprechung erscheinen.

So kam er schwitzend und nach Luft schnappend in den privaten Vorraum zu Lucius Gemächern an. Außerhalb des Stabs des Kämmerers gab es nur wenige, die von den nicht öffentlichen Gängen und Räumen im Palast wussten. Dazu gehörten natürlich die kaiserlichen Wachen, allesamt Veteranen, meist aus dem kriegerischen Volk der Aparen, gestählt in den langen Märschen der Tagmaten, die nur dem Kaiser persönlich die Treue geschworen hatten, und einige höherrangige Beamte aus anderen Bereichen der Verwaltung.

Während Thyron einen Moment innehielt, um seinen Atem zu beruhigen und seinen nicht an solche Anstrengung gewöhnten Körper zur Ruhe kommen zu lassen, hörte er zu seinem Entsetzen Stimmen aus Lucius Arbeitszimmer. *Sollte das bereits die Delegation aus der Provinz Boseia sein?* Dann wäre die Anstrengung vollkommen umsonst gewesen. Mit immer noch wild schlagendem Herzen schlich Thyron vorsichtig zur Trennwand und lauschte.

»… Stellung werde ich Eure Bitte zur Kenntnis nehmen und sie zu geeigneter Zeit dem Kaiser persönlich vortragen.«

Das war Lucius Stimme, der mit gewohnter Herablassung einen Bittsteller abfertigte. Mit den Gesandten der

Mächtigen aus Boseia hätte er einen weitaus gefälligeren Ton angeschlagen, also hatte Thyron es vermutlich geschafft, noch rechtzeitig einzutreffen.

Obwohl es ungebührlich war, blieb er an der Tür stehen. Jetzt antwortete jemand dem Kämmerer, ein Mann mit einer jüngeren Stimme.

»Habt vielen Dank, edler Lucius. Aber wäre es nicht möglich, dass ich den Kaiser persönlich spreche, um mein Anliegen vorzutragen?«

»Werter Prinz, seine Vierfach gesalbte Erhabenheit hat derzeit viele Sorgen, die seine gesamte Aufmerksamkeit beanspruchen. Und Eure Bitte ist von wenig staatstragender Bedeutung, sondern eher persönlicher Natur. Vielleicht kann ich sie in die Amtsgeschäfte einflechten, doch sie ist kaum die Zeremonie einer ordentlichen Audienz wert. Ihr stimmt mir doch zu?«

Für einige Augenblicke herrschte Stille im Nebenzimmer. Dann hob der Besucher wieder an zu sprechen: »Wie Ihr meint, edler Lucius. Dann vertraue ich mein Anliegen Euch an. Ihr selbst seid doch fern Eures Landes. Mein Herz sehnt sich nach den Tälern und Wäldern meiner Heimat. Vielleicht könnt Ihr mich verstehen und dies dem erhabenen Kaiser verständlich machen.«

Darauf erklang das Lachen des Kämmerers.

»Ich bitte Euch, werter Niam. Ich mag vielleicht in Astrien geboren sein, aber meine Vorfahren stammen noch aus Tarentium. Mein Herz, wie Ihr es so schön gesagt habt, gehört dem Reich und dem Kaiser. Selbst in den Dunklen Zeiten war meine Familie immer nur Athanopolis treu, während um uns herum die Länder aus dem Licht Tarentiums in die Dunkelheit der Barbarei versanken. Der Imperator mag den Namen seiner Hauptstadt zu Ehren der Heldin geändert haben, aber die Getreuen haben stets gewusst, wo ihre Loyalität liegt. So mancher Herrscher hätte gut daran getan, dies ebenfalls zu bedenken. Dann wäre vielen Menschen großes Leid erspart geblieben.«

Diesmal kam die Antwort prompt und laut: »Falls Ihr damit auf meine Herkunft anspielt …«

Die unausgesprochene Drohung hing in der Luft. Egal, wie sehr Thyron seinen Meister hasste – er war entsetzt, dass jemand es wagte, in diesem Ton mit dem Kämmerer zu reden. Auch Lucius war offensichtlich nicht amüsiert, denn als er antwortete, war seine Stimme eiskalt: »Derlei habe ich nicht nötig, Niam von den Taurisci. Es waren, wie gesagt, dunkle Zeiten. Doch jetzt erstrahlt das Licht, das Athanopolis ist, heller denn je. Und der Kaiser steht im Zentrum des Reichs. Ich bin sicher, er wird Eurer Bitte die notwendige Beachtung schenken, wenn ich sie seiner Erhabenheit vortrage. Und ich werde Euer ungebührliches Betragen Eurer Jugend zuschreiben und es nicht gegen Euch halten.«

Gedämpft konnte Thyron das Rascheln von Kleidung hören, dann entschuldigte sich Niam: »Edler Lucius, verzeiht mir meine Worte. Ich habe einfach nur …«

Barsch unterbrach ihn Lucius.

»Es ist nichts, werter Niam, es wurde kein Schaden angerichtet. Doch ich möchte Eure kostbare Zeit nicht über Gebühr beanspruchen.«

Wieder schwieg der Prinz, bevor er sich leise bedankte und den Raum verließ. Er rauschte an Thyron vorbei, ohne ihn zu beachten. Ein großer Mann, aber noch jung, mit hellem Haar und ebensolchen Augen. Vermutlich war die Länge des Haares eine kleine Rebellion, galt es doch derzeit als schick, es kurz zu tragen. Der Prinz hatte es jedoch zu einem kleinen Knoten auf seinem Haupt gebunden, vermutlich nach der Tradition seines Volks. Thyron war stolz darauf, dass er über die Gepflogenheiten solcher Barbaren keine Kenntnisse besaß.

Im Vorraum trat er einige Schritte zurück und ordnete seine Kleidung und Haare. Dabei dachte er an den Prinzen, der sich durch sein heißblütiges Auftreten jede Chance auf die Erfüllung seiner Bitte verdorben hatte. Der Beamte kannte Lucius gut genug, um zu wissen, dass dieser nach dem Affront dem Kaiser niemals auch nur ein Wort von dieser Unterredung berichten würde.

Vielleicht war sich der Kämmerer aber auch seines Einflusses auf den Kaiser sicher genug, um die Bitte entsprechend ablehnend vorzutragen. Jedenfalls würde sich Niams Herz auch weiterhin nach Tälern und Wäldern sehnen müssen, davon war Thyron überzeugt.

Sein Wissen über die Taurisci war lückenhaft, die entlegenen Provinzen des Reichs waren für ihn nur von bedingtem Interesse, ebenso wie für die meisten in der Hauptstadt. Soweit er wusste, waren Niams Leute ein Volksstamm am äußersten Südosten einer der ersten, der im Dunklen Zeitalter rebelliert hatte.

Damals hatten sich ihre Krieger in der imperialen Armee gegen ihre Offiziere gewandt und waren plündernd durch das ohnehin schon vom Krieg geplagte Land gezogen. Gemeinsam mit anderen Stämmen hatten sie gar das gerade umbenannte Athanopolis belagert und waren erst nach Zahlung einer gewaltigen Lösegeldsumme abgezogen. Die Berichte der Historiker hatten nicht mit den grausamen und blutrünstigen Details gespart, berichteten davon, wie sie die erschlagenen Feinde ihrer Häupter beraubten oder sich sogar an ihrem Fleisch labten. Thyron schüttelte sich unmerklich bei dem Gedanken daran, wie unzivilisiert die Menschen so fern vom Lichte des Imperiums waren.

Doch ebenso gnadenlos und brutal war die Rückeroberung ihrer Länder durch die Legionen vonstattengegangen. Vor etwa einer Dekade hatte die damals gerade zur Magistra Militium berufene Cousine des Kaisers, Valeria, die Taurisci, die Pilcae, die Icanti und eine Handvoll geringerer Stämme niedergeworfen, ihre Königreiche und Fürstentümer in einem einzigen Sommer überrannt und alle ihre Gebiete wieder dem Reich angegliedert.

Die Vergeltung des Imperiums war gegenüber den Abtrünnigen weitaus erbarmungsloser gewesen als die Rückeroberungen anderer Gebiete. Hinzu kam, dass die Stämme stolze Krieger waren, die vielfach bis zur totalen eigenen Vernichtung gegen die überlegenen Legionen gekämpft hatten, selbst als ihre Niederlage unabwendbar gewesen war.

Manche Herrscherlinien waren einfach ausgelöscht worden, andere, wie die Familie des taurischen Prinzen Niam, hatte man durch Geiselnahme ihrer Nachkommen gefügig gemacht. Natürlich lebten ständig mehr oder weniger offen bekannte Geiseln am Hofe, als Unterpfand für eine lang anhaltende Waffenruhe, weshalb Niams Schicksal nicht ungewöhnlich oder gar bemerkenswert war. Zudem empfanden die meisten Bürger der Stadt es als Ehre, im Zentrum des Reichs leben zu dürfen, und betrachteten es als Geschenk, dass die fremdländischen Barbaren hier Kultur, Kunst und Zivilisation kennenlernen durften. Obwohl Thyron unter dem Standesdünkel seines Vorgesetzten zu leiden hatte, empfand er es sehr ähnlich. Athanopolis war ohne Zweifel die größte, gewaltigste, herrlichste und wichtigste Stadt der Welt.

Natürlich behaupteten die Raghater dies auch von ihrer größten und wichtigsten Stadt Raghia, dem Sitz ihres Hochkönigs weit im Norden, aber jeder Bürger des Imperiums wusste ebenso wie Thyron, dass dies kaum mehr als Prahlerei war.

Von Athanpolis aus hatten die Quaestori ihren unvergleichlichen Siegeszug über die Völker des Südens begonnen. Als sie aus dem Norden kamen, waren sie Flüchtlinge gewesen, Heimatlose, die von der Bevölkerung Pidnyras aufgenommen wurden. Im Laufe weniger Generationen hatten die Neuankömmlinge alle wichtigen Ämter des pidnischen Reichs besetzt, das trotz seines großen Namens damals wenig mehr als die Grenzen der Stadt Pidnyra umfasst hatte. Denn die Fremden aus dem Norden verfügten über ein ausgedehntes Wissen auf vielen verschiedenen Gebieten, und ihr Glaube an die Macht der Vier Elemente hatte sich in Windeseile im ganzen pidnischen Reich ausgebreitet. Jedes Kind kannte die Geschichte.

Als der greise König Argomenes starb, ohne einen Erben zu hinterlassen, hatte sein Majordomus Taranius von den Quaestori den Thron bestiegen. Unter seiner Ägide waren die Nachbarn Pidnyras an die Stadt gebunden worden, manche durch ökonomische, andere durch militärische Macht. Der neue König hatte Bündnisse geschmiedet, eine schlagkräftige Armee aufgestellt und seinen Kindern den Samen des neuen Großreichs hinterlassen. Zu seinen Ehren hatten die Quaestori die Stadt auf den Namen Tarentium umgetauft. Innerhalb weniger Generationen hatten die Pydner unter Führung der Quaestori ein Reich errichtet, das die Bezeichnung Imperium verdiente.

Selbst in den späteren Jahrhunderten, als die Eroberungen seltener wurden, war das Reich stets gewachsen, bis zu den verhängnisvollen Dunklen Jahren, als das Chaos über die Lande hereinbrach. Die gewaltige Bedrohung aus dem Osten hatte unter schier übermenschlichen Anstrengungen abgewendet werden können, aber die Schlachten hatten das tarentinische Imperium kraftlos zurückgelassen, was seine Feinde und die zuvor unterworfenen Völker zu Rebellion und Angriffen gereizt hatte.

Unzähliges Leid war gefolgt, die Erde des Reichs mit dem Blut seiner Bürger getränkt worden, der Boden selbst hatte unter den marschierenden Schritten seiner Feinde gezittert.

Bis heute waren die Historiker uneins, wie die Kaiser aus der Familie der Heldin den ständig drohenden Untergang abgewehrt hatten, aber sie hatten sich vermutlich derselben Politik bedient, mit der Taranius einst die ersten Schritte auf dem Weg zur Großmacht beschritten hatte. Irgendwann war das Reich genug erstarkt, um sich Meile für Meile das Land zurückzuerobern, das in den Dunklen Zeiten verloren gegangen war.

Heutzutage lebte man in der Hauptstadt wieder im sicheren Wissen um die Vormachtstellung und Besonderheit des Imperiums. Inzwischen hatte das Reich sogar eine größere Ausdehnung erreicht als vor den Dunklen Jahren. Als Bürger des Reichs war Thyron stolz darauf, Teil dieser gewaltigen Maschinerie zu sein, die ein solches Imperium verwaltete.

Mit einem letzten Blick in den sündhaft teuren Glasspiegel überzeugte er sich davon, dass sein Aussehen seiner Stellung angemessen war. Das dunkle, lockige Haar war nach der neuesten höfischen Mode geschnitten und legte sich in geschickt drapierten Ringeln um sein Haupt. Inzwischen mischte sich an den Schläfen ein wenig Grau hinein, aber er hatte sich entschlossen, es entgegen den aktuellen Vorgaben des Hofes nicht zu färben, denn sein eher pausbäckiges, rundliches Gesicht ließ ihn für seinen Geschmack zu jung erscheinen, was vielleicht einer der Gründe war, warum man ihm gegenüber manchmal den nötigen Respekt vermissen ließ. Möglicherweise würden graue Haare seinen Worten mehr Gewicht verleihen.

Die lange Amtsrobe war aus erlesenen Stoffen gefertigt und in dem dunklen Blau eingefärbt, das den Mitgliedern der kaiserlichen Verwaltung vorbehalten war. Die prächtigen Ringe an den Fingern und die goldene Amtskette um seinen Hals unterstrichen seine hervorgehobene Position und den nicht unerheblichen Reichtum. Dazu kamen die beiden mit jeweils vier verschiedenen Edelsteinen besetzten Eunuchenbänder um seine Handgelenke. Wer es bis in die obersten Positionen der Bürokratie schaffen wollte, musste sich schon in jungen Jahren entscheiden, kinderlos zu bleiben. Wer diesen Entschluss fasste, wurde von den Priestern der Vier Elemente auf ewig unfruchtbar gemacht, in einer Zeremonie, die sich Thyron vorher sehr viel schauerlicher ausgemalt hatte, die ihm aber nur auf magischem Wege die Zeugungsfähigkeit genommen hatte. Ein Ritual mit getragenen Schwüren, doch die Prozedur selbst war schmerzlos, fast unmerklich.

Das Imperium duldete innerhalb seiner wichtigsten Ämter keinerlei Bildung von Dynastien oder gar die Vererbung von Posten. Somit konnten nur kinderlose Männer und Frauen die höchsten Ehren erlangen, deren Fähigkeit, Nachwuchs zu zeugen, nachhaltig ausgelöscht worden war. Seit seiner Berufung nach Athanopolis hatte Thyron die Entscheidung keinen Tag bereut. Es war Tradition, dass hochrangige Beamte Patenschaften für Waisenhäuser in den Provinzen übernahmen, in denen die Kinder Lesen und Schreiben, Geschichte, Mathematik und andere wichtige Fähigkeiten erlernten, auf dass sie vielleicht selbst eines Tages Beamte wurden.

Dank seiner großzügigen Bezüge konnte Thyron selbst ein solches Haus in Thrawien unterstützen, und so würde er eben auf diese Weise ein Erbe in der Welt zurücklassen. Vermutlich hatte selbst der herzlose Lucius irgendwo ein Haus, in dem Kinder in seinem Namen erzogen wurden. Als Ausgleich für das Dasein als Eunuch wurde den Beamten ein festes Salär sowie lebenslange Beschäftigung in der Verwaltung des Imperiums garantiert. Dank seines wichtigen Postens bekam Thyron vermutlich mehr Geld aus den kaiserlichen Schatullen, als so mancher Regionalfürst aus seinen Landen bezog.

Das Imperium kümmerte sich nun einmal um die Seinen, so viel war gewiss. Vorsichtig zupfte Thyron noch einmal das Haar zurecht, das durch seine Eile ein wenig aus der Form geraten war, dann wandte er sich zufrieden von dem Spiegel ab. Hier in Athanopolis stehen selbst in kaum benutzten Vorzimmern gläserne Spiegel, dachte er, wieder einmal vom Reichtum der Stadt überwältigt. Dann schritt er durch die in der Täfelung verborgene Tür in die Gemächer seines Herrn, der ihn mit finsterem Blick erwartete.

»Ah, Thyron, endlich.«

Dem Protokoll entsprechend fiel Thyron auf ein Knie und verneigte sich tief: »Edler Lucius, ich habe die Botschaft überbracht. Ich habe, wie befohlen, den Abgesandten persönlich gesprochen.«

»Und vermutlich hast du dich an seiner Tafel gütlich getan, oder warum bist du so spät?«

Innerlich fluchte Thyron über die schlechte Laune seines Herrn, denn er war keineswegs spät, nur würde es wenig nützen, dies zu erwähnen. Also wählte er die direkte

Antwort: »Man hat mich eingeladen, und ich konnte als Euer Untergebener unmöglich ablehnen, ohne unhöflich zu erscheinen. Mein mangelndes diplomatisches Geschick wäre auf Euch zurückgefallen, Herr. Nur um dies zu verhindern, blieb ich über Gebühr.«

Die harten Gesichtszüge des hochgewachsenen Astriers hellten sich ein wenig auf.

»Und, hast du gerade gelauscht?«

»Niemals, Herr«, antwortete Thyron entsetzt.

»Das hättest du aber sollen, Thyron. Wie konnte es jemand mit so wenig Ehrgeiz, wie er dir beschieden ist, gelingen, sich so weit emporzuarbeiten? Du hast einen denkwürdigen Auftritt verpasst. Prinz Niam, und ich sage *Prinz,* weil sein Blut unter den seinen als edel gilt, so lächerlich dieser Gedanke auch sein mag, möchte heim unter die Rockschöße seiner Mutter. Dieser Flegel hat es in zehn Jahren nicht gelernt, sich angemessen zu verhalten.«

Wieder lachte der Kämmerer humorlos, und Thyron, dessen Eingeweide sich zusammengekrampft hatten, wagte es, sich ein wenig zu entspannen. Anscheinend war die Laune seines Vorgesetzten besser, als er angenommen hatte. Mit seiner beringten Hand wies Lucius auf einen kleinen Beistelltisch, wo Wein und Wasser bereitstanden. Verwundert, dass seine Hände nicht zitterten, füllte sich Thyron Wasser in einen silbernen Pokal, das er mit ein wenig Wein schmackhafter machte.

Währenddessen fuhr Lucius fort: »Selbst du, Thyron, der du fern der Hauptstadt aufgewachsen bist, benimmst dich besser als dieser *Prinz.*«

Das letzte Wort spie der Kämmerer beinahe aus. Ohne auf die Beleidigungen zu achten, trank Thyron einen Schluck und antwortete: »Er ist jung, edler Lucius.«

»Pah! Jugend ist keine Entschuldigung. Man sollte ihm eine Lektion erteilen. Wäre er doch nur nicht so unwichtig. Wie dem auch sei, das Problem, ihn in die Schranken zu weisen, ist nicht drängend, sein Wunsch ist lachhaft, er verkennt die Realitäten. Viel interessanter ist die Antwort des Abgesandten. Ich nehme an, du trägst sie bei dir?«

Mit einem Lächeln zog Thyron das versiegelte Schriftstück aus seinem Ärmel und überreichte es dem Kämmerer. Der brach das Siegel, las das Schreiben und begann wieder zu lachen.

»Wundervoll! Das wird die Audienz der Gesandtschaft aus Bosaia sehr interessant machen.«

Gedankenverloren winkte der Kämmerer mit einer Hand.

»Du kannst dich zurückziehen, Thyron. Ich bin mit deiner Arbeit zufrieden. Genieß die nächsten Tage. Sobald wieder Ruhe in der Stadt einkehrt, werden wir viel zu tun haben. Sehr viel zu tun.«

BRIX

Über den sanft geschwungenen Wiesen kreiste ein Raubvogel, der sich von dem Aufmarsch der Menschen weit unter ihm nicht stören ließ. Brix legte den Kopf in den Nacken und kniff die Augen zusammen, um von der hellen Sonne nicht geblendet zu werden. Am weiten Blau des Himmels sah der Vogel klein aus, und der junge Mann fragte sich, ob er von dort oben betrachtet ebenfalls nur ein Winzling war. War es hoch oben am Himmel kälter, wie in den Bergen seiner Heimat? Oder war es so viel näher an der brennenden Sonne heißer als hier unten?

In seiner Rüstung und mit dem Helm auf dem Kopf schwitzte Brix fürchterlich. Und es war nicht nur die Hitze, die ihm zu schaffen machte. Auch der Anblick der Soldaten auf dem Hang des nächsten Hügels ließ ihm den Schweiß ausbrechen. Nach drei Tagen harter Märsche hatten sie die Nordländer gestellt. Ihre Feinde hatten ihre Fluchtversuche aufgegeben und sich eine geeignete Stelle für die Schlacht gesucht. Ihre mit Pelzen und Fellen besetzten Banner waren trotzig in den Boden gepflanzt worden.

Obwohl das kommende Scharmützel im Imperium

kaum genannt werden würde, denn es waren wenig mehr als zweihundert Nordländer in ihren bunten Uniformen, die auf ihrer Seite des kleinen Tals hastig eine Befestigung errichtet hatten. Diesen gegenüber standen zwei Hundertschaften Infanterie der XI. Tagmata, die nach dem Eintreffen der Nachrichten über die feindlichen Soldaten eilig aus Nicia ausgerückt waren. Die Anwesenheit der Nordländer so nah bei der strategisch wichtigen Küstenstadt veranlasste die kaiserliche Armee immer zu einer Reaktion, denn zusammen mit Athanopolis bildete die Nicia eine sichere Zange an der Meerenge von Dalos.

Zwar war die Hafenstadt schwer befestigt, gut bemannt und von Athanopolis aus schnell zu entsetzen, aber da die Kontrolle des Seehandels von der Stadt abhing, musste jede mögliche Bedrohung Nicias so schnell wie möglich aus dem Weg geräumt werden. Die Nordländer hatten sich an der Kette von Grenzbefestigungen vorbeigeschlichen, die im Norden die Halbinsel Dalein säumten, und hatten einige Bauern aus ihren Dörfern vertrieben und dabei magere Beute gemacht.

Es war offensichtlich, dass es sich nur um einen Überfall handelte und nicht um einen groß angelegten Angriff, aber der Strategos Stephanos hatte nicht gezögert, Soldaten der Tagmata auszusenden, um die Plünderer aufzubringen und allen Feinden ein deutliches Zeichen zu geben, dass man im Imperium jederzeit bereit war, das Territorium zu verteidigen. Nicht zuletzt, nachdem Nicia nach den Dunklen Jahren ein ständiger Zankapfel zwischen den Schariden im Norden und dem Imperium gewesen war.

Zwar gehörte das Land Scharin mitsamt seinen beiden Handelshäfen an der Weißen See zu dem Reich der Raghater, aber die Satrapien, die Provinzen des raghatischen Königtums, waren traditionell sehr unabhängig und selbstbestimmt. In vielen Satrapien herrschten mächtige Fürsten, manchmal gar Könige. Der König der Könige, oder *Sheran,* wie er in seinem eigenen Land genannt wurde, wurde immer wieder durch Machtkämpfe bedroht, weshalb es viele Jahre keine wirklichen Kriege und Schlachten zwischen den Raghatern und dem Imperium gegeben hatte.

Dennoch waren die Raghater im Imperium gefürchtet, denn ihr Volk war groß und mächtig, fortgeschrittlich und gebildet, ihre Soldaten waren kühn und zahlreich. Ihre seltsame Religion wurde zwar abschätzig betrachtet, aber die Macht ihrer Mystiker war unbestritten.

Deswegen war die Niceische Thuma stets bestens ausgerüstet und versorgt, und Einheiten der verschiedenen Tagmaten des Reichs waren ständig in Nicia stationiert. So kam es, dass Brix an diesem hellen Morgen in ungewohnter Hitze auf einem Hügel Position bezogen hatte, der viele Dutzend Tagesmärsche von seiner Heimat entfernt war.

Tatsächlich war er erst vor Kurzem im Norden angekommen, denn er und die anderen Rekruten, die man aus der Venarischen Thuma zu der XI. Tagmata versetzt hatte, waren zuerst zum eigentlichen Stützpunkt der Einheit marschiert, nur um dort zu erfahren, dass die Tagmata weiter in den Norden verlegt worden war. Kaum waren sie nach einer durch scharfe Winde höllischen Überfahrt in Nicia angekommen, war der Befehl zum Ausrücken gekommen.

Alles in allem war seine anfängliche Freude darüber, so jung, mit kaum zwanzig Sommern, zu der Tagmata versetzt worden zu sein, schnell verflogen. Vielleicht schwitzte Brix auch deswegen so in der Sonne, weil er vorher keine Zeit gehabt hatte, beim Zeugmeister angemessenere Kleidung anzufordern. Sein Unterzeug war noch an die kalten Winter seiner Heimat angepasst. *Vielleicht gibt man mir nach der Schlacht Zeit, meine wunden Füße zu pflegen,* dachte Brix, *falls ich sie überleben sollte.* Immerhin war es sein erstes größeres Gefecht.

Venari war schon seit vielen Jahren keine Grenzprovinz mehr, und Brix hatte nie kämpfen müssen, um seine Heimat zu verteidigen. Immerhin hatten heute am frühen Morgen die Priester einen kurzen Segen gesprochen und die Hilfe der Elemente auf die Soldaten des Imperiums herabgefleht. Skeptisch blickte er zu dem kleinen Trupp Kommandeure und Priester hinüber, die hinter den Linien der Infanterie Aufstellung bezogen hatten.

Die beiden Kentarchen berieten sich mit ihren Untergebenen und den Priestern der Elemente. Bald schon würden sie den Befehl zum Angriff geben, und dann würden die Soldaten durch den Pfeilhagel ihrer Feinde hindurch deren Stellungen bestürmen. Von der Anzahl her waren beide Seiten ausgeglichen, auch wenn die kaiserlichen Truppen deutlich besser ausgerüstet waren. Natürlich fragte sich Brix, warum sich die schnelleren Angreifer nicht einfach noch weiter vor ihnen zurückgezogen hatten, denn noch viel länger hätten ihnen die Fußtruppen der Tagmata bei diesem Tempo kaum folgen können. Ihre beste Verteidigung war eigentlich ihre Beweglichkeit.

Vermutlich wussten die Nordländer etwas, das Brix entgangen war. Vielleicht war das Land im Norden schwer passierbar, Brix kannte die Gegend nun einmal nicht, oder vielleicht hatten sie doch mehr Beute gemacht, als berichtet worden war, und sie waren unwillig, sich von den Früchten ihres Raubzugs zu trennen.

Warum auch immer sie sich zum Kampf stellten, das

Warten wurde schier unerträglich. Mehrfach musste sich Brix den Schweiß aus den Augen wischen, doch dann lösten sich die Truppführer und kehrten zu den Soldaten zurück. Sofort verstummten die Gespräche, und alle Augen richteten sich auf die Anführer. Neben sich hörte Brix einen Soldaten, dessen Namen er nicht kannte, ein kurzes Stoßgebet zu den Geistern der Elemente sprechen.

Der Prinzepos, der für Brix und die anderen achtzehn Soldaten zuständig war, baute sich vor ihnen auf und ließ den Blick über die in Reih und Glied stehenden Krieger schweifen. Für einen Moment blieb seine Aufmerksamkeit an Brix hängen, dann begann er seine Ansprache: »Soldaten! Schon bald habt ihr die Möglichkeit, euren Sold zu verdienen! Auf den Befehl des Kentarchos rücken wir vor. Lassen wir die Hundefresser bluten!«

Keiner der Soldaten sagte etwas, und der Prinzepos baute sich vor Brix auf.

»Du bist der Neue.«

Obwohl es keine Frage gewesen war, antwortete Brix: »Ja, Herr!«

»Wie ist dein Name?«

»Briccius, Herr!«

»Briccius? Briccius der Venarier?«, fragte der Prinzepos misstrauisch.

»Ja, Herr!«

»Nun gut. Links von dir steht der Legionär Xylon, rechts von dir die Legionärin Letha. Sie hat mehr Schlachten überlebt, als der Kaiser Mätressen hatte, auch wenn sie sicher nicht so edles Blut hat wie du.«

Darauf erklang Gelächter in den Reihen, und Brix spürte, wie ihm das Blut ins Gesicht schoss. Innerlich fluchte er über seine Idee, seinen Namen zu ändern. Es hätte ihm klar sein müssen, dass ein Name der Quaestori bei einem Rekruten aus Venari für unangenehme Fragen sorgen würde. Und er hasste es, wenn sein sowieso schon von Sommersprossen gezeichnetes Gesicht puterrot anlief. Vermutlich hielten ihn seine neuen Kameraden jetzt für einen, der noch zu grün hinter den Ohren war, um in einer Schlachtreihe zu stehen.

Ungerührt fuhr sein Vorgesetzter fort: »Halte dich an sie, und du überlebst vielleicht. Und um der Geister deiner Ahnen willen, zieh das Zeug aus! Wie willst du so eingepackt Hundefresser abschlachten?«

Wieder rief Brix: »Ja, Herr!«, doch diesmal hatte der Prinzepos sich bereits umgedreht und war an seinen Platz innerhalb der Linie gegangen, ohne auf seine Antwort zu warten.

Dafür sprach ihn Letha an: »Hier. Ich halte dein Zeug.«

Dankbar reichte ihr Brix Schild und Speer und fing an, sich aus der Rüstung zu schälen. Nachdem er sich eines Großteils der viel zu dicken Unterkleidung entledigt hatte, half ihm Xylon beim Anziehen und Zuschnüren der Lorica, deren dicke Schuppen ihn im Kampf beschützen sollten. Anders als seine Kameraden trug Brix eine *Lorica Squamata,* während die Veteranen um ihn herum alle einen Kettenpanzer, eine Lorica Hamata, trugen. Dazu die für die kalten Gegenden des Südens ausgelegte warme Wolltunika, die er jetzt unschlüssig in der Hand hielt.

»Schmeiß es einfach hin«, empfahl ihm Letha und deutete hinter ihn, »is' egal, dreckig wirste eh, Kleiner.«

Wie vom Prinzepos befohlen, folgte Brix ihrem Rat, auch wenn es ihm nicht gefiel, dass sie ihn *Kleiner* nannte. Immerhin war er über einen Kopf größer als sie. Umständlich setzte er sich seinen Helm wieder auf die rotblonden, unbeholfen kurz geschnittenen Haare.

»Und, wie heißte richtig?«, fragte sie Brix unvermittelt.

Verlegen murmelte er: »Brix.«

»Na also, Kleiner. Das machen viele, wenn'se außer Provinz kommen. Denken, es macht'se wichtiger. Aber bei uns zählt nicht der Name, Kleiner. Hier zählt nur, was'se tust.«

»Wird es schlimm?«, fragte Brix mit einem Kopfnicken in Richtung der Schariner.

»Nicht schlimmer als sonst. Sind genauso fertig wie wir und ...«

Bevor sie ihren Satz zu Ende bringen konnte, erklang das Horn, das ihnen das Signal zum Vormarsch gab. Sofort setzten sich die Soldaten in Bewegung. In drei langen Reihen rückten sie vor, fast perfekt im Gleichschritt marschierend. Zuerst ging es ein wenig den Hügel hinab, was kaum anstrengend war, doch bald würden sie am Fuße des Tals in Reichweite der Bogenschützen geraten, und dann würde der Befehl zum Sturm kommen.

In voller Gefechtsmontur den Hang hinaufzurennen, unter dem Beschuss der raghatischen Truppen, würde die Soldaten schon erschöpft bei den Linien ihrer Gegner ankommen lassen. Die ganze Zeit behielt Brix die Nordländer im Auge und achtete auf jede Bewegung. Deshalb sah er es sofort, als die Bogenschützen die Pfeile gen Himmel richteten und sie von den Sehnen schnellen ließen. Sofort kam der Befehl, von den Kentarchen gebrüllt und von den Prinzepen aufgenommen: »Schilde!«

Zusammen mit allen anderen Soldaten duckte sich Brix unter seinen Scutum, darauf bedacht, den Schild mit denen seiner Nebenmänner und -frauen zu verhaken, damit keine Lücke entstand, genau so, wie er es vor einigen Jahren gelernt hatte, als er in die Thuma eingetreten war. Mit dumpfen Schlägen drangen die Geschosse in die Schilde ein, fanden unbarmherzig die wenigen Lücken, durchschlugen Rüstungen und ungeschütztes Fleisch. Die Schreie der Getroffenen hallten durch die Reihen. Lauter jedoch war das Hornsignal zum Weitermarsch. Die Verwundeten, die noch in der Lage waren, ihre Schilde zu heben, schlossen die Reihen. Wer dazu nicht mehr imstande war, blieb zurück. In der Schlacht hatte niemand Zeit, sich um die Verletzten zu kümmern.

Wieder marschierten sie einige Schritte, bevor die nächste Salve angeschwirrt kam und sie wieder in Deckung zwang. Obwohl die Reihen aufrückten und die Lücken geschlossen wurden, traf es wieder einige Legionäre, deren Schmerzens- und Entsetzensschreie dumpf in Brix' Ohren hallten. Weiter ging es, unbeirrt marschierten die Soldaten auf die Linien ihrer Feinde zu. Gehen, ducken, gehen, immer die Schreie und das Sirren der Pfeile im Hintergrund.

Es erschien Brix, als geschehe derselbe Moment wieder und wieder. Inzwischen hatten sie die Talsohle hinter sich gelassen und marschierten hügelaufwärts, aber immer noch kam der Befehl zum Sturm nicht, obwohl ihre Reihen schon merklich ausgedünnt waren.

»Was machen die bloß? So werden wir alle krepieren!«, sagte Brix unruhig an niemanden gerichtet.

»Ruhig, Kleiner. Das wird schon. Nicht die Nerven verlieren«, ermahnte ihn Letha.

Wieder kamen Pfeile auf sie herabgeregnet, wieder schützte Brix sich und seine Nachbarn mit dem Scutum, dann endlich ertönte ein Hornsignal. Allerdings war es der Befehl, stehen zu bleiben und die Stellung zu halten. Verwirrt sah Brix sich um, entdeckte die Kentarchen hinter den Linien, sah einen der Feuerpriester der Tagmata ein loderndes Licht gen Himmel senden, an dem der Raubvogel immer noch ungerührt seine Kreise zog. Dann musste er sich wieder hinter seinen Schild ducken. Diesmal drang ein Pfeil in eine schmale Lücke zwischen seinem Scutum und dem Lethas und schlug Brix in die Seite. Die Schuppen seiner Lorica lenkten das Geschoss ab, sodass es nur einen Fingerbreit in das weiche Fleisch in der Hüfte fuhr, ein Streifschuss, mehr nicht.

Dennoch fiel Brix durch den Schlag und den plötzlichen Schmerz zu Boden. Sofort trat Xylon einen Schritt zur Seite, um ihn und Letha besser decken zu können, doch das war nicht nötig. Von seiner Position am Boden aus konnte Brix die Stellung der Schariner knapp unterhalb des Hügelkamms genau sehen, und ebenso gut sah er die schwer gepanzerten Reiter, die gerade über die Kuppe des Hügels stürmten und über die Feinde herfielen.

Der Aufprall der Kavallerie war brutal, die leicht gerüsteten Plänkler wurden in alle Richtungen geschleudert, von den schweren zweihändigen Lanzen aufgespießt oder schlicht und einfach niedergetrampelt. Sobald die Reiter den ersten Ansturm überstanden hatten, warfen sie ihre Contus, die für den Nahkampf zu unhandlich und schwer war, zu Boden und zogen die kurzen Schwerter, die Spatha. Viele der überlebenden Schariner flohen vor dem Zorn der Reiterei und liefen den wartenden Legionären direkt in die Arme. Diese hatten beim Erscheinen der schweren Kavallerie lauthals »Kataphraktoi!« geschrien und machten sich jetzt bereit für die Schlacht.

Letha bückte sich und zog Brix auf die Beine.

»Komm schon, Kleiner. Zeig uns, was'se kannst!«

Der Angriff der Raghater war unkoordiniert und ohne Wucht. Zwischen der Kavallerie und der Infanterie wurden sie zerschlagen wie zwischen Hammer und Amboss. Gegen die schweren Schilde und die wartenden Speere hatten sie keine Chance, und auf ihren Fersen folgte ihnen die schwer gepanzerte Reiterei. Brix zog sich auf die Füße und schleuderte sein Pilum, als sich die Schilddecke endlich öffnete. Es traf einen ihrer Gegner in die Brust, der zurücktaumelte und fiel.

Dann zog er seinen Gladius. Das kurze Schwert war für den Nahkampf im Schlachtgetümmel besser geeignet als der Wurfspeer. Metall prallte auf Metall, als ihn ein Nordländer angriff. Die Klinge seines Gegners rutschte ab, und mit einer geschickten Drehung gelang es Brix, dem Angreifer sein Schwert in den Bauch zu rammen. Warmes, dunkles Blut rann über seine Finger, als er die Klinge aus der Wunde zog, und für einen Moment war die ganze Welt vom beißenden Gestank des Todes erfüllt.

Neben ihm stach Xylon einem auf die Knie gefallenen Feind sein Schwert in den Nacken, während Letha ihn mit ihrem Schild Deckung gab. Schnell trat Brix an seine beiden Kameraden heran und hob seinen eigenen Schild. Sein Herz raste, Schweiß bedeckte seine Haut, und er glaubte, nicht genug Luft in seine Lungen saugen zu können.

Doch nach wenigen Minuten war alles vorbei. Brix stand mit blutigem Schwert schwer atmend auf dem Schlachtfeld. Neben ihm kniete Xylon und schnitt einem ihrer Feinde die Kehle durch, Letha stützte sich auf einen Pilum und hielt sich die blutende Seite. Seine eigene Wunde hatte Brix vollkommen vergessen, der Pfeil war ihm in der Hitze des Gefechts aus dem Fleisch gerissen worden, doch er spürte die Schmerzen kaum. Besorgt trat er an Letha heran und sah auf ihre blutige Hand, mit der sie ein Stück Stoff auf ihre Wunde drückte.

»Lass, Kleiner. Das ist nur 'ne weitere Narbe. Nix Wildes«, lachte die Legionärin, »dafür holen'se nicht mal 'nen Priester, das knöpft mir der Prinzepos selbst zu.«

Nicht von ihren Worten überzeugt, sah sich Brix nach einem Heiler um. In der unmittelbaren Nähe konnte er allerdings keinen entdecken. Nur Legionäre, die sich um Verwundete kümmerten, oder sicher waren, dass ihre Feinde entweder tot waren oder sich ergaben. Einige waren zusammen mit dem Großteil der Kavallerie hinter den wenigen Scharinern her, denen die Flucht geglückt war.

Unweit seiner Position konnte Brix die beiden Kentarchen sehen, die sich mit dem Kommandeur der Reiterei besprachen, den Abzeichen nach ein Merarchos der XI. Tagmata. Während Brix die kleine Gruppe beobachtete, löste sich der Reiter von den anderen Offizieren und ritt den Hügel hinauf, bis er den Standartenträger seiner Einheit erreichte. Dort richtete er sich in den Steigbügeln auf, riss das Schwert über den Kopf, nahm mit der anderen Hand die Phoenixstandarte und brüllte so laut, dass es im ganzen Tal widerhallte: »Sieg!«

Alle wandten sich dem Offizier zu, sein Ruf wurde von Dutzenden Kehlen aufgenommen: »Sieg! Sieg!«

Auch Brix brüllte nach Leibeskräften mit, all seine Angst und sein Zorn entluden sich in dem ohrenbetäubenden Geschrei. Als der Ruf verhallte und Brix zitternd zurückließ, bemerkte er das Brennen in seiner Seite und die Nässe, die an seiner Hüfte hinablief. Breit grinsend schlug ihm Letha mit der blutigen Hand anerkennend auf den Rücken.

Verlegen lächelte Brix und bot ihr die Schulter an, auf die sie sich dankbar stützte. Er deutete auf den Merarchos: »Wer ist das?«

»Hmm? Oh, das is Cyril. Merarchos Cyril. Kommt wohl auch aussem Süden, so wie du. Vielleicht kennsten ja?«

Einen Augenblick lang überlegte Brix, dann schüttelte er den Kopf.

»Einen Cyril bei der Tagmata kenne ich nicht.«

»Issen ganz Guter. Immer vorne mit dabei, für'n Pferdeküsser nicht übel. 'S heißt, er wäre der Nächste, wenn der Protostrator vonner Elften sein Schwert abgibt.«

Brix sah dem Offizier nach, bis er über die Hügelkuppe außer Sicht ritt. Protostrator, eigentlich Stallmeister, aber inzwischen ein hoher Rang der Kavallerie, war eine besondere Ehre.

Trotz seiner anfänglichen Zweifel hatte die Tagmata ihre Feinde aufgerieben, ohne selbst große Verluste hinnehmen zu müssen. Die Kavallerie, die den Scharinern in den Rücken gefallen war, hatte die Schlacht für die Legionäre entschieden, auch wenn es kaum zwanzig Berittene gewesen waren.

Aber jetzt war es an der Zeit, einen Heiler für Letha zu finden, sich um andere verletzte Kameraden zu kümmern und dann im Lager auszuruhen.

DARIUSH

Dariush ließ den Blick wandern, versuchte, sich auf die vorbeiziehenden Bäume, auf Wolken oder Steine zu konzentrieren. Sobald er die Augen senkte, drohten sie zuzufallen, und er durfte nicht im Sattel einschlafen, egal, wie unendlich müde er auch war.

Zwar hatten sie bei der Überquerung der Brücke einige der Häscher ausgeschaltet, aber das bedeutete nicht, dass niemand mehr auf ihrer Spur war. Vor allem, da ihre Jäger über mächtige Magie verfügten. Mit Ariadne hatte er darüber nicht gesprochen, aber diese Magie hatte ihn ebenso überrascht wie die Hartnäckigkeit, mit der man sie verfolgt hatte.

Abgesehen davon, dass der Mann, den er in dem Wald getötet hatte, wichtig für ihre Feinde gewesen war, hatte Dariush trotz allen Kopfzerbrechens keinen Grund dafür gefunden, warum ihre Verfolger all diese Mühen auf sich nahmen und sogar riskierten, einer nach dem anderen ihr Leben zu verlieren.

Kurz hatte er sogar in Betracht gezogen, dass seine eigene Vergangenheit ihn eingeholt haben könnte, den Gedanken dann aber wieder verworfen. Zuvor war er niemals so weit im Süden seiner Heimat gewesen, geschweige denn so weit im unzivilisierten Osten. Und Halbwilde aus den Bergen anzuheuern, war nun wirklich nicht der Stil seiner Landsleute.

Auch wenn es vermutlich wenig Tränen bei seiner Verwandtschaft gegeben hätte, wäre er unter den Klingen der Ostländer gestorben. Eigentlich blieb nur die Möglichkeit, dass Dariush einen Häuptling erschlagen hatte, oder wie auch immer sie auch die Anführer ihrer Clans nannten. Und letztlich war es auch egal; wichtig war allein, dass sie ihren Häschern entkamen. Warum auch immer er und das Mädchen verfolgt wurden, schon bald würden sie die Festung erreichen, und dort konnte Ariadne Unterschlupf finden. Dariush war sich sicher, dass es ihm allein leichter gelingen würde, sich dem Zugriff der Marodeure zu entziehen.

Beinahe unmerklich veränderte sich die Landschaft, aus Wiesen wurden Felder, die Wälder wurden kleiner und heller, durch die Hand des Menschen geformt, ein deutliches Zeichen dafür, dass sie sich der Festung näherten.

Es erschien Dariush ein wenig seltsam, dass die Soldaten des Imperiums auch dafür verantwortlich waren, die Äcker zu bestellen. In seiner Heimat hätten sich Krieger jedenfalls niemals die Hände bei einfacher Feldarbeit schmutzig gemacht, denn das war unter ihrer Würde. Es war wichtig, die eigene Kaste, die eigenen Aufgaben und den eigenen Platz im Leben zu kennen, sonst konnte der Norden nicht weiter bestehen.

Andererseits hatte das Imperium einen großen Teil des kalten Südens erobert, verteidigte sich seit vielen Jahren gegen seine Feinde und führte viele verschiedene Völker unter seiner Oberherrschaft zusammen. Anscheinend wussten die Mächtigen des Reichs, was sie taten.

Der kleine Wald, den sie gerade durchquerten, lichtete sich allmählich und gab den Blick auf ein massives Steingebäude vor ihnen frei. Beim Anblick der Festung versuchte Dariush, seine Gedanken zu klären. Wichtig war, was vor ihnen lag.

Auf einem Hügel gelegen ragten hohe Palisaden in den Himmel. Die äußere Befestigung bestand aus einem aufgeschütteten Erdwall, in den mächtige Stämme zu einer Mauer gerammt worden waren. Die Außenseiten der Pfähle waren mit Lehm verklebt und mit Kalk geweißt. Von seiner Position aus konnte Dariush erkennen, dass sich auf dem Hügel mehrere Wege kreuzten und dass es mindestens zwei Tore in den Palisaden gab, die durch bedachte Türme geschützt waren.

In der Mitte des Lagers ragte ein höherer Turm empor, dessen Basis gemauert zu sein schien. Aus eigener Erfahrung wusste Dariush, dass die Kastelle und Lager der imperialen Armee im Norden weitaus beeindruckender waren, denn dort waren die Mauern aus festem Stein und beherbergten viel mehr Soldaten in ihrem Inneren. Er erlaubte sich einen kurzen Moment der Erleichterung, froh, dass sie endlich am Ziel ihrer kurzen gemeinsamen Reise angekommen waren und er die Verantwortung für Ariadne bald in andere Hände übergeben konnte.

Neben ihm richtete sich das Mädchen im Sattel auf und warf ihm ein schüchternes Lächeln zu.

»Wir sind da«, sagte Dariush. »Nun werden die Soldaten sich um dich und die Deinen kümmern.«

Trotz ihrer offensichtlichen Erschöpfung nickte Ariadne. »Danke. Ich verdanke dir mein Leben.«

»Lass uns weiterreiten. Vielleicht gibt es in dem Lager ein Bad für uns«, lenkte er ab. Sie würde noch früh genug erfahren, dass er zwar ihr Leben gerettet hatte, ihre Familie aber vermutlich tot oder verschleppt war, und dass die Soldaten nicht in der Lage sein würden, die Angreifer zu verfolgen oder gar einzuholen. Es sei denn, es geschähe ein Wunder.

Als sie den Wald verließen, wurde ein Posten auf sie aufmerksam und rief etwas in das Lager hinein. Prompt erschienen auf den Türmen rechts und links des Tors einige behelmte Köpfe, die über die Brüstung spähten. Beide Tore, die Dariush sehen konnte, waren geöffnet, und er konnte reges Treiben im Lager erkennen. Offenbar hatten die Soldaten bemerkt, dass es nur zwei Reiter waren, die sich näherten, kein Grund zur Besorgnis also.

Lediglich die beiden Wachen am Tor kamen einige Schritte näher und sahen zu, wie die Reisenden sich näherten. Ihre roten Umhänge flatterten in dem leichten Wind, und sie stützten sich auf Schild und Speer. Erst als die Reiter schon fast an ihnen vorbei waren, richteten sie sich auf und traten ihnen in den Weg.

»Was gibt es?«, fragte der Legionär zur Linken lässig, stützte sich dabei auf seinen Speer und gab ganz das Bild der gelangweilten Wache ab.

»Wir bringen Kunde aus dem Norden. Es gab einen Überfall. Das Dorf …«, für einen Moment stutzte der Nordländer, dann wandte er sich an Ariadne: »Wie hieß dein Dorf?«

»Ebusos«, antwortete das Mädchen.

»Ebusos wurde angegriffen und geplündert«, fuhr Dariush fort.

»Tatsächlich?«, fragte der Soldat und musterte Dariush

und Ariadne mit einem abschätzenden Blick. Wenn ihn die Neuigkeit erschreckte, war er sehr gut in der Lage, dies zu verbergen.

»Ja. Du solltest uns zu deinem Herrn bringen, es wird ihn interessieren«, erwiderte Dariush ungeduldig.

Ohne zu antworten, bedeutete der Krieger ihnen, ihm zu folgen, und führte sie in das Innere des Lagers. Der Grundriss des Kastells war rechteckig, mit je einem Tor in jeder Außenwand. In der Mitte trafen sich die Straßen, die aus den vier Himmelsrichtungen den Hügel emporliefen.

Abgesehen von dem Turm nah des Zentrums gab es nur einstöckige Gebäude, vermutlich Kasernen, Ställe und Wirtschaftsgebäude, und einige Bauwerke, deren Zweck Dariush auf den ersten Blick nicht erkennen konnte. Vielleicht Lager für Nahrung oder Waffen. Vor einer Schmiede brannte ein Feuer im Ofen, und ein sehniger Mann war damit beschäftigt, ein wieherndes Pferd neu zu beschlagen. Das Leben im Lager war offenkundig militärisch geregelt; es war niemand zu sehen, der nicht irgendeiner Aufgabe nachging.

Der Soldat führte sie die Straße entlang zu einem kleineren Gebäude neben dem Turm, das an einem größeren freien Platz lag, der vermutlich zum Exerzieren genutzt wurde. Der Legionär hielt sich aber nicht lange auf, sondern ging schnurstracks zu dem kleinen Gebäude, öffnete die Tür und winkte sie herein. Ihre Pferde wurden ihnen von einer anderen Soldatin abgenommen, die sie dann Richtung Ställe führte.

Trotz der geöffneten Fensterläden war es in dem Haus weitaus dunkler als draußen, weshalb Dariush' Augen einige Zeit benötigten, um sich an die veränderten Verhältnisse zu gewöhnen. Zuerst fiel sein Blick auf den breiten

Holztisch, an dem ein junger, dunkelhaariger Mann in einer einfachen Militärtunika saß und in einigen Schriftstücken las. Sonst war der Raum fast leer. Ihr Führer trat an den Tisch und salutierte.

»Zwei Reiter aus dem Norden«, begann er, als der Schreiber den Kopf hob und sie fragend ansah. »Sagen, dass ihr Dorf überfallen wurde.«

Der Offizier zog eine Augenbraue empor.

»Eubusos?«, fügte der Soldat mit leichtem Zögern hinzu. Vermutlich stammte der Mann aus einer ganz anderen Gegend des Imperiums; es war nicht ungewöhnlich für einen Soldaten, während seiner Militärzeit in allen möglichen Teilen des großen Reichs stationiert zu werden.

Der Mann am Tisch nickte, dann entließ er den Soldaten mit einer Handbewegung. Der Schreiber winkte Dariush und Ariadne heran.

»Stimmt es, was ihr der Wache gesagt habt? Eubusos wurde angegriffen?«

»Ja«, antwortete Dariush.

»Und Ihr seid ...«, fragte der Schreiber.

»Dareios und Ariadne. Ich bin ein Reisender, nicht aus diesem Teil der Welt, aber sie stammt aus Eubusos.«

Der Schreiber kniff die hellen Augen zu schmalen Schlitzen zusammen.

»Ihr seid kein Bürger des Imperiums?«

»Nein. Aber ich besitze Papiere«, entgegnete Dariush schnell.

»Wenn das so ist, muss ich diese Papiere sehen. Und ebenso das Bürgermal von ... Ariadne, richtig?«

Während Dariush eine durch die Feuchtigkeit speckig gewordene Ledermappe aus seinem Gepäck zog, warf Ariadne den einfachen Umhang zurück, den sie über ihrer

Tunika trug, und entblößte das Mal auf ihrem rechten Unterarm, das sie als Bürgerin des Imperiums auswies. Der Schreiber warf einen Blick auf die Hautbilder, bevor er die Papiere von Dariush entgegennahm. Es war eine komplexe Folge von Zeichen und Symbolen, in ihrer Bedeutung so arkan wie in der Art ihrer Erstellung. Schwierig zu fälschen, wie Dariush wusste, und unmöglich vorzutäuschen.

»So, eine freie Bürgerin, sehr gut. Und Eure Papiere scheinen auf den ersten Blick korrekt zu sein.«

Es waren Fälschungen, aber Dareios war sich ihrer Qualität so sicher, dass er freundlich nickte.

»Bitte wartet hier, ich werde den Padarchos informieren.«

Damit entfernte sich der Schreiber durch eine Tür und ließ die beiden Neuankömmlinge allein. Dariush sah sich um und setzte sich schließlich in Ermangelung einer besseren Sitzmöglichkeit auf den Boden. Ariadne tat es ihm gleich, und er erläuterte ihr: »Du solltest das Reden übernehmen. Sie werden dir mehr glauben, immerhin bin ich ein Fremder.«

Ein Nicken war die Antwort. Ihr Gesicht verriet keine Erleichterung darüber, endlich angekommen zu sein, sondern lediglich Anspannung. Schließlich kehrte der Schreiber zurück und sagte ihnen, dass der Kommandant sie erwarte. Er wies ihnen den Weg in einen Flur und führte sie zu einer Tür, an die er klopfte. Ein energisches »Herein!« erklang, und Dariush und Ariadne schritten in das Büro des Padarchos.

Der Raum war spartanisch eingerichtet, aber an einer Wand hing eine recht genaue Karte der näheren Umgebung. Gegenüber waren einige Stücke Kriegsbeute befestigt, zwei Schwerter, ein Teil eines Einheitsabzeichens sowie ein arg verbeulter Schild. Hinter dem Tisch, mit dem Fenster im Rücken, saß ein groß gewachsener, breitschultriger Mann, dessen Tunika deutlich besser gefertigt war als die seiner Untergebenen. Über die Schultern hatte er den Pelz eines Wolfs geworfen, was ihm zusammen mit seinem dichten, dunklen Bart ein herrisches Aussehen verlieh.

Wortlos deutete er auf die beiden Stühle ihm gegenüber. Schweigend musterte er zuerst Dariush, dann Ariadne, was dem Nordländer Zeit gab, sich den Kommandanten ebenfalls genauer anzusehen. Im Gegenlicht waren seine Gesichtszüge kaum zu erkennen, aber er hatte dicke Augenbrauen und kurzes, aber dennoch gelocktes braunes Haar. Er mochte mittleren Alters sein, auch wenn die Sonne seine Haut dunkel gefärbt hatte und ihn älter erscheinen ließ. An seinen Händen, die er auf dem Tisch gefaltet hatte, entdeckte Dariush einige Narben, Zeichen dafür, dass der Mann seinen Posten vermutlich nicht nur durch die im Imperium so wichtigen Beziehungen erhalten hatte.

»Mein Name ist Timeos! Ich bin der Kommandant dieses Lagers. Man informierte mich darüber, dass ihr die einzigen Überlebenden eines Überfalls auf Eubusos seid. Ist dem so?«

»Ja, Herr«, antwortete Ariadne.

»Dann erzählt mir von diesem Überfall.«

Mit erst stockender, aber immer sicherer werdender Stimme berichtete Ariadne vom Auftauchen der Reiter, von dem Kampf, ihrer Flucht in das Wäldchen sowie dem plötzlichen Auftauchen ihres Retters. Bei der Erwähnung des Kampfs gegen den Ostmann kniff der Kommandant die Augen zusammen und fixierte Dariush, der seinen Blick ungerührt erwiderte. Als das Mädchen mit ihrem Bericht fertig war, blickte Timeos zu der Karte an der Wand.

»Eubusos liegt jenseits des Flusses im Norden. Die Marodeure sind vermutlich gen Nordosten abgezogen. Ich werde sofort einige Soldaten dorthin aussenden. Aber der Vorsprung ist groß.« Er sah Ariadne an. »Hast du Verwandte in anderen Dörfern?«

Stumm schüttelte sie den Kopf.

»Dann bleibst du erst einmal hier. Es gibt mehr als genug Arbeit für zwei fleißige Hände. Geh zu meinem Schreiber Kuvratos und sage ihm, er soll dich zu den Mägden bringen. Dort kannst du dich waschen, etwas essen und dich ausruhen.«

Ariadne schluckte, und Dariush sah, dass sie um Worte rang.

»Was ist mit meinen Eltern?«, platze es schließlich aus ihr heraus. »Meiner Familie? Ihr werdet sie doch retten, Herr?«

Timeos zog die Augenbrauen zusammen.

»Später. Du brauchst Schlaf, mein Kind. Geh jetzt«, befahl er sanft, aber bestimmt. Mit einem letzten Blick zu Dariush, der sie nicht ansah, stürmte Ariadne aus dem Büro. Timeos wartete, bis ihre Schritte im Gang verhallt waren, dann beugte er sich nach vorne.

»Ihr wisst natürlich, dass es hoffnungslos ist. Diese Barbaren sind vermutlich längst zurück in den Bergen. Aber ich werde dennoch Truppen aussenden. Wir haben im Norden wie auch im Süden Türme mit Wachen. Wenn die Wilden aus dem Osten kommen, dann sollten die Türme es uns melden, und ich frage mich, warum sie das nicht getan haben.«

In Gedanken versunken blickte der Padarchos auf die Karte. Dann kehrte sein Blick in das Hier und Jetzt zurück, und er sah Dariush an: »Nun zu Euch. Eure Papiere sagen, dass Ihr aus dem Norden stammt. Ihr seid Raghater?«

»So würdet Ihr es wohl nennen, ja«, entgegnete Dariush.

Der Ältere ignorierte die ausweichende Antwort und fuhr fort: »Ihr habt diesen Räuber und seine Spießgesellen getötet. Normalerweise sind diese Barbaren auf schnelle Beute und Frauen aus und verschwinden ebenso schnell wieder, wie sie gekommen sind. Wisst Ihr, warum man Euch verfolgt hat?«

Dariush schüttelte den Kopf.

»Nein. Vermutlich war der Mann, den ich getötet habe, wichtig für seinen Clan. Sonst fällt mir kein Grund ein. Aber ich kenne die Gepflogenheiten der wilden Völker auch nicht, vielleicht war es eine Frage der Ehre.«

»Nein, das glaube ich nicht. Oh, sie haben durchaus Ehre, aber ein Krieger, der im Kampf fällt, muss nicht gerächt werden, indem man zwei Leute durch das halbe Land verfolgt. Sie würden wenig anderes tun können, wenn das so wäre; ihr Leben ist rau und gefährlich. Doch wie dem auch sei – Ihr seid mit ihnen fertiggeworden?«

»Ich konnte uns verteidigen, ja«, antwortete Dariush wiederum ausweichend. Natürlich war ihm bewusst, dass der Kommandant nicht nur Informationen über die Marodeure sammeln wollte, sondern auch über ihn. Vermutlich kamen nur höchst selten Reisende aus dem fernen Norden durch diese Gegend.

»Habt Ihr etwas Auffälliges bemerkt? Hautbilder an den Kriegern oder der Geisterbeschwörerin? Clanabzeichen?«

»Nein, ich fürchte nicht.«

»Das Imperium steht selbstverständlich in Eurer Schuld, Fremder oder nicht. Ich werde Euch eine Belohnung auszahlen lassen.«

»Eigentlich würden mir ein Bad, eine warme Mahlzeit und ein Bett vollkommen genügen«, gab Dariush zurück.

»Was mich noch interessiert: Warum habt Ihr das Mädchen überhaupt gerettet?«, fragte Timeos.

Dariush schnaubte.

»Hättet Ihr das denn nicht getan?«

Darauf lachte der Dunkelhaarige: »Vielleicht. Aber ich bekomme meinen Sold, damit ich die Leute hier beschütze. Wenn ich jedoch in einem fremden Land wäre und Zeuge eines Angriffs würde, der mich nichts angeht, ich weiß nicht, ob ich mich in diese Gefahr begeben würde, für Menschen, die ich nicht einmal kenne …«

Er ließ den Rest unausgesprochen.

»Nun, in diesem Moment schien es das einzig Mögliche zu sein. Jedenfalls ging es nicht um eine Belohnung, wenn es das ist, was Ihr denkt«, erwiderte Dariush gereizt.

Tatsächlich konnte er nicht genau sagen, warum er eingegriffen hatte. Ein unbestimmtes Gefühl, das Richtige tun zu müssen, oder auch nur nicht das Falsche tun zu wollen vielleicht. Vielleicht war es ein Fehler gewesen. Aber jetzt wollte er einfach nur schlafen. Der Padarchos schien seinen Unwillen zu bemerken und nickte.

»Natürlich bekommt Ihr ein Bad und etwas zu essen, Dareios. Und ein Bett wird sich auch finden lassen. Wir können morgen weiterreden, diese Räuber interessieren mich doch sehr.«

Damit trat er an die Tür und rief den Namen seines Adjutanten in den Gang. Als der fragend den Kopf durch die Tür des Vorzimmers steckte, befahl ihm sein Kommandeur, sich um die Unterkunft für Dariush zu kümmern. Schon bald bemerkte Dariush die Vorzüge des Militärs, denn einige Anweisungen des Schreibers genügten, um ihm ein herrlich heißes Bad, frische Kleidung und ein Bett in einem der Schlafsäle zu verschaffen. Nachdem er sich ausgiebig gereinigt hatte, kontrollierte er seine Schlafstatt kurz auf unliebsame Insekten, entfernte die wenigen, die er fand, und fiel alsbald in einen tiefen, traumlosen Schlaf.

Erst die frühe Mittagssonne weckte ihn wieder. Selbst der Morgenappell der Legionäre hatte ihn nicht aus dem Schlaf reißen können. Nach dem Bad gestern fühlte sich Dariush schon mehr wie ein zivilisierter Mensch, und zu seiner Freude fand er seine Kleidung ausgebürstet und wenigstens grob geflickt am Fußende seines Bettes wieder. Natürlich würde er sie noch waschen müssen, aber für den Moment genügte es vollauf. Schnell schlüpfte er in Hose und Hemd und ließ die ungewohnte Tunika, die man ihm geliehen hatte, auf seinem Lager liegen.

Eine kurze Überprüfung ergab, dass seine spärlichen Besitztümer vollständig waren, also schnallte er sich den Ledergürtel sowie die beiden Brustgurte mit seinen Waffen und Beuteln um und trat hinaus auf den Platz vor der Kaserne. Auf dem Hof exerzierten einige Soldaten unter dem lauten Gebrüll ihres Vorgesetzten. Ungeachtet dieser Ablenkung versuchte der Nordländer sich daran zu erinnern, wo man ihm gestern Abend die Küche gezeigt hatte, und entschied sich schließlich für ein längliches Gebäude nah am Zentrum des Lagers.

Er wollte gerade eintreten, als ein lauter Hornstoß ihn innehalten ließ. Mit viel Getöse ritt eine Handvoll Soldaten durch das westliche Tor. Sie galoppierten bis zum Verwaltungsgebäude, ohne sich um die ihnen nachrennenden Wachposten zu scheren. Die Rüstungen der Neuankömmlinge waren weitaus schöner verziert als die der Soldaten des Lagers, und ihre Helme zierte jeweils ein mächtiger roter Federbusch. Ihr Anführer sprang aus seinem Sattel und warf einer zufällig danebenstehenden Legionärin verächtlich die Zügel hin. Seine Kameraden taten es ihm gleich, und dann gingen sie gemeinsam in das Haus des Padarchos, während die Wachen ihnen nachliefen.

Obwohl das Schauspiel seine Neugier weckte, siegte sein Hunger, und Dariush betrat die Küche und bat die beiden Köche, die dort an einem gewaltigen, eisernen Herd schwitzten, mit einem Lächeln um eine Kleinigkeit zu essen. Tatsächlich gaben sie ihm eine tönerne Schüssel, so voll beladen mit Brot, Käse, Wurst und duftendem Schinken, dass er sie vorsichtig balancieren musste. Mit dieser setzte er sich vor dem Gebäude auf den Boden und sah fasziniert dem Exerzieren zu.

Bevor er die Schüssel jedoch gänzlich geleert hatte, kam der Schreiber über den Hof gelaufen und teilte ihm mit, dass der Kommandeur ihn zu sprechen wünsche. Also stellte Dariush die Schüssel ab und begleitete den Mann zurück zu dessen Vorzimmer.

Dort wies der Adjutant auf den Gang, und Dariush ging bis zu Timeos Büro. Zu seiner Überraschung befanden sich die gerade angekommenen Reiter sämtlich in dem kleinen Zimmer. Mit hochgezogenen Augenbrauen trat der Nordländer ein und sah Timeos erwartungsvoll an. Der machte ein Gesicht, als würde er nur mühsam die Beherrschung bewahren, und sofort stellten sich Dariush' Nackenhaare auf. Irgendetwas stimmte hier ganz und gar nicht, aber bevor er etwas sagen konnte, packten ihn zwei der Soldaten an den Armen, und ein schwerer Tritt in die Kniekehle zwang ihn auf den Boden.

Dariush warf sich gegen die rauen Griffe, aber einer riss

seinen Kopf an den Haaren zurück, während der Anführer vortrat, Dariush' eigenes Schwert aus der Scheide zog und es ihm an die Kehle hielt. Gegen die Übermacht der Soldaten hatte er keine Chance, also hörte Dariush auf, sich zu wehren, und starrte dem Offizier ins Gesicht. Mit einem höhnischen Lächeln erwiderte der blonde Mann seinen Blick.

»Dareios, Euch wird vorgeworfen, im Auftrag der Raghater mit den Feinden des Imperiums zusammenzuarbeiten. Darauf steht der Tod.«

Dariush war beinahe zu verdutzt, um darauf eine Antwort zu geben. *Ich, ein raghatischer Agent?* Das ergab überhaupt keinen Sinn.

»Unsinn«, knurrte er und sah von dem Offizier zu Timeos, der aber nur entschuldigend die Achseln hob und sich abwandte. Die Klinge seines Schwerts kratzte über Dariush' Kehle und schlitzte seine Haut auf, woraufhin ihm warmes Blut in den Kragen lief. Mit einer plötzlichen Bewegung warf sich Dariush noch einmal gegen die Griffe, wodurch er einen Arm freibekam. Sofort stieß er dem Mann, der ihn links festhielt, die gestreckten Finger ins Gemächt, woraufhin er mit einem Grunzen zusammenbrach.

Aus dem Augenwinkel sah Dariush seine eigene Klinge auf seinen Kopf zurasen, also ließ er sich nach hinten fallen und rollte sich ab, leider genau in den Tritt der Soldatin, die ihn bereits einmal zu Boden geschickt hatte. Ihr Angriff trieb ihm die Luft aus den Lungen, aber er rollte weiter und stieß gegen ihr anderes Bein, wodurch er sie mit zu Boden riss. Nach Luft ringend versuchte er kriechend die Tür zu erreichen, jeder Atemzug brannte in seiner Brust, dann fiel der Schatten des Offiziers über ihn.

»Genug!«

Damit traf Dariush etwas an seinem Hinterkopf, und vor seinen Augen explodierten bunte Lichter. Während er fiel, hörte er noch die Worte seines Peinigers: »Padarchos, schafft ihn in den Kerker. Und holt mir den Henker.«

Dann umfing ihn die Dunkelheit.

VALERIA

In den Kernlanden des Reichs war es schwer zu glauben, dass an seinen Grenzen beständig Krieg herrschte.

Auf ihrer Reise zur Hauptstadt sah Valeria überall, was die ordnende Hand der Menschen in Friedenszeiten erschaffen hatte: Fast jedes Fleckchen Erde war mit den verschiedensten Feldfrüchten bestellt, die Wälder waren sorgsam gepflegt, die Flüsse begradigt, und eine Vielzahl von Bewässerungskanälen zog sich durch das Land.

Die wichtigen Straßen des Imperiums waren gepflastert und wurden ständig überprüft und instand gehalten. Tatsächlich kam Valerias Tross auf eben diesen Straßen weitaus schneller voran als auf den schlammigen Wegen des Ostens. Seit sie die Grenzen von Thrawien überquert hatten, hatte sich Valerias Laune ständig gebessert. Die mächtigen Kastelle der Thrawischen Thuma, die mit Mauern gesäumten Städte, die gut gepflegten Handelsstraßen, all dies hatte ihre Stimmung aufgehellt. Auch nach all den Jahren in der kaiserlichen Armee war sie noch immer der Ansicht, dass man als Soldat manchmal sehen sollte, wofür man in die Schlacht zieht. Ihr Adjutant Gordian teilte ihre Meinung, aber Valeria war sicher, dass er eigentlich nichts dagegen hätte, immer im Zentrum des Reichs zu bleiben. Der junge Offizier aus Astrien war ein guter Soldat und ein fähiger Anführer, aber seine wahre Stärke lag nicht in der offenen Schlacht, sondern in der Organisation und Verwaltung. Wenn es Zeit für seine Beförderung war, würde die Magistra Militium dafür sorgen, dass er einen Posten erhielt, der seinen Fähigkeiten angemessen war. Aber jetzt verließ sie sich erst mal auf ihn und darauf, dass er ihre Reise genau geplant hatte.

Nur selten reiste Valeria mit dem gesamten Tross. Meistens zog sie in Begleitung größerer Einheiten von einem umkämpften Gebiet zum nächsten, oder sie zog es vor, mit einer kleinen Entourage schnell dorthin zu gelangen, wo ihre Anwesenheit benötigt wurde. Doch diesmal war ein anderes Vorgehen notwendig. Reiter wurden vorausgesandt, um in Dörfern, Städten und Kasernen Unterkünfte zu requirieren. Der blonde Adjutant hatte Händler und andere Reisende befragt, um die schnellste Route zu bestimmen, denn es bestand die Möglichkeit, per Schiff über die Weiße See zu fahren.

Aber sie hatten diesen Plan verworfen, denn der Umweg hätte vermutlich mindestens ebenso viel Zeit gekostet, wie die Schiffspassage gespart hätte, und noch dazu war Valeria keine Freundin der Weißen See. Die Tatsache, dass dieses Meer von einem anderen Volk beherrscht wurde, das zwar niemals Krieg mit anderen Nationen begonnen hatte, aber dank ihrer unglaublich überlegenen Schiffe und ihrer starken Verbindung zu den Geistern der See dennoch jede Aggression zurückgeschlagen hatten, behagte der Magistra Militium gar nicht.

Die meisten Bewohner der Küste hatten sich mit der Vorherrschaft der mysteriösen weißhaarigen Menschen abgefunden, deren schlanke Segelschiffe wie aus dem Nichts auftauchen und wieder verschwinden konnten, und sie akzeptierten die niedrigen Zölle und wenigen Regeln anstandslos. Einer der Gründe war vermutlich Tradition, denn die Herrscher der Weißen See wurden schon in den ältesten schriftlichen Dokumenten der Quaestori erwähnt.

Dennoch behagte Valeria der Gedanke nicht, dass die Küsten des Imperiums, an denen auch die mächtige Hauptstadt Athanopolis lag, der Willkür einer fremden Macht ausgesetzt waren. Also hatten sie den Landweg gewählt, der sie von den ungezähmten Ländern des Ostens über Thrawien bis in das Herz des Reichs gebracht hatte. Heute Morgen hatten sie Stokinth in aller Frühe verlassen und fuhren nun auf der Reichsstraße weiter nach Westen. Kurz nach dem Mittag hatten sie den ersten Blick auf die mächtigen, vierfachen Mauern der Hauptstadt werfen können.

Die Bewohner des Imperiums hatten lange geglaubt, dass Athanopolis uneinnehmbar sei, aber der Sturm aus dem Osten hatte diese Behauptung Lügen gestraft. Als die Heere vor den Mauern und Schutzwällen standen, hatten sie mithilfe dunkelster Magie die Tore gebrochen. Um die Schlacht um Athanopolis rankten sich zahllose Legenden, Hunderte Lieder besangen die Heldentaten der Kämpfenden, den verzweifelten letzten Kampf am äußersten Osttor, dem sogenannten vierten Tor der Winde. Seit ihrer Kindheit hatte Valeria die Geschichten gehört, bis sie die wichtigsten Ereignisse beinahe wortgetreu wiedergeben konnte. Vor ihrem geistigen Auge waren die Bilder erschienen, die von den Geschichten beschworen worden waren.

Vor den Mauern erstreckte sich der Heerzug der Barbaren aus dem Osten, Tausende, ja Hunderttausende von Kriegern, eine schier unbegreifliche Macht, alle darauf brennend, die größte und reichste Stadt der Welt, die Perle des Imperiums, einzunehmen und zu plündern. Kreaturen aller Rassen, viele Menschen, aber auch wilde Wesen aus unbekannten Ländern, sogar einige wenige der scheuen Elfen, so sagte man zumindest. Alle vereint unter einem Banner. Und welch ein Banner! Blutig rot, mit dem silbernen Drachen vor einem roten Mond.

Demgegenüber die Standarten des Imperiums, die stolzen Phoenixe, trutzig gereckt auf den Türmen und Mauern der Stadt, Abzeichen der Legionen, die zur Verteidigung der Hauptstadt angerückt waren. Viele von ihnen kamen von den Schlachtfeldern im Osten, dort, wo das Imperium Niederlage um Niederlage hatte hinnehmen müssen. Ihre Reihen waren ausgedünnt, Tausende waren bereits gefallen, einzig die kaiserliche Tagmata war bisher verschont geblieben.

Trotz der grausamen Verluste standen sie nun wieder bereit, die Waffen in den Händen, dem Feind um ein Vielfaches unterlegen. Drei Tage und drei Nächte warteten sie, während das Heer aus dem Osten seine Belagerungstürme errichtete, seine Kriegsmaschinen aufbaute und sich vorbereitete. Bei Sonnenaufgang des vierten Tages kam der Sturm, eine endlose Flutwelle aus Leibern, die an die äußerste Mauer brandete. Katapulte schleuderten riesige Steine gegen die Feinde, Bogenschützen sandten ganze Schwärme von Pfeilen, die den Himmel verdunkelten.

Trebuchets, Ballisten und andere Kriegsmaschinen ließen Tod und Verderben auf beide Seiten hinabregnen. Sieben Mal stürmten die Angreifer an jenem Tag, und sieben Mal wurden sie zurückgeschlagen. Sobald sie sich den Mauern näherten, kam die gefürchtetste Waffe des Imperiums zum Einsatz, das Phoenixfeuer. Die klebrige Substanz, deren genaue Beschaffenheit nur den Feuerpriestern bekannt war, verbrannte die Ostlinge erbarmungslos, nichts vermochte der Wut des flüssigen Feuers Einhalt zu gebieten, bis es seinen Hunger an dem Fleisch der Angreifer gesättigt hatte.

Als die Sonne im Westen unterging, machte sich Hoffnung unter den Verteidigern breit. Vielleicht würden die Krieger des Ostens einsehen, dass Athanopolis niemals fallen würde. Seine Mauern waren breit und fest, geschützt durch die Segen der Elementare der Erde.

Die Verteidiger geboten über das Feuer und waren entschlossen, bis zum letzten Atemzug zu kämpfen. Hier und dort erklangen Jubelrufe aus den Kehlen, die noch nicht zu erschöpft waren. Die Linien der Feinde zogen sich zurück, und unter den Mauern war ein Meer von Fackeln. Noch während man den Tag für gewonnen hielt, teilten sich die Reihen der Feinde, und eine Gestalt schritt zwischen ihnen hindurch. Plötzlich wurde es vor den Toren der Stadt vollkommen still, und die Soldaten des Ostens knieten allesamt nieder, ob Mensch, ob andere Kreatur, alle gemeinsam vor der Person in der schwarzen Robe, die bedächtig und würdevoll gen Athanopolis schritt.

Schmährufe von den Mauern ertönten, Pfeile wurden abgeschossen, doch die Gestalt schien dies nicht zu stören. Wie durch Hexenwerk verfehlten die ersten Geschosse ihr Ziel, und schon bald verstummten die Beleidigungen, und Befehle wurden gerufen. Ganze Einheiten von Bogenschützen feuerten auf die Gestalt, Priester der Elemente schleuderten ihm Bannsprüche entgegen, doch nichts konnte ihn aufhalten.

Als er noch wenige Dutzend Schritt von dem Torhaus entfernt war, machte er eine herrische Bewegung mit der rechten Hand, und ohne einen Laut sanken die Priester und Magier leblos zu Boden. Panik brach in den Rängen der Legionen aus, Soldaten flüchteten von ihren Posten, die ungreifbare Aura der Bedrohung erfüllte die Herzen der Verteidiger.

Es gab Berichte von Veteranen, die weinend am Boden hockten, von anderen sagte man, dass sie den Verstand verloren und sinnlose Worte stammelnd von den Mauern stürzten. Unbeirrt näherte sich der Fremde weiter dem Tor, jegliche Gegenwehr war verstummt, lediglich hoch oben auf dem Torhaus schossen einige Angehörige der kaiserlichen Leibwachen, der Domestikoi, weiter, jedoch ohne ein sichtbares Ergebnis. Einige Schritte vor dem Tor blieb die Gestalt stehen und hob das Haupt. Noch immer war unter der breiten Kapuze kein Gesicht zu erkennen, doch die Stimme des Mannes hallte weit durch die Nacht: »Wisset, Bürger von Athanopolis, dass eure Stunde geschlagen hat! Öffnet eure Tore, und ich werde Gnade zeigen. Verweigert euch mir, und eure geliebte Stadt wird brennen!«

Darauf muss der letzte der Eleukiden-Kaiser, Timius I. Eleukos, geantwortet haben, auch wenn seine Worte im Dunkel der Zeit verloren gegangen waren. Jedenfalls hob der düstere Fremde seine Arme, woraufhin Timius schreiend von den Zinnen der Mauer stürzte.

Noch einmal wiederholte der Mann seine Drohung, doch als niemand auf seinen Befehl, die Tore zu öffnen, reagierte, wies er mit beiden Händen auf sie. Die mächtigen Torflügel erbebten, obwohl sie aus den härtesten Hölzern gefertigt waren, beschlagen mit Eisen, mit Schutzzaubern versehen und durch gewaltige Balken gestützt.

Einmal, zweimal erzitterten sie, wie von unsichtbaren Schlägen, dann barsten sie und übersäten die hinter ihnen postierten Soldaten mit Splittern, die so manchen töteten. Ungehindert schritt der Fremde auf die Stadt zu, während hinter ihm sein Heer in ein vielstimmiges Jubeln ausbrach. Niemand konnte daran zweifeln, dass er die anderen drei Tore ebenfalls durchbrechen konnte.

Doch bevor er das Torhaus erreichte, in der dunkelsten Stunde des Reichs, als alle Hoffnung verloren schien, warf sich ihm eine Kriegerin entgegen. Valeria kannte die Strophe aus dem Hohelied der Kalmene genau. In glühende Phoenixschwingen gehüllt stürzte sich Kalmene vom Torhaus auf den Anführer ihrer Feinde. Die wenigen überlebenden Augenzeugen waren sich einig, dass ein feuriger Glanz sie umgeben habe, als sie ihre Klinge in das hochfahrende Gesicht ihres Gegners schlug. Der Schrei, den der Mann im Sterben ausstieß, raubte vielen das Bewusstsein, es hieß, dass sein Heer in diesem Moment in Panik ausbrach, dass er wie hirnlos agierte und sich seine eigenen Truppen gegenseitig angriffen.

Die wenigen Verteidiger, die noch handeln konnten, zogen ihre Kameraden hinter die zweite Mauer zurück und beteten den Rest der Nacht zu den Elementen. Als die Sonne am nächsten Morgen aufging, war der Großteil der Angreifer geflohen. Von Kalmene und ihrem Widersacher fehlte jede Spur. Zuerst bejubelte man den großen Sieg, die Menschen feierten, dass sie die Nacht überstanden hatten, doch das Imperium war durch den Krieg tödlich ausgeblutet.

Es folgten die Dunklen Jahre, eine Zeit der Tränen, als Land um Land verloren ging, bis Athanopolis über wenig mehr als seine eigenen Stadtgrenzen herrschte. Aus diesen Trümmern hatte Kalmenes Geschlecht sein Volk wieder in das Licht geführt, denn die dankbaren Bürger der Stadt machten Kalmenes Bruder zu ihrem neuen Kaiser. Und anders als in den Jahrhunderten zuvor war die Not zu groß, die Feinde zu stark, als dass man sich interne Zwistigkeiten erlauben konnte. Diese kaiserliche Linie saß fest auf dem Purpurthron, und die Erfolge ihrer Kaiser und Kriegsherrn erhärtete diesen Anspruch noch.

Als sie klein gewesen war, hatte sich Valeria, glühende Verehrerin Kalmenes, die Schlacht um Athanopolis immer glorreich und heldenhaft vorgestellt. Inzwischen hatte die Erfahrung aus Dutzenden von Feldzügen die Bilder in ihrem Kopf verändert. Heute kannte sie das Leid und die Entbehrungen, die damals über die Menschen hereingebrochen waren, aus erster Hand. In ihren Kinderträumen waren die Erben des namenlosen Fremden aus dem Osten zurückgekehrt, und Valeria hatte sie in heroischen Schlachten besiegt.

Mögen solche Kriege niemals wieder geführt werden müssen, dachte die Magistra Militium, während ihre Kutsche über die Straße zwischen den weiten Feldern vor der Stadt auf Athanopolis rollte. Im sanften Licht des Nachmittags erstrahlte die Stadt in all ihrer Pracht. Die Dächer der acht kaiserlichen Paläste glänzten im Sonnenlicht, und der alles überragende Tempel der Vier Elemente erschien in seiner Herrlichkeit fast, als wäre er nicht von dieser Welt. Seine goldene Kuppel zwischen den vier schlanken Türmen spiegelte das Licht der Sonne, als wollte dieses Bauwerk von Menschenhand dem himmlischen Körper Konkurrenz machen.

Ebenso beeindruckend waren die mit verschiedenfarbigen Schindeln gedeckten und mit Edelsteinen besetzten Paläste des Imperators. Zusammen mit dem Tempel und den Zentralen der Verwaltung bildeten sie den kaiserlichen

Bezirk, eine eigene Stadt innerhalb der Stadt. Dort liefen die Lebensadern des Imperiums zusammen, dort schlug sein Herz, dort hauste seine Seele. Dort war Valeria aufgewachsen, hatte von den besten Lehrern gelernt, die Geschichte des Imperiums studiert, ihre militärische Ausbildung erhalten. Im Haupttempel des kaiserlichen Bezirks hatte sie ihren Mann geheiratet und ihn wenige Jahre später in den Katakomben ihrer Familie zu Grabe getragen.

Ihr eigener Sohn war dort aufgewachsen, außer in den kurzen Zeiten, die er seine Mutter auf ihren Reisen begleitet hatte. Ob ihr wohl genug Zeit blieb, der Elften einen Besuch abzustatten? Eine Inspektion vielleicht. Wie viele Monate waren vergangen, seit sie Cyril zuletzt gesehen hatte? Eindeutig zu viele. Auch wenn sie seinen Entschluss schätzte, sich nicht auf den glorreichen Namen seiner Linie zu verlassen und seinen eigenen Weg innerhalb des Militärs zu finden, wollte sie ihn sehen. Dann würde man eben einen Vorwand finden müssen. Sicherlich konnte Gordian ihr bei diesem Vorhaben helfen.

Doch bevor sie ihren Adjutanten darauf ansprechen konnte, preschte ein Bote, der nach der neuesten höfischen Mode gekleidet war, aus der Stadt heran und rief nach der Magistra Militium. Mit einem Wink holte Valeria den Beamten herbei, der sofort sein Anliegen vorbrachte: »Edle Herrin, Eure Ankunft wurde von Euren Reitern angekündigt. Der Kaiser wünscht, dass Ihr angemessen in der Stadt empfangen werdet, die Euch so viel zu verdanken hat. Am Tor erwarten Euch die Domestikoi, um Euch als Ehrengarde zu fungieren. Wenn Ihr Eure Wagen meiner Obhut überlasst, werde ich sie zu Eurer Unterkunft geleiten.«

»Wohin werden wir reiten?«, fragte Valeria.

»Zum Hippodrom, edle Herrin, wo Ihr einen triumphalen Einzug halten werdet«, antwortete der Bürokrat dienstbeflissen.

»So, werde ich das? Ich bin müde und habe eine lange Reise hinter mir. Vielleicht sollte ich zuerst mein Heim aufsuchen und ein Bad nehmen, was meint Ihr?«

Hinter sich konnte Valeria Gordian leise seufzen hören. Vermutlich verdrehte er sogar die Augen, aber dem in seiner langen, höfischen Robe auf dem Feld deplatziert wirkenden Beamten hatte ihre Antwort jedenfalls fürs Erste die Sprache verschlagen.

Natürlich würde sie den Befehlen Folge leisten, aber der Mann vor ihr stellte all das dar, was Valeria an Athanopolis missfiel. Bevor er ihr widersprechen konnte, entließ sie ihn mit einem weiteren Wink.

Auf dem Weg von dem Stadttor der äußersten Mauer durch die der anderen drei Wälle wurde Valeria wieder einmal bewusst, wie groß ihre Heimatstadt eigentlich war. Im Laufe der Jahrhunderte war sie immer weitergewachsen, und man hatte insgesamt dreimal neue Mauern errichten müssen, um das gesamte Stadtgebiet zu schützen. Natürlich gab es noch die Mauern um den kaiserlichen Bezirk, aber niemand zählte sie mit, denn die Fünf war eine Unglückszahl, während die Vier allgemein als die den Geistern gefälligste Zahl galt. In den Dunklen Jahren hatte die Bevölkerung so stark abgenommen, dass sie sämtlich in dem innersten Verteidigungsring Platz fand, doch seither war das Volk von Athanopolis wieder auf seine ursprüngliche Größe angewachsen, ja, hatte diese sogar übertroffen. Man sagte, mehr als eine Million Seelen lebten in der Stadt, die aus allen Nähten zu platzen schien.

Häuser und ganze Stadtteile waren entgegen den Anordnungen und Gesetzen vor der äußersten Mauer entstanden, und die Straßen waren belebter denn je. Die Nachricht vom Einzug der Magistra Militium hatte sich in Windeseile in der gesamten Stadt verbreitet, und die Menschen säumten die Straße vom vierten Tor der Winde bis zum Hippodrom, das unweit des Palastbezirks lag.

In jedem Fenster, auf jedem Balkon und auf vielen Dächern standen Menschen und jubelten Valeria zu. Die Magistra Militium ritt an der Spitze ihres kleinen Trosses, hinter sich die Soldaten ihrer Leibwache, während sich die Domestikoi an den Flanken hielten. Zwei der kaiserlichen Leibwachen waren in ihren purpurnen Mänteln vorausgeeilt und sorgten dafür, dass die Straße wenigstens halbwegs frei war – in Anbetracht der Menschenmassen kein einfaches Unterfangen.

Hinter sich wusste Valeria Exoristos, dessen massige Gestalt zur Not eine Gasse schaffen konnte, was aber zum Glück nicht notwendig wurde. Müßig fragte sich die Magistra, wer von ihnen beiden wohl mehr Blicke anzog, sie oder der hünenhafte und fremdartige Duonotaurus.

Von den ärmeren Bezirken am Außenrand der Stadt führte ihr Weg sie durch die weiteren Tore der Winde, über die gepflasterten Straßen und vorbei an den Geschäften, Handwerksstätten und Wohnhäusern bis in den innersten Kreis der Stadt, wo die Reichen und Mächtigen lebten und von wo aus Geschicke des gesamten Reichs bestimmt wurden.

Von dort aus ritten sie an den Villen vorbei durch das innerste Tor des Wassers bis zum Hippodrom. Obwohl Valeria keine besondere Freundin der Wagenrennen war, war sie natürlich früher häufig Zuschauer bei den Spektakeln gewesen. Die Siege und Niederlagen der vier Zirkusparteien bestimmten Freud und Leid vieler Menschen in der größten Stadt der Welt, und während der Rennsaison gab es kaum andere Gesprächsthemen, die die Gemüter der Menschen so sehr zu erhitzen vermochten wie das Geschick und Glück der vier ersten Fahrer. Vor drei Tagen hatten die vier Auftakttage der Saison begonnen, und viele würden es als gutes Omen ansehen, dass die Magistra Militium am vierten Tag im Hippodrom erscheint.

Von den Domestikoi durch einige große Gänge in den Unterbau des gewaltigen Stadions geführt, erinnerte sich Valeria an einige ähnliche Auftritte ihres Onkels, als der noch ihren Posten innehatte. Der alte Mann hatte die Aufmerksamkeit der Bürger immer weitaus mehr genossen, als Valeria dies konnte. Aber nichtsdestotrotz war es ihrer Stellung und ihren Erfolgen angemessen, sich dem Volk würdevoll zu präsentieren.

Dann öffneten sich die Tore, durch die normalerweise die Gespanne in das Zirkusrund fuhren. Mit einer leichten Schenkelbewegung trieb Valeria ihr Pferd an und ritt aus dem Dunkel in die offene, lichterfüllte Arena.

Von verborgenen Plätzen über den höchsten Rängen streuten Sklaven ganze Eimer voll Blütenblätter in die Luft, die nun durch das gesamte Hippodrom wehten. Durch diesen tanzenden Reigen ritt Valeria an der Spitze ihrer Soldaten, und die Menge, die weitere Wagenlenker erwartet hatte, stutzte für einen Herzschlag. Doch als man sie erkannte, brandete ein ohrenbetäubender Jubel über sie herein, hunderttausend oder mehr Kehlen brüllten ihren Namen, während sie um das Rund ritt und auf die kaiserliche Tribüne zusteuerte.

Der frenetische Jubel wollte kein Ende nehmen, und es fiel Valeria schwer, unter dem Ansturm des Lärms und der vielfältigen Anblicke ihre Gedanken zu ordnen. Auch ihr Brauner tänzelte nervös, obwohl es ein ausgebildetes Schlachtpferd war, verwirrte durch die ungewohnte Situation. Mit einer Hand tätschelte Valeria beruhigend seinen Hals, mit der anderen entbot sie den kaiserlichen Gruß, Daumen, Zeige- und Ringfinger ausgestreckt. Ein Dutzend Meter über ihr, in der kaiserlichen Loge, erhob sich ihr Cousin, der Vierfach gesalbte Imperator, Träger des Purpur, Geliebter des Phoenix, Justinian II. Athanos vom Blute der Kalmene Athanos, und erwiderte den Gruß, was die Raserei der Menge ins schier Unermessliche steigen ließ. Seine Höflinge verneigten sich allesamt vor ihr, und Valeria neigte ebenfalls das Haupt, aber erst nach dem Gruß, wie es das Vorrecht derjenigen aus der kaiserlichen Linie war. Etwas sagen zu wollen, war angesichts des Lärms vollkommen aussichtslos, weswegen Valeria einfach nur abwartete. Nach einigen Augenblicken drehte sich der Imperator um und verließ seine Loge, um ihr auf der Rückkehr durch die Arena den Jubel der Menge ganz allein zu überlassen. Mit einem weiteren Gruß in Richtung der Statue der Kalmene, die das Zentrum der Bahn dominierte, bewegte sich auch Valeria in Richtung Ausgang.

Dieser letzte Gruß erreichte das Unmögliche, denn der Jubel schwoll noch einmal an, bis die Magistra Militium glaubte, ihn nicht mehr ertragen zu können. Und das dumpfe Schreien aus dem Hippodrom begleitete sie den ganzen Weg bis in den kaiserlichen Bezirk, durch die Entfernung gedämpft, aber immer noch deutlich zu vernehmen, bis sie in der Halle ihrer eigenen Gemächer stand.

BRAYN

Jedes Mal, wenn er ein wenig langsamer werden wollte, holten Brayn die düsteren Vorahnungen ein, die ihn seit seinem unheilvollen Traum in dem kleinen Wäldchen begleiteten, und trieben ihn an. Seine Reise, die eine Abwechslung vom Alltag der Foederati werden sollte, hatte nun eine viel größere Bedeutung gewonnen. Für den Schamanen stand außer Frage, dass seine Vision und sein Auftrag miteinander in Verbindung standen, auch wenn er die Bedeutung seiner Traumbilder noch nicht entschlüsselt hatte.

Immerhin entfernte er sich nun mit jedem Schritt weiter von Thalia und würde so kaum zu einer Gefahr für sie werden. Ohne zu wissen, was seine Träume bedeuteten, konnte er sich nicht vorstellen, zu ihr zurückzukehren. Wieder und wieder hatte er die schrecklichen Bilder vor seinem geistigen Auge betrachtet. Der Mann in seinem Traum, von dem er sich weigerte, ihn mit Namen zu bezeichnen, hatte Thalias Schwert mit der Hand zur Seite geschlagen und ihre Rüstung mit einer Axt geradezu zerschmettert.

Obwohl sich der Rabenschamane recht sicher war, dass er in einem Kampf auch ohne seine Magie passabel bestehen konnte, wusste er dennoch, dass dieser Angriff nicht von einem Menschen allein ausgeführt worden war. Vielleicht spielte die Hilfe einiger Geister der Stärke oder des Kampfs eine Rolle. Vielleicht war der Mann in seinem Traum – *ich,* sagte eine kleine, nagende Stimme in seinem Bewusstsein – besessen.

Was auch immer der Hintergrund war, Brayn jedenfalls spürte kein Verlangen, jemals in diese Situation zu gelangen. Auf seiner Reise musste er unbedingt herausfinden, was seine Vision bedeutete. Aber in der Wildnis des Ostens würde ihm dies kaum gelingen, also erhöhte er sein Marschtempo. Obwohl der Rabe das überaus mürrisch zur Kenntnis nahm, passte er sich an und flog weiterhin voraus, um sicherzugehen, dass keine Gefahren auf sie warteten.

Zu Beginn seiner Wanderung mied Brayn die verstreuten Siedlungen, achtete aber auch darauf, nicht zu tief in den Forst einzudringen, der sich im Süden erstreckte. Einerseits behinderten die gewaltigen alten Laub- und Nadelbäume sein Fortkommen, andererseits sagte man über den tiefen Wald, dass es dort Elfen gäbe, die keine Eindringlinge duldeten. Aber ob Elfen existierten oder nur Legenden waren, wusste Brayn nicht zu sagen.

Vielleicht war es Einbildung, aber die Geister des Waldes schienen ihm tatsächlich ein wenig abweisend, ja sogar feindselig gegenüberzustehen, und er beschloss, sein Glück nicht auf die Probe zu stellen.

Als er jedoch die Grenze nach Thrawien überquert hatte, hielt sich Brayn an die Straßen, denn hier, weiter im Westen, ermöglichten ihm die gepflegten Wege ein schnelleres Vorankommen. Immer noch schlug er sich aber nachts lieber in die Felder und Wälder und schlief unter freiem Himmel.

Den Regen hatte er schon lange hinter sich gelassen, und das freundliche Wetter hob seine Stimmung etwas und lenkte ihn von den düsteren Gedanken ab. Nachdem er Tirnaw, die Hauptstadt Thrawiens, südlich umgangen hatte, schloss er sich einer Reisegruppe an, die zum größten Teil aus Händlern bestand, die ihre Waren auf den reichen Märkten tief in den Kernlanden veräußern wollten. Deren ständiges Gerede über Transportwege, Preise, Gewinne und Verluste störte den Schamanen zunächst, bis er lernte, das Geplauder einfach zu überhören.

Lediglich die Warnungen des alten Führers ihrer Karawane, einem von Wind und Wetter gegerbten Thrawier, ließen ihn aufhorchen.

»An den Grenzen lohnt es kaum noch«, erklärte der Mann und spie einen Fladen Spucke auf die staubige Straße, der durch die Kräuter, die er ständig kaute, dunkelgrün schimmerte. »Zu viele Banditen. Gerade im Osten.«

Doch fern von den Grenzen, im Landesinneren, erblühte das Imperium. Hier lebten die Menschen seit Generationen in Frieden und Sicherheit, ohne Angst vor Überfällen und mit Vertrauen zu der Macht ihrer Herrscher und der Stärke ihrer Armee. Der Schamane, der in den letzten Jahren selten länger als einige Tage an einem Ort verbracht hatte und dessen Aufträge ihn stets in die Krisen- und Kriegsgebiete geführt hatten, schüttelte mehr als einmal verwundert den Kopf ob des allgegenwärtigen Leichtsinns der Bürger.

Natürlich wusste man auch im Reich von dem üblichen Sammelsurium aus Halsabschneidern, Dieben, Betrügern und anderen Verbrechern, doch die Soldaten der kaiserlichen Thuma waren für ihr hartes und brutales Durchgreifen bekannt und sorgten dafür, dass man vielerorts auch nachts bedenkenlos umherwandern konnte.

Überfälle auf den Straßen des Reichs waren so nah am Zentrum der Macht fast gänzlich unbekannt und die Strafen für Räuber schwer. Ihre Überreste, die an einigen Wegpunkten an improvisierten Galgen im Wind verrotteten, schienen Nachahmer abzuschrecken. Im Laufe seines Lebens hatte Brayn dem Tod oft genug in die Augen gesehen, weshalb ihm der Anblick des halb vermoderten Kadavers an der Kreuzung wenig ausmachte. Anders als seinen Reisegefährten, die ihre Blicke senkten und ihre Tiere antrieben. Der Rabe hingegen gönnte sich eine Wegzehrung.

Für einige Tage ließ sich Brayn von dem Gefühl der Sicherheit einlullen, doch nur noch wenige Tagesmärsche von Athanopolis entfernt wurde er wieder an seinen Traum erinnert.

Er hatte sich auf einem bereits abgeernteten Feld zur Ruhe gebettet, während seine Reisegefährten bei einem nahen Gasthaus an der Straße Unterkunft gesucht hatten. An den Straßen gab es eine Vielzahl von Gasthäusern, und dass einige von ihnen von dem kaiserlichen Depeschendienst genutzt wurden, bürgte für ihre Qualität. Eigentlich war es nur Beamten erlaubt, dort zu speisen und zu nächtigen, aber einige Bronzemünzen in der richtigen Hand konnten in ruhigen Zeiten durchaus ein Bett oder zwei kaufen.

Der Schamane war daran allerdings nicht interessiert gewesen. Zudem war sein Beutel nicht annähernd so prall gefüllt wie der eines reichen Händlers. Also hatte er sich abseits der Reichsstraße ein weiches Plätzchen gesucht und sein Lager dort aufgeschlagen. Der Himmel war klar, die Sterne funkelten weit über ihm, und die Nacht versprach, mild zu werden.

Doch statt den erhofften ruhigen Schlaf zu finden, wurde Brayn von Albträumen geplagt, von namenlosen Schrecken, gesichtslosen Kreaturen, an die er sich nur noch verschwommen erinnern konnte, als er spät am nächsten Morgen wie zerschlagen aufwachte. Der Rabe hatte ihn allein gelassen, ein Umstand, der Brayn erschreckte.

Zwar entdeckte er ihn schließlich in den Ästen einer Eiche, die ein Stück entfernt stand, doch selbst als Brayn ihn rief, kehrte der große Vogel nicht zu ihm zurück, sondern ließ nur einen lauten Ruf vernehmen. Im Sonnenlicht des Morgens hätte es warm sein sollen, doch stattdessen fröstelte Brayn. Seine Muskeln waren steif, sein Nacken schmerzte, und um den Schrecken noch größer zu machen, fand er auf seiner zerwühlten Decke einige halb getrocknete rostbraune Fleck – unzweifelhaft Blut.

Nach einer hastigen Untersuchung fand er schließlich eine verkrustete Wunde an seiner Wange. Ohne Zeit zu verlieren, packte er seine Sachen zusammen und lief zu der Eiche, auf der immer noch der Rabe wartete. Nur zögerlich flog der schwarze Vogel zu ihm herab und landete auf seiner Schulter.

»Was ist geschehen? Warum hast du mich nicht geweckt?«, murmelte Brayn. Doch dann sah er den beinahe verlegen wirkenden Ausdruck in den Augen seines alten Freunds, und er verstand.

»Du hast versucht, mich zu wecken, nicht wahr? Die Wunde«, er berührte seine Wange, »stammt von dir. Aber warum?«

Natürlich konnte der Vogel, so klug er auch sein mochte, ihm nicht antworten. Also setzte sich Brayn auf den Boden, überkreuzte die Beine und nahm ein paar tiefe Atemzüge, um sich zu beruhigen.

Als er seine Gedanken endlich unter Kontrolle gebracht hatte, öffnete er sich für die Welt der Geister. Ohne richtige

Vorbereitung war sein Kontakt nur schwach, aber dennoch überlagerte die Zweite Sicht seinen Blick, und er konnte in die Anderswelt blicken. Die Eiche, in deren Schatten er saß, war stark und voller Lebenskraft. Sein Begleiter war ebenfalls in dieser Zwischenwelt zu Hause und sah Brayn mit tiefschwarzen Augen neugierig an.

Der Schamane ließ den Blick schweifen, über die saftigen Wiesen und Felder bis hinüber zu seinem nächtlichen Rastplatz. Dort, auf der nackten Erde, konnte er Bewegung erkennen, wie Bodennebel, ein träges, unscharfes Wälzen, wie er es noch niemals gesehen hatte.

Verblüfft erhob sich der Rabenschamane und trat einige Schritt auf das Feld zu. Der kaum fassbare Tanz faszinierte ihn. Kein Geist, den er kannte, verhielt sich so. Tatsächlich ähnelte es nicht einmal ihm bekannten Bewohnern der Anderswelt. In den Schattenreichen leuchtete die Lebenskraft der Geister hell und strahlend, doch diese Präsenz hier schien eher das Licht der Umgebung einzufangen und zu dämpfen.

Wieder trat der Schamane einen Schritt auf das Feld zu, um genauer beobachten zu können, doch diesmal löste seine Annäherung eine Veränderung aus. Es war nur schwer greifbar, aber Brayn hatte plötzlich das Gefühl, als habe er die Aufmerksamkeit von etwas oder jemandem auf sich gezogen. Die Bewegungen auf dem Feld beschleunigten sich. Und konnte er nicht Augen erkennen? Oder spielte ihm sein eigener Geist einen Streich? Eigentlich sollte seine Anwesenheit in der Geisterwelt so schwach sein, dass er nicht bemerkt würde, doch was immer auch auf diesem Feld zugegen war, es schien ihn sehr genau wahrzunehmen.

Nicht alle Bewohner der Anderswelt waren Reisenden zwischen den Welten wohlgesinnt. Es bedurfte starker

Pakte und mächtiger Hilfe, um längere Zeit in der fremden Welt zu überleben. Es gab Geister, die den Menschen finster und böse erscheinen mussten, Geister des Schmerzes und des Leidens, des Kriegs, des Hasses, des Blutvergießens, der Dunkelheit und Kälte, unendlich viele Schemen, deren bloße Existenz sie gefährlich machte.

Jeder Schamane lernte schon früh, diesen Geistern aus dem Weg zu gehen. Man mochte zeitweilig Pakte mit ihnen schließen, denn manche von ihnen waren sehr mächtig, doch auf Dauer konnte man ihren Weg nicht beschreiten, ohne dabei zugrunde zu gehen.

Dank seines Wissens und seiner Erfahrung war sich Brayn jedoch sicher, dass die Präsenz vor ihm kein einfacher Geist war, und auch kein Geisterfürst. Dies war etwas anderes, etwas ihm Unbekanntes. Und wie es schien, hatte er das Interesse des Schemen erregt. Vorsichtig zog sich der Schamane wieder zurück.

Plötzlich hielt die Gestalt in ihrer Bewegung inne. Dann schnellte sie auf Brayn zu, und er sah ein endlos tiefes, schwarzes Loch vor sich, das ihn zu verschlingen drohte. Hilflos taumelte er einige Schritte zurück, die Geister um Hilfe anrufend. Doch die Schwärze folgte ihm, packte ihn, zog ihn in ihren hypnotisierenden Bann. Aus der Dunkelheit schienen Stimmen zu kommen, die nach ihm riefen. Sein Widerstand erlahmte, und er sank auf die Knie.

Ein scharfer Schmerz an seiner Stirn riss ihn zurück. Er hatte die Empfindung von schwarzen Federn, die sein Gesicht streiften, dann fiel er zu Boden und rollte zur Seite.

Der Schmerz hatte seinen Blick aus der Geisterwelt wieder in die Welt der Menschen gezogen. Als er sich wild umsah, konnte er nur einen sanften Herbstmorgen erblicken, sonnenbeschienene Felder, einen blauen Himmel, einige

Sklaven, die eine Herde Schafe zusammentrieben. Ganz und gar friedlich und keinesfalls bedrohlich, aber Brayn spürte, dass unter diesem Bild noch etwas anderes verborgen lag.

Die Präsenz war keineswegs fort, sie lauerte nur in der Geisterwelt, einen Herzschlag, einen Traum, einen Hauch von ihr entfernt. Leicht benommen richtete sich der Schamane auf, fasste sich an die Stirn und betrachtete seine blutigen Finger. Dann sah er sich nach seinem Geistbegleiter um, der wieder in der Eiche Platz genommen hatte und sein Gefieder reinigte. Mit einem letzten Blick auf das karge Feld wischte Brayn das Blut an seiner Hose ab und trat zu dem mächtigen Baum.

»War es das? Hast du mich heute Nacht von dort zurückgeholt?«

Diesmal legte der Rabe den Kopf auf die Seite und schien spöttisch dreinzublicken.

»Wir müssen herausfinden, was das alles bedeutet. Alter Halunke, hättest du mich nicht vorher warnen können, statt mir noch einmal ins Gesicht zu hacken?«, fragte Brayn mit einem schiefen Lächeln.

Empört krächzte der Rabe und schwang sich in die Luft.

»Jaja, sei du nur beleidigt. Aber es ist mein Gesicht, das blutet«, rief ihm der Schamane nach, gefolgt von einem leiseren: »Danke«.

Es dauerte eine Weile, bis Brayn seine Habseligkeiten verpackt hatte, und auch, bis die Wunde auf seiner Stirn aufhörte zu bluten. Dann endlich ging er ein kurzes Stück die Straße entlang zu dem kaiserlichen Gasthaus und klopfte an die Tür, während der Rabe auf dem Dach landete.

Der Wirt, der Brayn die Tür öffnete, war ein kleiner, drahtiger Mann, der das feine Tuch seiner Kleidung mit einer Lederschürze schützte. Er sah den Neuankömmling abschätzig an: »Eure Begleiter sind schon aufgebrochen. Sie sagten mir, ich solle Euch ausrichten, dass Ihr sie einholen könnt, wenn Ihr Euch beeilt.«

»Guter Mann«, erwiderte Brayn, »ich bin durstig. Habt Ihr etwas für meine ausgedörrte Kehle?«

Wieder ein abschätzender Blick, diesmal auf Brayns Geldbeutel: »Das ist ein kaiserlicher Gasthof. Ohne Papiere oder die entsprechenden Abzeichen bekommt hier niemand was!«

»Papier habe ich nicht. Nur Metall«, sagte Brayn mit einem verschwörerischen Zwinkern, woraufhin sich die Miene des Wirts deutlich aufhellte.

»Papier, Metall, Hauptsache, es ist das Siegel des Kaisers drauf.«

Mit diesen Worten führte er Brayn in die gute Stube, die tatsächlich fast leer war. Nur ein einziger anderer Gast saß an einem Tisch, eine junge, dunkelhaarige Frau in der Uniform des kaiserlichen Depeschendiensts, die sich eine Schale Lammfleisch mit Hirse schmecken ließ. Brayn bestellte sich erst einmal einen Becher Wein, den er mit Wasser verdünnte. Dann sah er sich um.

Das Gasthaus war ordentlich eingerichtet und sauber, aber das war so nah an Athanopolis keine Überraschung. Die Bediensteten waren vermutlich zum größten Teil Sklaven und stammten somit vermutlich nicht von hier. Die Botenreiterin war ebenfalls fremd, also blieb nur der Wirt. Mit der Linken winkte er den Mann heran und bestellte eine Schale Eintopf.

Als der Wirt ihn bedient hatte und sich wieder entfernen wollte, sprach Brayn ihn an: »Sagt, was hat es mit dem Feld dort drüben auf sich? Es ist abgeerntet und sieht nicht mehr bestellt aus.«

Der Wirt blickte sich erst verschwörerisch um, dann beugte er sich zu Brayn hinab und flüsterte: »Es ist verflucht!«

Nachdenklich runzelte Brayn die Stirn und zuckte zusammen, als er den pulsierenden Schmerz spürte.

Der Wirt bemerkte die Wunde und fragte: »Eine Rauferei?«

»Nein. Mir ist etwas sehr Seltsames passiert. Ein Rabe hat mich angegriffen.«

»Ein Rabe?«, wiederholte der Wirt mit großen Augen.

»Ja, ein wahres Ungeheuer. Gemeingefährlich, riesig und böse. Ein vollkommen wahnsinniges Tier. Es hat zweimal nach mir gehackt, bevor ich es vertreiben konnte«, sagte der Schamane und hoffte, dass seine Worte auch auf dem Dach noch gut zu verstehen waren.

»Auf dem Feld? Natürlich, solche Dinge passieren dort.«

»Ach? Was für Dinge geschehen dort denn sonst noch?«, erkundigte sich Brayn neugierig.

»Schlimme Dinge. Alles, was man dort pflanzt, stirbt. Es heißt, dass ein Schaf, das dort nur sein Wasser abgeschlagen hat, ein Lamm mit zwei Köpfen geboren hat!«

»Tatsächlich! Und wieso ist dieser Ort verflucht?«

»Dort fand eine Schlacht statt. Viele Gefallene liegen dort. Sie gehen nachts um.«

Nicht nur nachts, schoss es Brayn durch den Kopf, doch er hütete sich, es auszusprechen. Stattdessen fragte er: »Was für eine Schlacht? So nah an der Hauptstadt? Hier gab es doch seit Urzeiten keinen Krieg mehr.«

»Tja, seit Urzeiten stimmt nicht ganz. Es war nicht immer so friedlich. Einige der Feinde des Kaisers haben hier gekämpft. Gegen die Legionen. Manchmal findet man auf den Feldern sogar noch Überbleibsel davon, Speerspitzen, Metallteile, sogar Knochen.«

»Nur auf diesem kleinen Feld?«

»Nein, überall auf den Feldern. Von den Hügeln im Süden bis zum Wald.«

»Das muss eine gewaltige Schlacht gewesen sein«, stellte Brayn fest.

»Ja. Und mein Großvater hat mir erzählt, dass die Priester den Ort verflucht haben. Sie haben die Erde mit Salz bestreut und den Zorn der Elemente auf ihn herabgerufen.«

»Die Priester? Warum sollten sie das tun?«

»Weil dort ein Kaiser gestorben ist. Und die Erde selbst sollte um ihn trauern«, verkündete der Mann und fuhr sich nervös über die schütteren Haare.

Brayn erschien diese Erklärung eher abenteuerlich, aber er behielt seine Meinung für sich und bedankte sich bei dem Wirt, dann verabschiedete er sich und brach auf. Nach einigen hundert Schritt kam sein Freund angeflogen und setzte sich auf seine Schulter.

»Und? Hast du uns zugehört?«, fragte Brayn unschuldig, nur um sich selbst zu antworten: »Vermutlich nicht, sonst würdest du mir meine andere Wange gleich auch noch entstellen. Oder wenigstens schmollen.«

Eine Weile überlegte er, dann sagte er mehr zu sich selbst als zu dem Vogel: »Vermutlich sollten wir mit einem Priester reden. Aber welcher Priester wird schon mit uns sprechen, hm? Eben. Außerdem, wenn das der Zorn der Elemente war, dann folge ich nicht Rabe, sondern Maus. Nein, etwas anderes hat diesen Ort berührt. Etwas Dunkles. Etwas, das ich nicht verstehe.«

Er hielt inne und sah zurück. Manchmal gab es Orte, an

denen die Verbindung zwischen den Welten dünner war. Wie ein Echo drangen dann die Wirklichkeiten der Geister in diese Welt. Aber was konnte dort geschehen sein, das eine solche Wirkung haben konnte? Er hatte etwas gespürt, nein, jemanden – eine Anwesenheit jenseits der Wahrnehmung.

Brayn seufzte.

»Mir scheint, wir können hier wenig erreichen. Nur merken sollten wir uns die Stelle. Ich will wissen, was hier wirklich geschehen ist.«

So ging er in Richtung Athanopolis weiter. Sein treuer Begleiter rieb seinen Schnabel an der unverletzten Wange, und Brayn strich mit einem Finger über sein weiches Gefieder.

»Ja, ich bin auch froh, dass ich noch lebe.«

DARIUSH

Sobald Dariush die verklebten Augen aufschlug und gegen den trüben Schleier anblinzelte, überfielen ihn unerträgliche Kopfschmerzen. Während seiner Ausbildung war er mehr als einmal bewusstlos geschlagen worden, doch diesmal erwartete ihn niemand mit einem schmerzlindernden Trank und einer Belehrung über seine Fehler. Stumm rief er die Geister an, deren wohlwollende Präsenz das Hämmern zwischen seinen Schläfen zu einem dumpfen Pochen abklingen ließ.

Seine Brust schmerzte ebenfalls bei jeder Bewegung, und als er sein Hemd ein Stück hinaufschob, brachte er einen großen, blauvioletten Bluterguss zutage. Vorsichtig tastete Dariush seine Rippen ab, aber wenigstens war keine gebrochen. Erst danach sah er sich in seiner Zelle um.

Das Bild, das sich ihm bot, war erwartungsgemäß trostlos. Weiß getünchte Wände, ein Strohlager, ein Eimer zum Verrichten der Notdurft und ein niedriges, vergittertes Fenster knapp unter der Decke. Von Wand zu Wand vielleicht vier Schritt.

Zumindest war der Raum überraschend sauber, ganz

anders, als er einen Kerker erwartet hätte. Selbst bei der Pflege ihrer Gefängnisse schienen die Bewohner des Imperiums eine außergewöhnliche Disziplin an den Tag zu legen.

Die Tür war aus stabilem Holz und mit Eisen beschlagen. Das kleine Guckloch war von außen verschlossen, und die Tür würde auf der anderen Seite wohl einen Riegel haben. Eine oberflächliche Untersuchung der Scharniere und des Holzes ergab keine Schwächen, und auch das Fenster war zu schmal, als dass man es zur Flucht hätte benutzen können. Aber für einen Blick nach draußen konnte er sich an den Eisenstäben hochziehen.

Offenbar befand sich sein Kerker unterhalb des Bodens, jedenfalls blickte er durch das Fenster etwa in Kniehöhe auf den Exerzierplatz. Das laute Hämmern und Pochen entpuppte sich als ein Zimmermann, der aus zwei dicken Stämmen eine Art X bastelte, das er im Boden verankerte.

Obwohl Dariush mit den Gepflogenheiten des Imperiums nicht allzu vertraut war, benötigte es nicht viel Fantasie, um sich vorzustellen, wofür das Gerüst gedacht war. Blieb nur die Frage, ob man ihm vorher einen schnellen Tod schenken und dann seinen Leichnam zur Abschreckung aufstellen würde, oder ob er an dem Holz langsam zugrunde gehen sollte. Doch solche Gedanken waren müßig, denn er hatte nicht vor, sein Leben in diesem abgelegenen Lager zu beenden. Also musste er fliehen.

Wenn er die Tür nicht öffnen konnte, blieben nur die Wachen, die ihn mit Essen versorgen mussten, oder der Prozess, den man ihm hoffentlich machte. Da er wenig tun konnte außer abzuwarten, legte sich Dariush auf das Lager und versuchte, seine Gedanken zu beruhigen, nicht an das Kreuz im Hof zu denken, sondern vielmehr daran, wie er hier herauskommen konnte. Die Luft in dem engen Verlies war schwer und stickig, und machte es ihm schwer, sich zu konzentrieren. Seine Gedanken verstreuten sich wie Sand im Wasser.

Doch ganz so einfach, wie er gehofft hatte, kam er nicht zur Ruhe. Noch lebte er, noch hatte er Hoffnung, aber in den fernen Winkeln seines Geists lauerte eine Angst, die seine Finger und Zehen kribbeln ließ und ihm immer wieder das Gerüst vor sein geistiges Auge trieb.

Als es draußen schon dunkel wurde, hörte er, wie der Riegel an der Tür zurückgeschoben wurde. Sofort war er hellwach.

Durch den niedrigen Eingang zu einer gebückten Haltung gezwungen, betrat Kommandant Timeos die kleine Zelle. Der Offizier trug eine verzierte Rüstung. Hinter ihm standen zwei Legionäre, die er jedoch mit einer Handbewegung wieder aus der Zelle schickte. Ohne ein Wort zu sagen, baute sich Timeos unterhalb des Fensters auf und musterte Dariush, der den Blick mit ungerührter Miene erwiderte. Schließlich seufzte der Kommandant und ließ die Schultern hängen.

»Man errichtet Euch ein Henkerskreuz.«

»Ich weiß«, erwiderte Dariush, sorgsam darauf bedacht, seinen Tonfall unbekümmert zu halten. »Ich kann es von meinem Fenster aus sehen. Der Ausblick auf einen Lustgarten wäre mir allerdings lieber, aber ich vermute, das kommt nicht infrage?«

»Es tut mir leid. Ich weiß, dass Ihr nichts Unrechtes getan habt.«

»Warum soll ich dann hingerichtet werden?«, gab Dariush zurück.

»Ich weiß es nicht. Merarchos Tullus hat schwere Anschuldigungen gegen Euch erhoben. Und Ihr seid reichsfremd, niemand wird für Euch sprechen.«

Jetzt richtete sich Dariush auf und sah den Offizier direkt an.

»Timeos. Ihr seid ein guter Mann. Ihr seid der Herr über dieses Lager. Wollt Ihr tatenlos zusehen?«

»Ihr versteht das nicht. Ich bin nur ein Offizier der Thuma. Tullus ist von der III. Tagmata, ein Kavallerie-Offizier. Theoretisch stehe ich im Rang über ihm, aber mir sind die Hände gebunden. Zudem befinden wir uns im Krieg, ein Dorf wurde überfallen, niemand wird Tullus Vorwürfe machen, wenn er einen möglichen Feind des Reichs hinrichten lässt. Wir Soldaten sind hier die Einzigen, die die Zivilisation bewachen, hier an der Grenze liegt alle Macht in unseren Händen. Und Tullus ist ein angesehener Offizier der Tagmata …«

»Vergesst die Tagmata«, unterbrach ihn Dariush. »Welches Interesse könnte Tullus an meinem Tod haben? Hasst er uns Nordländer? War er im Norden stationiert? Oder stammt er von dort?«

»Ich weiß es nicht, ich kenne den Mann kaum. Eigentlich hat Tullus nur neue Befehle und Nachrichten gebracht. Aber als ich von Euch berichtet habe, da behauptete er, Ihr hättet erst das Dorf des Mädchens ausspioniert und würdet nun versuchen, die Schwächen unseres Lagers zu erforschen, um sie an Eure Verbündeten im Osten weiterzugeben.«

»Was für Befehle? Und welche Nachrichten?«, hakte Dariush nach.

»Ich sollte Euch das nicht sagen«, wich Timeos aus, dem es offensichtlich unangenehm war, dass sie die Rollen getauscht hatten und er nun von seinem Gefangenen verhört wurde.

»Ich werde demnächst doch ohnehin sterben.« Dariush deutete mit einer Hand aus dem Fenster und auf das Kreuz, das nur noch schemenhaft zu erkennen war. »Einen besseren Geheimnisträger werdet Ihr kaum finden.«

Verlegen blickte Timeos zur Seite: »Wir haben Befehle von höchster Stelle, nur die Kastelle und Lager zu verteidigen. Tullus kommt aus der kaiserlichen Hauptstadt. Die VI. Tagmata wird abgezogen und trifft sich mit der III., die in den Kernlanden stationiert ist. Wie auch schon die Foederati verlassen uns jetzt die beweglichen Einheiten. Damit wird es auch keine Vergeltung gegen die Barbaren aus den Bergen geben, dafür hat die Thuma nicht die Mittel. Wir sind ab jetzt auf uns allein gestellt. Mindestens bis ins nächste Jahr hinein sind uns damit die Hände gebunden, und die Barbaren können tun und lassen, was ihnen beliebt.«

Die Verbitterung in den Worten des Offiziers war nicht zu überhören. Verwundert fragte Dariush: »Abgezogen? Warum? Gibt es Krieg?«

»Ich weiß es nicht, ich habe nichts dergleichen gehört. Aber es ist vernünftig, davon auszugehen.«

Dariush nickte. All dieses neue Wissen über die politischen Ränkespiele des Reichs würde ihm nichts mehr nützen, wenn er tatsächlich auf dem Hof sterben würde.

»Wie lange habe ich noch?«, fragte er.

»Euer Prozess ist morgen am Vormittag. Tullus wird den Vorsitz führen. Nach Eurer Hinrichtung wird er mit seinen Leuten aufbrechen. Ach ja, er nimmt das Mädchen mit.«

»Was? Ariadne?«, entfuhr es Dariush.

»Ja, er sagt, er wolle ihren Bericht bei Hof wiedergeben. Ich habe mich über den Abzug der Truppen beschwert. Gerade jetzt, da die Barbaren unruhig sind.«

»Aber das ergibt keinen Sinn«, murmelte Dariush.

»Was?«

»Nichts. Gewährt Ihr mir eine letzte Bitte?«

»Das wird von der Bitte abhängen«

»Lasst mich noch einmal mit ihr reden. Ich möchte mich verabschieden.«

Timeos nickte.

»Es tut mir leid«, sagte er dann nach einem kurzen Moment des Schweigens. »Es ist eine Schande, dass Euer Mut auf diese Weise vom Imperium belohnt wird.«

»Ihr vertretet das Imperium«, erwiderte Dariush kühl, obwohl ihm klar war, dass es ein Fehler sein mochte, Timeos ausgerechnet in diesem Moment zu verärgern, da er vielleicht seine letzte Hoffnung war.

Der Kommandant drehte sich um und klopfte an die Zellentür, die ihm prompt geöffnet wurde. Als die Tür mit einem lauten Schlag zufiel, lehnte sich Dariush zurück und dachte über das eben Gehörte nach. Sosehr er sich auch anstrengte, es wollte keinen Sinn ergeben. Sicher war es nicht nötig, Ariadne mitzunehmen.

Merarchos Tullus hätte sie auch gut hier befragen können, ohne sich auf der Rückreise mit dem Mädchen zu belasten. Zudem erschien Dariush sein eigener Tod ebenfalls reichlich sinnlos, aber er war in dieser Frage nun mal befangen. Von innerer Unruhe erfüllt, ging er in seiner kleinen Zelle auf und ab. Irgendetwas entging ihm, und im Moment hing sein Leben davon ab, was ein unglücklicher Zustand war.

Kurz bevor es ganz dunkel wurde, öffnete sich die Zellentür wieder. Diesmal war es Ariadne, die in die Zelle gestürmt kam. Dariush konnte sehen, dass sie geweint hatte. Der Wächter, der ihr die Tür geöffnet hatte, trat ebenfalls ein und baute sich breitbeinig vor dem Ausgang auf.

Missfällig betrachtete Dariush den Soldaten und sprach ihn an: »Heda! Gönnst du uns nicht einmal ein wenig Ruhe?«

Ohne ein Wort zu sagen, ließ der massige Mann den Blick von Dariush zu Ariadne wandern und grinste breit. Er rief kurz etwas über die Schulter, und zwei Legionäre schoben sich in den engen Raum. Dariush sprang auf, doch sie drängten ihn allein mit dem Gewicht ihrer Leiber an die Wand, und eine Faust traf ihn in den Nacken. Seine Wange kratzte über die raue Wand, und alle Luft wurde ihm aus der Brust gepresst.

»Immer noch so eine große Klappe, du Ratte?«

Selbst wenn Dariush etwas hätte sagen wollen, so konnte er nicht. Sein Mund öffnete und schloss sich, versuchte, Luft in seine Lungen zu saugen. Bunte Blitze tanzten vor seinen Augen, Lichtpunkte strahlten auf und erloschen.

Und dann war es vorbei. Der Druck ließ nach, Schritte entfernten sich, raues Gelächter wurde leiser. Dariush hustete und sank auf die Knie.

Ariadne kniete neben ihm, legte ihm die Hand auf die Schulter, wollte etwas sagen, brach stattdessen jedoch in Tränen aus.

»Es tut mir leid, es ist alles meine Schuld.«

Verlegen schüttelte Dariush den Kopf, hielt jedoch inne, als alles vor seinen Augen verschwamm.

»Ohne mich wärst du niemals hierhergekommen. Die Soldaten sagen, dass du auf das Kreuz gespannt wirst«, schluchzte das Mädchen.

Dariush hob beschwichtigend die Hände.

»Es ist nicht deine Schuld. Niemand hätte das ahnen können. Aber ich brauche deine Hilfe.«

»Meine Hilfe?«, fragte sie, während sie sich die Tränen von den Wangen wischte.

»Ja. Sie werden mir morgen den Prozess machen. Also muss ich heute Nacht noch fliehen. Nur komme ich nicht ohne deine Hilfe aus dieser Zelle.«

»Wie kann ich dich befreien? Hier sind überall Legionäre«, antwortete sie ängstlich.

»Das ist ganz einfach. Heute Nacht werden die Wachen müde sein. Es ist nicht besonders aufregend, die ganze Zeit eine geschlossene Tür zu betrachten. Niemand bleibt da leicht wach. Warte ab, bis sie nach Mitternacht die Ablösung schicken, dann warte noch eine Zeit. Schleich dich in dieses Gebäude und öffne die Tür. Den Rest erledige ich. Ganz einfach«, erklärte ihr Dariush, wohl wissend, wie viel er von ihr verlangte. Aber er hatte ihr das Leben gerettet, da war es nur recht und billig, dass sie ihm half.

Ihr ängstlicher Gesichtsausdruck zeigte ihm, dass sie wusste, wie gefährlich der Plan war, aber es gab keine andere Möglichkeit. Bis zu seiner Hinrichtung blieb wenig Zeit, zu wenig für ausgefeiltere Pläne. Sie war die einzige Verbündete, die er in dem Lager hatte. Dem Kommandanten mochte die Sache nicht schmecken, aber etwas dagegen unternehmen würde er sicher nicht. Jedenfalls nickte Ariadne zu seiner Erleichterung stumm. Dariush trat an ihr vorbei und hämmerte mit der Faust an die Zellentür: »Wächter! Lass sie hinaus!«

Der Soldat beobachtete gelangweilt, wie sie sich zum Abschied ungelenk umarmten. Während Dariush nur einen letzten Moment vorspielte, drückte Ariadne ihn dankbar an sich. Als sie hinausgeführt wurde und sich noch einmal zu ihm umsah, zwinkerte er ihr verschwörerisch zu. Dann legte er sich wieder auf sein Lager.

Aber an Schlaf war nicht zu denken, immerhin war es vielleicht seine letzte Nacht, und schon morgen würde er unter den Geistern weilen. Er durfte nicht sterben, nicht einfach so, nicht, bevor er nicht das getan hatte, weshalb er seinen Clan und seine Heimat hinter sich gelassen hatte. Die Stunden vergingen schleppend, begleitet vom immer gleichen Reigen der Fragen, auf die er keine Antwort wusste. Aber irgendwann hörte er Stimmen vor der Tür.

Vermutlich wurde die Wache abgelöst. Würde Ariadne den Mut finden, und zu ihm kommen? Dariush stellte sich neben die Tür, bereit und aufmerksam. Wieder schien die Zeit einfach nicht vergehen zu wollen. Dann hörte er einen Mann lachen.

»Wusste ich es doch, du kleine Schlampe!«

Als ein kleiner, spitzer Schrei ertönte, rutschte Dariush verzweifelt an der Wand hinunter. Man hatte Ariadne abgefangen – damit war sein Fluchtversuch gescheitert. Morgen würde die Sonne ein letztes Mal für ihn aufgehen. Vor der Tür konnte er einen klatschenden Schlag und ein lautes Stöhnen hören.

»Du kleine Hure, wolltest für ihn die Beine breit machen, wie? Für seine dunklen Augen? Die werden morgen schon Rabenfraß!«

Doch dann erzitterte die Tür wie unter einem Aufprall, und der Wächter rief: »Verfluchtes Miststück!«

Von seiner Position aus konnte Dariush das Kratzen des Riegels auf dem Holz der Tür hören und spannte sich an. Tatsächlich sprang die Tür geradezu auf und prallte gegen die Wand. Durch ihre eigene Wucht nach vorne gerissen, stolperte Ariadne in den Raum. Ohne auf sie zu achten, warf sich Dariush durch die Öffnung in den von einem einzigen Öllicht spärlich beleuchteten Raum. Wenige Schritt von ihm entfernt stand der Wächter, einer von den Kavalleristen, und drückte sich die blutende Linke an den Mund, während er mit der rechten sein kurzes Schwert zog. Sein Pech verfluchend, sprang Dariush zur Seite, aber der Legionär grinste nur breit und spuckte rotes Blut auf den Boden.

»Die Kleine hat scharfe Zähne. Wird mir Spaß machen, ihr ein paar auszuschlagen!«

Hektisch blickte sich Dariush nach einer Waffe um, doch bis auf den Tisch mit der Öllampe war der Raum leer. In dem grinsenden Gesicht des Soldaten konnte Dariush ablesen, dass dieser genauso wie er selbst wusste, dass der Ausgang dieses Kampfs offensichtlich war.

Dennoch gab es für ihn keine andere Wahl, also täuschte er links einen Angriff an, nur um sich nach rechts zu werfen. Nur mit knapper Not entging er dem schnell geführten Hieb des Soldaten und prallte mit dem Rücken gegen den Tisch, was das Licht flackern ließ und den Raum in unruhige Schatten hüllte. Sofort wich Dariush um den Tisch herum aus, doch der Legionär war nicht nachgerückt. Stattdessen hielt er sein Schwert auf halber Höhe.

»Gib auf, Nordländer. Oder stirb!«

Verzweifelt sah sich Dariush um, sein Blick fiel auf das Öllicht. Mit einer schnellen Bewegung wischte er es vom Tisch und in Richtung des Soldaten und warf sich gleichzeitig nach vorne. Das Schwert zuckte hoch und zerschlug die tönerne Lampe in der Luft, was das Licht löschte. Entgegen seinen Hoffnungen hatte das Öl nicht Feuer gefangen, doch jetzt war es vollkommen dunkel in dem unterirdischen Kellerraum, und Dariush bezweifelte, dass der Legionär im Kampf nur nach Gehör ebenso geübt war wie er selbst.

Einen Moment lang hielt er einfach nur seine Position und beruhigte seine Atmung, bis er vollkommen lautlos war. Das war aber kaum nötig, denn sein Gegner fluchte unablässig vor sich hin. Dennoch darauf bedacht, keine Geräusche zu verursachen, kroch Dariush näher an sein Opfer heran, das ihn, Ariadne und deren gesamte Familien mit den übelsten Schimpfworten bedachte.

»Bastard! Du mieses Stück Scheiße! Schlampe!«

Das Zischen des Schwerts deutete darauf hin, dass der Soldat blinde Schläge ausführte, während er sich an der Wand entlang zur Tür tastete. Das konnte Dariush nicht zulassen, also wirbelte er herum und trat mit ganzer Wucht dorthin, wo er das Knie des Mannes vermutete. Ein Knacken und ein Aufschrei belohnten seine Mühe, aber er ruhte sich nicht aus, sondern warf sich gleich wieder in die Richtung des Stürzenden.

Noch bevor der am Boden auftraf, rammte ihm Dariush den Ellbogen in die Hüfte und setzte nach. Die Rüstung des Soldaten würde alle Schläge auf geschützte Stellen sinnlos machen, also musste Dariush den Kopf erwischen – in der Dunkelheit kein einfaches Unterfangen. Seine Finger fanden den Helm und gruben sich darunter in das Gesicht.

Ein Ellbogenstoß traf die Nase, die mit einem hässlichen Knirschen brach. Dann spürte Dariush an seinem Fuß etwas Metallisches. Seine tastenden Hände fanden das Schwert, das dem Legionär aus der Hand geglitten war. Sofort packte er es und hieb in Richtung des schweren Atmens. Zuerst kratzte die Klinge über Metall, doch dann grub sie sich in weiches, schutzloses Fleisch, und Dariush warf sich mit seinem ganzen Körper gegen das Heft.

Ein Blutschwall floss über seine Hand, und ein tiefes,

verzweifeltes Seufzen löste sich aus der Kehle seines Gegners. Dennoch trieb Dariush das Schwert tiefer hinein, bis das Zucken unter ihm endete. Bevor der Legionär seinen letzten Atem aushauchte, flüsterte Dariush in seiner Heimatsprache: »Geh in Frieden.«

Dann rollte er sich von der Leiche herunter und blieb erst einmal einige pochende Herzschläge lang ruhig liegen, um das Zittern unter Kontrolle zu bekommen. Der Kampf hatte seine schmerzende Seite in Flammen aufgehen lassen, seine Hände waren mit Blut und Lampenöl beschmiert, aber fürs Erste hatte er gesiegt. Er lauschte in die Nacht. Es war nichts zu hören, keine Stimmen, keine Rufe, keine herbeieilenden Schritte. Also richtete er sich auf und rief leise nach Ariadne. Aus der Zelle kam die vorsichtige Antwort: »Dareios?«

»Ja. Du kannst herauskommen. Er ist tot.«

»Was machen wir jetzt?«

Einen Augenblick lang überlegte Dariush, dann antwortete er bestimmt: »Du gehst zurück an deinen Schlafplatz. Wenn dich jemand fragt, warst du austreten. Ich verschwinde von hier.«

Im Dunkeln fiel es ihm schwer, seine Hände wenigsten halbwegs an der Tunika des Toten zu säubern, aber es mochte sein, dass er schon bald wieder einen sicheren Griff an dem Schwert benötigte. Gemeinsam tasteten sie sich zur Tür vor und lauschten. Als sie nichts hörten, schlichen sie in den Gang und dann die Treppe nach oben. An der Tür des Gebäudes angekommen, das hauptsächlich ein Vorratslager war, warteten sie kurz.

»Lebe wohl.«

Für einen Moment verharrte Ariadne, dann umarmte sie ihn und flüsterte ihm ins Ohr: »Danke.«

»Ich habe dein Leben gerettet und du das meine. Deine Schuld ist beglichen.«

Bevor sie antworten konnte, lief Dariush den Gang entlang zur hinteren Seite des Gebäudes, um dort durch eine Tür oder ein Fenster hinauszugelangen. Er hatte keine Zeit zu verlieren. Bei Sonnenaufgang musste er weit vom Lager entfernt sein, und es gab vorher noch so viel zu tun. Im Schutz der Dunkelheit schlich er zu dem Verwaltungsgebäude und machte sich in dessen Schatten an den Fensterläden zu schaffen.

Es war einfach, den Verschluss zu öffnen, mit dem Schwert ein Loch in das vor das Fenster gespannte Pergament zu schneiden und hineinzuschlüpfen. Während er die Läden hinter sich vorsichtig anlehnte, versuchte er sich zu erinnern, was er bei seinen beiden kurzen Besuchen im Büro des Kommandanten von dem Gebäude gesehen hatte. Die Offiziere des Lagers würden nicht in den Gemeinschaftsbarracken schlafen. Vermutlich hatte der Kommandant eigene Gemächer irgendwo hier im Haus. Und der Merarchos Tullus erschien Dariush ebenfalls nicht wie ein Mann, der mit einfachen Schlafräumen vorliebnahm.

Vorsichtig schlich er durch die Räume und fand schließlich, was er suchte. Ein Flur, an dessen Ende Dariush Geräusche hörte. Zuerst dachte er, dass jemand laut schnarchte, doch dann wurde ihm klar, dass das Stöhnen und Keuchen zu mindestens zwei Personen gehörte.

Offensichtlich bemühte sich das Paar nicht mal, leise zu sein. Dann vernahm er im kehligen Stöhnen der Frau den Namen Tullus, was ihn beinahe zu einem lauten Fluch verleitet hätte. Stattdessen verwünschte er lautlos zum zweiten Mal in dieser Nacht sein Pech. Die Zeit lief ihm davon, und er konnte nicht darauf warten, dass dieser Hundesohn von einem Soldaten seine Lust befriedigte und einschlief.

Also wandte sich Dariush ab und lief zurück zum offenen Fenster. Geschickt schwang er sich hinaus und sondierte die Lage. Auf den Wehrgängen der Mauer bewegten sich Wachen, aber hauptsächlich standen Posten auf den Türmen. Immer noch in den Schatten des Gebäudes geduckt, rief Dariush die Geister um Hilfe an und spürte ihre Macht in sich hineinfließen. Schnell steckte er das Schwert in den Gürtel. Nun war es ihm ein Leichtes, von Schatten zu Schatten zu huschen, selbst kaum mehr als ein Lufthauch in der Nacht. Er verschmolz mit der Dunkelheit, wurde praktisch eins mit ihr und erreichte unbemerkt die Mauer.

Zwei Herzschläge später war er die Treppe hinaufgelaufen und hatte sich an einer unbeobachteten Stelle über die Zinnen geworfen. Einen Augenblick lang hing er an gestreckten Armen an der Außenseite der Mauer, zwei, drei Schritt über dem Erdwall, dann ließ er sich fallen und rollte sich auf dem Boden ab. Der Aufprall sandte erneut glühende Schmerzen durch seine verletzte Seite, aber er ließ sich davon nicht beirren und rannte geduckt in die Nacht.

Kein Aufschrei, kein Wachruf folgten ihm, als er den Hang hinab in die Freiheit lief.

NIAM

»Verschwindet!«

Die versammelte Dienerschaft sah den Prinzen verstört an, also sprang er einen Schritt vor und wedelte mit den Händen, als gelte es, einen Schwarm Tauben zu vertreiben. Und an manchen Tagen fühlte er sich genauso wie eine der Statuen auf den Prachtplätzen dieser an Prunk nicht armen Stadt, die stets von den grauen Vögeln umlagert waren. Hilflos ausgeliefert. Doch nicht heute.

»Lasst mich allein!«

Zögerlich kamen die Diener dem Befehl nach. Wie viele von ihnen ihr Auskommen damit verbesserten, dem einen oder anderen bei Hofe über Niams Taten und Treffen zu berichten, wusste er nicht. Vermutlich alle. Wer in Athanopolis diente nicht zwei oder mehr Herren, wer war nicht in die schier endlosen Ränke und Intrigen verstrickt, derer Niam so müde war?

»Freunde machst du dir so keine«, erklang eine helle Stimme von der Tür her, und Regena betrat den Raum. Wie immer war ihr Körper in feinste Seide gehüllt, in Falten gelegt nach der neuesten Mode, das Haar in wild wirkenden, doch genau gezähmten Locken hochgesteckt. Niam nahm einen reich verzierten Pokal, füllte dunklen Wein aus seiner Heimat hinein und trank. Die Schwere des Geschmacks ließ ihn einen Moment in seine Heimat zurückkehren, in bessere Tage, und er schloss die Augen.

»Wie war dein Gespräch mit unserem allseits geliebten Kämmerer?«

Ihre Frage riss ihn aus seinen Erinnerungen, die ohnehin durch Jahre der Abwesenheit blass geworden waren. Wie lange würde es noch dauern, bis er das Land seiner Vorfahren gar nicht mehr vor sein geistiges Auge rufen konnte?

»Gut«, log er und bot ihr auch einen Pokal an, den sie mit einem Lächeln ablehnte.

Als wäre sie nur zur Hälfte Mensch und zur anderen etwas anderes, ungleich Grazileres, glitt Regena durch den Raum und verschwand zwischen den wehenden Vorhängen des Balkons. Niam folgte ihr mit schweren Schritten.

»Das ist nicht das, was mir ein Vögelchen just diesen Morgen zwitscherte«, stellte sie fest, als beide an der Brüstung standen und über den großen Innenhof blickten. Der Wind zupfte an Niams Haaren, konnte jedoch bei Regena nicht eine Locke lösen.

»Der Bastard würde mich nicht zum Basileos lassen, wenn ich ihm dafür den ganzen Osten als Provinz bringen würde«, murmelte Niam erbost in den Pokal hinein und trank. Es war nicht klug, dem starken Wein bereits so früh am Tag zuzusprechen, aber obwohl er dies wusste, wollte er nicht aufhören.

Ein helles Lachen antwortete ihm; vielleicht lag Spott darin, oder auch Mitleid. Vermutlich, weil Regena ihn für seine Ungeschicktheit auf dem einzigen Schlachtfeld, das in Athanopolis zählte, bedauerte.

»Ich sehe, deine Rhetoriklektionen zahlen sich langsam aus. Wieso hast du dieses Können nicht bei deiner Audienz eingesetzt?«

»Habe ich«, platzte es aus Niam heraus, dann biss er sich auf die Zunge, die ihn Lügen strafte.

»Mir kam zu Ohren, dass du dich zu einer wütenden Replik hast hinreißen lassen ...«

Der Vorwurf hing im Raum. Einen Herzschlag lang stieg der Zorn wieder in ihm auf, dann löste er sich mit einem Seufzen. Wer auch immer Schuld an Niams Situation trug, Regena war es nicht. Sie teilte sein Schicksal, war ebenso Geisel wie er, Unterpfand für das Wohlverhalten ihres Volks.

»Er hat mich behandelt wie einen dummen Jungen.« Ein schneller Seitenblick auf sie, dann hob er abwehrend die Hand. »Ja, ich weiß, was du sagen wirst: Meine Reaktion hat ihn in seiner Annahme bestätigt.«

Sie zog die bleichen Schultern hoch und kräuselte die roten Lippen zu einem zustimmenden Lächeln. Wieder hob er den Pokal, aber ihr Gesichtsausdruck ließ ihn innehalten, und so stellte er den Wein auf die Brüstung.

»Ich weiß nicht weiter«, gestand er. »Niemand spricht mit mir. Nun ja, niemand, der mich ernst nimmt.«

»Du bist zu hitzköpfig. Das mag dir in manchen Momenten zum Vorteil gereichen, aber am Hof des Kaisers? Hier wird es immer eine Schwäche sein, die deine Feinde gnadenlos ausnutzen.«

»Welche Feinde? Seit elf Jahren lebe ich nun schon hier, esse ihr Essen, trinke ihren Wein, zolle ihren Bräuchen Respekt! Ich spreche in ihrer Zunge, trage ihre Kleidung, lerne von ihren Meistern. Ich weiß kaum noch, wie die Worte meines Volkes klingen! Das Gesicht meiner Mutter ... ich habe es verloren!«

Sanft berührte ihn ihre Hand am Rücken. Er hasste sich für die Schwäche, die er sich ihr gegenüber erlaubte, aber all dies war sonst so tief in ihm eingesperrt, so verborgen und vergraben in seinem Geist, dass er es genoss, einfach mal Worte für seine Sorgen und Ängste zu finden. Es gab ihnen weniger Macht über ihn.

»Ich weiß.«

Kein Spott, kein Mitleid. Stattdessen Verständnis in ihrer Stimme. Überrascht blickte er auf und sah seine Empfindungen in ihren Augen gespiegelt. Regena, die stolze Regena, immer Haltung bewahrend, niemals um ein schnelles Wort verlegen, stets in der Lage zu lächeln; auch sie litt.

»Deshalb bin ich hier, kleiner Bruder.«

Da war er wieder, der wohlmeinende Spott. Inzwischen überragte er sie um mehr als Haupteslänge, aber so hatte sie ihn schon genannt, als er noch kleiner gewesen war als sie. Manchmal war es einfach zu vergessen, dass sie schon Jahre länger in Athanopolis gefangen war als er.

»Um dabei zuzusehen, wie ich meinen Ärger in Wein ertränke?«

»Das kann ich auch an jedem anderen Tag tun. Nein, ich bin hier, um dich abzuholen.«

Verwundert runzelte er die Brauen.

»Wohin soll ich gehen?«

»Seit gestern ist ein Neuankömmling in der Stadt, und du solltest …«

Wütend schnaubte er und unterbrach sie. Die Erinnerung an den Triumphzug schüttelte ihn. Natürlich hatte man ihn dazu eingeladen, und ebenso natürlich war es keine Bitte, sondern ein Befehl gewesen.

»Denkst du, das weiß ich nicht? Sie haben mich gezwungen, anwesend zu sein. Ich musste dem Jubel des Abschaums zuhören, während sie die Schlächterin mit Ehren überhäuften. Weiß du, wann ich das schon einmal erlebt habe?«

Diese Erinnerungen waren weitaus bitterer. Ein verschüchterter Junge, der durch die Stadt paradiert, als gefangenen Barbar präsentiert wurde, mehr Beute als Mensch. Wenn er die Augen schloss, sah er die Gesichter der Menge, höhnisch, hassverzerrt, hörte ihre Rufe, die er damals noch nicht verstanden hatte. Aber es hatte nicht viel Fantasie dazugehört, sich auszumalen, was ihm damals entgegengeschleudert worden war.

»Niam«, hob Regena an, aber er schüttelte trotzig den Kopf, sodass die blonden Strähnen um sein Haupt flogen.

»Hör mich an, ich bitte dich.«

Das Flehen in ihrer Stimme ließ ihn stutzen und einen Teil seines Zorns verfliegen. Das Feuer erlosch, auch wenn die Glut noch in ihm war.

»Valeria ist eine Außenseiterin bei Hofe. So wie wir.«

»Sie ist in keiner Weise wie wir!«

»In dieser schon. Und sie hat das Ohr des Kaisers. Du hast alles versucht, dir an so vielen geschlossenen Türen die Nase blutig gelaufen. Kannst du deinen Stolz nicht herunterschlucken? Denk an deine Heimat!«

Niams Finger trommelten auf den von der Sonne erwärmten Stein der Brüstung. Er dachte an nichts anderes; all sein Sehnen und Streben waren auf seine Heimkehr ausgerichtet. Aber Valeria? Sie, die an der Spitze der Horden ritt, die über ihn und die Seinen hergefallen waren? Deren Legionen alles, was er für fest und standhaft gehalten hatte, unter ihren Füßen zertrampelt hatten?

»Es waren ihre Befehle, Regena«, erklärte er leise. »Mein Onkel, meine Brüder, erschlagen in der Schlacht. Das Haus meiner Vorfahren gebrandschatzt. Sie trug die Banner meiner Familie zurück, um sie hier in irgendeinem Trophäenraum auszustellen …«

Seine Stimme versagte. Er war ein kleiner Junge gewesen, als das Imperium über sein Volk gekommen war, aber noch immer konnte er die Flammen sehen, die blutbefleckten Leichen, diesen furchtbaren Gestank nach Tod und Vernichtung riechen. Ungewollt brachen nicht nur die Bilder, sondern auch die Gefühle wieder über ihn herein, diese schwarze, abgrundtiefe Angst. Er schämte sich für sie, schämte sich, sie damals empfunden zu haben, schämte sich der Erinnerung.

Als Regena sich ihm näherte, wich er zurück und trat wieder in seine Gemächer. Drei Zimmer waren sein Reich, ein jedes größer als jeder Raum im Haus seiner Vorfahren, abgesehen von der Halle. Jeder Gegenstand, mochte er auch noch so profan sein, war kunstvoll verziert, jedes Tischbein aufwendig mit Schnitzereien versehen, der Marmor des Bodens und der Wände in komplexe Muster gelegt, dazwischen Mosaike. Jede Handbreit der Vorhänge war bestickt, ja selbst jeder Löffel, jede Schüssel, jeder Becher war von den größten Handwerkern des gesamten Reichs gefertigt.

Im Exil lebte Niam prächtiger als alle seine Vorfahren. Könige fremder Reiche verfügten über weniger Prunk, weniger Schönheit. Der größte Schatz seiner kleinen Schwester war ein geschnitztes Pferd gewesen, mit spiralförmigen Mustern auf dem Leib. Damals ein Meisterwerk in seinen Augen, heute wusste er, wie krude es gegen die Ziselierungen allein auf den Pfosten seines Bettes war. Und dennoch hätte er alles gegeben, nur um das alte Holzpferd wiederzusehen.

»Alles geben«, murmelte er und sah hinab auf den kleinen Tisch mit der Glaskaraffe und den Pokalen. Intarsien in seiner Oberfläche zeigten trabende Pferde, ein wenig im Stil seines eigenen Volks. Wie alles in Athanopolis war dies mit Sicherheit eine Botschaft. Doch ob man ihm eine Freude machen wollte oder ihn verspotten, konnte er nicht erkennen. Müde rieb er sich die Augen.

»Es gibt Schlachten, die lassen sich nicht mit dem Schwert gewinnen, egal, welch mutig Herz man in seiner Brust trägt.«

Ungehalten fuhr er herum.

»Ich weiß!«

»Und manchmal muss man mit Feinden Bündnisse schließen. Glaubst du, deinem Vater hat es nicht das Herz gebrochen, als er dich in ihre Hände geben musste?«

Schon wollte Niam sie anfahren, dass sie nichts über seinen Vater wusste, aber die Erinnerung an seine Eltern, graugesichtig, grimmig, und doch mit Tränen in den Augen, hielt seine Zunge im Zaum.

»Aber er tat, was er tun musste, zum Wohle seines Volks. Er brachte ein Opfer, weil es keinen anderen Weg gab.«

Niams Augen brannten. Er hatte versucht, stark zu sein, als ihn die Soldaten des Imperiums davonführten, als er in den Wagen stieg, der ihn rumpelnd aus seiner Heimat trug. Seine Eltern hatten nicht geweint, und auch er hatte die Tränen zurückhalten können – zumindest, bis er allein im Dunkeln lag.

»Ich war das Opfer«, brachte er tonlos hervor.

Regena nickte.

So, wie sie es auch gewesen war, erkannte er. Ihren Eltern aufgezwungen, zum Wohle vieler, Unterpfand des Friedens.

»Würdest du nicht selbst jedes Opfer bringen, um jenes deiner Familie zu ehren?«

Diese Frage bedurfte keiner Antwort. Mit einem langen Seufzen entließ Niam nicht nur die Luft aus seinem Leib, sondern auch die Anspannung, die Trauer und den Zorn.

»Du musst mir eines versprechen«, bat er.

»Was?«

»Dass du nicht so furchtbar eingebildet sein wirst, wenn ich dir zustimme.«

Regena legte den Kopf auf die Seite und grinste frech.

»Tja.« Sie zog das kurze Wort in die Länge. »Das kann ich leider nicht.«

Niam atmete durch. Es lag ein Hauch von Parfum in der Luft, und ein wenig Rauch von irgendeinem Kochfeuer im Palast. Er versuchte, sich an die Gerüche seiner Kindheit zu erinnern. Mehr Rauch in der Halle, der Duft seiner Mutter, die ihn in die Arme nahm.

Es war an der Zeit. Regena verließ ihn, kehrte in die eigenen Gemächer zurück, während er durch Korridore und Treppenhäuser schritt. Der Palast war ein veritables Labyrinth. Das Blaue Haus, in dem Geiseln und Gäste untergebracht waren, hatte einst als Kaserne gedient, bevor es aufwendig umgestaltet worden war. Fast jeder Kaiser, jede Kaiserin hatte das prächtige Gelände erweitert, hatte es andere Paläste und sogar Tempel schlucken lassen, hatte Gärten angelegt, verändert, dem Herzen des Imperiums seinen oder ihren Stempel aufgedrückt.

Nach all den Jahren kannte sich Niam leidlich aus, aber ihm war bewusst, dass ihm nur die präsentablen Bereiche bekannt waren; dahinter gab es noch ein geheimes Reich der Bediensteten und Wachen, eine Welt, die den Reichen und Mächtigen – und ihren Geiseln – verborgen war.

Trotz seines Status konnte er sich frei bewegen. Niemand glaubte an Flucht, auch er selbst nicht. Der Käfig hatte keine Gitterstäbe, war deshalb aber nicht weniger wirkungsvoll als ein Gefängnis.

Sein Weg führte Niam in Richtung Zentrum des Kaiserpalasts, jenes uralte Gebäude, das immer noch alles andere auf dem Hügel überragte. Den Legenden nach war sein Grundstein von Aitylos gelegt worden, dem Schwindler, der seinem Schwiegervater die drei Hügel mit einem Trick als Mitgift seiner Braut entwendet hatte. So viel Land, wie er mit einem Kreis aus seinem Blut umschließen konnte, hatte er als Versprechen entrungen und in der Nacht den Stieren seines Schwiegervaters krügeweise ihren Lebenssaft geraubt. Der Schwindel war aufgeflogen, aber von der Schläue seines Schwiegersohns beeindruckt, hatte der Schwiegervater Aitylos die drei Hügel geschenkt.

Nun erhob sich die Stadt auf ihnen, oder besser die alte Stadt, denn schon längst war Athanopolis über jene uralte Begrenzung hinausgewachsen, zog sich zu beiden Seiten des Flusses entlang, über den sich heute zwölf Brücken spannten. Sechs Mal war die Stadtmauer erweitert worden, und dennoch lag ein Teil dieser Metropole schon wieder jenseits ihres Schutzes.

Im Innersten der Stadt, auf jenen drei Hügeln, gab es nur Paläste und Tempel; alle jedoch nur Abbilder jenes Komplexes, der wie kein anderes Bauwerk die Größe und Macht des Reichs repräsentierte.

Obwohl er längst an diese Umgebung gewöhnt war, obwohl er den Prunk und den Reichtum mit den Augen einer Geisel sah, die wusste, dass die fernen Provinzen, darunter ihre Heimat, mit ihren Steuern dazu beitrugen, musste Niam immer wieder die Kunst und das Können bewundern.

Decken so hoch und fern, mit Mosaiken verziert, Kuppeln von schier unmöglicher Spannweite, filigrane Säulen, wundervolle Wandgemälde.

Am Großen Kaiserpalast, dem Purpunen, benannt nach der Farbe der Steine, aus denen die wichtigsten Räume geschaffen waren, standen die Wache der Domestikoi, der Gesalbten Garde. Ernste Männer und Frauen, Veteranen der zahllosen Kriege und Schlachten, handverlesen, gewappnet in goldene Rüstungen mit purpurnen Mänteln. Entgegen seiner Erwartung ließen sie ihn nicht nur anstandslos ein, sondern eine von ihnen führte ihn durch den Palast.

Die Gemächer der Magistra Militium lagen tief in seinen Eingeweiden, in jenen Gängen, in denen die kaiserliche Familie ihr Heim hatte. Wieder und wieder passierten Wachen, doch ein kurzes Wort der Soldatin öffnete ihnen jedes Mal Türen.

Schließlich fand Niam sich zwei gänzlich anderen Kriegern gegenüber. Keine Domestikoi, sondern einfache Soldaten in schmucklosen Rüstungen, die seinen Namen ohne Regung entgegennahmen, ihm jedoch Einlass gewährten.

»Wartet hier, Prinz«, schnurrte der kleinere Mann. »Sie wird sich bald zu Euch gesellen.«

Verwundert ob der informellen Worte nickte Niam und trat in die Gemächer jener Frau, die das Land seiner Vorfahren erobert hatte.

Es war eine ganze Zimmerflur, ausgehend von einem zentralen Raum, doch die Mehrzahl der Türen war verschlossen. Die Wände waren mit allerlei Beutezeug geschmückt, zerschlissene Standarten, dahingeschleuderte Klingen, Zeichen großer Siege.

In der Mitte dominierte ein großer Secarum-Tisch den

Raum, aus hellem Holz geschnitzt, mit in die Platte eingelassenen Feldern aus rotem, weißem und schwarzem Marmor. Darauf standen die Figuren dieses klassischen Spiels, geschnitzt aus Elfenbein und Ebenholz, mit silbernen und goldenen Details. Der Turm in der Mitte war aus grüner Jade, von der Niam bislang nur gehört hatte. Ehrfürchtig kniete er neben dem Tisch nieder und betrachtete die lebensechten Figuren und den Turm, den sie erobern mussten, in den ein Künstler jeden Stein geschnitzt hatte, ja sogar Efeu mit winzigen Blättern, der sich an ihm emporrankte. Es erschien Niam, der schon viel in Athanopolis gesehen hatte, unmöglich, dass dies von sterblicher Hand geschaffen worden war.

Eine leise Stimme riss ihn aus seiner Andacht. Ein kaum wahrnehmbares Murmeln von einer nur halb geschlossenen Tür. Leise schlich Niam näher, bis er einen Blick durch den Spalt werfen konnte. Ein karger Raum, kaum Mobiliar außer einem einfachen, privaten Schrein, auf dem eine Reihe von kleinen Tonfiguren stand. Selbst auf mehrere Schritt Entfernung konnte er sehen, dass sie ungeschlacht waren, von jemanden geformt, der über keine große Kunstfertigkeit verfügte.

Doch seine Aufmerksamkeit wurde von der Frau angezogen, die vor dem Schrein kniete, das Haupt gesenkt. Obwohl er nur ihren Rücken sah, wusste Niam, dass es Valeria war, die Herrin aller Armeen des Kaiserreichs. Sie schien sich seiner Nähe nicht bewusst zu sein. Vier, fünf weite Schritte, dann wäre er bei ihr. Die Klingen an den Wänden mochten alt sein, doch sie würden ihre Pflicht noch tun. Seine Finger zuckten, seine Handflächen wurden feucht.

»Lacus, ich bitte dich um Verzeihung, dass ich lebe und du starbst.«

Kaum verstand er die Worte, so leise waren sie gesprochen.

»Erena, ich bitte dich um Verzeihung, dass ich lebe und du starbst.«

Ein monotoner Singsang, oft gesagt, ein seltsames Gebet. Für gewöhnlich baten die Bewohner des Imperiums die Geister um ihre Gunst, um gute Ernten, Schutz vor Krankheiten, Feuer, Armut. Glück in der Liebe, Glück in Geschäften, baldigen Nachwuchs und tausend Dinge mehr für ihr Leben. Doch Valeria sprach nur zu Toten, wie es schien, und das Einzige, um das sie bat, war, dass sie ihr verziehen.

Es war ein seltsames Schauspiel; eines, von dem sich Niam nicht lösen konnte. Er sah ihre unbewegte Gestalt, hörte ihre tonlosen Worte, Namen um Namen aus ihrem Mund. Dann schwieg sie mit einem Mal, und der Bann war gebrochen.

Hastig wich Niam zurück, glitt fort von der Tür, die Wand entlang, bis er nah der Eingangspforte stehen blieb. Als er sich umwandte, erwartete er, sie zu sehen, wissend, dass er ihr gelauscht hatte, doch es dauerte noch viele laute Herzschläge, bis sie aus der Tür trat.

In seiner Erinnerung sah sie anders aus, aber es waren die Augen eines Kindes gewesen, in denen sie so schrecklich erschienen war. Sie war groß, kaum einen oder zwei Fingerbreit kleiner als er, aber es hieß, dass in ihr das Blut der Kalmene reiner sei als in vielen anderen ihrer Familie, und so verwunderte ihn das nicht. Ihre Haut war dunkler als die vieler Menschen der Hauptstadt, gebräunt von der Sonne. Das braune, fast schwarze Haar trug sie in kurzen Locken, wie es bei Männern im Palast durchaus Mode war, für eine Frau jedoch ungewöhnlich. Der Reichtum der halben Welt war ihrer, doch ihr Kleid war schlicht, auch wenn der Stoff von erlesener Qualität war.

Aber es waren ihre Augen, die ihn erneut in einen Bann schlugen, dunkel unter schmalen Brauen – an diesen Blick erinnerte er sich. So hatte sie ihn damals betrachtet, vor vielen Jahren, als sie ihn von seiner Heimat fortgerissen hatte.

»Prinz Niam, bitte verzeiht mir, dass ich Euch warten ließ.«

Ihre Stimme war dunkel, ein wenig rau, fest und sicher, so anders als jene, die gerade noch aus ihrem Schrein erklungen war. Sofort fragte er sich, ob sie nur mit ihm spielte, ob sie ihn absichtlich hatte lauschen lassen und dies nun mit ihrer Begrüßung andeutete. Er räusperte sich.

»Das ist nicht nötig. Ich bin dankbar, dass Ihr mich empfangt.«

Die Lüge glitt ihm einfacher über die Lippen, als er erwartet hatte. Unvermittelt wurde ihm bewusst, wie absurd die Situation war. Sie waren Feinde, sein Volk und das ihre ebenso, der Frieden mit Waffengewalt erzwungen.

»Ich empfand Euren Wunsch als kurios, das muss ich gestehen. Aber ein Gespräch ist sicherlich das Mindeste, was ich Euch schulde.«

In ihrer Miene lag nichts, was er deuten konnte.

»Gehen wir hinaus.«

Er folgte ihr durch einen kurzen Korridor zu einem weiten Raum, der nur durch einige Säulen von einer großen Dachterrasse getrennt war. Dünne, blaue Vorhänge wehten im leichten Wind. Im Schatten war ein Tisch mit zwei niedrigen Stühlen vorbereitet. Darauf standen eine Glaskaraffe und zwei ebensolche Pokale.

Valeria setzte sich und wies auf den Stuhl gegenüber.

Noch immer hatte Niam sein Gleichgewicht nicht wiedergefunden, aber er nahm Platz. Die Magistra Militium goss ein wenig kaltes Wasser in die Pokale. Sein Getränk von einer der mächtigsten Personen der bekannten Welt serviert zu bekommen, war für Niam eine neue Erfahrung.

Während er trank, studierte er ihr Antlitz. Sie hatte die hohen Wangenknochen, die in Athanopolis so begehrt waren, dazu eine schmale Nase, die einen deutlichen Knick aufwies. Jetzt erst fielen ihm die dünnen Narben auf, kaum sichtbare Linien, die sich um ihr linkes Auge gruppierten. Vermutlich mit Magie geheilt, aber eine Spur blieb immer zurück.

»Was kann ich für Euch tun, Prinz?«

Bedächtig stellte Niam den Pokal ab und sammelte sich einen letzten Moment.

»Wie Ihr sicherlich wisst, haben die Taurisci dem Reich eine Dekade lang treu gedient. Meine Familie, mein Volk, wir haben Krieger entsandt, Tribute gezahlt und standen dem Vierfach gesalbten Kaiser jederzeit zu Diensten.«

Als Anerkennung, dass er die Wahrheit sprach, neigte Valeria leicht das Haupt.

»Die Loyalität meines Volks und meiner Sippe steht außer Frage.«

»Und ich bin sicher, dass der Kaiser es dankt«, erwiderte Valeria diplomatisch. »Aber Dank allein ist ja nicht das, was Ihr sucht, wenn ich mich nicht irre.«

Niam zögerte kurz.

»Nun, ich hege den Wunsch, in meine Heimat, zu meiner Familie zurückzukehren. Und ich denke, dass die Beweise unserer Loyalität so zahlreich sind, dass es mir erlaubt werden kann.«

Es widerstrebte ihm, darum zu betteln, doch er war ein

Bittsteller und sein Stolz nur im Weg. Er dachte an Regenas Worte, war bereit, das Opfer zu bringen.

»Ich fürchte, darüber kann ich nicht entscheiden«, entgegnete Valeria nach kurzem Schweigen.

Jetzt fühlte er sich von ihr gemustert, und ihm war, als dringe ihr forschender Blick hinter seine sorgsam errichtete Rüstung und sehe, was ihn in seinem Innersten umtrieb.

»Aber Ihr seid die Magistra Militium. Euer Wort hat Gewicht. Ihr wart es, die mein Volk … unterwarf. Wenn Ihr für mich sprecht …«

Er ließ die Konsequenz unausgesprochen. Sie lehnte sich zurück, faltete die Hände vor ihrem Mund. Noch immer ruhte dieser Blick auf ihm, der so öffnend war.

»Vielleicht hat mein Wort bei Hof weniger Wert, als Ihr glaubt«, erwiderte sie enigmatisch, nickte dann aber. »Dennoch kann ich für Euch und Euer Anliegen sprechen.«

Ein Triumph durchzuckte ihn. Seine Miene musste es gezeigt haben, denn sie lächelte.

»Ich kann verstehen, dass Ihr die Euren wiedersehen wollt. Es ist ein Gefühl, das ich nur allzu gut kenne. Mein Sohn ist jetzt bald zwanzig Jahre alt, und ich habe ihn nicht gesehen, seit … seit zu langen Jahren.«

Sofort suchte Niam etwas in ihrem Gesicht, einen Hinweis auf den Grund, ihm dies zu offenbaren. Bei Hof sprach niemand einfach so offen, stets gab es Hintergedanken, Pläne, Intrigen. Doch er fand nichts außer ehrlicher Offenheit.

»Ihr müsst ihn sehr vermissen.«

Wieder ein Lächeln, doch gemischt mit Trauer.

»Allerdings. Aber meine Pflicht meinem Volk und Reich gegenüber lässt mir nicht die Freiheit, die andere vielleicht haben.«

Jetzt beugte sie sich wieder vor.

»Aber wenn ich für Euch spreche, müsst Ihr mir persönlich einen Schwur ablegen, Prinz.«

Da war es nun. Und warum wollte heute jede Frau, mit der er sprach, einen Eid von ihm?

»Einen Schwur?«

»Worauf auch immer ihr Eide ablegt. Schwört mir, dass euer Volk den Frieden ehren wird, auch wenn Ihr zurückkehrt.«

Sofort wollte Niam die Worte sagen, aber Valeria hob die Hand.

»Habt Ihr die Kriegszeichen dort drinnen gesehen?«

Er nickte. Banner, Waffen, Beute an den Wänden.

»Es sind die Erinnerungen an meine Niederlagen. An Untergebene, die ich verloren habe, an Fehler, die ich gemacht habe. Fehler, die andere viel gekostet haben.«

Das hatte er nicht gesehen. Für ihn waren es Zeichen des Triumphs gewesen, arrogante Zurschaustellung von Überlegenheit und Macht.

»Sollten sich die Taurisci wieder erheben, so wird man mich senden. Blut wird fließen, viele werden ihr Leben geben. Lasst nicht zu, dass ich irgendwann eine Erinnerung an Euch in meine Gemächer hängen muss, ein Zeichen, dass es falsch war, Euch zu vertrauen.«

Wieder lag in ihrer Miene nur Offenheit. Es war keine Drohung, kein Versuch, ihn einzuschüchtern. Stattdessen entdeckte er eine Müdigkeit in ihrem Blick, die ihn erstaunte. In seinem Geist war sie stets die unbarmherzige, harte Soldatin gewesen. Jetzt, mit einem Mal, veränderte sie sich.

»Ich suche keinen Krieg und keine Rache. Ich will nur nach Hause.«

Noch während er die Worte sprach, wusste er, dass sie

die Wahrheit waren. Oft hatte er in dunklen Nächten davon geträumt, Horden von Kriegern anzuführen und das Imperium in Brand zu setzen. Aber das waren schale, dünne Fantasmen. Die Halle seiner Ahnen, sie war real.

»Ich bitte nicht um Vergebung. Ich tat, was meine Pflicht mir gebot. Euer Pfand hat den Frieden gewährleistet. Ihr habt hier gelernt, was die Größe dieses Reichs ausmacht. Es sind nicht seine Soldaten, seine Heere, seine Waffen. Es ist die Idee. Erinnert Euer Volk daran, Prinz Niam von den Taurisci, erinnert es daran, dass wir gemeinsam zu Größerem berufen sind. Ihr seid ein Bürger, Ihr seid dieser Idee, diesem Ideal verpflichtet.«

Er konnte nicht umhin, bei diesen Worten zu erschauern.

BRIX

»Verdammte Raghater!«

Die Worte waren nur gemurmelt, aber mit nicht weniger Inbrunst als bei einem Schrei. Brix sah in seine bronzene Essenschale, auf den graugrünen Eintopf, der träge hin und her schwappte. Ein Vorteil des Soldatenlebens war, dass man überall mit dem gleichen Essen rechnen konnte; ein Nachteil allerdings, dass es überall ausgerechnet dieses Essen war.

Neben ihm griffen einige Legionäre den Satz auf, nickten dazu, wiederholten ihn. Es gab keine Ruhe für die Elfte, wie es schien, denn die Raghater bewegten den Gerüchten nach Soldaten an der Grenze entlang. Ein junger Legionär machte eine Empfehlung, wohin sich die Raghater ihre Pelzstandarten stecken konnten, was zu Gelächter führte.

Es war warm im Zelt. Die Hitze von an die fünfzig Leibern war das eine, die Sonne auf dem dicken Stoff das andere. Dazu stank es, nach Schweiß, nach gekochtem Gemüse und anderen, weitaus unangenehmeren Dingen. Nicht der beste Ort, um zu essen, aber Brix hatte Hunger, also schaufelte er das nicht gewürzte und zu lange gekochte

Mahl in sich hinein. Es gab doch einen Unterschied: In Venari waren die Köche meist besser gewesen.

Aber wenigstens war der Eintopf heiß und füllte ihm den Bauch. Dazu gab es frisches Brot, heller, als er es kannte, aber noch warm aus dem Ofen. Als er seine Schale mit dem letzten Stück auswischte und sich in den Mund steckte, lief ihm der Schweiß die Schläfen hinab, aber er fühlte sich wohlig satt und müde.

»Komm, Kleiner, holen wir uns noch Posca.«

Letha zupfte am Ärmel seiner Tunika und nickte in Richtung der großen Amphore, die an eine der Zeltstangen gelehnt stand. Er nickte, trank den Rest aus der kleineren Bronzeschale. Zumindest die Posca war gut, nicht zu sauer, aber ordentlich gewürzt. Anscheinend war im Kochzelt alles an Gewürzen in das erfrischende Essigwasser gewandert. Sie füllten noch einmal nach, packten ihr Essgeschirr und verließen das Zelt, hinaus in die Sonne, die auf das große Lager niederbrannte.

Bei der Venarischen Thuma hatte Brix schon gedacht, ein Soldat zu sein, doch bei der Elften war alles anders. Das Lager war in einem Tag entstanden: Wo gerade noch eine ausgedörrte Wiese gelegen hatte, war nun ein Schutzwall um genug Zelte für fast dreihundert Soldaten, alle in ordentlichen Reihen, mit einem zentralen Platz und sogar zwei niedrigen Wachtürmen, einer im Norden und einer im Süden.

Ein jeder Soldat wusste, was zu tun war, jede Soldatin kannte ihren Platz. Obwohl man es ihm ebenfalls gesagt hatte, hatte sich Brix zwischen ihnen deplatziert gefühlt, wie ein Fremdkörper.

Neben Letha schritt er durch die Gasse zwischen den Zelten, bis sie zu ihrem kamen. Im Vorbeigehen grüßte sie immer wieder, wechselte einige Worte, hörte sich Neuigkeiten an.

»Doch, wirklich, direkt in den Arsch«, feixte ein kleiner, kompakter Mann, dessen Gesicht von einer alten Narbe quer über die Nase entstellt war.

»Wie wir'se vonnem Pfeil innen Arsch getroffen?«

Der Soldat zuckte mit der Schulter und sah zum Himmel, als sei es ein Mysterium, das nur die Geister lösen könnten. Sein Gefährte, ein Mann mit dunkler Haut und angegrautem Haar, der bislang mit geschlossenen Augen in der Sonne gelegen hatte, seufzte und setzte sich auf.

»Sie hat vorher einen in den Fuß bekommen und ist gestürzt. Und als sie lag …«

Letha grinste ob der morbiden Erzählung.

»Wer sind ihre Schildnachbarn?«, erkundigte sich Brix, was ihm einen finsteren Blick vom Kleinen einbrachte. Der dunkle Mann zeigte eine Reihe gelber Zähne mit zwei Lücken und nickte in seine Richtung.

»Gut zu wissen«, stellte Letha fest. »Wer neben Restes marschiert, muss auffen Hintern aufpassen!«

Alle lachten auf, selbst der Gescholtene.

»Nur Schönheiten wie Eunice und du!«

»Träum weiter! Ich hab dich schon im Bad gesehen!«

»Das Wasser war kalt und …«

»Das sagen'se alle!«

Mit diesen Worten und unter lautem Gelächter wandte Letha sich ab, und Brix folgte ihr.

»Restes issen Arschloch, aber inner Schlacht kannste dich auffen verlassen.«

Daran hatte Brix nicht einen Augenblick lang gezweifelt. Sie erreichten ihr Zelt, groß genug für ihren ganzen Trupp. Xylon saß mit gekreuzten Beinen auf dem Boden vor dem

Zelt und rieb sich Öl in seinen frisch gestutzten Bart, sodass er schwarz glänzte.

»Wie ist das Essen?«, fragte er, ohne aufzusehen.

»Eh.« Letha zuckte mit den Schultern.

»So gut, was?«

Seufzend erhob er sich und strich sich durch sein krauses Haar, bis seine Finger halbwegs frei vom Öl waren.

»Erstma ins Bad, was?«

Xylon schenkte Letha ein müdes Lächeln.

»Einige stopfen sich zuerst den Bauch voll, andere denken daran, dass jemand beim Essen neben ihnen sitzt, und sind höflich.«

»Höflich?« Letha grölte und schlug Brix mit der Hand auf die Schulter, dass es laut klatschte. »Hasse das gehört, Kleiner?«

»Ich fürchte, du bist der Einzige«, erklärte Brix, ohne darauf einzugehen. »Zumindest meiner Nase nach.«

Xylon nickte gespielt betrübt, nur um dann die Brust vorzustrecken, die Schulter durchzudrücken und zu proklamieren: »Die Tugend ist sich selbst genug. Und was, wenn nicht Tugend, ist Reinlichkeit?«

Bevor jemand antworten konnte, erklang Pferdewiehern und Hufgetrappel. Drei Reiter kamen die breite Straße entlang, die zur Mitte des Lagers führte. An ihrer Spitze ritt Merarchos Cyril, der immer noch seine Gefechtsrüstung trug. Als er die drei Soldaten erblickte, zügelte er sein Ross.

»Legionäre! Seid ihr gut versorgt? Gibt es Essen und Wein?«

Unsicher sah Brix von Letha zu Xylon, die beide Haltung angenommen hatten.

»Essen ja, Wein nein, Merarchos«, rief Letha schneidig, bemüht, jedes Wort korrekt auszusprechen.

Cyril zog eine Augenbraue empor und sah sich nach seinen Begleitern um.

»Sorg dafür, dass eines der Weinfässer für die Frauen und Männer geöffnet wird. Es war vielleicht nur eine kleine Schlacht, aber die siegreichen Diener des Reichs sollen gebührend feiern!«

»Sofort, Herr.«

»Ihr drei, wann habt ihr wieder Dienst?«

»Mit Einbruch der Nacht, Merarchos.«

»Gut. Ihr werdet Wache vor meinem Zelt halten.«

Damit trieb er sein Pferd wieder an und ritt davon. Als er außer Hörweite war, schnippte Xylon erfreut mit den Fingern, und Letha schnalzte mit der Zunge.

»Was ist daran so gut?«

»Kleiner, die Wachen kriegen immer die Reste aussem Zelt.«

Und Xylon fügte hinzu: »Wir werden heute Nacht speisen wie der Sheran selbst!«

Tatsächlich erwies sich das Essen der Offiziere als schmackhaft, aber falls der Sheran solche Mahlzeiten zu sich nahm, war er weit weniger reich, als es die Legenden über seinen güldenen Palast glauben machten.

Immer zwei von ihnen standen vor dem Eingang des Zelts Wache; wer nicht an der Reihe war, konnte sich von dem Tisch bedienen, auf dem genug für sie drei und mehr übrig geblieben war. Brix nahm sich gerade einen kaum angenagten Hähnchenschenkel und überlegte, ob er mit seinem kleinen Messer die angebissenen Stellen abschneiden sollte, als es vor der Tür ein kurzes Gespräch gab und dann zwei Offiziere in das Zelt traten. Da der Essensbereich mit einem Vorhang abgetrennt war, konnte Brix nur einen kurzen Blick auf sie erhaschen. Es waren die beiden Kentarchen, jeweils Kommandeure einer Hundertschaft.

Bislang hatte Brix die Kentarchos seiner Hundertschaft nur aus der Entfernung gesehen. Er warf einen unsicheren Blick auf das offene Stück zwischen Essenstisch und Ausgang und wagte dabei kaum zu atmen.

»Ah, willkommen!«

Es war Cyril, der sprach. Durch die Feuerschale in der Mitte zeichnete sich ein verzerrtes Schattenspiel auf dem Stoff des Vorhangs ab. Brix sah, wie Cyril auf die anderen Offiziere zuging und sie nacheinander in die Arme schloss.

»Merarchos«, erwiderte die Kentarchos deutlich kühler. »Wir danken Euch nicht nur für Eure Gastfreundschaft, sondern auch für Euer Eingreifen am heutigen Tage.«

Cyril wedelte mit der Hand.

»Nicht der Rede wert. Wein?«

Er füllte einige Pokale und reichte sie herum, bevor er seinen eigenen hob.

Vorsichtig schlich Brix näher an den Vorhang. Etwa in Brusthöhe war ein kleines Loch, durch das er spähte. Eigentlich wollte er nur einen passenden Moment abwarten, um ungesehen aus dem Zelt huschen zu können, aber er sah den Blick, den sich die Kentarchen hinter Cyrils Rücken zuwarfen, und blieb stehen.

»Auf gute Zusammenarbeit und den glorreichen Sieg.«

Alle hoben ihre Pokale und tranken.

»Seid Ihr hungrig?«

Der Kentarchos schüttelte den Kopf.

»Nein, wir haben schon gespeist.«

Schweigen senkte sich auf die kleine Versammlung herab. Cyril lächelte freundlich, die Mienen der anderen konnte Brix nicht sehen.

Schließlich räusperte sich die Kentarchos: »Warum habt Ihr uns zum Gespräch gebeten, Edler Cyril?«

»Ich bitte Euch, einfach Merarchos genügt.«

Dass der junge Offizier von adligem Blut sein musste, hatte Brix bereits geahnt, doch dass die beiden Kentarchen ihn als Edlen statt mit seinem Rang ansprachen, überraschte ihn.

Wieder Schweigen, das diesmal nach einigen unangenehmen Momenten von Cyril gebrochen wurde: »Ich bat Euch zu mir, um über unsere Mission zu sprechen. Wie lauten Eure Befehle, Kentarchos Meganie?«

Die Angesprochene zögerte gerade genug, als dass Brix die Brauen zusammenzog. Falls Cyril die Pause bemerkt hatte, ließ er sich nichts anmerken.

»Wir sollten die Marodeure aufbringen und wenn möglich zur Schlacht stellen.«

»Das ist geglückt.«

Sie nickte.

»Und dann zurück nach Nicia marschieren.«

»Hm.«

Cyril rieb sich das Kinn, während er um einen Tisch herumschritt, auf dem zahlreiche Papiere lagen und kleine Statuen standen, hell und dunkel, kaum daumengroß.

»Den Berichten nach befinden sich mehr Raghater im Norden. Die letzte bekannte Position war hier.«

Er deutete auf eine der Statuen auf dem Tisch.

Brix kniff die Augen zusammen und erkannte, dass die Statuen auf einer Karte standen.

»Die Neunte«, hob der Kentarchos an, ein grauhaariger

Veteran mit einer rauen Stimme, wurde aber gleich von Cyril unterbrochen.

»Die Neunte sitzt in den Festungen am Nördlichen Wall fest und hat ihre eigenen Sorgen. Soweit ich weiß, gab es Übergriffe entlang der kompletten Bucht von Irekos, bis ins Inland hinein.«

Wie gebannt starrten die drei Offiziere auf die Karte und die kleinen Statuten, die, wie Brix nun begriff, Einheiten symbolisierten. Er versuchte, mehr zu erkennen, aber durch das kleine Loch und die Entfernung war nur Raten möglich.

»Dann wird der Strategos die Thuma zusammenziehen.«

»Bald ist Erntezeit, und es herrscht Dürre«, widersprach Cyril. »Jeder Mann, jede Frau wird auf den Feldern benötigt. Stephanos, ich meine, Strategos Stephanos wird in der jetzigen Situation nur in der größten Not die Thuma aktivieren.«

In Friedenszeiten waren die Soldaten der Thumen einfache Bauern und Bürger, wie Brix aus seiner eigenen Vergangenheit wusste. Ausgebildet und ausgerüstet, ihre Heimat zu verteidigen, aber man musste kein militärisches Genie sein, um zu wissen, dass so kurz vor der Ernte alle Hände auf den Feldern gebraucht wurden.

»Ich würde gern weiter nach Norden vorstoßen und den Feind suchen, bevor er Unheil anrichten kann«, fuhr Cyril fort. »Ich denke, der Feind wird sich entlang der Pfade hier bewegen und …«

»Unsere Order stammt vom Strategos selbst. Es gibt keinen Deutungsspielraum«, unterbrach ihn Meganie.

»Ah, aber ist das so?« Cyril schenkte ihr ein Lächeln. »Haben die beiden Hundertschaften nicht eher Befehl, die

Raghater im Norden abzufangen? Wäre das nicht genau das, was wir erreichen würden?«

Die Kentarchos schnaubte und hob abwehrend die Hand.

»Bei allem Respekt, Merarchos, aber wir können nicht einfach aufs Geradewohl irgendwohin marschieren. Wir sind sehr dankbar dafür, dass ein solch hochrangiger Offizier wie Ihr sich entschieden hat, uns bei unserem Auftrag zu helfen, aber ...«

Den Rest ließ sie unausgesprochen. Aus ihrer Stimme triefte Hohn, den Brix nicht verstand. Cyril war Merarchos und damit vom höheren Rang, wenn auch Offizier der Kavallerie und nicht direkter Befehlsgeber einer Kentarchos der Legionäre. Sein Wunsch sollte ihr Befehl sein.

»Seht hin, Kentarchos«, befahl Cyril kühl, und sein Finger wanderte über die Karte. »Raubzüge hier, an der Küste und östlich des Walls. Wir reden von Hunderten Kriegern, die in unser Reich eingedrungen sind, an mehreren Orten, fast genau zur gleichen Zeit. Das kann doch kein Zufall sein!«

»Wenn Ihr über solches Wissen verfügt, dann solltet Ihr das vielleicht dem Strategos mitteilen, Merarchos. Ich bin sicher, für jemanden Eurer Abstammung hat er immer ein offenes Ohr.«

»Meine Familie tut hier nichts zur Sache.«

Verwirrt ob des abwehrenden Tonfalls schüttelte Brix den Kopf.

»Wie alt seid Ihr, Merarchos?«

Cyril schnalzte wütend mit der Zunge, antwortete aber nicht. Die Kentarchos warf ihrem Kollegen einen triumphierenden Seitenblick zu.

»Also seht Ihr nicht, dass es strategisch weise wäre, weiter nach Norden zu marschieren?«, hakte Cyril schließlich mit ruhiger Stimme nach.

»Wir haben unsere Befehle.«

Der Merarchos seufzte.

»Natürlich, Befehle. Nun gut, wenn wir schon nicht dem Feind mit großer Zahl entgegenziehen, dann werden wir wenigstens Späher aussenden. Wir können nicht zulassen, dass wir weiterhin blind und taub sind. Dies ist ein Befehl.«

»Selbstverständlich, Merarchos, wenn dies Euer Befehl ist. An wie viele habt Ihr gedacht?«

Cyril warf einen langen, kalkulierenden Blick auf die Karte.

»Vier Gruppen mit jeweils fünf Legionären.«

Die beiden Kentarchen wechselten einen schnellen Blick.

»Ist das weise, Merarchos?«, fragte Meganie in einem Ton, der die Frage bereits abschlägig beantwortete.

»Widersetzt Ihr Euch meinen Befehlen?«

Es wurde spürbar kälter im Zelt.

»Nein, Merarchos. Ganz, wie Ihr wünscht.«

Cyril richtete sich auf und verschränkte die Arme hinter dem Rücken.

»Ich werde Marschrouten ausarbeiten und an Euch weitergeben. Dann wäre das alles.«

Die beiden Kentarchen verneigten sich kurz und schritten hinaus. Als sie am Vorhang vorbeigingen, hörte Brix ein leises »Arschloch« von seiner Vorgesetzten.

Als sie das Zelt verlassen hatten, seufzte Cyril, zog einen Klappstuhl an den Tisch und setzte sich sichtlich erschöpft hin. Er trank einen Schluck Wein und schloss die Augen. Schon wollte Brix die Gelegenheit für einen leisen Rückzug nutzen, als der Merarchos sagte: »Du kannst herauskommen.«

Sofort standen Brix' Wangen in Flammen.

»Ich … Herr … ich wollte nicht …«

»Nein, schon gut, ich weiß. Komm her. Hilf mir mal.«

Cyril hob ein Bein und deutete auf seinen ledernen Reiterstiefel. Zögerlich tat Brix, wie ihm geheißen, kniete sich hin und half dem Offizier aus den hohen Stiefeln. Es war schwieriger als gedacht, da sie eng und rutschig waren, aber nach einigem Gezerre stellte er beide auf den Boden. Cyril seufzte erleichtert und stand langsam auf, wobei er sich auf den Tisch stützte.

»Jetzt die Rüstung.«

Mit ungeschickten Fingern löste Brix die Schnallen der Brustplatte. Die Rüstung war reich verziert, zeigte auf der Brust aber nicht nur Abzeichen, sondern auch ins Metall getriebene Anrufungen an die Geister, ihren Träger zu beschützen.

Währenddessen strich sich der Merarchos den roten Umhang von den Schultern und ließ den kostbaren Stoff achtlos auf den Boden gleiten. Als die Rüstung offen war, hob Brix sie hoch, und Cyril schlüpfte aus ihr heraus. Er strich sich über das kurze, dunkle Haar und nickte Brix dankbar zu, bevor er eine kleine Karaffe mit gekühltem Wein nahm und sich den Pokal wieder füllte.

»Wein?«

Natürlich wollte Brix Wein, aber er zögerte, unsicher, wie schicklich es war, von einem Merarchos mit Wein bedient zu werden. Cyril schien die Unentschlossenheit zu bemerken, denn er grinste, schüttete Wein in einen weiteren Pokal und deutete auf ihn.

»Trink, Soldat, das ist ein Befehl.«

Da er dabei immer noch breit grinste, nahm Brix den kühlen Pokal, in Silber eingefasstes Glas, wundervoll gearbeitet und mit Szenen von Weinbauern verziert.

Das Getränk war köstlich, kalt im Mund, nicht zu süß und in der Wärme des Nordens sehr erfrischend.

»Die Priester sorgen immer dafür, dass genug kalter Wein für uns Offiziere vorhanden ist«, erklärte Cyril beiläufig, während der kühle Nektar Brix' Kehle hinabrann. Manchmal bekamen die Legionäre Wein, aber das war für gewöhnlich Tresterwein aus den Resten der ausgepressten Trauben und mit Wasser versehen. Allerdings selten auf dem Marsch, denn die Lora, wie das Getränk hieß, hielt sich nicht lange und kippte schnell um; dann wurde Posca daraus gemacht. Dies jedoch war richtiger Wein, und selbst Brix' wenig wissender Gaumen schmeckte heraus, wie besonders er war. Bei dem Gedanken, jederzeit einen solchen Genuss erleben zu können, stieg Neid in ihm auf.

»Setz dich, Soldat. Wie lautet dein Name?«

»Brix, Herr. Aber ich sollte zurück. Ich habe Dienst.«

Den schwachen Protest wedelte Cyril mit der Hand weg.

»Jetzt ist dein Dienst, mir Gesellschaft zu leisten. Und Wein zu trinken.«

Ohne Aufforderung goss der Merarchos ihnen beiden wieder nach. Obwohl er sich unwohl fühlte, zog Brix einen Stuhl heran, auf den er sich vorsichtig setzte, und trank noch mehr Wein. Zumindest dieser Teil bereitete ihm kein Unbehagen, und tatsächlich stellte er die Wirkung schnell fest; Lora war weitaus schwächer.

»Hast du alles gehört?«

Weder in der Stimme noch in der Miene des Offiziers schien böser Wille zu liegen, nur Neugier, also nickte Brix langsam, hielt dabei den Blick jedoch gesenkt.

In gespielter Verzweiflung verdrehte Cyril die Augen und seufzte laut.

»Dann weißt du ja, was für kleine Geister die Kentarchen hier sind.« Als er jedoch Brix' Antlitz sah, fügte er hinzu: »Schon gut, verstehe. Sie ist deine Offizierin. Du musst nichts sagen.«

Die Anspannung wich für einen Moment.

»Ich kann sie fast verstehen. Sie haben nur Verantwortung für ihre Hundertschaften. Sie kennen das große Bild nicht, und vermutlich interessiert es sie nicht einmal. Sie gehen dahin, wohin sie geschickt werden, und das reicht in ihren Augen.«

Statt zu antworten, trank Brix noch mehr und sah sich um. Das Zelt war kostbar eingerichtet. In der Mitte lag ein dicker Teppich, die Lagerstatt war mit dichten Fellen bedeckt, und jedes Stück Holz, sogar die Zeltstangen, trugen Schnitzereien. Der Merarchos musste ein reicher Mann sein.

»Und natürlich ruft die Kaserne mit ihren Betten, dem Essen und dem Wein«, fuhr Cyril fort, mehr zu sich selbst als an Brix gewandt.

Der musste an den einen Tag in der Kaserne in Nicia denken, an den Drill, die harten Lager und die stinkenden Latrinen. Offiziere hatten wohl eine andere Sicht auf die Welt.

»Aber dass sie mir vorwerfen …« Cyril hielt inne und fixierte Brix unvermittelt mit seinem Blick. »Wie alt bist du, Brix?«

»Zwanzig Sommer, Herr.«

»Dann sind wir fast gleich alt«, entgegnete Cyril und prostete ihm zu.

Brix hob seinen Pokal. Mit einem Mal war da ein seltsames Band zwischen ihnen, eine Verbindung, die er zuvor nicht gespürt hatte.

»Woher stammst du? Venari?«

Diesmal nickte er nur. Sein blondes Haar und die Sommersprossen ließen keinen Zweifel zu, dass er aus dem Süden stammte.

»Und jetzt verteidigst du die nördliche Grenze des Reichs. Und ich komme aus Athanopolis, und andere aus Thrawien und wieder andere aus Astrien. Alle gemeinsam hier, zum Schutze der Bürger. Ist es nicht ein Wunder, zu welchen Taten das Imperium fähig ist, wenn wir alle unser Bestes geben?«

Brix nickte stumm. So hatte er es noch nie betrachtet, aber es war tatsächlich ein Wunder für ihn, dass er, der einfache Junge aus dem Süden, nun so weit gereist war und so viel von der Welt sah.

Mit einem Mal beugte sich Cyril vor, kramte in den zusammengerollten Pergamenten und den unordentlichen Papieren auf seinem Tisch, fand dann, was er suchte, und entrollte eine große Karte.

»Sieh, das ist die genaueste Karte, die es in der Hauptstadt gibt. Eine Kopie natürlich, das Original hängt im großen Triumphatorsaal an der Wand.«

Seine Finger glitten über die Welt hinweg, zogen eine Weg von Brix' Heimat bis nach Nicia. Wie gebannt folgte Brix ihrem Lauf, sah sich selbst marschieren, staubige Meile um staubige Meile, durch weit entfernte Länder, jeder Schritt weiter weg von seinem Heim als der zuvor.

Dann fiel sein Blick auf die andere Karte, kleiner und mit weniger Details und Verzierungen, auf der die Statuen standen. Jede zeigte einen Krieger oder eine Kriegerin, einige in den Rüstungen und Uniformen des Imperiums, andere erkannte Brix als Raghater. Sie alle waren von erlesenster Qualität; in seiner Heimat wäre jede davon ein Schatz für einen Fürsten gewesen.

»Ah, ja«, murmelte Cyril und rollte die Karte des Imperiums wieder ein. »Das hier ist die Provinz Nicia samt angrenzenden Provinzen und fremden Ländereien.«

»Sind das alles Raghater?«, fragte Brix erstaunt und deutete auf einige Figuren südlich der Grenze.

»Ihre letzte bekannte Position. Es gab eine Reihe von Überfällen an der Küste, die Bucht entlang. Soweit ich weiß, sind Marodeure tiefer ins Land gezogen, aber das lässt sich nur schwer sagen.«

Er deutete auf die gezeichneten Festungen im Norden, wo eine hügelige Landschaft das Reich des Basileos von dem des Sheran trennte.

»Banden ziehen zwischen den Grenzbefestigungen hindurch, sicher auf Raubzug. Überfälle an der Küste. Das kann doch kein Zufall sein, was meinst du, Brix?«

Von der unerwarteten Frage nach seiner Meinung überrascht, zögerte er. Alles, was man ihm bislang eingebläut hatte, war, dass Legionäre zu schweigen und Befehle zu befolgen hatten.

»Nein«, rang er sich schließlich gegen jeden Instinkt ab. »Das sieht nicht nach Zufall aus.«

Cyril schnalzte zustimmend mit der Zunge.

»Wir hetzen von hier nach dort, immer nur auf den Fersen unserer Feinde, immer nur reagierend. Dafür sollte die Thuma bereit sein, aber der Zeitpunkt ist gut gewählt und ihre Soldaten verstreut und auf den Feldern benötigt. Und die Elfte und Neunte spalten sich auf, versuchen überall gleichzeitig zu sein …«

Die Implikation ließ Brix erschauern. Er war kein Strategos, kein Offizier, hatte nicht einmal besondere Erfahrung im Kriegshandwerk, abgesehen von seiner Ausbildung.

»Eine Finte«, murmelte er. Cyril packte ihn an der Schulter.

»Was sagst du?«

Brix räusperte sich nervös.

»Eine Finte, Herr. Wie im Kampf. Man bringt den Gegner dazu, den Schild zu senken oder sich falsch zu bewegen. Und dann …« Er zögerte. »Der letzte Schlag.«

»Der letzte Schlag«, wiederholte Cyril und sah auf die Karte hinab. Seine Augen verengten sich.

»Du solltest Kentarchos sein«, sagte er schließlich und schlug Brix auf die Schulter. »Du verfügst über mehr Intelligenz und Auffassungsgabe, als Meganie jemals zusammenklauben könnte!«

»Bitte sagt ihr das nicht!«

Jetzt lachte Cyril auf.

»Nein, keine Sorge, Brix.« Er zwinkerte ihm zu. »Es bleibt unser Geheimnis. Aber eine Frage habe ich noch …«

»Ja, Herr?«

»Kannst du reiten?«

VALERIA

Als der Himmel sich langsam erhellte, war Valeria wach. Um genau zu sein, war sie wieder wach, denn die Nacht in ihren imperialen Gemächern war unruhig gewesen. Nicht dass man sie gestört hätte, aber dennoch war es ihr schwergefallen, Schlaf zu finden. Zu einem Teil lag das sicherlich an den Ereignissen seit ihrer Ankunft in Athanopolis, zum größeren jedoch an dem zu weichen Bett.

Laut seufzend versuchte sie zum wiederholten Male, eine bequeme Position zu finden. Obwohl sie mehr Platz, den besten Stoff und eine richtige Matratze dafür hatte, wollte es nicht gelingen. Sie hatte das Gefühl, dass ihr Bett sie verschlingen wollte, und jedes Mal, wenn sie die Augen schloss und eindämmerte, war ihr, als ob sie fiele.

Also gab sie auf und erhob sich. So früh am Morgen war der marmorne Boden unter ihren nackten Füßen kalt, aber sie trat dennoch in den zentralen Raum und durch die leise im Wind flüsternden Vorhänge auf die breite Terrasse. Noch war die Stadt nur ein Schemen vor dem Horizont, aber schon jetzt konnte man ihre Schönheit erahnen. Sie hatte Kriege und Belagerungen durchgestanden, Hungersnöte, Aufstände, Überschwemmungen und Feuersbrünste. Für einen Fremden mochte sie wie aus einem Guss wirken, Symbol der Macht des Reichs, aber Valeria konnte ihre Narben sehen, Merkmale einer turbulenten Geschichte. In ihren Augen trug nur es zur Schönheit bei, aber sie hatte Makellosigkeit noch nie etwas abgewinnen können.

Hier und da wurde im Palast bereits gearbeitet, bereiteten Diener und Beamte den reibungslosen Ablauf des Tages vor, aber noch war es still. Valeria genoss diese letzten Momente des Friedens. Bald schon würde sie sich in die Schlacht werfen müssen, und anders als auf den Schlachtfeldern an den Grenzen des Reichs, war sie sich ihres Könnens und ihrer Verbündeten weitaus weniger sicher.

Eine schöne Robe, Schmuck, eine kunstvolle Frisur, all dies war nicht weniger wichtig als die Rüstung im Kampf. Als Valeria an all die vielen Würdenträger dachte, denen sie heute gegenübertreten musste, verkrampfte sich ihr Gesicht. Hoffentlich bewies Gordian bei diesen Geplänkeln seinen Wert.

Mit den ersten Strahlen der Sonne auf den Türmen der Stadt kehrte Valeria zurück in ihr Quartier. Aus dem Nebenraum hörte sie Exoristos schnarchen. Neben all seinen Qualitäten gab es auch einige Nachteile. Vorsichtig glitt sie näher, spähte durch den Türspalt, den er gelassen hatte. Ihre Sicherheit überwog bei ihm alle anderen Bedenken, und er hätte niemals zwei geschlossene Türen zwischen ihnen akzeptiert.

Die hünenhafte Gestalt lag auf dem Boden, den Kopf auf einem harten Bündel, der Leib unbedeckt. Valeria schnalzte leise; der Fußboden war eine gute Idee, das würde sie in den kommenden Nächten auch probieren. Erst einmal schloss sie jedoch leise die Tür. Noch immer war das

Schnarchen zu hören. Vermutlich hätte man Exoristos auch durch eine drei Schritt dicke Stadtmauer gehört; sein massiger Leib war in der Lage, ungeheuren Lärm zu produzieren.

Als die Diener behutsam die Gemächer betraten, waren sie sichtlich überrascht, Valeria bereits gewandet anzutreffen. Zum Glück kam Gordian kurze Zeit später und übernahm die Koordination der Vorbereitungen. Mochte er im Heerlager oft wie fehl am Platze wirken, hier schien er in seinem Element zu sein.

»Euer Frühstück wird im Saal der Triumphatoren gereicht, Herrin. Eine große Ehre!«

Sie brummte, dann wandte sie sich ihm zu, was der Dienerin, die gerade ihr Haar bürstete, einen kleinen Schreckenslaut entlockte, da die Bürste über ihre Schläfe strich. Mit bleichem Antlitz stammelte sie eine Entschuldigung, die Valeria mit einer Geste davonwedelte.

»Schon gut, mach einfach weiter.«

Gordian hatte amüsiert eine Augenbraue emporgezogen, was Valeria geflissentlich ignorierte. All die Aufmerksamkeit und die um sie herumwuselnden Menschen war sie einfach nicht mehr gewöhnt. Am liebsten hätte sie alle fortgeschickt, doch in Athanopolis musste der Anschein gewahrt werden – es wäre unschicklich für eine Tochter der Kalmene, sich anders zu benehmen. Ihre Rebellion war ihr Leben mit den Soldaten. Hier hingegen war es ihre Pflicht, sich angemessen zu verhalten.

»Wird der Kaiser anwesend sein?«

»Man hat mir keine Hinweise gegeben.«

Das bedeutete wohl Nein, denn ein Essen mit dem Kaiser hätte anderer Vorbereitungen bedurft.

»Wann sehe ich ihn?«

Gordians Miene sprach Bände. Der Palast war nicht ihr bevorzugtes Schlachtfeld, doch sie erkannte eine Brüskierung ebenso wie die Finten ihrer Feinde im Kampf.

»Alle raus«, befahl sie ruhig, doch als der Aufforderung nicht sofort nachgekommen wurde, schob sie ein lauteres »Jetzt!« hinterher, das seine Wirkung zeigte. Sie wies Gordian mit einem Nicken an, zu bleiben und wartete, bis sie unter sich waren.

»Was hat das zu bedeuten?«, fragte sie leise. Es hieß, dass im Palast selbst die Wände Ohren hatten.

Gordian verzog das Gesicht, als leide er Schmerzen, dann hob er die Schultern.

»Ich weiß es nicht, Herrin. Ist es nicht Eure Familie?«

Und sollte ich sie nicht kennen? Natürlich. Aber ich war so oft und lange fort, dass ich mich kaum noch an das Gesicht meines Vetters erinnere; wie auf den Münzen sieht er aber nicht aus, zumindest das weiß ich noch.

Unruhig schritt sie im Zimmer auf und ab. Der Kaiser hatte sich einem Treffen im privaten Rahmen bislang verweigert. Noch konnte es mit den Umständen erklärt werden, mit dem Protokoll, seinen Pflichten. Doch Valeria spürte, dass sich mehr dahinter verbarg. Dieser Ort war ein Dschungel, undurchsichtig und gefährlich, wenig geeignet für eine Soldatin.

»Lass über die offiziellen Kanäle verlauten, dass ich mich über die Aufmerksamkeit des Basileos freuen würde, Gordian. Ja, dass ich sogar um eine Audienz bitte, um ihm Bericht zu erstatten.«

Es gab niemanden sonst, dem sie Rechenschaft schuldig war. Ihr unterstanden alle Truppen des Imperiums, mit Ausnahme der Gesalbten Garde hier im Palast. Sogar die Flotte war ihr untertan, wenngleich Valeria auch um ihre mangelnde Kenntnis maritimer Strategien und Taktiken wusste und dies in den Händen fähigerer Offiziere ließ.

Gordian nickte und machte sich Notizen auf einer Wachstafel. Mit einem Mal erkannte Valeria, dass sie ihn falsch eingeschätzt hatte. Vielleicht war er kein Krieger wie andere unter ihrem Kommando, aber auch keineswegs eine Hofschranze. Ihm blieben die Prozesse, die Rituale in den stillen Hallen und Korridoren der Hauptstadt ebenso arkan wie ihr.

»Aber erst gehen wir essen«, erklärte sie und wies auf die Tür. »Wenn mir schon kein Kaiser Gesellschaft leistet, dann doch hoffentlich mein Adjutant?«

Ob der unerwarteten Einladung sichtlich überrascht, verneigte sich Gordian.

»Es wäre mir eine Ehre, Herrin.«

»Vielleicht sollten wir Exoristos dazu bitten«, scherzte sie, als sie die Gemächer verließen. »Es wird so viel aufgetischt sein, dass wir seinen schier endlos tiefen Schlund gut gebrauchen könnten.«

Für einen Moment spielte sie tatsächlich mit dem Gedanken, allein schon deshalb, um die entsetzten Gesichter zu sehen und das Getuschel zu hören. Aber dann verwarf sie die Idee. Noch war nicht die Zeit für Skandale.

Aber was das Essen anging, behielt sie recht. Es war ein Tisch gedeckt worden, an dem zwanzig und mehr Platz gefunden hätten, so vollgeladen mit Köstlichkeiten, dass Valeria befürchtete, er werde einfach zusammenbrechen.

Aus allen Provinzen des Reichs waren Spezialitäten herbeigeschafft worden. Süße und saure Früchte aus dem heißen Norden, und das dunkle Brot, das viele im kalten Süden bevorzugten. Krüge mit heißem Kräutersud aus den Ostprovinzen, Weine aus allen Windrichtungen, Käse von

Ziege, Rind, Schaf und exotischeren Kreaturen, daneben ebensolche Wurst. Warme und kalte Getreidebreie, geräuchertes Fleisch in vielen Variationen, Fisch in allen erdenklichen Zubereitungsweisen. Eine reich verzierte Glasschale, nur gefüllt mit klarem Eis.

Jahre in Militärlagern hatten Valeria gelehrt, genügsam zu sein, auch wenn sie selbst an den entferntesten Grenzen dank ihrer Stellung oft noch Mahle gereicht bekam, die man königlich nennen konnte. Aber nichtsdestotrotz hatte sie den Gaumen für die kulinarischen Feinheiten dieses Reichs der vielen Völkerscharen nicht verloren. Musste es sein, genügten ihr trockenes Brot und Wasser, doch jetzt nahm sie sich zwei Teller voller Köstlichkeiten und probierte von vielem kaum mehr als einen Bissen.

Gordian hielt sich zunächst zurück, folgte dann jedoch ihrem Beispiel. Es erfreute sie zu sehen, wie er genoss.

»Probier den Ziegenkäse dort«, riet sie ihm. »Mit etwas Honig.«

Sie selbst goss sich einen Schluck Wein ein, füllte mit Wasser auf und ließ zwei Stücke Eis in den Pokal fallen. Genug Wein für den Geschmack, aber nicht genug, um ihren Geist zu beeinträchtigen.

Als sie mehr als nur satt war, lehnte sie sich zurück. Der Saal war ein beeindruckendes Zeugnis von Macht und Größe des Imperiums. Triumphatoren hatte es in der langen Geschichte genug gegeben, und nun standen ihre Büsten und Statuen in den Alkoven, umgeben von Zeichen ihres Siegs. Ihr selbst würde nun auch ein Platz dort gebühren, ewige Erinnerung für jene, die nach ihr kamen.

Schon jetzt war der Saal übervoll mit den Schwertern von unterworfenen Häuptlingen und Königen, mit Standarten und Bannern besiegter Feinde. Ja, sogar der reich geschnitzte Bug eines Schiffs ragte aus der Wand, zur Erinnerung an die Schlacht von Kessos vor dreihundert Jahren, als Hunderte Galeeren das Meer aufgewühlt hatten. Rot vom Blut sollte das Wasser damals gewesen sein, schäumend vor Zorn, eine Seeschlacht, wie sie die Welt niemals zuvor und niemals danach gesehen hatte.

Die Niederlagen waren hier nicht verewigt. Genug hatte es gegeben. Für Valeria war dies eine verpasste Möglichkeit, aus den eigenen Fehlern zu lernen. Sie hatte – das wussten die Geister! – mehr als genug davon begangen, sich aber stets bemüht, keinen zu wiederholen. Sie hatte die alten Berichte studiert, nicht nur die Strategien und Taktiken der Sieger, sondern auch jene der Verlierer.

Selbst als sie schon wieder in ihren Gemächern war, blieb Valeria in Gedanken verloren. Ihre Untergebenen wussten es besser, als sie in solchen Augenblicken zu stören. Dennoch kehrte Gordian nah der Mittagsstunde zurück und stellte sich so offensichtlich auf eine Aufforderung wartend an die Tür, dass Valeria schnell nachgab und aufsah.

»Verzeiht mir, Herrin, aber ich habe just in diesem Moment eine Mitteilung erhalten.«

Seine Miene war ausdruckslos, was sie als schlechtes Zeichen wertete. Bei guten Nachrichten gab es keinen Grund, die eigenen Gefühle zu verbergen.

»Ja?«

»Der Kaiser wird noch heute den Purpurnen Palast für einige Tage verlassen, da …«

Valeria fluchte, was ihren Adjutanten verstummen ließ. Sie benötigte keine erfundene Begründung für diesen Affront. Es ging darum, sie zurückzusetzen. Schnell beruhigte sie sich wieder und nickte Gordian zu.

»Ich wurde angewiesen«, Gordian betonte dies besonders, »Euch die Order zu überbringen, Euch alsbald als möglich nach Heliopolis zu begeben und dort den direkten Oberbefehl über alle Soldaten zu übernehmen.«

»Heliopolis?«

Verwundert runzelte Valeria die Stirn. Eine der reichsten Provinzen des Imperiums, Athanopolis in Treue seit Jahrhunderten verbunden. Weder teilte sich die Provinz eine Grenze mit potenziellen Feinden, noch konnte sie sonst einen Grund erkennen, der ihre Anwesenheit erforderlich gemacht hätte.

»Man befürchtet wohl, dass eine vom Kaiser angeordnete Sondererhebung von Abgaben zu Unruhe unter der Bevölkerung führen könnte. Deshalb wünscht man dort Eure Präsenz, um die angespannte Lage zu beruhigen.«

Unbewusst trommelte Valeria mit den Fingern auf der Tischplatte.

»Ein zweitklassiger Bürokrat könnte ein solches Problem besser lösen als die Magistra Militium. Und sollte es tatsächlich vonnöten sein, können wir immer noch die XIII. Tagmata dorthin verlegen. Kein Bürger würde angesichts dessen zur Waffe greifen.«

Stille antwortete ihr. Ganz offenbar lag Gordian etwas auf der Zunge, aber er suchte noch nach Worten.

»Sprich schon.«

Es war unhöflicher, als sie gewünscht hätte, aber in ihr staute sich eine Frustration auf, die zu Zorn wurde.

»Ich wurde ausdrücklich angewiesen, Euch darauf hinzuweisen, dass es der persönliche Wunsch des Kaisers ist.«

Damit schwieg er endgültig, während sich Valeria langsam erhob. Gedanken rasten durch ihren Kopf. Im Zuge ihres langen Lebens als Soldatin hatte sie mehr als einmal unsinnige Befehle erhalten. Man hatte sie unterschätzt, unterfordert; ihre Vorgesetzten hatten die Lage falsch eingeschätzt oder ganz einfach Fehler gemacht. Aber sie hatte geglaubt, dass dies nun hinter ihr lag. Seit ihrer Ernennung zur Magistra Militium hatte sie stets das getan, was sie für richtig hielt. Alles Wissen über Bedrohungen lief bei ihr zusammen, und es oblag ihr, darüber zu entscheiden. Der Kaiser hatte ihr freie Hand gelassen.

Irgendetwas hatte sich geändert. Valeria versuchte zu verstehen, was, aber es war, als taste sie blind in dichtem Nebel umher. Es gab keine greifbaren Formen, nichts als Schatten und Schemen und Einbildung.

»Was ist dein Eindruck?«

Gordian sah überrascht von seiner Wachstafel auf, aber er hätte wissen können, dass Valeria die Einschätzung ihrer Untergebenen forderte.

»Ich … ich glaube, es ist ernst. Nicht der Konflikt in Heliopolis«, schob er schnell nach, als sie die Brauen zusammenzog. »Der Kämmerer persönlich hat mir die Nachricht überbracht, und er hat sich die Zeit genommen, mir dies detailliert und deutlich zu sagen.«

»Es ist eine Strafe«, beschied Valeria grimmig. »Eine ruhmlose Aufgabe in Zeiten, in denen ich woanders gebraucht werde.«

Gordian nickte. Wieder schien er etwas sagen zu wollen, also hob Valeria auffordernd die Hand.

»Ist es Euer Ruhm, Herrin?«

Das überraschte sie.

»Mein Ruhm?«

»Ja. Der Triumph. Die jubelnden Massen. Athanopolis liebt seine siegreiche Tochter über alle Maßen. Jeder Soldat, jede Kriegerin, die unter Euch gedient haben, sind Euch treu ergeben. Man könnte sagen, die Loyalitäten aller Tagmaten hängen direkt an Eurer Person. Niemand sonst im Reich vereint eine solche Macht auf sich.«

»Der Kaiser«, hob sie an zu widersprechen, besann sich dann aber. Die Macht des Imperiums, und damit die des Vierfach Gesalbten, stützte sich auf seine Armeen. Die Thumen konnten die Provinzen verteidigen, doch es waren die Tagmaten, die Elite der Soldaten, die das ganze Gebilde trugen.

»Du denkst, man fürchtet mich?«

Diese Einsicht erschien ihr lächerlich. Ihr ganzes Leben hatte sie dem Reich gewidmet, seiner Sicherheit, seinem Wohlstand. Sie war die Kriegerin, aber niemals die Herrscherin. Und es lag ihr fern, dies ändern zu wollen.

Gordian legte den Kopf zur Seite, zeigte, dass er nur Vermutungen aussprechen konnte. Aber es ergab Sinn, trug eine verdrehte Logik in sich, vor allem aus Sicht jener, die hier bei Hofe um Gunst, Macht und Güter rangen. Ihnen musste Valerias Stellung unheimlich sein. Vom Blute der Kalmene, die Loyalität der Truppen sicher, Mitglied der kaiserlichen Familie und dennoch eine unbekannte Größe. Wer selbst stets noch mehr Macht ansammeln wollte, verstand vielleicht jene nicht, die weder Veranlagung dazu noch Interesse daran hatten.

»Ich muss mit ihm sprechen«, befand sie schließlich und richtete sich auf. »Sollte dies der Grund sein, Gordian, und ich vertraue deiner Einschätzung, so lässt sich das Misstrauen vielleicht aus der Welt schaffen, wenn ich den Kaiser überzeugen kann.«

Ihr Adjutant nickte, aber sie sah ihm an, dass ihm nicht ganz wohl bei dem Gedanken war. Sie lächelte.

»Keine Sorge, es wird schon nicht allzu schlimm werden. Immerhin bin ich seine Verwandte!«

Für einen Moment überlegte sie, eine Gruppe ihr treu ergebener Legionäre mitzunehmen, entschied sich aber gegen jegliche Zurschaustellung von Macht und Einfluss. Nur Gordian begleitete sie, aber in seiner Tunika sah er weniger wie ein Soldat aus als wie ein Bürokrat.

Den Kaiser zu finden, erwies sich als nicht sonderlich schwierig. Alles Leben im Palast kreiste um ihn, wurde von ihm angezogen. Es genügte, sich diesen subtilen Strömungen anzuschließen.

Im intimsten Kern der gewaltigen Palastanlage standen überall Wachen der Gesalbten Garde, wundervoll anzusehen in ihren Prunkrüstungen und den purpurnen Umhängen. Müßig fragte sich Valeria, wie sich die Wachen wohl in einer Schlacht schlagen würden. Natürlich waren sie handverlesen, die besten Legionäre der Tagmaten, alle mit Wurzeln in Athanopolis, aber sie wusste nur selbst zu gut, wie schnell eine Waffe rostete, die nicht in Gebrauch war.

Je näher sie dem Kaiser kamen, desto mehr Wachen gab es, doch man ließ sie ungefragt passieren. Blut und Rang waren eine potente Kombination, deren Autorität nicht infrage gestellt wurde.

Der Palast der Kalmene war ein neueres Gebäude, groß und weitläufig, mit hohen Decken, getragen von verzierten Säulen im moderneren geraden Stil, deren Kapitelle Gesichter und Fratzen zeigten. Wunderschön gearbeitete Statuen standen zwischen ihnen, der sorgfältig bearbeitete Stein kunstvoll bemalt, Leiber in Kleidung und Rüstungen gehüllt, sodass man glauben konnte, zwischen lebendigen Menschen einherzuschreiten.

Einst hatte hier eine uralte Palastanlage gestanden, doch einer der Nachfahren der Kalmene hatte ihn niederreißen und ersetzen lassen, der Heldin zum Ruhme. Jetzt war es die kaiserliche Residenz, der Purpurne Palast, Herz, Seele und Zentrum des Imperiums.

Valeria fand ihren Verwandten und Kaiser in einem Saal, der gerade renoviert wurde. Gerüste bedeckten die Wände, Künstler malten an einem Deckengemälde, das von titanischen Ausmaßen war. Überall eilten Diener und Handwerker umher, und es roch nach Staub und nassem Gips.

Ihr Auftauchen überraschte die kleine Gruppe, die sich um den Basileos gescharrt hatte. Teuerste Kleidung, goldener Schmuck, die Leiber parfümiert, die Gesichter geschminkt. Offenbar reich, wohl alter Adel, auch wenn Valeria den jungen Gesichtern keine Namen zuordnen konnte; dieser Teil der Hauptstadt hatte sie nie wirklich interessiert.

Statt ihre Präsenz auch nur anzuerkennen, sank sie auf ein Knie und neigte das Haupt. Hinter ihr tat Gordian es ihr hastig nach, tiefer und ehrfürchtiger noch als sie.

»Vetterin.«

Die Stimme war neutral, die Begrüßung ebenso. Valeria hob den Blick und sah den Kaiser an. Seine schlanke Gestalt war in eine purpurne Tunika gehüllt, deren dunkler Ton seine bleiche Haut in scharfem Kontrast erscheinen ließ. Sein Haar war kurz, der aktuellen Mode entsprechend, oder vielmehr war es gerade Mode für Männer, das Haar kurz zu tragen, weil er es tat. Darauf ruhte ein schmaler Reif, eine weitgehend schmucklose Krone, lediglich von einem Band aus Rubinen und Diamanten geziert. Das Kinn und die Wangen waren glatt rasiert, die hohen Wangenknochen bezeugten einen Sohn der Kalmene.

Doch es waren die Augen, die ihr Blick suchte. In ihnen versuchte sie, etwas zu erkennen, eine Regung, eine Empfindung. Doch sie waren dunkel und unlesbar, bestenfalls konnte sie sagen, dass sie ihr kühl erschienen.

Einundzwanzig Sommer hatte der Kaiser gesehen, seit fünf Jahren nun schon saß er auf dem Sitz der Kalmene, fast genauso lange hatte Valeria nicht mehr mit ihm gesprochen. Sie blieb auf ihrem Knie, ein Zeichen des Respekts, bis er unmutig mit einer Hand wedelte und ihr so erlaubte, sich zu erheben.

»Es ist eine Freude, Euch zu sehen«, erklärte er mit einer Stimme, in der keine Freude mitschwang. Dennoch lächelte Valeria, als erfreuten sie seine Worte.

»Zu lange hielten mich meine Pflichten vom Zentrum der Welt fern«, erwiderte sie und schritt langsam näher. Weder Gordian noch die Adligen waren jetzt noch wichtig; sie traten in den Hintergrund, wurden zu reinen Zeugen, stumm und unbewegt wie die Statuen um sie herum.

»Eure Unterkunft ist zu Eurer Zufriedenheit, hoffe ich? Man versicherte mir, dass die Zeichen Eurer neuen Siege bald schon an den dafür vorgesehen Plätzen angebracht sein werden.«

Zum ersten Mal war da eine Regung; das Wort Siege war abschätzig ausgesprochen worden, als sei es dem Kaiser unangenehm, über sie zu reden.

»Die Siege des Imperiums, Erhabener. Alles zur größeren Ehre des Reichs.«

Noch immer lächelte sie. Bewusst wählte sie die Anrede derjenigen, die nicht von ihrem Blute waren. Die höchste Ehre des Reichs, die nur dem Vierfach Gesalbten zustand.

»Natürlich.« Zustimmend neigte er den Kopf. »Gefällt Euch die neue Halle? Wir haben sie von den größten Künstlern der gesamten Welt entwerfen lassen.«

Bedächtig blickte Valeria zur Decke empor, nahm sich einige Herzschläge Zeit. »Sie wird wundervoll werden. Ein Zeugnis Eurer Herrschaft.«

Statt zu antworten, machte der Kaiser eine winzige Geste, die seine Begleiter von sich wies. Rückwärts und unter Verbeugungen entfernten sie sich. Hinter Valeria verschwand auch Gordian. Noch waren um sie herum Handwerker und Künstler, doch sie schlugen einen Bogen um das Paar, groß genug, um eine Insel im geschäftigen Treiben des Umbaus entstehen zu lassen.

»Ich fürchte, man hat Euch schlecht unterrichtet«, hob der Kaiser an, nun selbst ein schwaches Lächeln auf den Lippen. Valeria staunte darüber, wie jung er ihr erschien, obwohl er ein wenig älter war als ihr eigener Sohn. Doch zwischen den beiden lagen Welten; zumindest, was das Äußere betraf. Noch hatte sie kein Verständnis davon, was im Kaiser schlummerte.

»Wie das?«

»Mich rufen wichtige Geschäfte, weshalb ich unglücklicherweise keine Zeit für ausführliche Gespräche habe.«

Valeria nickte, auch wenn in ihr ob der Kränkung Wut emporstieg. Aber so, wie es auf dem Schlachtfeld wichtig war, einen kühlen Kopf zu bewahren, war es das auch hier, inmitten von Gipsstaub und Intrigen.

»Ich verstehe und bitte schon jetzt um Entschuldigung, Euch aufzuhalten.«

Gönnerhaft nickte der Kaiser, sein Gesicht eine Maske, statuenhaft. Was immer er auch dachte, es lag verborgen hinter einer Festung, die Valeria zwar erkennen, aber nicht durchbrechen konnte. Seine Zeit in Athanopolis hatte ihn offenbar gut gelehrt, seine Gefühle und Motive verborgen zu halten.

»Nein, schon gut. Es wäre eine Schande gewesen, hätten wir uns gar nicht persönlich gesprochen.«

»Allerdings«, pflichtete Valeria ihm bei. Ihr Versuch,

ihre Stimme ohne Wertung zu halten, war größtenteils erfolgreich.

»Aber vor allem bin ich hier, um mit Euch über Strategien zu sprechen, Erhabener.«

Wieder neigte der Kaiser nur den Kopf und deutete so an, dass sie weitersprechen solle. Langsam ging er die Länge der Halle entlang, und Valeria folgte ihm, nicht ganz an seiner Seite, sondern einen halben Schritt dahinter.

»Ich weiß um die Wichtigkeit von Heliopolis für das Imperium, Erhabener, aber ich denke, dass ich an anderer Stelle mehr gebraucht werde.«

»Ah.«

Nichts weiter. Valeria schwieg in der Hoffnung, dass ihr Verwandter auf die unausgesprochene Bitte direkt antworten würde, aber er sah nicht einmal zu ihr hin, sondern starr geradeaus. Sie biss die Zähne zusammen und sammelte sich.

»Würdet Ihr in Erwägung ziehen, jemand anderen mit dieser wichtigen Aufgabe zu betrauen? Ich habe Berichte erhalten, dass an unseren nördlichen Grenzen Unruhe herrscht, und glaube, dass ich dort dringender benötigt werde.«

»Dort, wo die XI. Tagmata hinverlegt wurde?«

Sein detailliertes Wissen überraschte sie, aber sie riss sich zusammen und bestätigte es.

»Mit Eurem Sohn?«

»Ja, er dient dort. Aber das ist nicht der Grund ...«

»Wie Ihr selbst sagtet, Heliopolis ist von entscheidendem Interesse für das Reich«, unterbrach sie der Kaiser rüde. »Die Versorgung der Hauptstadt hängt von dieser Provinz ab. Was könnte wichtiger sein als das Wohlergehen von Athanopolis?«

Viele Angelegenheiten, lag Valeria die Antwort auf der Zunge, aber sie schluckte sie herunter.

»Selbstverständlich. Doch gibt es andere, die besser für diese Aufgabe geeignet sind als eine Soldatin wie ich, Erhabener.«

Jetzt hielt der Kaiser abrupt an und wandte sich ihr zu.

»Aber Ihr seid nicht nur eine einfache Soldatin, Vetterin.«

Nun lag etwas in seinem Antlitz, auch wenn Valeria es nur schwer deuten konnte. Sorge? Misstrauen?

»Wie alle Soldaten diene ich dem Imperium«, erwiderte sie. »Sein Wohl ist mir stets oberste Pflicht.«

Ein dünnes, unfreundliches Grinsen erschien auf seinen hellen Lippen.

»Das Imperium? Oder der Basileos? Wem gilt Eure Loyalität, Valeria? Wem dient Ihr wirklich?«

Die Schärfe der Worte wurde vom Eis der Stimme getragen. Valeria bemerkte, dass seine Hände zu Fäusten geballt waren, seine Augen geweitet. Mit großer Vorsicht wählte sie ihre Worte.

»Ihr seid das Reich, Erhabener. Ihr seid mein Kaiser. Unser Blut verbindet uns und …«

»Dein Blut ist hier nichts wert!«

Der Ausbruch ließ alle Arbeit, alle Gespräche in der Halle verstummen. Niemand sah direkt zu ihnen, keiner wagte, den offensichtlich zornigen Kaiser anzusehen.

»Erhabener, ich …«

»Ich weiß, was du willst. All deine Siege, dein Triumph, wie dir das Volk in seiner blinden Dummheit zujubelt. Die XI. Tagmata, die XIII., und wie viele andere noch hast du gegen mich verschworen?«

Er ist wahnsinnig, zuckte es durch Valerias Geist, als sie den Hass in seinen Augen sah. Rote Flecken erschienen auf seinen Wangen, hell genug, um selbst durch die Schminke zu scheinen.

»Dir Schlange gelüstet es nach Kalmenes Erbe!«

»O Vierfach Gesalbter!«

Ein Mann eilte mit wehender Tunika durch die Halle herbei. Seine Ankunft schien den Kaiser zu beruhigen, sobald die Aufmerksamkeit von Valeria abfiel.

»Lucius! Meine Vetterin und ich waren gerade ins Gespräch vertieft!«

Der jähe Wechsel traf Valeria unvorbereitet. Sie kannte Lucius, wenn auch nur flüchtig. Vor Jahren schon war er Teil der imperialen Bürokratie bei Hofe gewesen, nun war er in die verantwortungsvolle Position des Kämmerers aufgestiegen. Er stammte aus einer der alten Familien des Reichs, aber viel mehr wusste sie nicht über ihn.

»Es ist mir eine Ehre, Edelste.«

Lucius verneigte sich tiefer, als die Höflichkeit geboten hätte, und Valeria tat es ihm gleich. Doch dann wandte er sich sofort wieder dem Basileos zu: »Erhabener, Eure Anwesenheit ist erforderlich.«

»Natürlich, werter Lucius, natürlich.«

Der Kämmerer wies auf ein Portal, und der Kaiser schritt würdevoll von dannen.

»Ihr müsst mein Eindringen verzeihen«, bat Lucius Valeria. »Aber es ist von höchster Dringlichkeit. Selbstverständlich stehe ich jederzeit zu Eurer Verfügung, solltet Ihr noch Fragen zu Euren Befehlen haben.«

Sie rang sich ein dankbares Nicken ab. Der Mann war in ihrem Alter, ein freundliches Lächeln auf dem sympathischen Gesicht. Aber seine hellen Augen berührte es nicht; in ihnen sah Valeria einen wachen, gefährlichen Geist.

Mit einem Mal erkannte sie, dass sie sich in einer Schlacht befand, ohne das Terrain oder auch nur ihren Feind zu kennen. Vielleicht war es der Kaiser selbst, vielleicht hatten andere seinen Geist gegen sie vergiftet. Sie schluckte. Aus solchen Positionen heraus wurden keine Kriege gewonnen, nur verloren.

»Später vielleicht«, murmelte sie, noch immer vom Verhalten des Kaisers schockiert. Wieder verneigte sich Lucius und folgte seinem Herrn.

Valeria blieb in der unfertigen Halle stehen, umgeben von denjenigen, die gehört hatten, wie der mächtigste Mann der Welt sie des Hochverrats bezichtigt hatte. Dann wurden die Linien um ihr Kinn hart. Sie hatte unbekannte Feinde. Nun, das war nicht das erste Mal. Noch hatte niemand sie bezwungen.

ARIADNE

»Dreh dich.«

Mit gesenktem Blick kam Ariadne der Aufforderung nach. Die neue Kleidung passte ihr nicht ganz, die Hose war zu eng, das Hemd zu weit, und der raue Stoff kratzte auf ihrer Haut. Sie fühlte sich wie eine Gefangene, der man ein Kerkergewand angelegt hatte.

»Zumindest ist der Dreck weg, und man kann sehen, dass du ein Mädchen bist«, erklärte der blonde Offizier und schnalzte mit der Zunge. »Deine Eltern waren wohl arme Schlucker?«

Jetzt hob Ariadne das Haupt. Er hatte ein breites, irgendwie eckiges Gesicht. Sein Haar war kurz geschnitten, kein Bart zierte seine Wangen. Auf den fleischigen Lippen lag ein unangenehmes Lächeln, doch es waren vor allem die Augen, die Ariadne Angst einjagten. In ihnen lag eine beiläufige Verachtung, als sei sie mehr Tier als Mensch und keines weiteren Gedankens würdig.

»Meine Eltern sind Bauern«, erwiderte Ariadne zögerlich und fügte dann noch ein »Herr« hinzu.

Wieder schnalzte der Offizier mit der Zunge.

»Waren, Mädchen, waren Bauern. Die Thuma bleibt hier, und wir reiten sicherlich nicht irgendwelchen Marodeuren hinterher, also gewöhn dich an den Gedanken. Je eher du das begreifst, desto besser.«

Darauf antwortete sie nicht. Ihre Gedanken wanderten zu ihrer Schwester, die sie zuletzt auf dem Heuboden ihres Hauses gesehen hatte. Schuld überkam sie, dunkle, erdrückende Schuld. Sie war davongelaufen, und Rhea war geblieben. Sie lebte, und Rhea … der Gedanke war zu schrecklich, um ihn weiterzudenken. Süße kleine Rhea, noch keine zehn Sommer alt, mit der Lücke zwischen den Zähnen und dem schnellen, glucksenden Lachen.

»Warst du dein Leben lang nur in diesem Kaff, diesem …?«

Der abwertende Ton in seiner Stimme vertrieb die Tränen aus ihren Augen.

»Eubusos, Herr.«

»Und? Hast du es je verlassen? Vermutlich nicht, hm?«

»Nein, Herr«, bestätigte Ariadne. Sie kannte nichts außer den Hügeln, Feldern und Wäldchen ihrer Heimat.

»Dann hast du Glück. Wir nehmen dich mit. Du wirst die Welt sehen«, erklärte der Offizier mit einem Grinsen, das ihr keineswegs besonderes Glück versprach. »O ja, du wirst weit reisen.«

Dann schien er das Interesse an ihr zu verlieren und sah hinab auf den Schreibtisch, der den kleinen Raum dominierte. Darauf lagen in einiger Unordnung Papiere, durch die er nun schnell blätterte.

Da Ariadne nicht wusste, was sie tun sollte, blieb sie regungslos stehen. Die Zeit verstrich quälend langsam, dann endlich bemerkte er ihre Anwesenheit doch wieder und zog die Brauen zusammen.

»Du kannst gehen. Falls du eine Habe hast, pack sie zusammen. Meine Soldaten werden dich abholen, wenn wir aufbrechen.«

»Ja, Herr.«

»Merarchos, Mädchen, Merarchos Tullus. Ab jetzt bin ich dein Gott, und du wirst alles tun, was ich oder meine Soldaten dir sagen. Verstanden?«

»Ja … Merarchos Tullus.«

Das schien ihn zufriedenzustellen, also wandte sich Ariadne ab und ging aus dem kleinen Büro. Die beiden Wachen links und rechts der Tür beachteten sie nicht weiter, als sie den Korridor hinunterhuschte und hinaus in den Hof trat.

Das Kastell hatte sich verändert, seit die Soldaten von Merarchos Tullus angekommen waren. Zu viele Pferde für den Stall, also waren sie nah den Mauern angepflockt worden. In der Mitte des Hofs gab es mehrere Feuerstellen, an denen die Legionäre der III. Tagmata saßen.

Mit gesenktem Haupt versuchte Ariadne, so wenig Aufmerksamkeit wie möglich zu erregen, als sie zu der Küche hinüberging. Doch bevor sie in diese Sicherheit verschwinden konnte, trat ihr eine Soldatin in den Weg. Sie trug nicht die prunkvollere Rüstung der Tagmata, sondern war offensichtlich von der Thuma.

»Wo willst du denn hin?«

Ariadne antwortete nicht, sondern wollte sich erst links, dann rechts an ihr vorbeidrücken, doch die Soldatin versperrte ihr jedes Mal mit einem schnellen Schritt den Weg.

»Ich helfe in der Küche«, murmelte Ariadne schließlich, als sie erkannte, dass es kein Vorbeikommen gab.

»Klar.«

Grob packte die Soldatin Ariadnes Kinn und hob es empor, sodass sie ihrem Blick nicht mehr ausweichen konnte. Purer Hass lag darin.

»Du hilfst. Du hast der Nordratte geholfen, und jetzt ist Jansket tot.«

Ariadne schluckte.

»Ich weiß nicht …«

»Du weißt ganz genau!« Die Stimme war so laut, dass nun viele zu dem ungleichen Paar herübersahen. Doch dann flüsterte die Soldatin fast: »Du warst es. Alle wissen das. Hast du auch seinen Schwanz gelutscht, du kleine Schlampe?«

Der Griff schmerzte Ariadne, und sie versuchte, sich zurückzuziehen, aber die Soldatin ließ nicht locker.

»Wir sollten dich ans Tor nageln, damit jeder sieht, was mit Verrätern passiert.«

Eiseskälte nahm von Ariadnes Innerem Besitz. Sie wollte weglaufen, aber sie konnte sich nicht bewegen, konnte nicht mehr tun, als der wütenden Frau in die dunklen Augen zu starren und an die Geräusche des Kampfs zu denken, die dumpfen Schläge, das Keuchen. Der Geruch des Blutes.

Zwei Legionäre der Tagmata erhoben sich müßig und schlenderten zu ihnen herüber. Jetzt endlich nahm die Soldatin den Blick von Ariadne.

»Der Merarchos will die Kleine lebend«, erklärte der eine, ein vierschrötiger Bursche mit dichtem, dunklem Bart. Noch immer hielt die Hand Ariadne fest.

»Die Schlampe hat Jansket auf dem Gewissen. Sie soll leiden.«

Der Bärtige hob die Achseln, als wäre ihm das durchaus recht, aber ihm waren die Hände gebunden. Einmal noch gruben sich die Finger tiefer in Ariadnes schmerzenden Kiefer, dann stieß die Soldatin sie zurück, sodass sie taumelte und auf die Knie stürzte.

»Ich hoffe, ihr habt noch euren Spaß mit der Schlampe«, zischte sie und trat zur Seite.

Der Bärtige griff sich in den Schritt.

»An mir soll es nicht liegen.«

Ohne auf das Gelächter zu achten, huschte Ariadne zwischen ihnen hindurch in das Dämmerlicht des Eingangs. Mit zitternden Händen tastete sie sich an der Wand entlang, bis sie die heiße Küche erreichte, wo sie weinend in der Ecke in sich zusammensank. Niemand beachtete sie, alle machten einen Bogen um das Bündel Elend.

Nun verstand sie, warum ihre Eltern immer so angespannt gewesen waren, wenn Soldaten in ihr Dorf kamen. Für die Kinder war es ein großer Spaß gewesen, die glänzenden Rüstungen und wehenden Umhänge zu sehen, die Federbüsche im Wind, die lauten Befehle, die Kolonnen nebeneinandermarschierender Krieger. Die Soldaten kündeten von der Macht es Imperiums, das überall seine Bürger beschützte. Doch wer schützte Ariadne nun vor den Soldaten? Nicht zum ersten Mal wünschte sie, Dareios hätte sie in der Nacht einfach mitgenommen.

Der Merarchos hatte es selbst gesagt: Von den Legionären konnte ihre Familie keine Hilfe erwarten. Und es schien niemanden zu kümmern.

Besitz hatte sie keinen, also gab es für sie auch kein Bündel zu schnüren. Den Tag verbrachte sie in ständiger Sorge, dass die Soldaten sie holen kommen würden. Sie erledigte die einfachen Aufgaben, die man ihr gab, trug Wasser in die Küche, fegte den Boden, legte Holz nach. Ein wenig lenkte sie das ab, aber ihre Gedanken kehrten immer wieder zu den Soldaten draußen im Hof zurück.

In der Nacht verkroch sie sich in eine der Ecken der Küche, halb verborgen hinter einem großen Tisch. Lange wollte es ihr nicht gelingen, die Augen zu schließen und einzuschlafen. Bei jedem Geräusch zuckte sie zusammen, und ihr Herz schlug schneller.

So war sie müde und verschlafen, als sie grobe Hände aus ihrem Schlaf rissen. Über ihr stand ein Schatten im Zwielicht eines heranbrechenden Morgens.

»Auf die Beine, Mädchen. Bald geht es los.«

Ariadne blinzelte müde, unterdrückte ein Gähnen und nickte. Der Schemen verschwand, und sie sank zurück, schloss die Augen. Um ein Haar wäre sie wieder eingeschlafen, doch die Sorge, welche Strafe sie erwartete, sollte sie nicht allen Befehlen folgen, vertrieb schließlich die Müdigkeit.

Andere schlurften in die Küche, entzündeten Lampen und begannen ihr Tagwerk. Vom Hof her wehten Rufe in das Gebäude, Pferde wieherten, jemand fluchte lauthals. Ein gebellter Befehl, und die Tirade verstummte.

Langsam kroch Ariadne aus ihrem Versteck, zog sich auf die Füße. In ihrem Kopf drehte sich alles, und sie verharrte einen Moment lang, unsicher und mit weichen Knien, doch der Schwindel verging.

»Hier.«

Ein Mann hielt ihr einen kleinen Napf mit milchigem Brei hin. Sie hob abwehrend die Hand, lächelte aber dankbar. Er drückte ihr den Napf in die Finger.

»Iss, Kind. Wer weiß, wann es wieder was gibt?«

Obwohl ein flaues Gefühl in ihrem Bauch keinen Hunger zuließ und der Gedanke an warmen Brei eher Übelkeit als Appetit weckte, nahm sie den Napf.

»Danke.«

Einige Löffel würgte sie herunter, bevor sie aufgab. Weder ihrem Geist noch ihrem Körper war nach Essen zumute. Sie stellte den Napf ab und stahl sich nach draußen.

Auf dem Hof herrschte wildes Durcheinander. Menschen liefen scheinbar wirren Pfaden folgend umher, Pferde wurden aus dem Stall geführt, drei Wagen standen in der Mitte, davor zwei Ochsen gespannt. Der Himmel war noch bleigrau, aber hier und da brannten Feuerschalen, die das Ganze in ein flackerndes Licht tauchten.

Nach und nach erkannte Ariadne ein Muster in dem, was sich vor ihren Augen abspielte. Die Soldaten der Tagmata, in ihren schönen Rüstungen deutlich von jenen der Thuma zu unterscheiden, machten sich zum Aufbruch bereit. Ihre Befehle waren es, die Ordnung in das Chaos brachten. Stallarbeiter und Soldaten der Thuma kamen ihnen nach, beluden die Wagen mit Vorräten und Gepäck, hielten Pferde und machten sich sonst wie nützlich.

Sorgsam bedacht, niemandem in den Weg zu treten, glitt Ariadne an der Mauer entlang, suchte sich einen halbwegs ruhigen Platz und lehnte sich dann gegen den kühlen Stein. Je länger sie zusah, desto mehr wurde aus dem Durcheinander eine geordnete Einheit.

Die Soldaten der Tagmata trugen metallene Hemden aus Ringen, die ihnen bis zu den Knien reichten, dazu polierte Schienen an Armen und vor allem den Beinen, aus mehreren übereinanderlappenden Schienen. Große, tropfenförmige Schilde wurden auf die Wagen verladen, ebenso lange Lanzen mit eisernen Spitzen. Einige Soldaten hatten bereits ihre Helme aufgesetzt, konische Metallkappen mit einem Schutz aus Ringgeflecht im Nacken. Es sah unbequem aus, und Ariadne fragte sich, wie viel wohl so ein Panzer aus Metall wiegen mochte.

Dann kam Merarchos Tullus in Begleitung einer weiteren Offizierin der Tagmata in den Hof. Seine Rüstung war noch prächtiger, auf der Brust mit runden Metallplatten versehen und verziert mit allerlei Motiven, die im Feuerschein glänzten. Ein Federbusch zierte den Helm, den er unter dem Arm trug, und ein langer, roter Mantel umwehte ihn. Er sah genauso aus, wie sich die Kinder in Eubusos immer heldenhafte Soldaten des Imperiums vorgestellt hatten, wenn sie zwischen den Feldern und Hainen Krieg spielten.

Doch Ariadne versuchte einfach nur, seinem Blick zu entgehen. Sorgen jedoch musste sie sich nicht machen, denn er rief nur Befehle und deutete zornig auf den vordersten Wagen. Offenbar war er mit dem Zustand seiner Truppen nicht einverstanden.

Seine Ankunft brachte mehr Eile in das ohnehin schon schnelle Geschehen. Alle bemühten sich, seinen Befehlen sofort nachzukommen. Immerhin hatte nun erst recht niemand mehr Augen für Ariadne.

Als die ersten Sonnenstrahlen den Hof erreichten, waren die Soldaten der Tagmata zum Aufbruch bereit. Dreißig oder vierzig mochten es sein, alle beritten, dazu die drei Wagen und noch mindestens zwei Dutzend Packpferde.

»Bringt das Mädchen auf den vordersten Wagen«, rief Tullus und schnippte in Ariadnes Richtung. Also hatte er sie bemerkt und ihr nur keine Beachtung geschenkt.

Da sie nicht wollte, dass die Soldaten sie anfassten, lief sie selbst schnell los und kletterte geschickt auf den hohen Bock des vordersten Wagens. Darauf saß schon ein nach vorne gebeugter Mann in einer einfachen, ledernen Kluft, der sich über die Augen rieb, Ariadne kurz anstarrte und dann mit dem Kopf über die Schulter auf die Ladefläche des Wagens wies.

»Nach hinten, Kleine, hier vorne kann ich dich nicht brauchen.«

Ariadne nickte und suchte sich zwischen allerlei Gepäck und Ausrüstung ein weiches Plätzchen auf einigen Decken.

Umgeben von Offizieren und Soldaten der Thuma kam Kommandant Timeos in den Hof.

»Merarchos Tullus«, rief er und hob die Hand. »Wir verabschieden Euch und Eure Soldaten mit den besten Wünschen. Ich hoffe, Eure Zeit als unsere Gäste war angenehm?«

Tullus schnalzte mit der Zunge und wies auf eines der beiden Tore des Lagers, das eilfertig geöffnet wurde, bevor er antwortete.

»Es ist ein Kastell am Rande der zivilisierten Welt, kein Palast in Athanopolis«, erwiderte er kühl. »Es war … adäquat.«

Ariadne verfolgte den Austausch durch ein Astloch in der Wand des Wagens. Für einen Augenblick nur zog Ärger über Timeos' Antlitz, dann lächelte er und neigte das Haupt.

»Natürlich, Merarchos Tullus. Eine gute Reise.«

Als Antwort trieb Tullus sein Pferd an und rief laut: »Aufbruch!«

Überall setzten sich die Soldaten in Bewegung, und auch der Wagen rumpelte los, gezogen von den zwei Ochsen, die der Fahrer mit lauten Rufen antrieb. Nach wenigen Augenblicken passierten sie das Tor, dann war Ariadne aus dem Lager der Thuma hinaus und sah zurück. Der Kommandant blickte ihnen nach, aber schon bald verdeckte ihn der von Hufen und Rädern aufgewirbelte Staub. Obwohl sie nur wenige Tage dort gewesen war und kaum Gutes erlebt hatte, spürte Ariadne einen Kloß im Hals. Verglichen mit ihrer unbekannten Zukunft versprachen die hölzernen Palisaden einen Schutz, den sie bereits jetzt schmerzlich vermisste.

Einen Moment lang stellte sie sich vor, einfach über die Seite des Wagens zu springen und davonzulaufen, im Staub unterzutauchen, sich zwischen Büsche und Felsen zu schlagen und nach Eubusos zurückzukehren, wo ihre Familie bereits auf sie wartete. Doch sie wusste, dass dies ein Fiebertraum war, eine unmögliche Hoffnung. Ihr Schicksal lag nun in den Händen des Merarchos, der an der Spitze seiner Soldaten nach Westen ritt, die aufgehende Sonne im Rücken.

Das Rumpeln auf der staubigen Straße schaukelte Ariadne in einen leichten Schlummer. Zu müde war sie von der sorgenerfüllten Nacht, als dass sie hätte wach bleiben können.

Als sie die Augen wieder aufschlug, stand die Sonne schon hoch über ihr. Irgendwie hatte sie sich während des Schlafs in die Decken gewickelt, und es dauerte einige Momente, bis sie sich daraus befreien konnte.

Der Wagen stand still, vorne hörte sie Stimmen, neben ihr schnaubte ein Pferd. Neugierig hob sie den Kopf und sah sich um.

Die Soldaten hatten haltgemacht, saßen aber zum größten Teil noch in ihren Sätteln. Nur einige wenige nutzten die Gelegenheit, um sich zwischen den kargen Büschen zu erleichtern oder die Beine zu vertreten.

Hier kreuzte ein schmaler Weg die Straße, kaum breit genug für einen Wagen, mit flachen Gräben an beiden Seiten.

»Ich brauche sechs Soldaten und zwei der Packpferde, aber verteilt die Last des einen auf die Wagen«, befahl Tullus einer Offizierin, die zu ihm geritten war. »Statt des Packsattels einen richtigen. Wir machen hier solange Rast.«

»Ja, Herr.«

»Ihr nehmt den Rest der Truppe und zieht bis zum Heerlager. Die III. wird bald verlegt, aber ich habe noch etwas zu erledigen. Sagt, dass wir noch einen Erkundungsritt machen, falls jemand fragt. Irgendwo müssen die Marodeure ja hin sein.«

Die Offizierin nickte und gab die Befehle mit lauten Rufen weiter. Die berittenen Soldaten begrüßten sie, stiegen ab und banden ihre Pferde an den Wagen. Einige legten sich ins dürre Gras, andere aßen. Nur die sechs, die sie aussuchte, begannen, das Packpferd umzusatteln.

Während sie all dies beobachtete, machte sich Ariadne ganz klein. Ihr Mund war trocken, aber sie wagte nicht, um etwas Wasser zu bitten. Staub lag auf ihrer Haut, und die Sonne schien warm auf sie herab.

Unvermittelt schaukelte der Wagen, als ein bärtiger Soldat auf die Ladefläche kletterte und einen Beutel neben Ariadne warf. Sie erkannte ihn als den Mann, der sie vor dem Zorn der Soldatin im Hof gerettet hatte. Er zwinkerte ihr zu und lächelte, doch es war kalt und freudlos, ein düsteres Versprechen. Ariande senkte den Blick.

»Komm raus«, sagte er und packte ihr Handgelenk. »Du kommst mit uns.«

Obwohl sich alles in ihr sträubte, verbot ihr die Angst, sich gegen seinen Griff zu wehren. Er zog sie vom Wagen und führte sie zu dem Packpferd, das neben der Straße einige gelbe Grashalme vom Boden zupfte.

»Kannst du reiten?«

Der Merarchos ragte über ihr auf, riesig auf seinem großen Hengst. Sie nickte.

»Du hältst ihre Zügel, Soldat«, befahl Tullus. »Und auf jetzt, wir haben noch einen weiten Weg vor uns!«

Unzeremoniell wurde Ariadne an der Hüfte gepackt und in den Sattel gehoben. Der Bärtige schlug ihr mit der flachen Hand auf den Schenkel.

»Keinen Unsinn, Mädchen, sonst binden wir dich auf dem Gaul fest!«

Einige der umstehenden Soldaten lachten, aber die meisten betrachteten das Schauspiel mit geringem Interesse. Der Bärtige bestieg sein eigenes Ross, nahm die Zügel von Ariadnes Reittier in die Hand und band sie an seinem Sattelhorn fest. Die Zügel waren noch so lang wie für ein Packpferd, damit das Tier von einem anderen Reiter geführt werden konnte.

»Sieht gut aus«, neckte ihn eine der Soldatinnen. »Du solltest immer ein Mädchen bei dir haben, dann wirkst du größer!«

»Du weißt genau, wie groß ich bin«, entgegnete er, aber bevor es einen weiteren Schlagabtausch geben konnte, schnalzte der Merarchos mit der Zunge, und sie ritten los, ließen die drei Wagen und den Großteil der Soldaten hinter sich.

Ihr Pferd trottete los, den Kopf erhoben, die Ohren drehten sich. Es war daran gewöhnt, hinter anderen Pferden zu laufen, aber ganz offensichtlich wurde es selten geritten. Im Vergleich zu den großen Tieren der Soldaten, mit der breiten Brust und dem hohen Widerrist, war es klein und unansehnlich.

Beruhigend rieb Ariadne dem Tier den Hals und flüsterte: »Keine Sorge, mein Schöner, wir werden gute Freunde.«

Ob es ihre Worte, ihre Berührung oder einfach Gewöhnung war, ihr Reittier schien sich zu beruhigen, senkte den Kopf und schnaubte leise.

Als sie sicher war, dass zumindest für den Moment keine Gefahr drohte, abgeworfen zu werden, sah sich Ariadne um. Der kleine Trupp ritt nach Norden, während der Rest der Soldaten den Weg nach Westen fortsetzte.

Doch noch bevor es Abend wurde, verließen sie auch diesen Pfad und schlugen sich durch die Wildnis, zurück in Richtung Osten und auf die Berge zu. Zuerst glaubte Ariadne, dass sie tatsächlich in Richtung Eubusos ritten, und ihr Herz schlug schneller, doch bald begriff sie, dass dies keineswegs der Fall war.

Mitten im Nirgendwo dieser hügeligen Wildnis schlugen sie ein einfaches Lager auf. Lediglich für den Merarchos wurde ein kleines Zelt errichtet, kaum mehr als ein gespanntes Tuch über zwei Stäben. Die restlichen sechs suchten sich halbwegs gemütliche Ecken, warfen die gröbsten Steine fort und schlugen dort ihre Bettstatt auf. Der Bärtige warf Ariadne eine Decke zu, und so suchte auch sie sich eine Stelle, die durch einen flachen Felsen halbwegs vor dem Wind geschützt war.

Sonst gab es nichts für sie zu tun. Alles wurde von den Soldaten in stiller Effizienz erledigt, vom Entfachen des Feuers über das Versorgen der Pferde bis hin zum Kochen. Jeder Mann, jede Frau wusste, was zu tun war.

Nach einem einfachen Mahl, bestehend aus einem Eintopf, etwas getrocknetem Fleisch und Brot, wickelte sich Ariadne in ihre Decke. Sie lauschte noch eine Weile den rauen Stimmen der Soldaten, aber schon bald trieb sie davon, die Worte verloren ihre Bedeutung, und der Schlaf überkam sie. So erschöpft war sie von dem langen Tag, dass eine traumlose Dunkelheit blieb.

Die aufgehende Sonne fand den kleinen Trupp schon wieder unterwegs. Der Mercarches trieb sie zur Eile an, und so schlangen sie das einfache Frühstück hinunter und ritten weiter, noch bevor die Sonne den Horizont ganz verlassen hatte. Ein kühler Wind aus Westen trieb Wolken vor sich her, welche die Gipfel der Berge einhüllten. Immer wenn die schnell ziehenden Wolkenberge die Sonne hinter sich verbargen, wurde es unangenehm kalt, sodass Ariadne die Decke um die Schultern schlang und sich in sie verkroch.

Noch immer war ihr Pferd an den Sattel des Bärtigen gebunden, noch immer wusste sie nicht, wohin sie gebracht wurde, geschweige denn warum. Seit ihrer Flucht aus Eubusos lag ihr Schicksal in den Händen anderer, aber während ihrer Zeit mit Dareios hatte sie wenigstens gewusst, was ihre Pläne waren. Der Nordmann hatte mit ihr geredet und auf ihre Sorgen gehört, weit mehr, als es die Soldaten taten. Ausgerechnet ein Fremder, einer aus dem weit entfernten Norden, war ein besserer Reisegefährte gewesen als die Krieger, die ja eigentlich für ihren Schutz da waren.

Der Ritt dauerte länger und länger, führte sie tiefer in die Berge, hinauf in ein langes Tal, in dem sie eine weitere Nacht verbrachten, bevor sie eine Straße fanden, uralt und halb verfallen, mit geborstenen Steinplatten und einem umgestürzten Grenzstein, dessen Schrift von Wind und Zeit unleserlich gemacht worden war.

Die Soldaten waren jetzt aufmerksamer. Bei jeder Rast standen zwei von ihnen Wache, und ihre Blicke wanderten umher, stets auf der Suche nach Feinden. Die Witze und Sprüche waren verstummt, und Ariadne konnte ihre Sorge fast körperlich spüren. Doch Merarchos Tullus führte sie weiter und weiter in die Berge, die Überreste der Straße entlang.

»Das ist ein verfluchter Ort«, murmelte der Bärtige zu sich selbst.

»Warum?«

Die Frage entfloh Ariadnes Lippen, bevor sie sich ihrer gewahr wurde. Der Mann drehte sich um. Halb erwartete sie eine böse Antwort. Seine Zunge fuhr über seine Lippen.

»Ein Pass in den Osten«, erklärte er sehr leise und warf einen besorgten Blick auf den Merarchos. »Diese Straße führt in die dunklen Länder jenseits der Berge.«

Natürlich kannte Ariadne die Legenden. Aber ihre Familie lebte seit Generationen im Schatten der Berge, und die einzige Gefahr waren die Wilden aus den hohen Tälern. Auch die Soldaten machten sich offenbar mehr Sorgen um sie als um uralte Mythen, doch alles blieb still.

Gegen Mittag kamen sie an den Ruinen eines Dorfs vorbei: Ringe aus Stein, überwuchert von Gras und Gestrüpp, verkohlte Stämme. Niemand sprach, aber alle blickten voll düsterer Vorahnung auf die Überreste. Alle bis auf Merarchos Tullus, dem der Anblick nichts zu bedeuten schien.

Höher und höher stieg der Pass an, doch noch viel gewaltiger ragten die Berge rechts und links empor, die weit über ihnen thronten. Graue Felsflanken, um die dunkle Vögel kreisten, hier und da klammerte sich ein verkrüppelter Baum in eine Spalte, manchmal sah man braune Sträucher.

Bis auf die Vögel gab es kaum Tiere. Es war ein karges Land, durch das beständig ein pfeifender Wind zog. Seine klagenden Laute klangen, als kämen sie aus menschlichen Kehlen, so als ob sich dort oben zwischen den Felsen Klageweiber verbargen, deren Rufe den baldigen Tod ankündigten.

Ariadne bemerkte, dass die Soldaten oft die Hände

an den Waffen hatten. Ihre Schultern waren gesenkt, die Köpfe zuckten hin und her. Die Angst ergriff auch von ihr Besitz, ließ ihr Herz lauter schlagen, trocknete ihren Mund aus, ließ sie bei jedem unerwarteten Geräusch zusammenzucken.

Mit einem Mal öffnete sich der Pass vor ihnen. Ein Turm erhob sich an der einen Seite, eine dunkle Säule gesäumt von Schatten.

Doch es war der Himmel dahinter, der alle Aufmerksamkeit auf sich zog. Jenseits der Berge, wo sie in eine Ebene hinabfielen, drehten sich schwarze Wolken in einem titanischen, unwirklichen Kampf, wie ein Mahlstrom über der Welt. Hin und wieder flackerte es über ihnen, grünlich grell, als ob weit oben ein unablässiger Sturm tobte. Die Dunkelheit hielt das Land jenseits der Berge in ihrem unerbittlichen Griff gefangen, schlug wie eine Brandung gegen die Flanke der Berge, die Ariadne nun mehr wie eine Befestigung vorkamen, gegen die ein unmöglicher Feind anstürmte.

Der Merarchos hob die Hand, und der kleine Trupp kam zum Halt. Ariadne bemerkte es kaum. Ihr Blick war auf das endlose Chaos am Himmel gerichtet, das in fast hypnotischen Mustern tanzte, die immer wieder aufbrachen, bevor sie sich wiederholen konnten. Ihr war, als tauchten darin Gesichter auf, Fratzen, Bestien und Monster, geschaffen aus schwarzen Wolken, die so schnell wieder vergingen, wie sie entstanden. Konnte ein solcher Anblick der Natur entspringen? Oder musste dahinter ein finsterer Geist stehen, ein Wille, der sich der Welt aufzwang?

»Willkommen am Rand der Welt«, erklärte Tullus und breitete die Arme aus. »Ein Anblick für die Ewigkeit, nicht wahr?«

Niemand antwortete ihm.

Er schnalzte mit der Zunge und führte seinen Trupp weiter. Es erschien Ariadne wie Wahnsinn, sich auf diesen zeitlosen Sturm zuzubewegen. Alles in ihr wollte fort, wollte davonlaufen, sich nach Westen wenden und so lange rennen, bis die Wolkenmassen nur noch Erinnerung waren. Aber die Soldaten nahmen sie gnadenlos mit auf ihrem Weg.

Erst als sie einen Bogen schlugen und auf das Tor in der hohen Mauer zuritten, die den Turm umgab, verstand sie, dass ihr Ziel nicht dort in jenen dunklen Landen lag, sondern direkt vor ihnen. Eine Festung des Imperiums, errichtet aus dem dunklen Stein dieser Berge, ein Wachposten am Ende der Welt.

Das hohe dunkle Tor vor ihnen öffnete sich. Merarchos Tullus ritt hindurch. Ariadne musste folgen.

THYRON

Selbst für seine gestählte Blase war die Wartezeit Folter. Es wäre höchst unhöflich gewesen, während der Begrüßungsreden den Raum zu verlassen, aber wie so oft hörten sich die Großen des Hofs bei der extravaganten Feier zu gern reden, und so wurde aus einer Zeremonie, die ursprünglich als Respektbezeugung an den Gastgeber gedacht war, ein Fest der Selbstbeweihräucherung.

Natürlich wurde Lucius wieder und wieder für seine Großzügigkeit gedankt, wurden seine zahlreichen Erfolge und Stärken erwähnt, gelobt und bewundert. Doch jeder Redner, jede Rednerin brachte auch immer wieder Verweise auf die eigene Wichtigkeit unter.

Innerlich seufzte Thyron. Schon vor langer Zeit hatte er gelernt, ein Gähnen zu unterdrücken und seinen Körper auch sonst unter eiserner Kontrolle zu halten. Es war ein Fehler gewesen, schon vorab einen Becher von dem gewürzten Wein aus dem Norden zu trinken, aber zumindest dämpfte das warme Gefühl in seinem Kopf ein wenig die Schärfe der Langeweile. Dafür gab es da nun diesen körperlichen Druck. Es gab keine perfekten Lösungen, erkannte Thyron wieder einmal, nur das Abwägen verschiedener Vor- und Nachteile.

Die Gesellschaft fand im innersten Sanktum des Palasts statt, in Räumlichkeiten, die eigentlich der kaiserlichen Familie vorbehalten waren. Es war ein Zeichen äußerster Wertschätzung, dass der Kaiser seinem Kämmerer die Nutzung des Saals und der angrenzenden Gemächer gestattete, und dieses Detail entging sicher niemandem.

Neben dem großen Saal, in dem alle fünfzig geladenen Gäste samt der nötigen Dienerschaft Platz fanden, gab es noch einige kleinere Räume mit Sitzgelegenheiten und sogar eine Halle mit einem Bad, in das man sich zurückziehen konnte.

Hier im Hauptsaal war das Bankett errichtet worden, und der Anblick war verführerisch. Köstlichkeiten aus allen Ecken und Enden des Imperiums, zubereitet von den besten Köchen, heiße Speisen, kalte Speisen, sogar Eis. Pasteten, kleine Häppchen zum Appetitanregen, ein Dutzend verschiedener Vögel gebraten, gesotten, gedünstet. Dazu Süßspeisen und Gebäck. Keine Kosten waren gescheut worden, Fisch war auf Eis gekühlt frisch von der Küste bis hierhergebracht worden.

Die Summen, die dieses Mahl verschlang, waren atemberaubend. Thyron kannte sie genau, denn er hatte die Feier organisiert und jede Ausgabe genehmigt. Lucius war reich, doch bezahlt wurde sein Fest aus der kaiserlichen Schatulle.

»Und so rettete der edle Lucius nicht nur mein Leben, sondern auch meinen Tag«, kam Senator Apprus allmählich zum Ende seiner Anekdote. »Und brachte mich auf den Geschmack nach zartem Fleisch!«

Thyron zuckte zusammen. Wer immer auch die Rede

des Senators verfasst hatte, war nicht sehr begabt. Die Gäste blickten sich verwirrt an, dann klatschten sie verhalten, unsicher, ob der Scherz am Ende sexueller Natur gewesen sein mochte. Apprus war ein gieriger Mann, stets bereit, für einen kleinen Vorteil sein Gewissen auszuschalten, aber soweit Thyron wusste, war er seinem Gatten vollkommen treu. *Wenigstens eine zu würdigende Eigenschaft,* dachte Thyron, während er höflich klatschte.

Der schwache Applaus schien den Senator zu verwirren; aber er nickte dennoch mit gespielter Fröhlichkeit und trat zurück in die Menge, wo ihm Lucius leise, dafür aber auffällig dankte.

Für einen kurzen Moment herrschte Stille. Thyron spannte sich innerlich an. Noch eine Rede zu ertragen, war eine grausame Vorstellung. Doch niemand trat vor. Unmerklich ließ er den Atem in einem lautlosen Seufzen entweichen.

Mit einer einfachen, aber wirkungsvollen Geste eröffnete Lucius die Festivität, und Thyron stahl sich zwischen den Pflanzen in den Kübeln in einen der verborgenen Ein- und Ausgänge für die Dienerschaft davon. Das Gewirr der Gänge jenseits der offiziellen Räumlichkeiten hätte die Gäste, die nur an die großen und hellen Zimmerfluchten gewöhnt waren, sicherlich überrascht. Hier hingegen war es eng und düster. Diener drückten sich aneinander vorbei, brachten Getränke und räumten schon die ersten Teller und Schüsseln ab.

Selbst die Bediensteten kannten aber nicht alle Wege, die Thyron offen standen. Dank seiner Position war er irgendwo dazwischen, bewegte sich frei sowohl im verborgenen Unterbau des Palasts als auch in den Hallen der Reichen und Mächtigen.

Jetzt suchte er einen schnellen Zugang zu einem der Aborte. Von dieser Seite war es eine einfache, schmucklose Tür. Von der anderen öffnete sich ein majestätisches Mosaik, klappte auf und entließ Thyron in die Welt aus Gold und Marmor.

Schnell nutzte er die Gelegenheit, sich zu erleichtern, bevor die Räumlichkeiten von den Gästen in Beschlag genommen wurden. Wenn sie Bankett und Wein nur genug zugesprochen hatten, würde das bald genug geschehen.

Er parfümierte sich die Hände erneut, überprüfte gewissenhaft den Sitz seiner Kleidung und kehrte über dieselben verschlungenen Pfade zu der Gesellschaft zurück.

Nur fünfzig Gäste, hatte Lucius gesagt, ein kleiner Anlass, eine kleine Feier. Thyron kannte die Liste der Geladenen, einige Namen fehlten auffälligerweise. Die Magistra Militium war nicht eingeladen worden, ebenso wenig Prinz Niam. Ein kleines Sticheln von Lucius, zu welchem Zweck, konnte Thyron noch nicht sagen. Sein Herr verbarg seine Absichten manchmal nur allzu gut.

Jetzt löste sich Lucius aus einer Traube von Gästen und winkte Thyron in einen der kleinen Alkoven, in denen es zwei Bänke gab. Jede war mit einem besonderen Motiv verziert, dargestellt durch Mosaike an den Wänden, und auf den niedrigen Tischen standen Köstlichkeiten und Weine, die zu diesen Themen passen sollten.

Dieser Alkoven war Thrawien gewidmet, und Thyron nahm an, dass dies kein Zufall war.

»Ein gelungenes Fest«, stellte Lucius beschwingt fest, als er den Vorhang zuzog und ihnen so Abgeschiedenheit verschaffte.

Thyron nickte freudig.

»Du hast deine Arbeit gut gemacht, Thyron.«

Dankbar über dieses seltene Kompliment gestattete er sich ein Lächeln.

»Und das nicht zum ersten Mal!«

Das verwirrte Thyron. Hatte sein Herr bereits jetzt zu sehr dem Wein zugesprochen?

»Ich danke Euch, Herr.«

»Es ist an der Zeit, deine Loyalität und dein Händchen für Organisation zu belohnen. Du hast dich als geschickt erwiesen, und es ist nur recht und billig, das anzuerkennen.«

»Euch zu dienen und von Euch zu lernen, Herr, ist mir Lohn genug.«

Ein undurchsichtiges Lächeln stahl sich auf Lucius' Züge. Mit einem Mal fühlte sich Thyron wie ein Kaninchen, das den starren Blick einer Schlange auf sich ruhen sieht.

»Es stehen große Veränderungen an. Pläne, die lange reiften, sind nun bereit, uns ihre Früchte darzubieten. Es geht um mehr, als du dir vorzustellen vermagst, Thyron.«

Selbstverständlich wusste er, dass hinter jeder Intrige drei weitere lauerten. Dass der Tanz um Macht und Einfluss ewig dauerte. Und dass es für einen Mann wie Lucius nur um die höchsten Einsätze gehen konnte.

»Die Magistra Militium …«

»Ah, sehr gut!« Lucius klatschte in die Hände. »Natürlich machst du dir bereits Gedanken. Und ja, sie spielt ihre Rolle. Aber es ist mehr, Thyron, viel mehr.«

Lucius beugte sich vor, schob Schalen mit thrawischen Spezereien zur Seite und hielt Thyron mit seinem intensiven Blick gefangen.

»Und ich muss mir deiner Loyalität vollkommen sicher sein. Jeder Schritt ist delikat, jeder Fehler hätte gewaltige

Folgen. Bist du bereit und willens, mir deine Treue zu beweisen?«

Die Schwere des Moments raubte Thyron den Atem. Stets hatte er sich danach gesehnt, von seinem Herrn mehr Anerkennung zu erhalten. Sich seiner Fähigkeiten nur allzu schmerzlich bewusst, hatte er sich immer zu Höherem berufen gefühlt. Nun war er kurz davor, in den innersten Kreis der Macht vorzudringen, an der Seite des Kämmerers, der schon jetzt fast alle Geschicke im Palast bestimmte.

»Ihr habt meine absolute Loyalität«, brachte er mit festerer Stimme hervor, als er angesichts seiner trockenen Kehle für möglich gehalten hätte. »Und ich bin zu jedem Beweis dafür bereit.«

Lucius nickte, dann lehnte er sich wieder zurück.

»Dann genieß die Früchte deiner Arbeit hier. Noch in der heutigen Nacht wirst du ein anderer werden!«

Damit glitt sein Herr aus dem Alkoven und mischte sich wieder unter seine Gäste. Thyron blieb wie benommen zurück. So überraschend kam diese Anerkennung, dass er sie gar nicht recht fassen konnte. Triumph durchfloss ihn, gepaart mit Erleichterung. Am liebsten hätte er mit der Faust auf den Tisch geschlagen oder laut gejubelt, doch seine langjährig angeeignete Zurückhaltung ließ nur eine kurze Fratze des Siegs zu. Dann hatte er sich wieder im Griff, öffnete den Vorhang und trat hinaus in den Saal.

Nun wirkte alles anders. Waren vorher die Gäste weit über ihm gewesen, mächtig und einflussreich jenseits seiner eigenen Fähigkeiten, sah er nun eine Reihe alter Männer und Frauen, von ihrer eigenen Wichtigkeit berauscht, aber doch nur Spielfiguren für jemanden wie ihn. Im Laufe seines Diensts hatte er ihre Geheimnisse entdeckt, wusste mehr über jeden in diesem Raum, als sie über ihn. Viele kannten wohl nicht einmal seinen Namen. Nun, das würde sich ändern. Im Geiste sah er schon, wie er mit ihnen verhandelte – nein, ihnen seinen Willen aufzwang. Ein kurzes Wort hier, ein Nicken dort. Und die Geschicke des Reichs änderten sich.

Dafür hatte er all die Jahre geschuftet und gebuckelt, hatte sich nützlich gemacht und seinen Geist geschärft. Ein brillanter Mann wie Lucius erkannte jemanden von seinem Schlag. Nicht wie die Schafe hier, die sich beim Bankett die Bäuche vollschlugen und glaubten, dies sei der Höhepunkt der Macht. Es war nur ein Symptom, schmückendes Beiwerk, nicht das Ziel, bestenfalls ein Mittel zum Zweck.

Lucius hatte ihm erlaubt mitzufeiern, eine große Ehre, doch Thyron konnte sich nicht mehr darauf konzentrieren. Der Abend verging zäh, kam ihm aber schon wie eine verschwommene Erinnerung vor, während er noch mitten im Geschehen war. Er führte Gespräche, die er gleich wieder vergaß, aß Köstlichkeiten, die nach nichts schmeckten, und lachte über Scherze, die er nicht verstand. Es war, wie einem Fremden zuzusehen, so, als sei er nicht er selbst. Nein, er war jetzt mehr als der unterwürfige Diener, der Handlanger. Und nur Lucius und er kannten dieses Geheimnis.

Verglichen mit den legendären dekadenten Festen der Altvorderen war diese Gesellschaft, so opulent sie auch war, eine zahme Angelegenheit. Sie endete noch weit vor Morgengrauen, als sich die letzten Gäste verabschiedeten.

Doch Lucius ließ sich Zeit, führte noch lange Gespräche mit betrunkenen Senatoren, machte sogar noch einige Geschäfte, die seine Partner wohl am Morgen bereuen würden, wenn ihre Köpfe wieder klarer waren. Thyron wurde ungeduldig. Hatte sein Herr etwa schon vergessen, worauf er wartete?

Doch endlich waren Lucius und Thyron allein in dem Saal, wenn man von der wartenden Dienerschaft absah, die darauf hoffte, nach einem langen Tag bald aufräumen zu dürfen.

Mit einem Wink bedeutete Lucius Thyron, ihm zu folgen. Sie gingen durch einige wohlvertraute Flure und zwei Treppen hinab, dann bog Lucius ab und öffnete eine verborgene Tür, die in einen Bereich führte, der Thyron bislang entgangen war. Es war ein alter Teil des Palasts, ein Treppenhaus, das in die Tiefe führte, mit verfärbten Wänden, von denen gelblicher Putz bröckelte. Thyron hätte niemals erwartet, solcherart Verfall mitten im Palast zu sehen.

Eine Lampe stand bereit; offenbar war dieser Teil der Nacht geplant gewesen, was Thyron mit Stolz erfüllte und über den Anblick hinweghalf.

Die Treppen führten in einen Keller hinab, der marginal besser aussah, mit alten Mosaiken, nur noch zum Teil erhalten. An der einen Wand war eine antike Karte, in der große Lücken klafften. Dennoch konnte Thyron das Weltenrund erkennen, mit Athanopolis im Zentrum und den Provinzen des Reiches außen herum.

Doch für eine genauere Betrachtung blieb keine Zeit, denn Lucius schritt schnell voran. Es waren uralte Kellerräume, durch die er geführt wurde, ihr ursprünglicher Zweck war längst vergessen. Bögen stützten die Decken, hier und da war an den Wänden Farbe zu erkennen, doch es war leer und kühl, und die Luft roch nach Moder.

Kein Wort der Erklärung, kein Blick von seinem Herrn, also blieb Thyron nichts übrig, als ihm zu folgen. Schon fragte er sich, ob dies Teil der Prüfung war, doch dann schalt er sich selbst – dies war nichts im Vergleich zu dem, was ihm noch abverlangt werden würde.

Schließlich sah er vor ihnen ein Licht, dann zwei Gestalten an einem Durchgang. Frauen der Palastgarden, gesalbte Kriegerinnen, die respektvoll zur Seite traten, als Lucius zwischen ihnen hindurchschritt.

Der Raum hatte eine höhere Decke als jene davor, war aber eher klein. Hier gab es keine Mosaike an den Wänden, nur Malereien, durch Jahrhunderte verblasst.

Lucius blieb stehen, stellte die Lampe ab und wandte sich Thyron mit einem Lächeln zu.

»Dies ist ein geheimer Ort im Palast. Kaum jemand kennt ihn noch, vielleicht niemand außer uns, die wir nun hier stehen.«

Thyron kniff die Augen zusammen, während er zu erkennen versuchte, was an den Wänden dargestellt wurde. Seltsame Wesen, gebeugte menschliche Figuren, ein fantastisches, unwirkliches Gemenge.

»Die Geisterwelt?«

Lucius schnalzte mit der Zunge.

»Sehr gut. Ja, dies war einst ein Tempel. Hierher kamen die Menschen, die Anführer des Imperiums, um zu ihnen zu sprechen. Es war ihnen ein heiliger Ort, eine Höhle, von der man sagte, dass hier die Grenzen zwischen den Welten besonders dünn seien und die Geister besser zuhörten.«

Fasziniert schritt Thyron den kleinen Raum ab. Die Gemälde ähnelten keinem Stil, den er kannte, sie wirkten seltsam naiv und einfach, fast wie von Kinderhand. Die Kunst des Imperiums hingegen war weit entwickelt, und im Weltenrund gab es ihresgleichen nicht.

Hier und da glaubte er, Figuren zu erkennen, Kreaturen und Mythen und Legenden. Gehörnte Wesen, Menschen wie Katzen, gedrungenes und gestrecktes Volk.

»Dies muss sehr alt sein«, wisperte er.

»Älter als das Imperium«, bestätigte Lucius. »Älter als die Quaestori, älter als der Name Tarentium. Ja, vielleicht älter als Pidnyra selbst.«

Der älteste Name der Siedlung. Und der Name, den die Quaestori ihr gegeben hatten, bis die Nachfahren der Kalmene sie in Athanopolis umbenannt hatten. Pidnyra lag so unglaublich viele Jahrhunderte in der Vergangenheit, dass Thyron kaum glauben konnte, dieser Ort sei älter.

»Es gibt einige, die glauben, dass Pidnyra just wegen dieser einstigen Höhle auf den Hügel gegründet wurde. Aber wer kann das schon sagen?« Lucius lachte. »Ich selbst mag die offizielle Legende lieber.«

»Es ist mir eine Ehre, diesen Ort zu betreten. Habt meinen Dank, dass Ihr ihn mir zeigt, Herr.«

Es war nur halb eine Floskel. Tatsächlich war Thyron tief gerührt von der Ehrung. Dieser Tempel war der perfekte Ort, umwoben von der langen und ruhmreichen Geschichte der Stadt. Hier sein Schicksal anzutreten und in den inneren Zirkel der Mächtigen aufgenommen zu werden, versprach eine große Zukunft.

»Ich liebe diese Kammer«, sagte Lucius leise, mehr zu sich selbst. »Nirgends sonst bin ich mir so nah wie hier.«

»Und der Geschichte«, erwiderte Thyron, durch die private Stimmung des Augenblicks ermutigt. Jetzt zeigte Lucius ein nachsichtiges Lächeln, wie es ein Vater seinem Sohn schenken mochte, der zu viel Enthusiasmus zeigte.

»Das ist eins, Thyron. Das, was vergangen ist. Das, was ist. Du wirst das verstehen.« Mit einem Mal war jegliche Nostalgie verschwunden, und sein Herr war wieder ganz geschäftstüchtig. »Lass uns beginnen.«

Thyron nickte begierig.

»Auf die Knie.«

Willig kam er dem Befehl nach. Er fragte sich, was er tun musste. Seine Treue schwören? Er würde jeden geforderten Eid leisten. Mit einem seligen Lächeln blickte er zu Lucius empor.

Dann wurden seine Arme und Schultern gepackt und er im eisernen Griff der Gardistinnen festgehalten.

»Was …?«

Das Wort entrang sich seiner Kehle, bevor er wusste, wie ihm geschah. Ein seltsamer, kalter Schlag der Angst durchzuckte ihn. War dies nur ein derbes Spiel? Oder schlimmer noch: Hatte er seinen Herrn enttäuscht und wurde nun bestraft?

»Es gibt nicht mehr viele Orte wie diesen. Nach und nach verschwinden sie, Thyron, werden gefressen von der Welt. Ihre Mauern werden hart und undurchdringlich, so wie überall. Wie Brunnen, die austrocknen, sind sie dann nichts mehr als Fels und Stein und Luft.«

»Herr?«

Lucius trat an ihn heran, strich ihm beinahe zärtlich über die Wange.

»Du hast Fragen, Thyron. Und du wirst Antworten bekommen. Bald.«

Er trat einen Schritt zurück. Für einen Moment verweilten die Finger auf Thyrons Haut, dann hob Lucius die Arme.

»Sieh!«

Nichts geschah. Thyron blinzelte verwirrt. Lucius verharrte bewegungslos. Dann, am Rande seines Blickfelds, sah er eine Bewegung. Nein, keine Bewegung, es war mehr, so als ob sein Augenlicht verschwommen wurde. Ein unangenehmes Gefühl der Übelkeit und des Schwindels durchzuckte ihn. Wie ein Flirren in der Luft über heißem

Feuer wirkte es, wenn er nicht genau hinsah, oder wie der Blick durch ein Glas, doch wenn er es anstarrte, war ihm, als ob nicht die Luft flimmerte, sondern Fels und Stein und die Welt selbst. Als ob sie sich bewegte, unmöglich bewegte, verdrehte, verzog, ineinanderschob.

Es breitete sich aus, war nun überall um ihn herum. Thyron keuchte auf, wand sich gegen die Gardistinnen, doch sie drückten ihn hinab auf seine Knie, hielten ihn gnadenlos fest.

Der ganze Raum wurde undeutlich, tanzte mit sich selbst, mit Bewegungen, die kein Recht hatten, in der Welt zu sein. Thyrons Geist war wie gefangen von diesem Anblick, der mit nichts zu vergleichen war. Geräusche drangen in sein Ohr, nein, gruben sich direkt in seinen Geist, Laute, wie sie niemand wahrnehmen sollte. Farben liefen ineinander, bildeten neue, für die es keine Namen gab. Thyrons Nackenhaare stellten sich auf, Gänsehaut lief über seinen zuckenden Leib. Ihm war, als würde er berührt, doch es war wie keine Berührung zuvor in seinem Leben. Geruch, Geschmack, alles war unirdisch, anders, fremd. Er keuchte entsetzt auf.

»Bleib ruhig«, erklärte Lucius, im Wirbel der Welt kaum zu erkennen, doch seine Worte waren deutlich, schienen mit schneidender Schärfe direkt in seinem Geist zu entstehen.

»An diesem Ort ist die Trennung zwischen den Welten kaum vorhanden. Spürst du es?«

Thyron konnte nicht antworten. Sein Kopf ruckte hin und her, geschüttelt von Eindrücken, die ihn zu überwältigen drohten.

»Aber man muss seinen Geist dafür öffnen.«

Lucius packte seinen Kopf mit beiden Händen, ging vor

ihm in die Hocke, hielt ihn mit unnachgiebigem Griff fest. Er sah ihm in die Augen, und zum ersten Mal erblickte Thyron in ihnen etwas. Nicht einfach nur eine Regung, mehr, viel mehr als das. Einen Geist, uralt und stark, dessen Blick sich nun in seinen Schädel brannte.

Lucius öffnete den Mund. Seine Finger zwangen Thyrons Kiefer nach unten. Im Rachen zuckte etwas, ein unscharfes, ungeschlachtes Ding, wie Rauch eines Feuers. Thyron wollte rufen, schreien, um sich schlagen, doch er konnte nichts tun außer starren, hilflos starren, als sich der wirbelnde Schatten in Lucius Mund sammelte und dann nach vorne trieb, auf ihn zu, auf sein Gesicht, seinen geöffneten Mund, in ihn eintauchte.

Seine Welt verschlang sich selbst.

BRAYN

Es lag eine gewisse Ironie darin, dass Brayn schon an so vielen Orten für die Herrscher von Athanopolis gekämpft hatte, aber ihre gewaltige Stadt noch niemals betreten hatte.

Nun sah er sie vor sich, fast so groß und schön, wie sie immer beschrieben wurde, selbst unter den dunklen Wolken, die sie in Licht und Schatten tauchten. Es war noch früh am Nachmittag, und es hätte Brayn nicht gewundert, wenn es vor der Abenddämmerung noch geregnet hätte.

Athanopolis zog sich über drei Hügel, ein gewaltiger Lindwurm aus Gebäuden, größer als jede Stadt, die Brayn zuvor gesehen hatte. Er seufzte. Der Anblick war durchaus beeindruckend, aber Städte lagen ihm nicht. Der Rabe zwickte ihn ins Ohr.

»Ja, ich bin sicher, da gibt es genug zu fressen für dich«, murmelte Brayn und schüttelte die Schulter, bis der Rabe mit einem missbilligenden Keckern davonflog.

So langsam war es wieder an der Zeit, auf die Straße zurückzukehren. Mit ein wenig Glück konnte er sich einem Händler oder sonstigen Reisenden anschließen, was es sicher einfacher machen würde, in die Stadt zu gelangen.

Doch als er zwischen niedrigen Steinmauern, die hier Felder und Haine begrenzten, über den letzten Hügel trat, sah er ein großes Heerlager vor den Toren der äußersten Mauer. Genug Zelte für eine ganze Tagmata. Leise pfiff er durch die Zähne. Vielleicht hatte er ja Glück.

Also lenkte er seine Schritte erst einmal in Richtung der Zelte. Es war offensichtlich, dass die Soldaten glaubten, längere Zeit hier zu verbringen, denn das Lager war sorgfältig errichtet und mit allen möglichen Annehmlichkeiten versehen. Natürlich gab es so gut wie keine Befestigungen; so nah an der Hauptstadt war das nicht notwendig. Aber für kurzfristigere Lager wurde weniger Aufwand betrieben.

Als Brayn nah genug heran war, erkannte er mit Freude die Banner der XIII. Tagmata. Wo sie war, konnte die Magistra Militium nicht weit sein.

Es gab kein Tor, aber als er über das Feld auf das Lager zuging, kamen ihm einige patrouillierende Legionäre entgegen.

»Bürger, was ist dein Begehr?«

Das ließ Brayn grinsen. *Bürger?*

»Ich suche jemanden. Kentarchos Fyenn.«

Die beiden sahen sich an.

»Und wer bist du?«

»Brayn«, antwortete er wahrheitsgemäß. Als sie keine Anstalten machten, ihm den Weg zu weisen, hob er die Hände. »Fyenn und ich sind alte Freunde. Wir haben gemeinsam im Osten gekämpft.«

Noch lag Skepsis in ihrem Blick.

»Du bist Veteran?«

»Foederat«, erklärte Brayn, wohl wissend, dass die Söldner nicht überall beliebt waren. Aber die Legionäre der Tagmaten kämpften oft genug mit ihnen an der Seite, und der gewöhnliche Soldat wusste Verbündete meist zu schätzen.

Sie wechselten einen Blick, dann zuckte der eine mit den Achseln. Mitten im Reich hatten sie keine besondere Sorge, dass er ein heimtückischer Eindringling sein könnte. Decebal hätte solchen wie ihnen die Ohren langgezogen und über dem Kopf eine Schleife daraus gebunden. Was Thalia mit so nachlässigen Wachen angestellt hätte, wollte er sich lieber gar nicht erst vorstellen.

»Du findest den Kentarchos immer geradeaus hier durch. Seine Leute sind nah bei den Latrinen untergebracht.«

Jetzt musste Brayn laut lachen.

»Wem hat er denn diesmal ans Bein gepinkelt?« Er überlegte kurz. »Oder war es eine Wette?«

»Du kennst den Kentarchos«, erwiderte der Wortführer trocken und wandte sich ab.

Während die beiden ihren Rundgang wieder aufnahmen, stapfte Brayn durch das Lager. Die Ordnung war beeindruckend, zwischen den Zelten gab es schnurgerade Gassen, Banner und Standarten wiesen die Wege. Der Imperiale Phoenix war allgegenwärtig.

Überall lungerten Legionäre herum, saßen auf kleinen Plätzen zwischen den Zelten an Kochfeuern, kümmerten sich um ihre Ausrüstung, spielten mit Würfeln oder Knochen und vertrieben sich auf hundertundeine Art die Zeit.

Wenn sie ihn im Vorbeigehen anstarrten, grüßte Brayn freundlich. Es war hier sicherlich langweilig für sie, aber Langeweile war Teil des Soldatenlebens, und nicht der schlechteste. Ein Zelt über dem Kopf bei Regen, keine endlosen Märsche und schon gar nicht Kampf und Tod.

Die vollen Kochtöpfe zeigten, dass sie sich im Herzen

des Imperiums auch keine Sorgen wegen des Nachschubs machen mussten. Vermutlich gab es besseres Essen als irgendwo sonst im Imperium, und dazu sogar echten Wein.

Es dauerte nicht lange, bis Brayn die Legionäre des Kentarchos Fyenn fand, deren Zelte ein kleines Dorf innerhalb des Lagers bildeten.

Hier wurde er nun erkannt, an der Seite der Hundertschaft war er gezogen und hatte gekämpft.

»Brayn!«, rief eine junge Legionärin und schlug ihm so hart auf den Rücken, dass er einen Schritt nach vorne taumelte. »Wo ist dein Hühnchen? Hast du es gefressen?«

Vorsichtig warf er einen Blick zum Himmel, erwartend, dass der Rabe ihr ein beschissenes Geschenk machte, doch er war nirgends zu sehen.

»Was machst du hier?«, fragte ein anderer. »Solltest du nicht im Osten sein und dich mit Wilden prügeln?«

Brayn lächelte und hob abwehrend die Hände.

»Ich bin nur wegen euch hier. Ich habe euch so sehr vermisst, dass ich mir Löcher in die Sohlen gelaufen habe!«

Als er den Fuß hob, gab es lautes Gelächter, auch wenn seine Sohle noch intakt war. Ihm wurde ein Napf mit warmem Fischbrei angeboten, dazu ein Becher verdünnter Wein.

Schließlich riefen die lauten Stimmen den Kentarchos auf den Plan, der aus seinem Zelt stolperte und sich die blutunterlaufenen Augen rieb.

»Was bei allen fünf Hurenkindern ist hier los?« Dann fiel sein Blick auf Brayn. »Ich will keusch sein, ist das der irre Foederat?«

»Ich weiß nicht, wen du meinst«, gab Brayn mit vollem Mund zurück. »Mich kennt man nur im Vollbesitz meiner geistigen Kräfte.«

»Du schuldest mir einen Gaul«, stellte der Kentarchos fest und baute sich vor Brayn auf. Seine Rüstung war nur übergeworfen, und sein Gesicht von einem Saufgelage aufgedunsen. Stoppeln bedeckten Kinn und Wangen, das Haar war wirr und ungekämmt, dabei zu lang. Im Moment wirkte er kaum wie ein fähiger Krieger. Brayn erhob sich und streckte die Brust vor.

»Du hast deinen Gaul bekommen …«

»Der war tot!«

»Niemand sagte, dass er leben muss.«

»Jemand hatte seine Augen gefressen!«

»Das war …«, Brayn zögerte kurz, »unglücklich.«

»Ha!«

»Ihr habt eine Woche an dem Vieh gefressen. Und deine Schuhe sind aus seinem Leder, wenn ich mich recht erinnere. Also wage nicht zu behaupten, ich hätte meine Schulden nicht eingelöst!«

Der Kentarchos kniff die Augen zusammen, dann riss er Brayn an sich und schloss ihn in die Arme.

»Du bist der irre Foederat«, stellte er fest, als er ihn wieder aus seiner bärenartigen Umarmung entließ. »Wo ist dein gefiedertes Mistvieh?«

Sofort sprang Fyenn einen Schritt zur Seite, aber noch immer war von dem Raben nichts zu sehen.

»Vermutlich hat er irgendwo einen Kadaver entdeckt. Oder jemand hat einen Krug Branntwein offen stehen lassen.«

Als sie sich beide an den Tag erinnerten, an dem der Rabe so tief in einen unbeaufsichtigten Becher Branntwein geschaut hatte, dass er kaum noch fliegen konnte, prusteten sie los.

»Du bist noch bei Decebals Trupp?«

Brayn brummte zustimmend.

»Sag mir nicht, dass sie euch auch hierherverlegt haben …«

Bei dem Gedanken musste Brayn breit grinsen.

»Was, Foederati nach Athanopolis? Uns ungewaschenen Haufen? Wer ist jetzt irre?«

»Was treibst du dann hier?«

Brayn nickte in Richtung von Fyenns Zelt. Der Kentarchos ging voraus und bot ihm einen niedrigen Hocker an. Das Zelt war ebenso groß wie die seiner Legionäre, doch Fyenn hatte es für sich allein. Kuhhäute lagen auf dem Boden, ein Feldbett, dazu ein kleiner Tisch, zwei Hocker, eine Waschschüssel. Luxuriös nach den Maßstäben eines Heerlagers.

»Noch Wein?«, fragte Fyenn in der Zunge ihres Volks. Ein Zelt war kein Ort für private Gespräche, aber nur die wenigsten würden ihre Muttersprache verstehen.

Wortlos hielt Brayn seinen Becher hin. Auf den fragenden Blick des Kentarchos hin seufzte er.

»Ist die Magistra Militium im Lager?«

»Was, du glaubst, die legt sich in ein windiges Zelt, wenn es nur die Straße runter den größten Palast der Welt gibt?«

Brayn hob die Schultern.

»Ja, zuzutrauen wäre es ihr. Aber nein, sie ist in der Stadt, auf Befehl des Kaisers selbst. Es gab einen Triumphmarsch.«

Darauf pfiff Brayn leise.

»Pah, nur Schranzen aus der Stadt dabei, kaum einer von uns. Seitdem nichts, keine Nachricht, keine Befehle. Wir halten die Stellung. Die Leute sind zufrieden, gutes Essen, und manchmal kann man sich in die Stadt schleichen …«

»Schleichen?«

»In der Hauptstadt werden keine Legionäre geduldet. Absolutes Verbot. Zumindest solange sie unter Waffen stehen. Nur die Wachen des Kaisers selbst und seine persönliche Tagmata. Arrogante Bastarde«, fügte Fyenn hinzu und nahm einen tiefen Schluck Wein. Er verzog das Gesicht und stellte den Becher ab.

»Harte Nacht?«

Auf Fyenns Antlitz erschien ein schiefes Grinsen.

»Es gibt in der Stadt eine Menge Leute, die gern Geld an Soldaten verdienen. Ich habe lange genug Sold eingesackt und keine Gelegenheit gehabt, ihn ordentlich auf den Kopf zu hauen.«

Sein Freund mochte noch nicht wieder Wein genießen können, aber Brayn nahm noch einen Schluck.

»Kannst du ihr eine Nachricht zukommen lassen?«

Fyenn schnaubte.

»Ich bin Kentarchos, nicht der verdammte Strategos. Wenn ich so viel Einfluss hätte, denkst du, ich hätte nicht einen gemütlichen Posten irgendwo am Meer, wo es oft sonnig ist?«

»Du schreist viel zu gern deine Legionäre an, als dass du dir einen Schreiberlingposten geben lassen würdest«, stellte Brayn fest. Fyenn wiegte den Kopf hin und her, dann verzog er das Gesicht und stimmte ihm zu.

»Es gibt wenig Besseres im Leben als neue Rekruten, die sich vor Angst beim Appell in die Hosen scheißen.«

Brayn grinste.

»Du bist doch der mit der ganz besonderen Geschichte«, fuhr Fyenn fort. »Sollte es dir nicht ein Leichtes sein, eine Audienz zu bekommen?«

Im Heereslager hätte da eine gute Möglichkeit bestanden, so viel musste Brayn zugeben.

Aber im Palast?

»Ach, lauter parfümierte Hofschranzen, die sich beim Anblick eines echten Barbaren kaum zurückhalten können. Einige werden schreiend davonlaufen. Und andere ...«

Doch Brayns Gedanken waren schon weitergezogen, er hörte die Stichelei seines Freunds kaum noch. Es sah so aus, als würde er tatsächlich versuchen müssen, zumindest eine Nachricht an Valeria zu schicken. Direkt bei ihr vorzusprechen, erschien ihm unmöglich.

»Hat sie ihre Leute dabei?«

»Dieses nasse Hemd, Gordian. Eine Handvoll Legionäre. Und Exoristos.«

Jeder kannte ihren exotischsten Gefährten. Brayn versuchte sich vorzustellen, wie er wohl in einem Palast wirken mochte, so gewaltig und wild, wie er immer erschien.

»Wenn der reinkommt, dann schaffe ich das auch«, stellte er fest und leerte den Becher.

»Warum willst du sie überhaupt sprechen?«

Unsicher, wie viel er sagen konnte, schwieg Brayn einen Moment lang. Dann entschied er sich, Fyenn zu vertrauen.

»Die Ostgrenzen sind nicht mehr sicher. Es gab Überfälle, zu oft und regelmäßig. Aber die ganzen Truppen werden abgezogen, nur die Thumen bleiben übrig.«

Nachdenklich strich sich der Kentarchos über das stoppelige Kinn.

»Es geht das Gerücht um, wir sollen nach Heliopolis verlegt werden. Kann ich kaum glauben, was soll eine Fronteinheit wie unsere da?«

Brayn runzelte die Stirn. Noch ein Stück im Mosaik, das nirgends hineinpasste. Das Imperium mochte Überfälle an einer Grenze hinnehmen, sollte es eine größere Bedrohung geben, aber Heliopolis war sicher und fern jeder Gefahr.

Brayn seufzte. Das klang nach Politik.

»Ändert alles nichts«, erklärte er schließlich. »Decebal hat mir einen Auftrag gegeben. Und Valeria muss davon erfahren, so oder so.«

»Valeria …«

Brayn würdigte die Anspielung keiner Antwort, sondern erhob sich. Die beiden Becher Wein, einer verdünnt, der andere nicht, zeigten bereits Wirkung. Er schüttelte den Kopf und richtete sich auf.

»Ich muss in die Stadt. Wenn ich mich beeile, komme ich noch vor dem Abend an.«

Fyenn hatte sich ebenfalls erhoben und streckte Brayn den Arm hin, der ihn am Unterarm packte.

»Du weißt, wo du uns findest, wenn du Hilfe brauchst«, erklärte der Kentarchos, jetzt wieder in der Sprache des Imperiums.

»Danke für deine Gastfreundschaft. Es war gut, dich wiederzusehen.«

Sie nickten einander zu, dann traten sie aus dem Zelt in das Licht des späten Nachmittages. Brayn verabschiedete sich von den Legionären, die er kannte, und schritt durch die Zeltreihen davon.

Als er hinter sich Fyenn lauthals fluchen hörte, wandte er sich um. Ein grau-weißer Fleck zierte die Rüstung des Kentarchos. Über ihm keckerte der Rabe und flog wie ein Pfeil Richtung Athanopolis.

»Brayn!«

Er tat so, als höre er die Rufe nicht, und tauchte zwischen zwei Zeltreihen ab. Hinter ihm erklang schallendes Lachen.

Der Flug des Raben wies ihm den Weg. Sein Ziel lag dort in der Stadt, in jener gewaltigen Palastanlage auf dem

Hügel, umgeben von einer eigenen Mauer, eine Stadt innerhalb der Stadt. Und er ein Barbar von den Grenzen des Reichs.

Nicht zum ersten Mal wünschte sich Brayn einfach zurück zu seinen Kameraden. Lieber einer Hundertschaft blutrünstiger Marodeure entgegentreten, als sich mit Bürokraten herumschlagen!

BRIX

Es war heiß in der Mittagssonne, und sie ritten schnell. Die Flanken der Pferde waren feucht vom Schweiß. Auch über Brix' Stirn rannen Tropfen; immer wieder schüttelte er den Kopf, um sie aus den Augen zu vertreiben. Den Schweiß, der ihm in den Nacken lief, oder über den Rücken, bemerkte er kaum noch.

Obwohl er reiten konnte, war er es nicht allzu gewöhnt, und seine Rückseite schmerzte bereits seit Tagen. Er verfluchte sich selbst dafür, sich freiwillig gemeldet zu haben. Andererseits ritt er, der einfache Legionär, nun mit den Kavalleristen der Tagmata. Es war ein Aufstieg, von dem er vorher niemals zu träumen gewagt hätte.

An ihrer Spitze ritt Merarchos Cyril. Im Lager hatte es für Unruhe gesorgt, dass er persönlich eine der Spähergruppen anführen wollte. Den Kentarchen schmeckte das gar nicht, aber sie hatten es zähneknirschend hinnehmen müssen.

Zunächst waren sie in einem großen Trupp aufgebrochen, dreiundzwanzig Berittene, einige Pack- und Ersatzpferde dabei. Schon bald aber hatte Cyril sie in vier Gruppen aufgeteilt und in verschiedene Richtungen geschickt, versehen mit detaillierten Befehlen.

Sie selbst ritten nach Norden, in Richtung des Nördlichen Walls, acht Soldaten stark. Ob Letha und Xylon ihm immer noch dankbar waren, dass er ihnen diesen Auftrag besorgt hatte, wusste Brix nicht. Vermutlich schmerzten ihre Leiber ebenso wie der seine.

Am Abend hatte Brix die Ausführungen des Merarchos noch für nachvollziehbar gehalten, doch je länger sie zwischen Feldern und Hainen voller Citrusbäume entlangritten, auf denen sich Bauern in der Hitze abrackerten, desto mehr Skepsis schlich sich in seinen Geist. Vielleicht hatte es mit den Schmerzen beim Sitzen, Gehen und Liegen zu tun, die ihn unwirsch werden ließen. Aber die Provinz Nicia wirkte in der brütenden Sommerhitze friedlich, und nirgends gab es Anzeichen für plündernde Banden von Raghatern.

Gegen Mittag erreichten sie ein kleines Gehöft, wo sie ihre Pferde im Schatten füttern und tränken konnten. Die meisten Bewohner waren auf den Feldern, aber ein Junge von vielleicht zwölf Jahren brachte ihnen frisches Brot und Käse. Dazu gab es kühles Wasser aus dem Brunnen, in das einige Zitronen geschnitten wurden. Brix ließ das köstliche Nass dankbar seine Kehle hinabrinnen, während er staksige Schritte tat, um wieder Blut in seine Beine zu bekommen.

Cyril beriet sich mit einer älteren Soldatin, die selten von seiner Seite wich. Zuerst hatte sie Brix an Letha erinnert, aber sie war viel zu ernst und bedachte ihn nur mit abfälligen Blicken.

Schließlich kam Cyril zu einer Entscheidung.

»Wir rasten hier die Nacht über. Die Pferde sind erschöpft, und bei der Hitze reiten wir sie nur zuschanden. Morgen brechen wir bei Sonnenaufgang auf, nutzen die Kühle des anbrechenden Tages. Wir sollten den Wall noch vor dem Mittag erreichen.«

Dankbar seufzte Brix und begann mit den anderen, sein Pferd abzusatteln, um es dann in den Stall zu führen und trocken zu reiben.

»Ist ein gutes Biest, hm?«, fragte der Legionär neben ihm, ein Veteran mit einer Narbe quer über das Gesicht, den alle nur Arn nannten.

»Ja«, erwiderte Brix und strich über die Blesse.

»Hat auch keine Angst im Kampf. Lag nicht an ihm, dass es Erek erwischt hat.«

Besorgt sah Brix ihn an.

»Erek?«

»Der ist vorher auf ihm geritten. Bis ihn ein Raghater mit einem Speer erwischte. Direkt hier.« Arn griff sich unter die Achsel. »Pech, genau unter die Rüstung. War nichts mehr zu machen.«

Jetzt sah Brix sein Pferd mit anderen Augen. Ein Soldat war auf ihm in den Tod geritten. War das ein böses Omen? Aber das Tier knabberte nur sanft an den Schnallen seiner Rüstung und hatte ihn bislang treu getragen. Ihm konnte er den Tod seines letzten Reiters nicht anlasten. Dennoch wich das ungute Gefühl nicht.

Während Cyril im Bauernhaus sein Lager aufschlug, machten die Legionäre es sich im Stall gemütlich. Die vier Kavalleristen blieben unter sich, weshalb Letha, Xylon und Brix etwas abseits Schlafstätten aus Heu aufschichteten.

»Immer derselbe Scheiß«, murmelte Letha, schenkte der anderen Gruppe aber ein süßes Lächeln. »Als wär'n wir nix wert.«

»Es sind halt harte Jungs und Mädels«, erwiderte Xylon leise.

»Zumindest haben sie harte Hintern«, fügte Brix hinzu und rieb sich seinen schmerzenden.

Alle drei lachten.

»Dann wissen wa ja jetz', was es brauch' für die Pferdeküsser!«

Das war ein wenig zu laut gewesen, und die vier bedachten sie mit bösen Blicken. Brix senkte den Kopf und konzentrierte sich auf den Inhalt seines Napfs, aus dem er den frischen Eintopf mit Brotstücken in seinen Mund schaufelte. Zumindest die Bauern in Nicia waren freundlich gegenüber einfachen Legionären.

»Hast du schon mal den Wall gesehen?«, fragte Xylon, woraufhin Brix den Kopf schüttelte.

»Is' groß«, murmelte Letha mit vollem Mund.

Xylon schnaubte.

»Es sind die größten Festungen, die du jemals sehen wirst. Fünf an der Zahl, mit Türmen auf den Bergen zwischen ihnen. Nah genug, dass man die Feuer sehen kann, die entzündet werden, sollte der Feind kommen.«

»Die Neunte is' da.«

»Die Antwort meiner geschätzten Kameradin ist korrekt«, erklärte Xylon mit einem verärgerten Seitenblick auf Letha. »Die IX. Tagmata hält die Festungen selbst, während Soldaten der Niceischen Thuma die Türme besetzen.«

Brix brummte verstehend, während er weiteraß. Festungen, Türme, das klang nach einem guten Bollwerk gegen die Barbaren aus dem Norden.

»Vielleicht bleiben wir ein paar Tage dort«, spekulierte Xylon auf eine längere Rast, aber Brix hatte seine Zweifel. Cyril war wie ein Getriebener, und sollte es dort keine besonderen Neuigkeiten geben, würde er sie weiterführen, nach seinem Plan, um mehr über die Bewegungen der Raghater herauszufinden.

Erst einmal jedoch hatten sie den Abend über und eine Nacht lang Ruhe. Vorsichtig suchte Brix eine Position, in der er ohne Pein liegen konnte, gab jedoch bald auf und legte sich so, dass es einfach nur wenig schmerzte. *Kavallerist sein ist weniger großartig, als man mir erzählt hat, und ein schmerzender Hintern wiegt manchmal mehr als Stolz,* war sein letzter schläfriger Gedanke, bevor ihn die Anstrengung der letzten Tage einschlummern ließ.

Ein Stoß gegen seine Schulter weckte ihn. Benommen öffnete er die Augen, unsicher, wo er sich befand. Dann erkannte er Letha und erinnerte sich.

»Auf, komm.«

Hastig kam er der Aufforderung nach. In ihrer Stimme lag etwas, eine Unruhe, die sofort Besitz von ihm ergriff.

»Brechen wir auf?«, fragte er mit schwerer Zunge, aber sie eilte schon aus dem Stall auf den Hof. Mit einem leisen Fluch kroch Brix aus dem Stroh und folgte ihr.

Zwischen Haupthaus und Stall hatte sich eine kleine Gruppe versammelt, Legionäre, aber auch Bauern darunter. Blinzelnd trat Brix zu ihnen. Alle starrten nach Norden. Er folgte ihrem Blick.

Ein roter Schein hing am Horizont. Zuerst glaubte er, dass es die aufgehende Sonne sei, dann besann er sich, dass es die falsche Himmelsrichtung dafür war.

»Wie spät ist es?«, murmelte er.

»Lange vor Sonnenaufgang«, antwortete ihm Xylon, auf

dessen Gesicht sich die Sorgen aller anderen zeigte. Sie blickten zu dem seltsamen Schein am Himmel empor.

»Macht euch fertig«, befahl Cyril abrupt. »Besorgt Licht. Wir führen die Pferde die Straße entlang nach Norden.«

Trotz des Aufbruchs mitten in der Nacht gab es keine Nörgeleien. Alle waren schweigsam und hingen ihren eigenen Gedanken nach. Brix versuchte sich vorzustellen, was ein solches Phänomen hervorrufen konnte.

In Windeseile hatten sie ihre Ausrüstung gepackt und die Pferde gesattelt. In einer Linie führte der Merarchos sie vom Hof und auf die Straße nach Norden. Sie führten die Pferde an den Zügeln, und jeder Zweite trug eine Fackel, die regelmäßig erneuert werden mussten.

So kamen sie nur langsam voran. Während sie marschierten, keimte in Brix wieder Hoffnung auf. Vielleicht brannte ein Wald, oder Bauern hatten abgeerntete Felder angezündet. Es musste eine einfache Erklärung geben. Doch tief in sich spürte er die Wahrheit.

Und als sie über die Kuppe eines kleinen Hügels kamen, sah er sie vor sich. Es war nicht der Himmel, der rot schien, auch nicht Wolken, die an ihm hingen. Es war schwarzer Rauch, an dem der Schein des großen Feuers zu sehen war.

Die Flammen schlugen hoch empor. Zwischen ihnen zeichneten sich Mauern und Türme ab. Dort vor ihnen brannte eine Festung lichterloh.

Letha fluchte, bis ihr Cyril einen ermahnenden Blick zuwarf. Brix fühlte sich ganz leicht, Gedanken rasten durch seinen Kopf, ergaben keinen Sinn. Die Erde, bis eben noch fest und sicher, schwankte unter ihm.

In der Ferne, eine ganze Linie den Horizont entlang, brannten Signalfeuer wie Perlen an einer Kette.

Der Merarchos räusperte sich.

»Es scheint, der Feind hat die Festung genommen«, erklärte er mit erstaunlich ruhiger Stimme. »Es ist unsere Pflicht, mehr über diesen hinterhältigen Angriff herauszufinden.«

Damit setzte er sich wieder in Bewegung. Zu Brix' Entsetzen weiter nach Norden, auf die brennende Festung zu.

»Herr?«

»Folgt mir. Wir müssen die Stärke des Feinds auskundschaften. Vielleicht gibt es Überlebende. Wir ...« Jetzt brach ihm die Stimme, aber er fing sich schnell wieder. »Arn, reite zurück nach Nicia, so schnell du kannst. Der Strategos muss so bald wie möglich von diesem Angriff erfahren.«

Der Legionär nahm Haltung an, dann führte er sein Pferd zurück in Richtung Süden. Der Rest von ihnen folgte Cyril in die Dunkelheit, ihr loderndes Ziel stets vor Augen.

Stück für Stück kroch Brix näher. Seine Rüstung schabte über den felsigen Untergrund, aber wegen der Geräusche machte er sich keine Sorgen. Zwischen Cyril und Xylon erreichte er den Rand der Klippe und hob vorsichtig den Kopf. Seinen Helm hatte er hinter ihnen in der Kluft gelassen, bewacht vom Rest ihres Trupps.

Der Himmel war noch grau, die Sonne stand noch niedrig, aber es war schon hell genug, um die ersten Einzelheiten zu erkennen. Die Grenzfestung brannte noch immer, sandte dicke Rauchwolken empor. Es war vor allem das Hauptgebäude, das brannte, mit Flammen, die aus Schießscharten schlugen und über Dachbalken leckten. Von den Verteidigern war nichts zu sehen, keine Soldaten, keine Standarten oder Banner.

Doch der Feind war dort. Um die Festung herum lagerte eine Armee, zu gewaltig, um sie zu zählen, an allen Seiten des Hügels, die sie sehen konnten.

»Das ist kein Überfall«, stellte Brix fest, und Xylon knurrte zustimmend.

»Sie brechen hier mit ihrer Hauptstreitmacht durch.« Cyril wies auf Wimpel, die über Zelten wehten und eine Sonne über zwei Flügeln zeigten. »Das sind Einheiten des Sheran. Geflügelte Krieger, die normalerweise das Herz des raghatischen Reichs bewachen.«

Brix kniff die Augen zusammen, aber sie waren zu weit entfernt, um Einzelheiten zu erkennen. Es gab viele Pferde und Tausende von Soldaten und Soldatinnen, so viel stand fest.

»Dann sind die anderen Festungen vielleicht noch sicher.«

»Das ist unsere einzige Hoffnung. Wenn die Neunte bereits geschlagen ist …«

Cyril musste nicht weiterreden. Eine ganze Tagmata besiegt, das wäre ein Albtraum für das Imperium, und ein Schlag, von dem sich Nicia kaum erholen konnte. Es würde Wochen, wenn nicht Monde dauern, bis Verstärkung gesandt werden konnte, und wie Brix wusste, gab es keinen einfachen Landweg. Sollten die Raghater sich hier festsetzen, stand ein blutiger, langer Krieg bevor.

»Wie auch immer, wir müssen …«

Ein Pfiff von ihrem improvisierten Lager unterbrach den Merarchos. Letha winkte ihnen frenetisch mit beiden Armen zu und deutete die Kluft entlang. Diesmal war es Brix, der fluchte. Ein Trupp Berittener näherte sich, nicht besonders schnell, doch sie waren bereits nah genug, damit ihre seltsamen konischen Helme mit der Spitze oben und dem Kettengeflecht vor dem Gesicht zu sehen waren – Raghater!

»Folgt mir«, kam der Befehl von Cyril.

Sie hasteten den Abhang hinunter. Kleine Steinlawinen lösten sich unter ihren Füßen, Staubwolken wirbelten auf. Brix verlor auf dem letzten Stück den Halt und rutschte auf den Knien hinab. Selbst durch die Beinschienen hindurch schmerzte es.

Dann sprangen sie auf die Pferde und trieben sie an, fort vom Feind. Es gab nur eine Richtung in die Kluft, die sie nehmen konnten.

Ein Ruf ließ Brix über die Schulter sehen. Durch den Staub ihres eigenen Ritts sah er die Raghater, über die Hälse ihrer Pferde gebeugt. Sie waren entdeckt!

Sofort trieb Cyril sie zur Eile an. Auf dem felsigen Untergrund konnten sie nicht allzu schnell reiten, ohne einen Sturz zu riskieren, doch nach kurzer Zeit öffnete sich die Kluft in ein weiteres flaches Tal, und sofort verfielen sie in wilden Galopp.

Brix duckte sich nach vorn, trieb sein Pferd an. Das Tier, auf dem schon ein Legionär den Tod gefunden hatte, wie ihm ungewollt durch den Geist schoss.

Ihr rasender Ritt wirbelte den Staub hoch auf. Brix konnte kaum Cyril und die Legionärin vor sich erkennen. Rechts und links flogen Felsen, Büsche und Sträucher nur so vorbei. Sein Leib schmerzte, seine Lungen brannten von der staubigen Luft, er keuchte und hustete.

Längst hatten sie die Packpferde laufen lassen. Sie alle ritten nun allein, nur auf Flucht bedacht.

Alarmrufe folgten ihnen. Pfeile gingen um sie herum nieder. Schneller, immer schneller ritt Brix, so schnell wie nie zuvor in seinem Leben.

Dann riss Cyril die Hand hoch und zügelte sein Pferd brutal. Instinktiv folgte Brix dem Befehl, sah hastig über die Schulter. Die Raghater hatten aufgeholt, ihre Rüstungen waren leichter, die Pferde frischer. Es waren mindestens ein Dutzend, die nun zu zwei Seiten ausschwärmten und erst einmal Abstand hielten. Einige hatten Bögen in den Händen, seltsame, doppelt geschwungene Waffen, doch der wirbelnde Staub des Ritts gab den Legionären noch Deckung.

»Wir kommen nicht davon«, rief Cyril und zog sein Schwert. Brix tat es ihm gleich und wünschte sich, sie hätten die schweren Kriegslanzen nicht mit dem Rest zurück nach Nicia gesandt.

Mit einem lauten Ruf trieb Cyril sein Pferd wieder an, das einen regelrechten Satz nach vorn machte.

»Die Elfte! Die Elfte!«

Brix schrie so laut er konnte, während sie auf eine der beiden Gruppen zustürmten. Das Donnern der Hufe verschlang beinahe jeden Ton, er wurde auf und ab geschleudert, die Klinge schwer in seiner Hand.

Mit diesem Sturmangriff hatten die Raghater nicht gerechnet. Zwei schossen Pfeile ab, die jedoch fehlgingen. Näher und näher kamen sie, rasten auf die Feinde zu. Dann schien plötzlich alles trügerisch langsam zu werden. Jetzt sah Brix auch Unterschiede. Einige Raghater hatten metallene Rüstungen aus langen Streifen an und trugen die auffälligen Helme. Schilde mit Beschlägen wie Sonnenstrahlen bedeckten Pferd und Reiter, Keulen mit verzierten Metallköpfen wurden emporgerissen. Andere hatten nur ledernes Zeug und Metallkappen, dazu Pfeil und Bogen und kurze, krumme Schwerter.

Dann waren sie heran. Sein Pferd suchte sich seinen eigenen Pfad zwischen den Feinden, wich einem heranstürmenden Ross aus. Brix hackte auf den Gegner ein, doch sein Schlag fand nur Luft. Etwas kratzte über seine Rüstung, er wurde nach hinten geschleudert, ein Fuß glitt aus dem Steigbügel, doch der hohe Sattel stützte ihn, und er konnte sich nur mit Mühe und Not halten. Kostbare Augenblicke vergingen, während er seine Balance wieder suchte und sein Pferd herumriss.

Im aufgewirbelten Staub war es eine Szene wie aus einem Albtraum. Pferde liefen umher, Menschen schrien, Metall schlug auf Metall. Ein Raghater lag am Boden, der Schädel bis zum Hals gespalten, kaum noch als Kopf zu erkennen. Pferde wanden sich, Beine zuckten, Gedärme glitten über Fels.

Brix trieb sein Pferd an, zurück ins Gefecht. Letha taumelte auf ihn zu, abgeworfen oder abgestiegen, Blut lief ihr über das Gesicht, sie hob den Arm.

»Komme!«, schrie Brix und ritt zu ihr.

Eine Keule tauchte aus dem Staub auf, traf ihren Hinterkopf. Metall knirschte, Knochen splitterte, und die Legionärin stürzte leblos zu Boden.

»Nein!«

Der Raghater sah Brix und trieb sein Pferd an. Seine Rüstung war prunkvoll, die Lederbänder, welche die Metallschienen hielten, waren mit goldenen Nieten verziert. Sein Gesicht war hinter dem Helm nicht zu erkennen, nur seine Augen blickten aus der Maske hervor, dunkel und auf Brix gerichtet.

Die Keule raste heran, Brix duckte sich zur Seite, stieß mit der Spatha zu. Irgendwo zwischen den Schienen glitt sie hindurch, biss sich in Fleisch. Die Wucht, als sie aneinander vorbeiritten, riss Brix die Klinge aus der Hand und sandte Wellen von Pein seinen Arm entlang. Er fluchte, riss sein Pferd herum.

Der Raghater ritt weiter, im Sattel nach hinten gelehnt, die Arme schlugen kraftlos auf und ab. Sein Pferd verlangsamte den Schritt, blieb stehen, und der Reiter glitt zur Seite hinab und schlug schwer auf den Felsboden auf.

»Ha!«

Für mehr Jubel blieb keine Zeit. Ohne Waffe war Brix schutzlos. Er sprang aus dem Sattel und lief geduckt zu dem gefallenen Feind. Seine Spatha steckte noch in der Brust des Mannes. Brix stellte einen Fuß auf die Leiche und zog sie heraus.

Hufe hinter ihm. Instinktiv warf er sich zur Seite. Etwas sauste über ihm durch die Luft, ein wütender Ruf erklang.

Hastig kam Brix wieder auf die Füße. Ein weiterer gerüsteter Berittener wendete gerade sein Tier. Verzweifelt sah sich Brix um, sah den Schild des Gefallenen. Er sprang dorthin, zog ihn vom Arm und riss ihn gerade noch rechtzeitig hoch.

Der Aufprall schleuderte ihn nach hinten, und er stürzte schwer auf den Rücken. Die Kante des Schilds traf seinen Mund, Blut rann ihm in den Rachen. Er keuchte und schüttelte den Kopf, um die flackernden Lichter vor seinen Augen zu vertreiben.

Der Feind war gnadenlos und stürmte bereits wieder heran. Ungeschickt rollte Brix auf die Knie, schob seinen Arm in die Halterung des Schilds und packte sein Schwert. Mit Anstrengung kam er wieder auf die Füße – keinen Augenblick zu früh.

Das Pferd ragte vor ihm auf, weit aufgerissene Augen, die Ohren angelegt. Brix riss den Schild hoch. Die Keule sandte Schockwellen durch seinen Leib, riss ihn herum.

Doch mit letzter Kraft hieb er selbst zu, traf das Pferd im Hinterbein. Mit einem lauten Schnauben knickte es ein, schien sich zu fangen, stürzte dann zur Seite und begrub seinen Reiter unter sich.

Schwer atmend lief Brix dorthin. Sein Feind hob abwehrend die Arme. Einen Herzschlag lang zögerte Brix, dann sah er Lethas blutiges Antlitz. Seine Klinge fuhr unter dem Kinn zwischen Helm und Rüstung in den Hals, durchschnitt mühelos Fleisch und Sehnen, kratzte über Knochen. Blut spritzte in einem Schwall hervor, der Raghater zuckte und wand sich. Brix legte sein ganzes Gewicht in die Waffe, es gab einen letzten Ruck, und alle Bewegung erstarb.

Um sie herum tobte noch der Kampf, aber Brix konnte kaum noch die Spatha aus seinem gefallenen Gegner ziehen. Sein Leib schmerzte wie nie zuvor. Jeder Atemzug brannte wie Feuer in seiner Brust.

Ein Mann tauchte aus dem Staub auf, die Metallkappe verrutscht, mit der Hand den Stumpf seines Arms umklammernd. Brix sah ihm taub zu, wie er einige Schritte tat und dann in die Knie ging, nur um mit dem Gesicht in den Staub zu fallen. Pferde liefen umher, reiterlos, irgendwo weiter vorne wurde geschrien. Metall schlug auf Metall. Der Laut riss Brix aus seiner Starre.

Grimmig entschlossen zog er seine Klinge aus der Leiche und schritt in den wirbelnden Staub. Zwei Raghater drangen auf einen Kameraden ein. Brix sprang nach vorne, schlug dem ersten in den Rücken. Jetzt erst erkannte er Cyril, der ohne Helm verzweifelt gegen den zweiten focht. Sein Gegner schrie, riss die Arme empor, und Brix trat ihm in den Rücken, sodass er zu Boden ging. Dann griff er den anderen an, der zu ihm herumfuhr. Sofort drang Cyril auf ihn ein. Brix riss den Schild empor, brüllte vor Zorn. Ein Schwert grub sich ins Holz, dann Stille.

Als er den Schild senkte, sackte der Raghater zur Seite, und hinter ihm kam Cyril zum Vorschein, die blutige Spatha in der Faust.

Mit einem Mal legte sich Stille über das Schlachtfeld. Der Staub sank langsam herab und gab den Blick auf das Gemetzel frei.

Xylon saß mit dem Rücken an einen Felsbrocken gelehnt, die Hand noch um den Pfeil in seiner Seite, die Augen leer, ein letztes, blutiges Grinsen im Gesicht. Die Legionärin, deren Namen Brix nie erfahren hatte, wand sich tonlos auf dem Boden, ihr Leib zerschmettert, das Antlitz eine blutige Ruine. Dann starb auch sie.

Niemand außer ihm und Cyril war noch auf den Beinen. Sie hatten gesiegt.

Brix ging auf die Knie, beugte sich nach vorn. Sein Körper schüttelte sich, wieder und wieder. Alle waren tot oder sterbend, alle außer ihnen beiden. Ihm war schlecht, doch irgendwo tief in ihm war ein Teil, der Dankbarkeit verspürte. Und er hasste sich dafür.

»Wir müssen …«, presste Cyril hervor, dann sank er auf ein Knie. »Wir müssen von hier fort.«

Für jedes Wort benötigte er einen Atemzug. Brix sah ihn verständnislos an.

»Sie werden … Späher schicken. Wenn ihre … Patrouille …«

Dann fiel Cyril zur Seite.

Sofort sprang Brix zu ihm.

Blut rann aus einer Wunde in seiner Seite, rhythmisch im Schlag seines Herzens. Die Rüstung, so prunkvoll und mächtig, hatte ihn nicht geschützt.

»Du … musst … warnen.«

Mit vom Blut glitschigen Fingern fummelte Brix an den Schnallen herum, bis er die Brustplatte vorne anheben konnte. Darunter kam ein tiefer Stich zum Vorschein, sauber von einer Klinge in den Leib.

»Wir müssen warnen«, entgegnete er und sah sich hektisch um. Er nahm einen Teil des Umhangs und presste ihn auf die Wunde.

»Lass mich … zurück.«

Wütend schüttelte Brix den Kopf. *Nein! Ich werde nicht der einzige Überlebende sein!*

»Das … ist ein Befehl.«

Die Augen des Merarchos verdrehten sich, und er verlor das Bewusstsein. Auf eine gewisse Art war Brix froh darüber. In seinem Gedächtnis klaubte er das Wenige hervor, was er über die Wundfeldscherei wusste. Viel war es nicht. Er wünschte, einer der Priester wäre mit ihnen geritten. Aber der wäre dann wohl ebenso erschlagen worden wie der Rest von ihnen.

Zumindest hatte Cyril recht gehabt, als er sagte, dass sie fort müssen. Früher oder später würde den Raghater das Fehlen ihrer Leute auffallen.

So schnell er konnte, machte sich Brix an die Versorgung der schrecklichen Wunde.

ARIADNE

Selbst im Inneren des Kastells war der Sturm am Horizont allgegenwärtig. Die Schatten waren selbst bei Tage lang und tief, und der dunkle Fels, aus dem es errichtet worden war, wirkte oft schwarz wie Pech.

Zu Ariadnes Überraschung waren nur wenige Soldaten hier stationiert. Obwohl die Befestigung größer war als das Lager der Thuma, gab es hier weniger Legionäre. Die Trutzmauern waren titanischen Ausmaßes, sodass die darauf patrouillierenden Soldaten winzig und unbedeutend wirkten.

In dem Hof hätten Hundertschaften antreten können, doch begrüßt wurden sie von zwei müde dreinblickenden Legionären mit fahlen Gesichtern.

»Kümmert euch um die Pferde«, befahl Tullus, als er absprang und ohne ein weiteres Wort davonschritt. Ariadne wurde vom Pferd gehoben und hinter ihm hergebracht. Sie gingen auf den Turm zu, der sich unmöglich hoch über ihnen erhob. Er ragte aus dem Hauptgebäude empor, als wäre er wie ein Baum hindurchgewachsen.

Kurz blieb Ariadne stehen, aber dann wurde ihr schwindelig, und sie senkte den Blick.

Im Inneren hallten ihre Schritte durch hohe Korridore und in leeren Hallen. Einst musste das Kastell für viele Krieger errichtet worden sein, aber nun schien es fast verlassen. Links und rechts öffneten sich Durchgänge zu Sälen, in denen nur Staub zu sehen war, keine Möbel, keine lebende Seele.

Obwohl ihnen niemand den Weg wies, schien der Merarchos ihn genau zu kennen. Tatsächlich fanden sie am Ende des Gangs eine kleinere Halle mit einer sehr hohen Decke, in der hölzerne Bänke und Tische aufgereiht waren. Der Geruch von Essen wehte ihnen entgegen, und es war wärmer als im Rest des Gemäuers. Fahles Licht fiel durch hohe, schmale Fenster herein.

»Bringt uns Essen! Und Wein!«

Der Ruf hallte durch den leeren Raum. Eine Tür öffnete sich knarzend, und ein aufgedunsenes, bleiches Gesicht starrte durch den Spalt.

»Los, los!«

Tullus wies auf eine Bank: »Setzt euch, man wird sich um euch kümmern.«

Die Legionäre kamen der Aufforderung nach, aber als Ariadne es ihnen gleichtun wollte, packte Tullus sie am Arm.

»Du nicht. Du kommst mit mir.«

Ohne ein Wort der Erklärung führte er sie davon. Sie blickte über die Schulter, aber die Soldaten kümmerte es nicht. Sie hatten nur Augen für das Tablett mit Krug und Bechern, das der Mann aus der Küche brachte.

Schweigend führte Tullus sie durch weitere Korridore, breit genug, als dass drei Legionäre nebeneinander hätten durch sie hindurchschreiten können. Es war düster im Kastell, da es nur selten Fenster gab.

So kamen sie an eine Tür, vor der ein Legionär stand. Tullus wechselte einige Worte mit ihm, er verschwand durch die Tür und kehrte kurze Zeit wieder, um sie einzulassen.

Dahinter war es warm, das Gemach erhellt von zahlreichen Öllampen. Dicke Teppiche bedeckten den Boden, farbenfrohe Vorhänge waren vor die dunklen Wände gehängt worden. In der einen Ecke stand ein Tisch mit Schalen voller Essen. Plötzlich bemerkte Ariadne wieder, wie hungrig sie war.

Durch eine niedrige Tür hinter einem Vorhang kam eine Frau in den Raum. Sie war in eine scharlachrote Robe gehüllt. Goldene Ringe zierten ihre schmalen Handgelenke, ebensolche Broschen hielten den Stoff an seinem Platz. Ihre Haut war dunkler, fast so wie die von Dareios, aber sie glänzte mehr, als wäre sie eingeölt. Ihr langes Haar war zu einem dicken Zopf gebunden, der aus mehreren dünneren bestand, die sich am Hinterkopf trafen.

Doch es waren ihre Augen, die Ariadne in den Bann schlugen. Dunkel und tief, unter markanten Brauen, ihr Blick sofort auf Ariadne gerichtet.

Ein Lächeln erschien auf den fein geschwungenen Lippen.

»Das ist sie?«

»Ja, Herrin«, erwiderte Tullus unterwürfig. Bislang hatte Ariadne ihn nur selbstsicher und arrogant erlebt, sodass sie sein Tonfall verblüffte.

»Exzellent. Gut gemacht, Merarchos. Ihr könnt stolz auf Euch sein.«

Dankbar senkte Tullus das Haupt. Die Frau schritt grazil um ihn herum, sie schien weniger zu gehen als zu gleiten. Ariadne hatte die Hände vor dem Schoß verschlungen und sah zu Boden. Schlanke Finger berührten ihr Kinn, hoben ihren Kopf an.

»Wie heißt du, Kind?«

»Ariadne.«

»Oh, welch ein schöner und passender Name! Mich nennt man Isadora.«

Falls sie auf eine Antwort wartete, enttäuschte Ariadne sie. Zu seltsam war diese Begegnung, zu fremd der ganze Ort, zu weit ihr Weg von ihrem Heim bis hier.

»Das ist alles, Merarchos«, erklärte Isadora schließlich, ohne den Offizier anzusehen. »Man wird Euch wie versprochen entlohnen.«

»Habt Dank«, erklärte Tullus und streckte sich. »Ich werde gleich …«

»Ja, danke«, unterbrach ihn Isadora, die den Blick nicht von Ariadne nahm.

Der Merarchos zuckte leicht zusammen, schien unschlüssig zu sein, nickte dann zackig und verließ den Raum.

»Legionäre«, hauchte Isadora und zwinkerte Ariadne verschwörerisch zu. Als sie nicht reagierte, lachte die Frau leise.

»Du musst dir keine Sorgen mehr machen, Ariadne. Deine Zeit in Begleitung des heldenhaften Merarchos Tullus ist vorbei. Du bist nun mein Gast und stehst unter meinem Schutz.«

»Wer seid Ihr?«, brachte Ariadne hervor und sah auf. »Und wo bin ich?«

»Ach ja, dieser furchtbare Ort.« Isadora drehte sich mit ausgebreiteten Armen im Kreis. »Ich habe versucht, das Beste daraus zu machen, aber viel hatte ich nicht, um damit zu arbeiten. So ist es gerade eben erträglich, denkst du nicht auch?«

Ariadne nickte vorsichtig, und wieder lachte Isadora. Nicht spöttisch, sondern freundlich.

»Wem rede ich was ein? Es ist und bleibt hässlich. Aber so ist das, wenn Soldaten bauen: Selten ist es schön. Mach dir deswegen keine Sorgen, denn wir bleiben nicht mehr lange hier.«

Ein Glimmer von Hoffnung keimte in Ariadnes Brust.

»Darf ich nach Hause?«

Isadora legte die Hand ans Kinn und kniff nachdenklich die Augen zusammen.

»In gewisser Weise. Aber zuerst einmal müssen wir uns um dich kümmern. Du siehst halb verhungert aus. Und wann hast du zuletzt ein Bad genommen?«

Ariadne konnte sich kaum noch an ihre letzte warme Mahlzeit erinnert; seit sie sich von den anderen Soldaten getrennt hatten, hatte ihr Speiseplan aus wenig mehr als Brot und Wasser bestanden. *Ein Bad?* Früher hatte sie immer im Bach gebadet. Das schien ein ganzes Leben lang her zu sein.

»Zuerst mal bedien dich dort«, forderte Isadora sie auf und wies auf den Tisch. »Ich lasse was Warmes bringen. Dann das Bad. Und dann schauen wir wegen dieser Fetzen, die du am Leib trägst.«

Sofort sprang Ariadne in die Ecke des Raums und griff zu. Es gab Trauben und andere Früchte, süßes Brot mit Rosinen und eine unglaublich süße, klebrige Köstlichkeit, die sie noch nie zuvor gekostet hatte. Schmatzend stopfte sie sich den Mund voll und schlang alles hinunter, bis sie Isadoras interessierten Blick bemerkte. Mit einem Mal schämte sie sich für ihr Aussehen und Verhalten. Staubig und schmutzig von der Reise, mit schlecht passender, einfacher, oft geflickter Kleidung, struppigem Haar und nun auch noch klebrigen Fingern.

»Iss, Kind«, bat Isadora. »Lass dich von mir nicht stören.«

Doch obwohl Ariadne es versuchte, blieb sie jetzt zurückhaltend und aß langsamer, sorgsam darauf bedacht, nicht allzu sehr zu schlingen.

Dann ging alles so schnell, dass Ariadne kaum Zeit hatte, Luft zu holen. Essen wurde gebracht und ein Tisch ganz allein für sie bereitet. Es gab warme und kalte Getränke, eine deftige Mahlzeit mit Eiern, Speck und Zwiebeln und noch warmes, duftendes Brot.

Nach dem Essen fand sich Ariadne in einer Badehalle wieder. Isadora hatte einige Diener dabei, die sogleich begannen, sie ihrer Kleider zu entledigen und sie mit warmem Wasser abzuschrubben. Jeglicher Widerstand wurde sanft, aber bestimmt gebrochen, bis Ariadne so sauber war wie selten zuvor in ihrem Leben. Dann führte man sie einen Raum weiter, wo ein Becken in den Boden eingelassen war, in dem Wasser dampfte.

Als Ariadne sah, dass Isadora schon in dem Bad saß, schluckte sie, aber die Dienerinnen geleiteten sie an den Rand, und so schritt sie die Stufen hinab in das angenehme, heiße Wasser, bis ihr blasser, dürrer Leib darin verborgen war.

»Nun, ist das nicht besser?«

»Ja, Herrin«, bestätigte Ariadne. Es war ihr unangenehm gewesen, von dieser schönen und mächtigen Frau nackt gesehen worden zu sein, aber die wohlige Wärme des Bads war dies mehr als wert. Im Dorf hatte ihre Familie einen Zuber gehabt, für die Zeiten, wenn es zu kalt für den Bach war, aber nur selten hatte man den Aufwand eines heißen Bads gemacht. Und als Tochter war sie ohnehin immer als eine der Letzten an der Reihe gewesen.

»Das ist der einzige Luxus, den es hier gibt«, erklärte Isadora leise und legte den Kopf in den Nacken. »Von all den Dingen, die das Imperium hier an der Grenze bauen konnte, haben sie sich für ein Badehaus, wie es in Athanopolis kein schöneres gibt, entschieden.«

Wieder ein glucksendes Lachen.

»Das sagt einem viel über die Menschen, meinst du nicht auch?«

Ariadne hob entschuldigend die Schultern. Sie wusste nicht, was ihr das sagen sollte, aber wenn sie bestimmen könnte, würde es überall solche Badehallen geben.

»Es ist schön«, erklärte sie leise.

Isadora legte den Kopf zur Seite.

»Ja, das ist es. Es erinnert uns an das, was früher war.«

Darauf wusste Ariadne keine Antwort, aber es ergab inmitten ihrer wirren Gedanken dennoch einen Sinn. Sie holte tief Luft und glitt mit dem Kopf unter die Wasseroberfläche. Sofort waren alle Geräusche gedämpft. Die Welt war fern und sie allein mit sich. Es gab kein Oben und Unten mehr, nur die wohlige Wärme, die sie umgab und trug. Genau, wie Isadora es gesagt hatte, war es wie eine alte Erinnerung an bessere Zeiten. Zum ersten Mal seit Langem fühlte sie sich wohl.

Dann öffnete sie die Augen und sah undeutlich am anderen Ende des Bads den schlanken, grazilen Leib von Isadora. Lange Beine, ein flacher Bauch, kleine, runde Brüste. Sie fragte sich, ob alle Frauen in Athanopolis so schön waren.

Doch ihr ging die Luft aus, und so tauchte sie wieder auf. Warmes Wasser rann über ihr Gesicht, troff aus ihrem Haar. Isadora lächelte, dann wandte sie sich ab und schritt aus dem Bad. Sofort eilte eine Bedienstete mit einem Tuch herbei, in das sie ihren Leib hüllte. Sie warf Ariadne einen Blick über die Schulter zu.

»Bleib, so lange du willst. Ich lasse ein Gemach für dich herrichten.«

Damit schritt sie aus der Badehalle und ließ Ariadne allein mit zwei jungen Frauen, die abwartend in der Ecke standen und auf ihre Füße sahen.

Als das Wasser allmählich kühler wurde und Ariadnes Haut schrumpelig, kletterte sie aus dem Becken. Ihr wurde ebenfalls ein Tuch gereicht. Die beiden Dienerinnen rieben sie trocken, führten sie in ein kleines, warmes Zimmer, das ähnlich eingerichtet war wie das von Isadora. Sie zückten zwei beinerne Kämme und begannen, Ariadnes Haar auszukämmen. Es war eine langwierige und manchmal schmerzhafte Prozedur, aber danach legte sich ein Zopf um ihren Hals und ihr Haupt, und alles fühlte sich leichter und angenehmer an.

Danach war sie müde. Alle Anspannung fiel von ihr ab. Es war nicht so, dass sie sich wirklich sicher fühlte, aber zumindest weitaus sicherer als in den letzten Tagen.

An der hinteren Wand stand ein Bett, weich, mit Fellen und Decken, in die sie hineinkroch. Es dauerte kaum zwei Herzschläge, da fielen ihr die Augen zu, und sie versank in einen traumlosen Schlaf.

THYRON

Zeit verlor jede Bedeutung. Ein Herzschlag mochte Jahrhunderte dauern, in einem Blinzeln verschwanden ganze Generationen. Tief in Thyrons Geist brandete ein gnadenloser Kampf um sich selbst. Ein Kampf, den er verlor.

Da waren seine Erinnerungen, die ersten Bilder, Gerüche, Geräusche. Seine Mutter, die ihn in den Arm nahm. Sein Vater, dessen ernster Blick doch voller Liebe war. Er dachte an seinen Bruder, der sich unter Tränen von ihm verabschiedete, während Thyron selbst voller Freude gewesen war, endlich nach Tirnaw berufen worden zu sein.

All seine Triumphe und Fehlschläge in der Hauptstadt Thrawiens, sein beständiger Aufstieg durch die Ränge, mehr und mehr Verantwortung. Die Intrigen, die er geführt und abgewehrt hatte. Das leise Gefühl der Scham, wie er seinen Mentor und Förderer, den alten Gebor, ausmanövriert und schließlich zu Fall gebracht hatte, um seine Position einzunehmen.

Und natürlich sein Glanzstück, die Organisation der kaiserlichen Gesandtschaft, deren Tadellosigkeit seinen Namen in Ohren gebracht hatte, die in Athanopolis Einfluss hatten.

Der Stolz, als man ihn an den Hof rief, bis jenseits seiner kühnsten Träume beförderte und er dem Kämmerer selbst diente. Einer der wenigen aus der Provinz, belächelt, angefeindet, und doch hatte er es ihnen allen gezeigt.

Gesichter erschienen und verschwanden. Manche hatten sich tief eingeprägt, anderen konnte er kaum Namen zuordnen. Begleiter, Weggefährten, Rivalen. Die junge Tänzerin, die er in Tirnaw begehrt hatte und die er von sich wies, als Athanopolis rief. Er erinnerte sich an ihren Duft, das Parfum, daran, wie weich ihre Haut war, wie geschmeidig ihre Bewegungen. Längst vergangenes Begehren regte sich wieder in ihm.

Zwischen all dies schlich sich noch mehr ein. Städte, die er nie bereist, Menschen, die er nie getroffen hatte. Er sah Landschaften vor sich, fremd und exotisch, gleichzeitig vollkommen unbekannt und Heimat. Berge ragten in den Himmel, dunkle Wolken stoben aus ihren Gipfeln. Weite Ebenen voller Asche.

Doch da war noch mehr. Immer wieder Bilder, die er nicht verstand und die ihm Ansichten zeigten, die es nicht geben konnte. Welten, verborgen und so anders, dass sein Geist sie nicht zu fassen vermochte, bewohnt von Wesen jenseits aller Vorstellungskraft. Weniger mit Sinnen wahrgenommen, denn mit dem Geist erfühlt. Ein Panoptikum des Wirrsinns, das sich zu nichts zusammenfügen wollte.

Rissa, dachte Thyron in Panik, *so war ihr Name.* Als Vortänzerin der Blauen Rennpartei hatte sie viele Männer für sich eingenommen. Ihr Wort hatte in Tirnaw mehr Gewicht als das so mancher Adligen.

Wild hatte sie auf den Tischen getanzt, gehüllt in blaue Bänder, die um sie wirbelten.

Armeen zogen vor Thyrons geistigem Auge bis zum Horizont. Gewaltige Horden, dunkel gerüstet, das gehörnte Banner tragend. Das Banner ihres Herrn.

Er erinnerte sich. Ein Mann, groß und mit breiten Schultern. Dunkles Haar und ein ebensolcher Bart. Das Gesicht unter einer Maske verborgen. Nein, keine Maske, das Gesicht wie eine Maske mit Hautbildern verziert. Der unsterbliche König aller Welten.

Thyron würgte. Panisch versuchte er, sich an seine Mutter zu erinnern, doch ihr Antlitz verblasste in seinem Geist. Er fühlte sich missbraucht, etwas war in ihm, tief in seinem Selbst, bohrte und grub sich in das hinein, was Thyron war.

Seine Umgebung nahm er nicht wahr, spürte nicht, wie man ihn aus den harten Griffen entließ, wie sein Leib zu Boden fiel, wie er zuckte und sich wand, sich beschmutzte.

Krieg war nun alles. Ein Leben des Kriegs. Nein, viele Leben des Kriegs. Wieder und wieder, Armeen, manche monströs, manche geordnet. Städte, die vor ihrem Zorn fielen. Landschaften, deren Blüte zu Asche wurde. Feuer und Blut.

Rissa. Ein einfaches Mädchen, Tochter eines Schuhmachers. Aufgestiegen allein durch ihre Kunst. Nur jene, die dem Imperium nahestanden, waren in den Wagenrennparteien. Es war ein Zeichen, um zu zeigen, dass man mehr war als nur ein Provinzler. Das hatte sie nicht interessiert.

Mit Entsetzen sah Thyron Tirnaw brennen. Nein, nicht sein Tirnaw, ein altes Tirnaw. Mord und Plünderung, alle Schandtaten dieser Welt brachen über die Stadt herein. Es war ein kaum zu ertragender Anblick.

Tirnaw. Was war vor Tirnaw gewesen. Ein Haus? Eine Familie? Wo kam er her? Wie viele Leben hatte er gelebt? Es gab zu wenige Antworten auf diese Fragen.

Etwas blühte in seinem Geist auf, wie eine dunkle Blume des Bösen, nahm allem anderen Licht und Sonne, ließ es verkümmern und absterben. *Ich bin Thyron,* schrie er sich in Gedanken zu. *Thyron aus … aus einer anderen Welt?*

Nein, das konnte nicht sein. Er war ein Mensch, geboren in Thrawien, aufgewachsen auf einem Hof, Bürokrat, er war … was war er?

War er der General, der diese Armeen anführte? Der mit ihnen kämpfte, tötete, eroberte? War er der Bürokrat, der sein ganzes Leben lang nur gedient hatte? Was wollte er sein? Was konnte er sein? War es sein eigener Geist, der diese Fragen stellte?

Ihr Name war … ihr Name … Name. Nur noch ein Bild, ein verschwommener, wilder, unbändiger Tanz in Blau. Dann nicht einmal mehr als das.

Athanopolis, sein ewiger Traum. Wie war er dorthin gekommen? Wer war er hier? Wo war er?

Thyron ergab sich dem Drängen. Besser herrschen, als zu dienen. Besser erobern, als zu verwalten.

Leere.

Es schlug die Augen auf. Sein Schädel dröhnte, sein Leib schmerzte bis in die Finger- und Zehenspitzen. Es würgte, erbrach sich auf den kalten Steinboden, hastig gekaute, halb verdaute Spezereien in einer Lache aus Wein, ein saurer Geschmack im Mund, Brennen in der Kehle.

»Bruder?«

Ein falsches Wort, viel zu einfach, um das zu bedeuten, was es sagen wollte. Aber ein besseres gab es nicht in dieser kruden Sprache. Zumindest drückte es die Verbundenheit aus, die sie verspürten.

»Ich …«

Die Stimme versagte, fast heiser geschrien.

»Ich hatte fast vergessen, wie unangenehm es sein kann«,

brachte es hervor, wickelte die Zunge um jedes Wort, als müsse es erst wieder lernen zu sprechen.

Über ihm lächelte Lucius.

»Du wirst dich daran gewöhnen. Und du wirst es genießen.«

Mit steifen Gliedmaßen richtete es sich auf. Sein Leib war schwach, plump, zu viel Essen, zu wenig Bewegung. Es hob die Hände vor das Gesicht, berührte seine Finger, strich sich über den Arm, genoss das Gefühl der Haare unter seinen Fingerkuppen.

»Ein Körper …«

»Dein Körper«, erwiderte Lucius.

»Zu lange.«

Lucius schnalzte mit der Zunge.

»Es wird schwieriger und schwieriger«, erklärte er. »Aber es gibt eine Lösung. Zuerst aber brauchen wir dich.«

Es rümpfte die Nase, als er den Geruch seiner eigenen Exkremente roch. Manches vermisste man niemals.

»Wofür?«

Lucius lächelte noch immer.

»Es gilt, ein Kaiserreich zu vernichten.«

ARIADNE

Es war vollkommen still und dunkel, sodass sie zunächst dachte, ihre Augen wären noch geschlossen. Nur ihr eigener Herzschlag war zu hören. Die dicken Mauern der Festung, in deren Eingeweiden ihr Zimmer lag, schluckten alle anderen Geräusche.

Benommen kroch Ariadne aus den Decken und Fellen, die sie umgaben wie ein Kokon. Ihre Füße berührten den kalten Steinboden, dann schritt sie voran, die Arme ausgestreckt, die Hände in der Finsternis tastend. Es war unangenehm, an einem so fremden Ort wie blind zu sein. Ihre Zehen berührten einen dicken, weichen Teppich, dann fanden ihre Finger zuerst eine Wand und schließlich das Holz der Tür.

Langsam öffnete Ariadne sie, und ein schmaler Streifen Licht fiel in den Raum, gerade genug, um allem graue Umrisse zu geben.

In dem großen Vorraum brannte eine einsame Öllampe, der Docht so kurz, dass die Flamme kaum so groß wie ein Fingernagel war.

Die Benommenheit fiel von Ariadne ab. Sie wusste nicht,

wie lange sie geschlafen hatte, aber es war wohl mitten in der Nacht. Nah bei ihrem Bett gab es einen Nachttopf, den sie vorsichtig nutzte und dann in die Ecke schob.

Dann blieb sie erst einmal stehen, unschlüssig, was sie nun tun sollte. Müde war sie nicht, im Gegenteil, sie fühlte sich hellwach. Der Raum, den sie bislang als groß und angenehm empfunden hatte, bekam in der Dunkelheit etwas Erdrückendes, wirkte wie eine Gefängniszelle.

Dazu diese Stille. Sie war sicher, dass der Wind im Pass ewig wehte und heulte. Doch davon war hier, tief im Kastell, nichts zu hören. Es war, als sei sie von der Welt abgeschnitten.

Ariadne schloss die Augen, hoffte, irgendwas zu hören. Die Schritte einer Wache auf Patrouille vielleicht, oder den Atem eines Schlafenden in einem der angrenzenden Räume. Doch da war nichts außer ihr selbst.

In ihrem Heim hatte es immer Geräusche gegeben. Manchmal störend, wie das Schnarchen ihrer Eltern, die beide in der Lage waren, das ganze Haus wachzuhalten. Aber irgendwie war es auch beruhigend gewesen, sie in der Nähe zu wissen. Die leisen Töne, die das Vieh im angrenzenden Stall machte. Der sanfte Atem ihrer Schwester. Manchmal jaulte der Hund leise im Schlaf. Ariadne musste lächeln, als sie sich daran erinnerte, wie er zuckte, als würde er im Traum Kaninchen jagen.

Dagegen wirkte ihre Unterkunft hier kalt und menschenleer, nein, sogar menschenfeindlich. Sie fragte sich, wie es für die Soldaten war, die hier ihren Dienst leisten mussten. Hatten sie in der gewaltigen Leere der Festung ebensolche Empfindungen? Wie mochte es sein, jeden Tag in den Osten zu blicken, in diesen dunklen Sturm?

Für einen Moment glaubte Ariadne, doch etwas zu hören. Gesprochene Worte, leise, kaum wahrnehmbar, noch ohne Sinn. Sie öffnete die Augen, und das Geräusch verschwand, als habe sie es sich nur eingebildet.

Sie lauschte und spitzte die Ohren, doch es kam nicht wieder. Erst als sie die Augen schloss, war es wieder da. Doch es waren nicht ihre Ohren, die es hörten, sondern ihr Geist. Ariadne schwindelte. Es war ein höchst unangenehmes Gefühl, als würde etwas direkt in ihren Kopf eindringen, wie sie es noch nie vorher gespürt hatte.

Falls es eine Stimme war, eine Sprache, dann kannte Ariadne sie nicht. Ihr Leib begann zu prickeln, ihre ganze Haut fühlte sich wie eng gespannt an, als zöge sie sich zusammen. Stocksteif stand sie da, während die Empfindungen über sie hinwegrauschten.

Ebenso schnell, wie sie kamen, verschwanden sie wieder, als Ariadne die Augen öffnete. Die Nachwehen bebten noch durch ihren Körper, doch sie verblassten, jede schwächer als die zuvor.

Das Licht hatte eine neue Qualität bekommen. Noch immer war ihr Gemach grau und in Schatten gehüllt, doch nun verbargen diese keine Geheimnisse mehr vor ihrem Geist. Es war, als könne sie in der Dunkelheit Schattierungen von Schwarz erkennen, so unsagbar fein, dass sie ihr sonst versagt blieben.

Der Tisch, die niedrige Kommode, der Nachttopf, jede Falte der Decken auf dem Bett, ja, jedes Haar auf den Fellen konnte sie erkennen. In ihrem Leib verkrampften sich ihre Eingeweide. Panik stieg in ihr auf. *Was geschieht mit mir?*

Es gab keine Antworten, nur die Veränderungen, schrecklich und schön und jenseits ihres Verständnisses. Sie hob eine Hand. Ihr Leib schien in der Dunkelheit regelrecht zu leuchten, war hell, fast strahlend, ein Halo um jede Gliedmaße, jeden Finger. Doch dieses Licht beschien nichts außer ihr Selbst.

Ariadne trat einen Schritt vor. Sie war leicht wie die Luft um sie herum, schwerelos wie ein Sonnenstrahl. Als sie sich umdrehte, erschrak sie, denn hinter ihr stand jemand, eine dunkle Gestalt. Doch dann erkannte Ariadne sich selbst.

Schmal und blass, das lange Haar zu einem dicken Zopf geflochten, die Augen geöffnet, und doch ohne Blick in ihnen. Die scharfen Knochen ihrer Wangen, die Nase mit dem leichten Knick, die hohe Stirn. Es gab keinen Zweifel: Diese Erscheinung war sie selbst.

Und doch nicht. Sie war wie eine Statue, unbeweglich und ohne Leben. Ariadne sah an sich hinab. Wie ein leuchtendes Spiegelbild stand sie sich selbst gegenüber, und sie verstand. Es war keine Doppelgängerin, kein Abbild. Es war sie. Ihr Leib. Sie wollte Luft holen, schreien, doch ihr Mund öffnete sich nur tonlos.

Es war wie ein Albtraum. Inständig betete sie zu den Geistern, sie aufwachen zu lassen. Sie war zu Hause, schlief auf ihrem Lager aus Stroh und Fellen, umgeben von ihrer Familie, sicher in Eubusos. So musste es sein. So sollte es sein.

Doch der Traum blieb. Ihr Herz raste nicht. Sie konnte es nicht einmal mehr hören. Wie lange sie sich selbst gegenüberstand, wusste sie nicht. Die Panik verebbte langsam, entließ ihren Geist aus dem kalten, harten Griff.

Leicht wie eine Feder war ihr Schritt, schnell wie ein Gedanke jede Bewegung. Ariadne tänzelte von links nach rechts, wirbelte die Arme um den Leib. Sie konnte das Gefühl eines Traums nicht abschütteln, aber zumindest der Schrecken eines Nachtmahrs glitt zurück in die Dunkelheit.

Noch nie hatte sie sich selbst so gesehen. Ein verschwommenes Bild in einer Wasseroberfläche, ein verzerrtes Spiegelbild in der Dolchklinge ihres Nachbarn. Nun konnte sie sich betrachten, aus nächster Nähe, jede Strähne ihres Haars, jedes Grübchen um ihre Lippen. Es war ein seltsames, fantastisches Gefühl, jenseits all ihrer Erfahrungen. Nah trat sie an ihren Körper heran, ihr Blick wanderte über sich selbst. Vorsichtig hob sie die Hand, berührte ihre eigene Wange.

Mit einem Schlag drehte sich die Welt. Ariadne blinzelte. Ihr Herz pochte. Die Dunkelheit war nun wieder tief, hüllte sie ein. In ihren Ohren rauschte das Blut.

Ihre Knie gaben unter ihr nach, und sie fiel zu Boden. Der weiche Teppich dämpfte ihren Sturz, und sie blieb auf ihm liegen, schwer atmend, gefangen zwischen Traum und Wirklichkeit.

Vielleicht war sie im Schlaf gewandelt, aber es fühlte sich nicht so an. Es war nicht mehr wie ein Traum, verblasste nicht mit jedem wachen Moment mehr und mehr. Die Erinnerung war so klar wie jede andere.

Vorsichtig richtete sie sich auf. Sie wagte nicht, die Augen zu schließen, aus Sorge, dann wieder die Stimme zu hören. Aber der Boden unter ihr gab ihr das Gefühl zurück, in der Welt zu sein. Doch in ihrem Geist war ein Ziehen, ein fremdartiges Gefühl, das nicht verschwand.

Sie kroch zur Tür, lauschte erneut. Aus dem Vorraum führten drei weitere Ausgänge hinaus, doch sie wusste, dass ihr Ziel hinter der einen lag. Woher, konnte sie nicht sagen.

So leise sie konnte, schlich sie aus ihrem Gemach. Niemand hatte ihr verboten, es zu verlassen, und dennoch ahnte sie, dass es nicht erwünscht war. Ihre Handflächen waren kalt und feucht, aber irgendetwas in ihr trieb sie an, eine verborgene Macht, die sie bislang nicht gekannt hatte.

An der Tür lauschte sie, presste ein Ohr gegen das glatte Holz. Tatsächlich, eine melodiöse Stimme. Mit zittrigen Fingern schob sie den Riegel zur Seite und zog die Tür langsam auf. Jedes noch so kleine Geräusch ließ sie zusammenzucken.

Dann war da ein Spalt, durch den sie sich drücken konnte. Hinter der Tür war ein Vorhang. Es dauerte einen Moment, bis Ariadne begriff, dass sie sich in Isadoras Gemächern befand. Nun wagte sie kaum noch zu atmen.

Die Stimme war nun besser zu hören, doch sie sprach in einer Zunge, die Ariadne nicht verstand. Harsche, abgehackte Laute, dann wieder lange, fließende Sätze. Es gab niemanden sonst, nur einen schier endlosen Schwall an Worten aus Isadoras Mund.

Ariadnes Finger berührten den Vorhang und schoben sich an ihm entlang, bis sie eine Lücke fanden. Sie beugte sich vor, öffnete ihn einen kaum wahrnehmbaren Spalt.

Ihr bot sich ein verwirrendes Bild. Isadora saß im Schneidersitz auf dem Boden, die Teppiche waren an die Wände gerollt worden. Auf dem harten Stein waren Zeichen zu sehen, verworrene Muster und Linien, in deren Zentrum Isadora thronte. Sie hatte die Augen geschlossen, den Kopf nach hinten gelegt und hielt die Arme gen Decke gestreckt. Fast sah es aus, als würde sie beten.

Natürlich kannte Ariadne die Rituale der Priester des Imperiums. Sie hatte die alte Frau gesehen, als die Kuh Koliken hatte und sie alle auf den Beistand der Geister gehofft hatten. Die Bitten waren durch unzählige Wiederholungen in ihr Gedächtnis eingebrannt, so wie sie jeder im Dorf gekannt hatte. Aber das hier war anders. Ursprünglicher, roher, von einer schwindelerregenden Faszination. Ihre Nackenhaare stellten sich auf. Wieder liefen Wellen durch ihren Leib, doch diesmal war es Euphorie, so als reagiere ihr Körper freudig auf den Anblick.

Mit einem Mal klangen die Worte weniger fremdartig. Noch immer ergaben sie keinen Sinn, aber er schien an der Grenze ihres Verstands zu lauern, nur einen Hauch entfernt. Wenn sie sich konzentrierte, würde sie verstehen.

Die Welt flackerte vor ihren Augen. Die Linien auf dem Boden schienen zu leuchten und sich zu verändern, als seien sie lebendig. Sie krochen über Isadoras Leib, umschlungen ihn. Ariadne blinzelte, Übelkeit stieg in ihr auf.

Dann sah Isadora sie direkt an. Stille senkte sich über den Raum. Ariadnes Herz schlug so laut und schnell, dass sie sicher war, dass man es selbst auf den Zinnen noch hören konnte.

»Schlaues kleines Mädchen«, sagte Isadora nicht ohne Wärme in der Stimme. »Komm ruhig herein.«

Alles in ihr schrie danach, sich umzudrehen und wegzurennen, aber sie wusste nicht, wohin. Also trat Ariadne einen Schritt nach vorne, durch den Vorhang hindurch in den Raum.

Isadora erhob sich fließend, als übe die Erde keine Anziehung auf sie aus. Sie kam auf Ariadne zu. Ihre bloßen Füße fanden Lücken zwischen den Linien auf dem Boden, ohne dass sie den Blick von Ariadne nahm.

»Hast du es gespürt?«

Es war eine seltsame Frage, gleichzeitig unverständlich und doch eine Wahrheit enthaltend. Nun stand Isadora direkt vor ihr, ihre Augen hielten Ariadne gefangen. Die Aufmerksamkeit bohrte sich in ihren Geist, als ob die Frau selbst ihre intimsten Gedanken sehen könnte.

»Natürlich hast du!« Isadora trat zurück und lächelte. »Ich habe dich unterschätzt, Ariadne. Du bist weiter, als ich gedacht habe. Mächtiger, schon jetzt! Wie gut für uns!«

Obwohl Ariadne froh war, dass Isadora über ihr Lauschen nicht erzürnt zu sein schien, blieb ein Knoten kalter Angst in ihrem Leib.

»Uns?«

Das ließ Isadora innehalten. Sie hob einen Finger.

»Du wirst uns gute Dienste leisten, Mädchen. Ein neues Zeitalter über die Welt bringen. Eine Ära, die endlich ganz zur unsrigen werden wird. Jahrhunderte mussten wir warten, aber jetzt, endlich, bist du da!«

Jede Erklärung verwirrte sie noch mehr als die letzte. Ariadne runzelte die Stirn.

»Aber … ich bin niemand … wer sollte auf mich warten?«

Isadora lachte.

»Die ganze Welt!« Dann wurde sie schlagartig ernst. »Aber jetzt geh in dein Zimmer und ruh dich aus. Wir werden morgen schon abreisen. Ich dachte, wir benötigten mehr Zeit, aber nun können wir sogleich beginnen.«

»Wohin reisen wir?«

Für einen Augenblick nur zeigte sich eine andere Miene, verärgert über Ariadnes Frage, verschwand aber wieder.

»In den Osten. Immer nach Osten.«

Der Gedanke schnürte Ariadnes Kehle zusammen. Sie wollte nicht in dieses finstere Land reisen. Sie wollte zurück nach Hause.

»Geh«, befahl Isadora mit einer Stimme, die keinen Widerspruch duldete.

Ariadne wandte sich ab und schritt auf steifen Beinen

zurück in ihr Gemach. Hinter ihr wurde die Tür geschlossen, und alles wurde dunkel.

Langsam tastete sie sich zum Bett vor und kroch unter die Decken. Es dauerte einen Moment, bis ihr wieder warm wurde, doch die Kälte in ihrem Geist konnte es nicht vertreiben.

Nach Osten.

Bilder tauchten vor ihrem geistigen Auge auf, der Anblick aus dem Pass heraus, in jenes düstere, graue Land. Wer wollte jemals freiwillig dorthin reisen?

Diese Festung stand an der Grenze des Imperiums. Alles jenseits davon war fremdes Land. Die alten Geschichten und Legenden kamen ihr in den Sinn. Die Dunkelheit, die sich von dort über alles ergossen hatte.

Ariadne zog die Decke über den Kopf, versuchte, sich eine kleine Insel der Sicherheit zu erschaffen. Doch in ihrem Kopf tanzten die Sorgen und Ängste.

Warum auch immer man sie ausgewählt hatte, sie spürte, dass weder Tullus noch Isadora ihr Bestes im Sinn hatten. Sie war wie eine Spielfigur, ohne eigenen Willen, gefangen auf einem Brett, ohne die Regeln zu verstehen oder die anderen Spieler zu sehen. Seit dem Überfall auf Eubusos war sie herumgereicht worden. Nur einer hatte sie gut behandelt, ausgerechnet der Fremde aus dem Norden.

Ein Gedanke formte sich in ihrem Geist. Sie wollte nicht in den Osten, um keinen Preis. Aber man würde ihr keine Wahl lassen, so viel war sicher.

Der Widerstand in ihr wurde stärker und entschlossener. Und sie erkannte, dass niemand ihr helfen würde. Keine Legionäre, keine Offiziere. Nur sie selbst.

Also schlüpfte sie aus dem Bett, sosehr es ihr auch widerstrebte, dessen Behaglichkeit hinter sich zu lassen. Diesmal fand sie die Tür im Dunkeln schneller. Als in ihr die Angst aufstieg, die Tür könnte verschlossen sein, stockte ihr der Atem. Doch sie ließ sich öffnen. Erleichtert seufzte sie.

Im schwachen Lichtschein suchte sie ihre Kleidung zusammen, schlüpfte in die Hose, band sich die Sandalen um die Knöchel. Sie wickelte ein Bündel aus einer der kleineren Decken und stopfte so viel von den Essensresten hinein, wie sie konnte. Eines der dicken, weichen Felle warf sie sich über die Schultern, die anderen rollte sie zusammen und schob sie unter die Decken. Lange würde das niemanden täuschen, aber jeder Moment mochte helfen.

Ohne einen Blick zurück glitt sie aus dem Zimmer und nahm das flackernde Öllicht. Alles in ihr schrie danach, zu rennen, aber sie beherrschte sich und schlich langsam und methodisch durch den Vorraum, einen Bogen um Isadoras Gemach schlagend. Stattdessen schlüpfte sie durch die Tür, die zur Badehalle führte.

Alles war dunkel und still. Es roch nach Wasser, die Luft fühlte sich feucht an, aber das Becken war leer. Die Flamme ihrer kleinen Lampe spiegelte sich in großen Pfützen auf dem Boden. Sie lief durch einen Durchgang in einen Nebenraum, öffnete eine niedrige Pforte und ging dann weiter.

Die Festung war gewaltig, aber sie erinnerte sich an einige der Wege, die sie genommen hatte. Dort, jenseits des Korridors, musste die Küche liegen, und in die andere Richtung der Weg hinaus auf den Hof.

Gebückt huschte sie voran. Hier konnte sie schon den Wind heulen hören, noch gedämpft, aber immer präsent. Die Luft war kühl, und ein Schauer lief ihr über den Leib.

Alles um sie herum war riesig. Die Gänge waren breit und die Decken mehrere Schritt über ihr. Es war, als sei die Festung von Riesen errichtet worden. Hinter jeder Ecke mochte einer von ihnen lauern. Oder, schlimmer noch, eine Wache, die sie zu Isadora zurückbrachte.

Doch die Festung lag so verlassen wie schon bei ihrer Ankunft. Niemand trat ihr in den Weg, als sie das Tor zum Hof erreichte. Sie stellte das Öllicht auf den Boden, zog sie einen Spalt auf und spähte hinaus.

Draußen war es dunkel, bis auf einige kleine Inseln des Lichts, wo Feuerschalen auf den Mauern brannten. Im Hof schien niemand zu sein, er lag in Schatten gehüllt vor ihr.

Schnell huschte sie hinaus, duckte sich an die Wand des Kastells, folgte ihrem Verlauf, bis sie zur Ecke des Gebäudes kam. Einige Herzschläge lang presste sie sich an den kalten, beruhigend festen Stein, dann stieß sie sich ab und schoss über den Hof bis zur Außenmauer. Ihr Herz raste. Jeden Moment musste man sie entdecken, würden Alarmrufe ertönen, Lichter aufflackern.

Doch stattdessen erreichte Ariadne den Schatten und Schutz der Mauer. Ohne die flackernde Öllampe gewöhnten sich ihre Augen besser an die Dunkelheit. Die Finsternis war nicht gänzlich undurchdringlich, trotz der dicken Wolken am Himmel.

So schnell sie es wagte, schob sich Ariadne an der Mauer zum Tor entlang. Als sie eingelassen worden waren, hatte sie neben den hohen, dicken Torflügeln noch eine kleinere Pforte gesehen, geschützt durch einen Balken.

Doch als sie sich näherte, sah sie einen Schemen vor dem Tor – eine Wache! Ihr Herz setzte aus. Sie blieb an die Mauer gepresst stehen, versuchte, ihren Atem zu kontrollieren, die Panik im Zaum zu halten, die in ihr aufstieg. Wenn sie jetzt umkehrte, würde vielleicht jemand wissen, dass sie davonlaufen wollte. *Ich kann einfach zurückgehen …*

Nein! Es gab kein Zurück. Keine Reise mit Isadora in den Osten.

Schritt für Schritt schlich sie näher, spähte dabei in die Dunkelheit. Der Schemen entpuppte sich als Gestalt, an die Mauer gelehnt, bewegungslos. Vielleicht war die Wache eingeschlafen, vielleicht konnte Ariadne sie irgendwie ablenken, vielleicht gab es eine Möglichkeit …

Eine Hand legte sich von hinten auf ihren Mund. Sie erstarrte.

»Shhh«, kam ein kaum hörbarer Laut. Dann eine vertraute, melodiöse Stimme: »Wir haben nicht viel Zeit.«

Die Hand verschwand. Ariadne wirbelte herum. Dareios stand ihr gegenüber, ein schmales Lächeln auf den Lippen. Sie sprang vor, fiel ihm um den Hals.

»Du bist zurückgekehrt!«

»Leise«, ermahnte er sie und legte den Arm um ihre Schultern. Einen Augenblick lang standen sie so da, dann schob er sie ein Stück nach hinten. »Komm.«

Es hätte keiner Aufforderung bedurft, damit sie ihm folgte. Er führte sie zum Tor. Die Wache dort rührte sich noch immer nicht. Von Nahem sah Ariadne das Rinnsal Blut am Hals und wandte den Blick ab.

Behutsam schob Dareios den Riegel hoch und zog dann die Pforte Fingerbreit um Fingerbreit auf. Obwohl er sehr vorsichtig war, knirschten die Scharniere, und das Holz strich über den Boden. Doch dann war da genug Platz, und er schob sie hindurch, folgte ihr und ergriff ihre Hand.

Oben auf den Zinnen waren Schatten zu sehen, die sich vor den Feuerschalen bewegten. Der Pass war dunkel, doch Ariadne glaubte, sie beide müssten sich wie Funken in der Nacht dagegen abheben.

Nah an der Mauer schlichen sie weiter. In Ariadnes

Brust rangen Erleichterung, Triumph und Angst miteinander. Ein letztes Stück über eine offene Fläche, dann gab es Felsen, Deckung, in die sie eintauchen konnten. Sofort beschleunigte Dareios sein Tempo, und sie tat es ihm gleich.

Gemeinsam liefen sie in der Dunkelheit davon.

NIAM

Metall schlug auf Metall. Niam atmete schwer. Sein Gegner wich wieder zurück, schnell wie eine Schlange. Niam nutzte den Moment, um sich Schweiß aus den brennenden Augen zu schütteln. Seine Schulter schmerzte, und seine Finger waren fast taub.

Wieder ein Angriff, ein Schritt nach links, Finte, die Klinge nach rechts geschlagen. Niam riss den schweren Schild hoch. Das Holz dröhnte unter dem Treffer, der Schildarm wurde zur Seite gerissen, aber Niam nutzte die Kraft des Angriffs und wirbelte herum. Sein Gegner hatte die eigene Deckung einen Spalt zu weit geöffnet.

Die stumpfe Übungsklinge fand das Wams aus hartem Leder direkt unter der Brust. Selbst mit dem gesteppten Stoff darunter trieb der Hieb seinem Gegner die Luft aus den Lungen. Sie hob ihr Schwert und nickte ihm zu.

Endlich konnte Niam den schweren Helm nach hinten schieben. Gierig atmete er die warme Nachmittagsluft ein. In Athanopolis war es einfach immer zu heiß.

»Ein guter Treffer«, lobte ihn seine Ausbilderin. »Riskant, aber gut ausgeführt.«

Niam ließ den Schild von seinem Arm auf den Boden fallen und schob das kurze Schwert in die Scheide an seiner Hüfte. Er ließ die Schultern kreisen, versuchte, Blut in seine Extremitäten zu treiben. »Ich habe eine kleine Öffnung gesehen. Mehr bietest du mir selten.«

Es hatte zwei Jahre gedauert, bis er seinen ersten Treffer gegen sie hatte landen können, und noch heute war er nicht sicher, ob es nur ein Versuch ihrerseits gewesen war, ihn zu belohnen. Damals war er noch ein dummer Junge gewesen, der dachte, man würde ihn durch die Wahl seiner Ausbilderin beleidigen wollen. Eine kleine Frau mit grauen Haaren, viermal so alt wie er selbst. Erst nach Jahren hatte er verstanden, dass Phaedre selbst der kaiserlichen Familie als Ausbilderin an den Waffen diente. Sie hatte sich ihren Posten verdient, und sie hatte ihm über die Jahre genug blaue Flecken beigebracht, damit er sie respektierte.

Inzwischen war er größer, stärker und schneller. Aber noch immer musste er bei ihren Übungskämpfen auf der Hut sein. Ein Moment der Schwäche, eine falsche Bewegung genügte, und er würde den Kuss ihrer Übungswaffe wieder einige Tage lang spüren.

Doch heute war er verschont geblieben. Er schritt zu dem Tisch an der Seite, löste seinen Waffengurt und warf ihn dem wartenden Diener zu. Hinter ihm nahm ein weiterer Bediensteter dies als Zeichen, den Schild aufzuheben und zurück in die Waffenkammer zu bringen.

Niam achtete nicht auf sie, sondern tauchte seine Hände in das kühle Wasser der Schale und schöpfte es sich ins Gesicht. Er ließ es über seine Kopfhaut rinnen und den Rücken hinab. Die dicke Schutzrüstung war vom Schweiß durchgeweicht, aber die Vorstellung, Phaedre ohne sie gegenüberzutreten, war lachhaft.

»Bis zum nächsten Mal, Prinz«, verabschiedete sie sich, und er hob den Arm zum Gruß. Trotz aller Blessuren war er ihr dankbar. Sie hatte ihn nicht nur die traditionellen Waffen der Krieger des Imperiums gelehrt – Spatha, Speer und Schild –, sondern auch andere nähergebracht, wie die schweren Äxte, die manche seines eigenen Volks bevorzugten. Er wusste, dass sie dies nicht hätte tun müssen, und rechnete es ihr hoch an, dass sie ihm so seine Heimat nähergebracht hatte.

Dank ihrer Unterweisung und seiner beständigen Übungen war er sich seiner Kampfeskunst gewiss. Sobald ihn das Imperium nach Hause zurückkehren ließ, musste er sich vor den Seinen nicht schämen.

Er schnalzte mit der Zunge, und eine weitere Dienerin lief herbei. Niam hob die Arme und bewegte den Kopf langsam von einer Seite auf die andere, während sie die Schnallen seiner Rüstung öffnete und ihm die dicke Lederplatte abnahm. Die Schnüre des gesteppten Wams öffnete er selbst, schälte sich aus ihm heraus und warf ihr das verschwitzte Rüstungsstück zu.

»Prinz Niam!«

Überrascht drehte er sich um. Zwei der Domestikoi bauten sich vor ihm auf, prächtig in ihren prunkvollen Rüstungen. Er neigte den Kopf, halb Gruß, halb Frage.

»Ja?«

»Der ehrwürdige Thyron bittet Euch um einen Moment Eurer Zeit.«

Niam runzelte die Stirn. Zuerst sagte ihm der Name nichts, dann kam eine blasse Erinnerung hoch. Ein Diener des kaiserlichen Kämmerers, eine Figur aus dem Hintergrund, ein typischer Bürokrat.

»Selbstverständlich. Es ist mir eine Ehre«, erwiderte er

so glatt, dass Regena stolz auf ihn gewesen wäre. »Ich muss mich nur noch angemessen kleiden.«

Falls sie den Übungskampf gesehen hatten, zeigten sie dies mit keiner Miene. Aber von den arroganten Wachen hätte Niam auch nichts anderes erwartet. Er sah sich um.

»Dafür müsste ich in meine Gemächer …«

Es war eine Frage, die aber mit Stille beantwortet wurde. Also ging er an ihnen vorbei und beachtete nicht weiter, wie sie ihm folgten.

Immerhin warteten sie vor der Tür, während er sich hastig den Schweiß von der Haut wusch, das Haar richtete und in saubere Kleidung schlüpfte, die seinem Stand entsprach.

Sollte den Domestikoi das alles zu lang gedauert haben, zeigten sie es nicht. Stattdessen führten sie ihn wortlos durch den Palast.

Ihr Weg endete in einem kleinen, geschmackvoll eingerichteten Zimmer, in dem Kunst der Taurisci vorherrschte. *Geraubt,* dachte Niam, hielt sein Antlitz jedoch ausdruckslos. Nicht nur die Wachen konnten ihre wahren Gefühle verbergen.

Da sie ihn allein ließen, setzte er sich auf einen der Stühle, die nur Seitenlehnen hatten, und goss sich etwas von dem hellen Wein ein, den er jedoch noch mit gekühltem Wasser verdünnte. Nun hieß es warten. Die Mächtigen des Reichs spielten gern diese Spiele, zeigten einem, wer die Kontrolle hatte und wer ohnmächtig war.

Doch bereits nach kurzer Zeit glitt Thyron in den Raum. Er sah so aus, wie Niam ihn in Erinnerung hatte: schmale Schultern, dafür ein runder Bauch. Das Gesicht hell, Anzeichen eines Doppelkinns, aber natürlich perfekt rasiert, dazu jede der kurzen Locke genau an ihrem Platz.

»Ah, Prinz Niam, es ist mir eine Freude!«

Der Bürokrat hob die Hände, an denen zahlreiche Ringe funkelten. In der Hauptstadt hatten selbst Diener wie er mehr Gold als Fürsten der Stämme in den Provinzen. Gold, das immer nur in eine Richtung floss: aus allen Teilen des Reichs nach Athanopolis.

»Ich danke Euch für Eure Zeit«, entgegnete Niam und erhob sich, das Haupt gesenkt. Die bisherige Behandlung ließ Hoffnung in ihm aufkeimen. Sollte dies die Besprechung sein, bei der seine Heimkehr ausgehandelt wurde?

»Ich hörte, Ihr wurdet von Euren Übungen mit Meisterin Phaedre geholt.«

Niam winkte ab.

»Wir hatten sie bereits beendet.«

»Man sagt, dass Ihr Euch außergewöhnlich gut schlagt. Die Meisterin lobt Euch nur in den höchsten Tönen – und sie ist keine leicht zu befriedigende Frau!«

Niams Augen verengten sich für einen Moment, da er glaubte, verspottet zu werden, doch Thyron lächelte freundlich.

Dann trat Thyron näher. Seine Bewegungen waren ungewohnt. Mit einem Mal fühlte sich Niam in dem kleinen Zimmer unwohl. Natürlich war er den Hofschranzen als Geisel immer ausgeliefert, aber zumindest fühlte er sich niemals körperlich von ihnen bedroht.

Doch Thyron schritt wie ein Krieger durch den Raum, als gehöre ihm dieser, sich seiner selbst vollkommen sicher. Niam hatte oft genug mit Kriegern verkehrt, um zu erkennen, dass der Bürokrat, seinem Aussehen zum Trotz, im Kampf geübt war.

Misstrauisch ließ Niam ihn nicht aus den Augen. Er versuchte zu erkennen, wie er sich so in dem Mann getäuscht haben konnte, den er stets nur als unwichtigen Lakaien gesehen hatte.

Mit einer Geschmeidigkeit, die Niam an eine jagende Katze erinnerte, strich Thyron um den Tisch und setzte sich schließlich. Sorgfältig strich er sich die Tunika glatt, bevor er wieder aufsah und lächelte.

»Bitte, setzt Euch, werter Prinz.«

Von dem unerwarteten Schauspiel aus dem Gleichgewicht geworfen, nahm Niam wieder Platz. Um Zeit zu gewinnen, hob er den Pokal.

»Ah, ja.«

Thyron goss sich selbst einen Schluck ein. Nur Wasser, wie Niam bemerkte.

»Auf alle treuen Diener des Imperiums«, erklärte der Bürokrat und führte den Pokal an die Lippen, ohne Niam aus den Augen zu lassen. Der Prinz wiederholte die Worte und trank selbst, aber lediglich einen winzigen Schluck. Aus dieser Unterredung war in wenigen Augenblicken mehr geworden, und er spürte, dass er jeden Fetzen Frische seines Geists benötigen würde.

»Mein Herr, der ehrwürdige Lucius Secundus Astrius entsendet Euch seine Grüße und hofft, dass es Euch wohlergeht.«

Niam neigte das Haupt. Keinen Moment lang glaubte er, dass dem kaiserlichen Kämmerer, der ihn so von oben herab behandelt hatte, an seinem Wohlergehen gelegen war.

»Ich bin Gast im Zentrum der Welt, am prunkvollsten Hof, den je ein Kaiser hielt.«

Diplomatie. Nicht direkt lügen, bloß nicht die Wahrheit. Niam wünschte sich, Regena wäre hier.

»Und doch wollt Ihr in Eure Heimat zurückkehren.«

Kein Vorwurf lag in der Stimme. Fast so, als verstünde

Thyron die Beweggründe. Niams Augen verengten sich. Der Bürokrat stammte nicht aus Athanopolis; eher aus dem Osten, wie der Prinz vermutete. Sehnte er sich eventuell auch nach seiner Heimat?

»Zehn Jahre sind eine lange Zeit, seine Familie nicht zu sehen«, erklärte er vorsichtig, dann fügte er hinzu: »Eine Familie, die wieder und wieder ihre Treue dem Kaiser gegenüber bewiesen hat.«

Kein harter Anwurf, aber doch ein Protest. Es war schwierig, in Thyrons Miene zu lesen, aber es schien Niam, als gefalle dem Bürokraten dies nicht. *Ruhe,* ermahnte er sich selbst. *Vergib nicht deine Hoffnung für billige Genugtuung!*

»Euer Stamm ist dem Kriegshandwerk nicht fremd.«

Niam nickte. Worauf wollte Thyron hinaus?

»Und Ihr habt die beste Ausbildung genossen, die Athanopolis zu bieten habt. Die beste der bekannten Welt.«

»Meine Gastgeber waren so großzügig, mir dies zu erlauben.«

Thyron lächelte versonnen, dann wurde seine Miene hart.

»Seht Ihr, Prinz Niam, Ihr redet wie ein Quaestori. Ihr mögt Euer Haar wie Eure Vorväter tragen, aber schlägt in Eurer Brust ein Taurisci-Herz oder eines des Imperiums?«

Sofort wallte Hitze in Niams Inneren auf.

»Ich bin Taurisci«, erwiderte er scharf. Dann besann er sich. »Und die Taurisci sind Teil des Imperiums.«

»Seit die Magistra Militium sie unterwarf, ihre Ländereien verheerte und ihre Kinder verschleppte.«

Niam ballte die Faust. Sein Atem ging jetzt schneller. Er wollte dem anmaßenden Bürokraten das Feixen aus dem Gesicht schlagen. Doch es gelang ihm, den Augenblick des größten Zorns zu überstehen. Worte jedoch kamen nicht über seine Lippen. Jedes wäre eine Anklage gewesen, nicht jedoch die Unterwürfigkeit, die der Mann offenbar von ihm erwartete.

»Ihr seid voller Wut.«

Niam sammelte sich so weit, dass er sprechen konnte.

»Keineswegs«, brachte er hervor. Sein Versuch, nicht zu lügen, war nach wenigen Sätzen gescheitert. Er zwang sich zu einem freudlosen Grinsen. »Ich sehne mich lediglich nach meiner Familie.«

Thyron lehnte sich vor, legte die Fingerspitzen aneinander und betrachtete Niam, wie man ein faszinierendes, aber einfaches Bild betrachten mochte.

»Was würdet Ihr sagen, wenn ich Euch anbieten könnte, diesen Wunsch zu erfüllen?«

Die unerwartete Wendung verblüffte Niam. Sein Zorn verrauchte so schnell, wie er gekommen war, und wurde von verhaltener Freude ersetzt.

»Ich wäre aufmerksam.«

Es war deutlich, dass dem Bürokrat diese Antwort gefiel, aber seine Augen blieben so kalt und berechnend wie zuvor. Der Blick behagte Niam ganz und gar nicht.

»Lucius, Verzeihung, der kaiserliche Kämmerer könnte sich entscheiden, Eurer Bitte zu entsprechen. Zehn Jahre sind, wie Ihr sagt, eine lange Zeit.«

Natürlich war dies nicht alles. Wie immer in Athanopolis hing mehr an einem Gefallen. Hier hatte jedes Wort seinen Wert, jede Entscheidung zog mehr nach sich. Da Thyron unverblümt, sogar unverschämt gewesen war, entschied sich Niam für die direkte Frage.

»Zu welcher Bedingung?«

»Treue.«

Der Prinz runzelte die Stirn.

»Mein Stamm hat dem Imperium Treue geschworen. Wir haben unsere Lektion gelernt.«

Dies missfiel Thyron offenbar. Geringschätzig schüttelte er den Kopf.

»Dann ist es an der Zeit, sie wieder zu vergessen.«

Verblüfft kniff Niam die Augen zusammen. Falls dies eine Prüfung sein sollte, war sie plump. Weder passte es zum üblichen Gebaren bei Hof noch zu Thyron.

»Ihr habt Treue verlangt …«

»Ja, Treue. Eine Zusicherung von Hilfe. Mehr als das. Von Kriegern.«

Noch immer ergaben die Erklärungen keinen Sinn. Seit der Unterwerfung dienten die Krieger der Taurisci in den Einheiten des Imperiums oder kämpften als Foederati an ihrer Seite. Die Taurische Thuma bestand nur aus Mitgliedern seines Stamms und bewachte die Grenzen im Süden und Osten des Reichs. Was mehr konnte man von den Taurisci verlangen?

»Ihr versteht nicht«, bestätigte Thyron leise Niams Gedanken. »Dabei ist es einfach. Ihr wagt nur nicht, es zu denken.«

Er legte eine wirkungsvolle Pause ein, in der Niams Gedanken durch seinen Geist rasten. Die Tragweite dieser Unterredung wurde ihm schlagartig bewusst; hier ging es nicht nur um ihn und seine Zukunft, sondern um die seines ganzen Volks. Oder gar um die des Imperiums. Denn wenn sein Stamm nicht für das Imperium in die Schlacht zog, gab es nur eine Alternative.

»Wenn die Zeit kommt, müssen die Taurisci kämpfen. Wenn Ihr dafür sorgt, dass sie sich für die richtige Seite entscheiden, wird Eure Gefangenschaft ebenso enden wie die Knechtschaft Eures Stamms, Prinz Niam. Wenn Ihr

Eide leistet, Eure Krieger in die Schlacht zu führen, so werdet Ihr Fürst sein.«

Niam schluckte. Seine geheimsten Träume waren offenbar geworden, und doch zögerte er. Hier ging es um Verrat, und er hatte am eigenen Leibe erfahren, was das Imperium mit jenen tat, die gegen es rebellierten.

Die kalten Augen fixierten ihn. Sein Kopf war leicht, sein Geist schwamm darin ohne Halt.

»Denkt darüber nach, Prinz Niam von den Taurisci. Oder soll ich sagen: König Niam?«

Damit erhob sich Thyron und schritt ohne Abschied aus dem Raum. Niam blieb wie vor den Kopf geschlagen zurück, saß regungslos auf seinem Stuhl.

Es war ein Angebot, das er niemals zu erhoffen gewagt hätte. Sein Herz sank. Genau das war das Problem. Niemand bot so viel, kein Weg war so gerade.

Der kaiserliche Kämmerer und sein Diener spielten ein gefährliches Spiel. Menschen waren für weniger exekutiert, ganze Familien für solche Worte ausgelöscht, sogar Städte dem Erdboden gleichgemacht worden.

Aber würde er zusagen, so wäre er frei, und die Seinen wären es auch.

VALERIA

Wie ein gefangenes Tier schritt Valeria in ihren Gemächern auf und ab, die Hände hinter dem Rücken verschränkt. Obwohl sie den Palast jederzeit verlassen konnte, kam er ihr inzwischen wie ein Gefängnis vor. Bis sie offiziell ihre Befehle erhalten hatte, musste sie in Athanopolis bleiben. Und derzeit schien der Kaiser keine Eile zu haben, ihre Order aufzusetzen. Oder, was wahrscheinlicher war, er ließ sie absichtlich warten, um sie an das Gefälle der Macht zu erinnern, das zwischen ihnen herrschte.

Mehr als einmal dachte Valeria daran, einfach abzureisen. Die XIII. lagerte noch vor den Toren der Hauptstadt, und die Legionäre langweilten sich sicher inzwischen. Aber das würde ihren Feinden bei Hof nur noch mehr Munition gegen sie liefern. Also biss sie die Zähne zusammen und wartete.

Ganz untätig blieb sie jedoch nicht. Als Gordian zurückkehrte, hielt sie in ihrem beständigen Auf und Ab inne und sah ihn erwartungsvoll an.

»Und?«

»Wie erwartet, Herrin. Die Berichte aus Heliopolis sind

eindeutig: Es gibt Unruhe in der Stadt, aber keineswegs die Gefahr einer offenen Rebellion.«

Valeria verdrehte kurz die Augen. Natürlich waren die Bürger einer der reichsten Städte des Imperiums nicht gewillt, ihren Status militärisch aufs Spiel zu setzen.

»Konnten unsere Leute Gründe benennen?«

»Ja, der Kaiser hat über eine Anordnung des Senats neue Steuern erhoben.« Gordian blickte auf einen Zettel in seinen Händen. »Für die Finanzierung der Kriegsanstrengungen im Osten.«

Jetzt war Valeria verwirrt.

»Krieg? Überfälle, ja, die Barbaren sind rastlos, wie oft im Sommer, aber bislang haben wir nicht einmal neue Truppen dorthin verlegt.«

»So wurden die Abgaben in Heliopolis erklärt.«

In Gordians Stimme schwang eine unnötige Entschuldigung mit. Früher oder später würde er noch lernen, dass es nicht ihre Angewohnheit war, willenlos Verantwortung zu übertragen. Er war nur der Überbringer der Nachrichten, nicht ihr Ursprung.

»Richte bitte meinen Dank aus.«

Als Magistra Militium war die Zahl der ihr untergebenen Soldaten gewaltig. Zu vielen Offizieren unterhielt sie ein gutes Verhältnis, was sich in Situationen wie diesen auszahlen konnte, auch wenn das nicht der Grund war.

Während in ihrem Kopf schon Strategien entstanden, beugte sie sich über den Kartentisch und entrollte das große Pergament. Es war eine klassische Karte des Kaiserreichs, entstanden vor den Dunklen Zeiten, aber inzwischen wieder gültig. Valeria kannte sie von klein auf.

Im Zentrum lag Athanopolis, wie es sich gehörte, Mitte des Imperiums und damit der Welt. Nah an der Hauptstadt waren die ältesten und stolzesten der Provinzen, die Exarchaten des alten Pydnira. Eine Bezeichnung, die in der modernen Verwaltung jede Bedeutung verloren hatte, von den Bewohnern aber immer noch wie eine Ehrenmedaille getragen wurde.

Oft waren sie klein, kaum mehr als eine Stadt und ihr Umland, aber sie gehörten seit dem Aufstieg der Quaestori zum Reich. Sie sahen sich als Wiege und Nabe der Zivilisation, sprachen seit jeher die Alte Zunge und waren selbst in den Dunklen Zeiten treu geblieben. Und eine einzige Stadt konnte sehr mächtig sein, so wie Stokinth, das man das Tor zum Osten nannte und das günstig gelegen am Thran einen Gutteil des Handels kontrollierte. Oder eben Heliopolis im Westen, das den Brotkorb des Imperiums kontrollierte, jene weiten Ebenen zwischen Athanopolis und dem Ozean, die alle Bürger der Hauptstadt ernährten.

Jenseits der Meerenge Dalos dann Nicia, Bollwerk gegen das Vielvölkerreich der Raghater und Schariden im Norden, und im Süden und Osten die barbarischen Stämme. Diese Provinzen konnten gewaltig sein und riesige Landstriche umfassen, auf denen ein Dutzend oder mehr Stämme lebten. Denn die Menschen in der Hauptstadt mochten die Pilcae, Aparen, Icanti und wie sie alle genannt wurden für einzelne Stämme halten, aber Valeria hatte ihre Länder bereist und einige gar unterworfen und wusste es besser.

Doch die stets Sorgen bereitenden Grenzprovinzen waren es zur Abwechslung nicht, die ihre Aufmerksamkeit beanspruchten. Stattdessen war es Heliopolis.

»Es will mir nicht in den Kopf, dass der Kaiser in Zeiten, in denen ich andernorts mehr gebraucht werde, auf derlei kindische Spielchen besteht.«

Falls es Gordian schockierte, dass sie so vom Herrscher,

vom Purpurgesalbten selbst sprach, ließ er es sich nicht anmerken.

»Ich habe in den letzten Tagen mit einigen Bürokraten hier im Palast gesprochen«, begann er.

Valeria sah von der Karte auf.

»Und was sagen sie?«

»Für sie sind Thrawien und ähnliche Provinzen weit entfernt. Nicht nur auf der Karte.« Er tippte gegen seine Schläfe. »Auch in den Köpfen.«

In gewisser Weise war das verständlich. Das Imperium war gewaltig, und das Einzige, was manche jemals von den entfernteren Orten mitbekamen, mochte ein teures Gewürz oder ein Wein sein. Oder eine Geschichte.

»Dazu kommt, dass die Grenzen niemals sicher sind«, fügte Gordian vorsichtig hinzu. »Es gibt immer wieder Berichte von Barbarenüberfällen oder Stämmen, die sich erheben.«

Das ließ sich ebenfalls kaum abstreiten. Einen Gutteil ihres Lebens hatte sie damit verbracht, genau solche Krisen zu lösen.

»Du willst sagen, dass für den Kaiser eine politische Intrige von größerer Wichtigkeit ist als Untertanen, die er ohnehin niemals sehen wird?«

»Vielleicht nicht mit diesen Worten«, entgegnete ihr Adjutant mit einem leichten Lächeln, das sie erwiderte. »Aber ja.«

Valeria seufzte. Die Karte vor ihr zeigte ihr genau, wo sie sein sollte. Aber auf die Karte hörte niemand. Und das Ohr ihres Vetters besaß sie nicht mehr. *Dafür andere,* begriff sie, und eine Idee begann zu keimen.

»Gordian, ich möchte, dass du einen Kriegsrat einberufst.«

Verwirrt sah er sie an.

»Als Magistra Militium ist es mein Recht und sogar meine Pflicht, mich von den Gebildetsten des Reichs beraten zu lassen. Offenbar verlangt die angespannte Lage in Heliopolis die ungeteilte Aufmerksamkeit des Imperiums; dies ist Grund genug.«

Es war eine uralte Regelung, aus Zeiten, als das Imperium noch weitaus kleiner und überschaubarer gewesen war. Meist nur eine der vielen kleinen und großen Traditionen, eine Gelegenheit für ein wenig Pomp, eine Erinnerung an die lange und stolze Geschichte. Aber vielleicht konnte sie es in eine Waffe verwandeln.

»Ich werde es dem Kämmerer mitteilen lassen«, erklärte ihr Adjutant. Vermutlich überlegte er bereits, wo er mehr über Kriegsräte in Erfahrung bringen konnte. Valeria lächelte.

Falls der Basileos ihre Entsendung nach Heliopolis unter dem Scheffel halten wollte, war es ihm missglückt, wie Valeria mit einiger Genugtuung feststellte, als sie den Saal betrat. Es war einer jener Räume, die nur einem Zweck dienten und so selten genutzt wurden. Nichtsdestotrotz waren die Mosaike an den Wänden von exquisiter Qualität. Sie zeigten die Geschichte des Imperiums durch den Blick seiner Heerführer. Wenn man sie betrachtete, konnte man den Eindruck gewinnen, dass sie jede Schlacht gewannen.

An der Decke war ein Fresko, das die vier Elemente um den Thron des Kaisers zeigte. Es erinnerte daran, dass ein jeder Mann und jede Frau dem Imperium dienten. Getragen wurde sie von acht Säulen aus dunkelrotem Marmor mit schwarzen Adern. Es war Valeria immer passend erschienen, dass sich alles auf Blut stützte.

Bei der Gruppe, die sich in diesem, dem Karmesinsaal, um den Kartentisch versammelt hatte, stand zu vermuten, dass nicht alle das Imperium vor ihre eigenen Interessen stellten.

Die Ausnahme bildete die Handvoll der hochrangigsten Offiziere, ein jeder ein Strategos, Männer und Frauen, denen Valeria vertraute. Sie begrüßte sie alle einzeln und höflich. Bei den Senatoren war sie sich unsicherer. Theoretisch hatten sie alle das Recht, am Kriegsrat teilzunehmen, aber natürlich kamen nur einige von ihnen. Noch wusste die Magistra Militium nicht, welche Motive sie antrieben. Ob sie tatsächlich Rat geben wollten oder nur ihre eigene Wichtigkeit demonstrieren, oder einfach hofften, dass ihre Anwesenheit positiv auffiel.

Dazu einige wenige Bürokraten, ausschließlich Eunuchen, welche die administrative Seite des Rats übernahmen.

So gut wie alle trugen Kleidung, die dezent, aber auffällig jenen Ort entblößte, der die imperialen Hautbilder zeigte. Von der Schulter bis zum Unterarm reichten die Stellen; prinzipiell konnten die Eltern entscheiden, wo bei ihrem Kinde die Symbole gestochen wurden, doch würde kein Priester der Elemente einen allzu gewagten Ort annehmen. So waren es meist Arme oder Schultern, welche die Bürger des Imperiums als solche auswiesen.

Wie sehr man die Hautbilder zeigte, hing davon ab, wie wichtig die Verbindung zum Imperium war … oder welchen Status sie mit sich brachte. Ein großer Name wurde selten verdeckt.

Valeria glitt durch die Grüppchen, die sich gebildet hatten, und versuchte, ein Gefühl für die Stimmung zu bekommen.

Die Anwesenden waren bunt gemischt. Einige stammten aus den ältesten Häusern, die schon mächtig gewesen waren, bevor die Quaestori kamen, andere mit Ahnen aus jenen Zeiten. Und dann solche, deren Familien später aufgestiegen waren – oder die selbst ihren Weg bis an die Spitze des Imperiums gesucht hatten. Der Senat mochte keinen direkten Einfluss mehr haben, aber noch immer war es weise, seine Zustimmung zu suchen. Zu viel Einfluss, Macht und Geld besaßen seine Mitglieder, als dass man sie einfach ignorieren konnte.

Vermutlich hätte sich Valeria mit den meisten in der Sprache der Quaestori unterhalten können, aber die Gespräche wurden alle in der Alten Zunge geführt. Natürlich waren in diese viele Begriffe eingegangen, sodass es wohl eigentlich eher eine Mischsprache war, doch das einfache Volk kannte die Sprache der Quaestori nicht, obwohl vermutlich jeder zweite Bewohner der Hauptstadt eine Abstammung von ihnen für sich beanspruchte.

Gerade unterhielt sich Valeria mit zwei Senatoren, die über Unterbrechungen ihrer Weinlieferungen aus dem Norden klagten, da öffnete sich die Tür, und ein weiterer Teilnehmer betrat den Karmesinsaal. Zu ihrer Überraschung war es Niam von den Taurisci. Sie warf Gordian einen schnellen Blick zu, der fast unmerklich den Kopf schüttelte.

Mit einem Lächeln versicherte Valeria den Senatoren, dass sie ihre Verbindungen spielen lassen würde, um die reibungslose Versorgung mit dem besten Wein zu sichern, und zog sich zurück, nur um Niam entgegenzugehen.

Der Prinz trug ein einfaches Gewand im Stil der Taurisci, hatte aber die Konzession gemacht, es mit dem Adler des Imperiums zu verzieren.

»Prinz Niam! Willkommen zum Kriegsrat. Es freut mich, dass Ihr Euch die Zeit nehmt, uns beizuwohnen.«

»Zeit habe ich wahrlich im Überfluss.«

»Das erinnert mich daran, dass ich ohnehin mit Euch sprechen wollte«, erklärte Valeria leiser. »Ich fürchte, meine Zusage an Euch hat keine Früchte getragen. Es ist …«

»Danke, aber das ist schon gut«, unterbrach er sie rüde. Valeria runzelte die Stirn. Eine gewisse Feindseligkeit war angesichts ihrer gemeinsamen Geschichte durchaus zu erwarten, aber bei ihrer letzten Unterredung hatte er sich weitaus verständiger gezeigt. *Was ist seitdem geschehen?*

»Oh? Nun gut, dann wünsche Ich Euch viel Erfolg bei der Verfolgung Eures Ziels.«

Niam nickte ihr knapp zu und schritt an ihr vorbei. Valeria atmete einmal tief durch. Als Auftakt war diese Begegnung wenig verheißungsvoll, aber sie hoffte, dass es kein Omen war.

Bevor sie sich umdrehte, setzte sie ein Lächeln auf. Dann ließ sie den Blick noch einmal über die Versammlung wandern. Es war an der Zeit.

»Seid gegrüßt«, erklärte sie mit lauter Stimme, die daran gewöhnt war, sich auch über den Lärm eines Schlachtfelds hinweg noch Gehör zu verschaffen. »Wie immer, wenn dieser illustre Rat zusammentritt, ist der Grund geeignet, Besorgnis zu erregen. Aber wie schon unsere Vorfahren wussten: *Suchst du Frieden, so rüste zum Kriege.*«

Das Zitat zeigte die beabsichtigte Wirkung, und hier und da wurde zustimmend gemurmelt.

»Und wir haben stets den Frieden gesucht, zugleich aber blieben wir vorbereitet. So können wir auch heute jeder

Bedrohung mit dem Wissen entgegentreten, dass wir für sie gerüstet sind.«

Ihre kurze Rede stellte genau jene Stimmung her, die sie beabsichtigt hatte, und erinnerte daran, dass die Sicherheit des Imperiums auf ihren Schultern ruhte.

»Dann lasst mich zusammenfassen, welche Fragen uns heute umtreiben. In den letzten Monden hat ...«

Das große Portal in den Karmesinsaal wurde aufgestoßen. Verärgert über die Unterbrechung fuhr Valeria herum.

Der kaiserliche Kämmerer betrat gelassen den Saal, gefolgt von seinem Untergebenen.

»Bin ich zu spät?«

Gekicher hinter ihr. Valeria gelang es, ihr Antlitz nicht zu verziehen.

»Ich hatte gerade den Rat eröffnet«, erklärte sie kühl.

»Dann bitte ich um Verzeihung«, erwiderte Lucius süffisant. »Ich hoffe, ich habe nichts Wichtiges verpasst?«

»Euretwillen kann ich noch einmal beginnen. Aber ich muss ebenfalls um Verzeihung bitten: Ich wusste nicht, dass Ihr ein solches Interesse an militärischen Angelegenheiten hegt, edler Lucius.«

Der Kämmerer winkte beinahe schon verächtlich ab.

»Keineswegs. Das überlasse ich gern jenen, die davon mehr verstehen.«

Valeria neigte das Haupt, doch Lucius trat einen Schritt zur Seite.

»Wie unserem Herrn.«

Mit dieser wenig aufsehenerregenden Ankündigung betrat der Kaiser den Saal. Sofort verneigten sich alle tief. Auch Valeria bezeugte ihre Ehrerbietung, doch ihre Gedanken überschlugen sich. Dies änderte alles.

Für den Anlass hatte sich Justinian, der Zweite seines

Namens, in ein formelles Ornat gewandet. Eine purpurne Toga mit goldenen Stickereien, dazu eine filigran aus Gold geschlagene Krone, mit Perlen besetzt, die im Lichtschein funkelte. Es gab keinen Zweifel, dass der Kaiser seinen Rang unterstreichen wollte.

»Ich möchte das Prozedere nicht aufhalten«, erklärte ihr Vetter leise, aber bestimmt. »Mich erwarten wichtige Regierungsgeschäfte, und ich bitte um ein schnelles Ergebnis.«

»Selbstverständlich, Erhabener. Wir dienen alle nur Euch.«

Die Worte kamen ihr fließend über die Lippen, während ihr Geist bereits an neuen Plänen schmiedete. Ursprünglich hatte sie gehofft, einen Teil der Anwesenden von ihren Zweifeln an der Notwendigkeit eines Entsatzes nach Heliopolis zu überzeugen und so den Druck auf mehr als nur ihre Schultern zu verteilen. So offen konnte sie nun nicht mehr agieren. Sie hatte Justinian unterschätzt; natürlich durfte der Basileos jedem Rat und jeder Sitzung beiwohnen, aber Valeria hatte angenommen, dass er zu beschäftigt und abgelenkt sei.

Aber es war nicht das erste Mal, dass eine Veränderung auf dem Schlachtfeld Improvisation verlangte. Selten überstand selbst der robusteste Schlachtplan den ersten Kontakt mit dem Feind. Ihr Blick wanderte zu Lucius, der einige der Reichen und Mächtigen begrüßte, dabei aber ein sorgsam gezirkeltes Bild des Unwissens bot. Beinahe hätte Valeria die Miene ob der Schauspielerei verzogen, doch dann sah sie den lauernden Blick seines Dieners. Bislang war ihr dieser kaum aufgefallen, eine Drohne der Bürokratie unter vielen, doch nun runzelte sie die Stirn. Irgendetwas war mit ihm, auch wenn sie nicht den Finger darauflegen konnte.

»Nun?«

Der Kaiser war an den Tisch herangetreten und sah auf die Karten hinab. Valeria neigte erneut das Haupt und stellte sich neben ihn. Zumindest äußerlich konnte ein wenig Einigkeit nicht schaden.

»In den Monden seit Ende des Winters gab es immer wieder Berichte von den östlichen Grenzen Thrawiens, dass dort Marodeure aus den Bergen ihr Unwesen treiben.« Ihr Zeigefinger wanderte die Grenze des Imperiums entlang. »Hier, hier und auch hier.«

Der Basileos schnalzte leise mit der Zunge und nickte verständig.

»Seid Ihr nicht mit den Tagmaten dort gewesen, Herrin?«

Lucius' Einwurf brachte sie aus dem Konzept, wie er es wohl erhofft hatte.

»Ja, bis ich zurückbeordert wurde.«

Der Kaiser blickte zu seinem Kämmerer, der kaum merklich nickte. Sein Diener sah Valeria immer noch wie ein Raubtier an, das seine Beute fixierte.

»Und es ist Euch nicht gelungen, die Überfälle zu unterbinden?«

Justinian blickte sie fragend an. Ihr lag eine scharfe Antwort auf der Zunge, doch sie schüttelte erst einmal den Kopf.

»Unglücklicherweise nicht, Erhabener. Es betraf vor allem Dörfer und Höfe nahe der Berge. Die Thrawische Thuma hat die größeren Siedlungen geschützt, und die XIII. Tagmata konnte die schnellen, mobilen Trupps nicht stellen.«

»Bedauerlich. Vielleicht war der Triumphzug etwas voreilig?«

Hier und da wurde leise gekichert, doch Valeria ignorierte es. Immerhin blieb es sehr verhalten, obwohl der Kaiser selbst diesen Scherz gemacht hatte. Es war ein Urteil. Natürlich war es ungerecht, da ihre Befehle gekommen waren, kurz nachdem die Angriffe überhaupt begonnen hatten. Man konnte ihr kaum zur Last legen, dass in ihrer Abwesenheit Überfälle stattfanden, doch der Eindruck von Inkompetenz hing nun im Raum.

»Allerdings, Erhabener«, ging sie zum Angriff über. »Durch den Abzug der XIII. sind nur noch einige Verbände der III. Tagmata an der Grenze; der Großteil ist weiter im Inland, hauptsächlich um Tirnaw stationiert.«

Wieder wies sie auf die Orte, von denen sie sprach. Sie hoffte, die Versammelten an ihre Kompetenz zu erinnern.

»Derzeit können die Barbaren aus den hohen Tälern der Berge an der Grenze schalten und walten, wie es ihnen beliebt.«

Ein Raunen ging durch den Saal. So weit weg Ost-Thrawien auch sein mochte, den stolzen Herrinnen und Herren des Imperiums gefiel es ganz und gar nicht, dass Barbaren es heimsuchten. Normalerweise mochten sie Thrawier selbst für kaum mehr als Barbaren halten, doch im Vergleich zu allen, die außerhalb des Imperiums lebten, waren sie Bürger und standen hoch über ihnen.

»Was schlagt Ihr vor, Magistra Militium?«

Bevor sie antwortete, ließ Valeria den Blick durch den Saal schweifen, erfasste so viele der Anwesenden, wie sie konnte.

»Eine Strafexpedition, Erhabener. Die Thuma kann das Land nicht verteidigen, und selbst die Kavallerie der III. kann nur nach der Tat eingreifen. Zu viele Einfallmöglichkeiten gibt es, zu wenige Befestigungen. Die meisten Bürger dort sind ungeschützt.«

»Und deshalb wollt Ihr die Truppen fortschicken?«

Leichter Spott lag in der Stimme des Basileos, aber nun begab er sich auf Valerias Territorium. Er mochte ihre Beherrschung der Kriegskunst infrage stellen, doch dabei griff er sie dort an, wo sie am stärksten war.

»Ein Feind, dessen Heimat angegriffen wird, verteidigt nur. Wir müssen sie in die Defensive zwingen. Und wir müssen ihnen wieder zeigen, was es bedeutet, den Zorn des Imperiums auf sich zu ziehen.«

Das kam gut an. Ein wenig kriegerische Rhetorik, ein wenig auf die Macht und Stärke des Reichs hinweisen – so sagte man den Offizieren und Senatoren genau das, was sie ohnehin dachten.

Von den Details einer solchen Strafexpedition und vor allem den Gefahren erwähnte Valeria nichts. Die Clans der Berge kannten die Täler wie niemand sonst, und das Terrain war schwer zugänglich und leicht zu verteidigen. Es würde genaueste Planung und die besten Legionäre des Imperiums brauchen, um mehr als kleine Nadelstiche zu setzen. Aber das hatte Zeit, bis sie tatsächlich angriffen. Jetzt musste sie erst einmal hier in diesem Saal gewinnen.

Als wäre er in Gedanken verloren, schnalzte der Kaiser mit der Zunge und blickte schweigend auf die Karte hinab. Nicht einmal er konnte es sich erlauben, gegen derlei Argumente zu sprechen.

»Die III. ist in Thrawien, sagt Ihr?«

Erneut war es Lucius, der seinem Herrn zur Hilfe kam. Ein Zangenangriff.

»Korrekt, Kämmerer«, erwiderte sie. »Aber dünn gestreckt, um diese weite Provinz zu sichern. Es gibt Kastelle an der Küste der Weißen See, bei Tirnaw und weiter im Osten.«

Inzwischen waren alle näher an den Tisch gerückt. Dem

Kaiser so nah sein zu dürfen, war eine große Ehre. Selbst jene, die eine Spatha nicht von einem Scutum unterscheiden konnten, rieben sich das Kinn oder nickten bedächtig, als gingen ihnen gerade die komplexesten Strategien durch den Kopf.

»Aber man könnte sie zusammenziehen und in die Berge entsenden«, sagte Justinian langsam, als spreche er mehr zu sich selbst.

»Ich glaube, es wäre besser, wir entsenden eine der ungebundenen Tagmaten. Zum Beispiel die XIII., die Erfahrung in Thrawien hat und sowohl Land als auch Leute kennt, inklusive unserer Feinde.«

»Zwei Tagmaten für eine Handvoll Barbaren aus den Bergen? Sind unsere Legionäre nicht die besten Soldaten der Welt?«

Valeria lächelte und nickte.

»Selbstverständlich. Jedoch könnten wir so einen harten Schlag führen, ohne die Verteidigung Thrawiens zu kompromittieren. Einen Schlag, von dem sich die Barbaren erst in einer oder zwei Generationen erholen werden.«

»Das klingt vorzüglich«, gestand Lucius. »Frieden im Osten.«

»Danke, Kämmerer, genau das ist meine Intention.«

Eine Einigung lag in der Luft. Valeria konnte die zustimmenden Mienen der meisten Anwesenden sehen. Eine Demonstration der Macht des Imperiums, die Barbaren zerschlagen und die Grenzen sichern, das gefiel allen. *Weil keiner von ihnen in den Osten marschieren muss,* dachte Valeria. *Sie können hier auf Festen damit prahlen, welche wichtigen Entscheidungen sie treffen, und dass die Sicherheit des Reichs an ihnen hängt. Während in den Bergen viel Blut fließen wird, damit aus Prahlerei Wahrheit wird.*

»Gab es nicht auch Probleme in Heliopolis, Herr?«

Überrascht sah Valeria auf. Der Diener des Kämmerers blickte ihn unschuldig an, als sei ihm dieser Umstand gerade erst eingefallen.

»Richtig, Thyron, das ist von größter Wichtigkeit.«

Sofort kam Unruhe auf. Heliopolis war von anderem Stand als Ost-Thrawien. Viele der reichsten Familien des Imperiums hatten in der Nähe der Stadt Villen oder Güter.

»Es gibt Unzufriedenheit dort«, erwiderte Valeria beschwichtigend. »Aber meine Quellen berichten, dass keine Gefahr besteht.«

»Keine Gefahr?« Der Basileos zog eine Augenbraue hoch. »Seid Ihr sicher? Denn ich wurde unterrichtet, dass es just vor wenigen Tagen einen Angriff auf einen kaiserlichen Steuereintreiber gab.«

Jemand keuchte empört, andere tuschelten. Valeria blickte schnell zu Gordian, der den Kopf schüttelte.

»Nun, die neuen Steuern …«

»Sind essenziell für die Sicherheit des gesamten Imperiums«, unterbrach sie Justinian. »Wir können sie weder aufheben noch aussetzen.«

Gern hätte Valeria gesagt, dass ein verprügelter Steuereintreiber kein Grund sei, Tagmaten zu versetzen. Es war ein ziviles Problem, das eine solche Lösung benötigte. Aber die Stimmung im Saal stand auf der Kippe.

»Wir könnten mehr Einheiten in die Stadt verlegen und zum Schutz wichtiger Personen und Orte einteilen. Bis die Bürger der Stadt verstehen, welch wichtigen Beitrag sie leisten.«

Eine Konzession, aber leicht erfüllbar. In den sicheren Kernlanden des Reichs gab es genug Möglichkeiten, Truppen umzulegen und neu zu konzentrieren. Eine Schwächung einiger Provinzen, sicherlich, aber so weit von jeder Grenze entfernt bedeutete das keine Gefahr.

»Heliopolis ist die Schwester von Athanopolis. Was dort geschieht, betrifft uns alle«, gab Lucius zu bedenken.

Wieder erklang zustimmendes Gemurmel.

Innerlich fluchte Valeria. Die Senatoren sahen ihre Wein- und Olivenernten in Gefahr. Oder ihre Winter im warmen Klima, denn in Heliopolis war die kalte Jahreszeit meist milder als in der Hauptstadt. Angesichts dieser existenziellen Bedrohungen waren Barbaren an den Grenzen schnell vergessen.

»Denkt Ihr nicht auch?«

Der Blick des Kaisers ruhte nun wieder auf ihr. Und nicht nur seiner – alle starrten sie an.

»Selbstverständlich«, gestand sie zu. »Deshalb sollten wir beherzt handeln. Aber …«

»Ich denke, ich habe die Lösung.«

Wieder fiel er ihr ins Wort. In ihr begann es zu kochen, aber sie bemühte sich um Fassung. Der Kaiser drehte sich mit triumphierendem Lächeln im Kreis.

»Wir entsenden die III. Tagmata auf jene Strafexpedition, auf die Ihr besteht.«

Dass alle diesen Plan für gut gehalten hatten, schien vergessen. Nun war es ihr Drängen, ihr Anliegen, nicht mehr das des Imperiums.

»Und Ihr werdet mit der XIII. Tagmata nach Heliopolis marschieren und jeden Gedanken an Rebellion im Keim ersticken. Ich will, dass Ihr mir die Köpfe der Rädelsführer bringt. Jeder Schurke, der Hand an einen kaiserlichen Beamten gelegt hat, soll diese verlieren.«

Solche markigen Worte gefielen den Senatoren. Bei den Offizieren sah Valeria mehr Skepsis. So wie sie wussten sie, dass die kampferprobten Legionäre einer Tagmata keineswegs geeignet waren, nach Aufwieglern und Verrätern zu suchen.

»Ich denke, ich könnte im Osten von größerem Nutzen sein«, versuchte sie ein letztes Mal an die Vernunft zu appellieren, doch Justinian schüttelte das Haupt, als müsse er einem nörgelnden Kind erklären, dass es zu schweigen habe.

»Euer Wunsch, alle Gefährdungen des Reichs selbst zu neutralisieren, ehrt Euch, Valeria. Seid Euch gewiss, dass wir ganz genau wissen, was wir an Euch haben.«

In Erinnerung an ihre letzte Begegnung klangen diese Worte sinisterer, als der Rest der Anwesenden sie wohl verstand. Dennoch senkte sie das Haupt.

Damit löste sich der Kriegsrat auf. Valerias Handlungsspielraum war arg geschrumpft. Geschlagen dachte sie daran, Gordian schon den Befehl zu geben, den Aufbruch und die Reise nach Heliopolis vorzubereiten. *Vielleicht wird mir ein ruhiger Winter dort ganz guttun,* versuchte sie sich vergeblich einzureden.

Während der Kaiser noch mit einigen Senatoren sprach, ging sie Richtung Ausgang. Lucius schnitt ihr den Weg ab. Sein Lächeln war so kalt wie seine Augen.

»Ich wünsche Euch viel Erfolg, Magistra Militium. Und eine gute Reise.«

Es gab keine Frage, wer Justinian gegen sie aufbrachte und sie ausmanövriert hatte. Doch es war nicht klug von ihm, sich hämisch damit zu brüsten. Valeria beugte sich vor.

»Welches Spiel Ihr auch immer spielt, Lucius, es ist gefährlich. Und Ihr nehmt den Tod vieler Bürger im Osten in Kauf. Ihr Blut klebt an Euren Händen.«

»Ich bin nur ein einfacher Diener«, erwiderte er gelassen. »Alles, was ich tue, dient nur einem Zweck.«

Sie nickte und schenkte ihm ebenfalls ein totes Lächeln. Hinter ihm neigte Thyron den Kopf. Dann zwinkerte er ihr zu. Es kam so unerwartet, dass sie ihn wütend anfunkelte. Erst wollte sie etwas sagen, besann sich dann aber eines Besseren und verabschiedete sich.

Als sie mit schnellen Schritten in ihre Gemächer ging, fragte sie sich, was einen einfachen Bürokraten dazu bringen mochte, sie derart offen zu verhöhnen.

Egal, welche Erklärung sie dafür fand, keine gefiel ihr. Etwas war verdorben in Athanopolis, aber sie wusste nicht, was.

BRIX

In dem Bewässerungsgraben war es kühl, obwohl die Nacht recht mild war. Aber Brix' Kleidung saugte sich allmählich mit Wasser voll, klebte nun an seiner Haut und schien ihm alle Wärme aus dem Leib zu ziehen.

Neben ihm hustete Cyril leise. Besorgt sah Brix zu ihm hinab. Der Offizier konnte kaum den Kopf über Wasser halten. Sein Gesicht hob sich bleich vor dem dunklen Wasser ab, wurde vom fahlen Mondlicht beschienen.

Was hätte Brix für eine dunkle, sternenlose Nacht gegeben. Doch wie es die Elemente wollten, zog keine Wolke über den Himmel.

Langsam erhob er sich, streckte die Beine und spähte über den Rand des Grabens. Nach Norden sah er Feuer, die ihren eigenen Rauch beleuchteten. Drei, vier, vielleicht mehrere kleine, die auf die Distanz zu einem wurden. Die Provinz von Nicia brannte.

Doch nicht das, was in der Ferne geschah, bereitete ihm Sorgen, sondern die Geräusche, die von der Straße herüberwehten. Leises Geklirre, ein verhaltenes Lachen, Huftritte.

Ihre Verfolger hatten sie eingeholt. So leise er konnte, sank Brix zurück in das kühle Nass. Mücken schwirrten um sein Haupt, aber er achtete kaum auf ihr Sirren.

»Leise«, hauchte er.

Cyril gab nicht zu erkennen, ob er ihn gehört hatte. Oft driftete er zwischen Schlaf und Wachen hin und her. Viel Blut war aus seiner Wunde geflossen.

Regungslos lagen sie im Graben, als nur wenige Schritt entfernt eine Gruppe von Berittenen vorbeizog. Der Schein ihrer Laternen fiel auf sie, und Brix glitt noch tiefer ins Wasser, bis fast nur noch Mund und Nase emporragten. Sein Herz raste in seiner Brust, und er zitterte, ob vor Kälte oder Angst, wusste er nicht zu sagen.

Dann kehrten die Schatten zurück. Erleichtert atmete er auf. Langsam entfernten sich die Geräusche der Häscher. Neben ihm atmete Cyril schwer. Brix kroch die schlammige Böschung entlang, packte den Merarchos unter den Armen und zog ihn ein Stück empor. Ein Stöhnen entrang sich Cyrils Kehle, und Brix zuckte schuldbewusst zusammen.

Dies war ihre zweite Nacht auf der Flucht. Ihre Pferde hatten sie am Tag laufen lassen müssen; die Rösser konnten einfach nicht mehr. Seitdem waren sie zu Fuß unterwegs, oder besser gesagt, seitdem schleppte Brix den Offizier, so gut er konnte.

Als er Cyril oberhalb der Böschung hatte, zog er ihn mit einer letzten Anstrengung auf das Feld, wo sie zumindest etwas Deckung zwischen den Pflanzen hatten. Dann ließ er sich neben den Offizier fallen und blickte keuchend zum Himmel empor.

Mehr als einmal hatte er sich gewünscht, dem Befehl, Cyril zurückzulassen, nachgekommen zu sein. Aber stattdessen hatten sie sich nur ihrer Rüstungen entledigt, Stück für Stück alles hinter sich gelassen, was nicht wirklich essenziell war. Und dennoch glaubte Brix, dass er bald nicht mehr weiterkönne.

Aber Aufgeben war keine Option. Also zwang er sich auf die Knie und blickte auf Cyril hinab.

»Wir müssen hier weg. Vielleicht gibt es dort irgendwo einen Hof, wo wir Hilfe finden können.«

Der Offizier nickte schwach und rollte sich auf die Seite. Seine Arme und Beine schleiften durch die dunkle Erde des Felds. Mit einem Seufzen packte Brix ihn und stemmte sie beide auf die Füße. So stolperten sie vorwärts, Cyril mehr schlurfend getragen als laufend, Brix um jeden Fußbreit Weg kämpfend. Schon bald gab es nichts mehr als den nächsten Augenblick, den nächsten Schritt nach vorne und keinen Gedanken an den danach.

Die Hoffnung auf Rettung hatte Brix längst aufgegeben. Die Invasoren zogen in mehreren großen Trupps durch Nicia und verwüsteten und plünderten, was sie vorfanden. Die Soldaten des Nördlichen Walls mussten tot oder gefangen sein. Und der Rest der Armeen des Imperiums war überall verstreut, zum Teil auf den Feldern, zum Teil in den Kastellen, zum Teil Marodeure jagend. Es würde Tage dauern, bis sich eine angemessene Antwort organisieren ließ.

Falls das überhaupt möglich war. Die Raghater schienen sich in einem schier endlosen Strom in das Land zu ergießen. Brix fürchtete, dass es für die Legionäre des Imperiums nur die Niederlage gab.

Aber um das zu erleben, mussten sie beide erst einmal überleben. Jeder Schritt brachte sie diesem Ziel näher. Aber jeder davon kostete auch so viel Kraft, dass Brix glaubte, er müsse der letzte sein. Und dennoch gelang es ihm jedes Mal wieder, noch einen zu tun, gegen jede Vernunft.

Es wäre so einfach gewesen, Cyril zu Boden gleiten zu lassen und sich neben ihn zu legen. Einfach nur schlafen. Auf jeden Fall den geschundenen Leib ausruhen, die nach Rast kreischenden Muskeln, den tauben Geist.

Doch während diese Vorstellung immer verlockender wurde, entdeckte Brix eine dunkle Form vor dem etwas helleren Horizont. Ein Gebäude, nein, mehrere, geduckt auf einer leichten Erhebung, umgeben von Feldern und Weiden. Ein Gehöft. Beinahe hätte er vor Erleichterung geschluchzt.

Mit diesem Ziel vor Augen fand er tief in sich noch eine Kraftreserve, die sie beide bis an den Rand des Felds brachte. Dort legte er Cyril sanft ab und ging auf alle viere.

»Ein Hof«, berichtete er flüsternd, als müssten sie befürchten, von den Feinden belauscht zu werden.

»Pferde.«

Nur ein gehauchtes Wort, aber Cyril hatte recht. Reittiere konnten ihnen das Leben retten.

Angestrengt beobachtete Brix die kleine Ansammlung von Gebäuden. Es war dunkel und still. Beides wäre selbst in Friedenszeiten mitten in der Nacht nicht ungewöhnlich gewesen, aber während Plünderer durch das Land zogen, war es nur vernünftig, keine Aufmerksamkeit auf sich zu ziehen.

»Ich sehe mir das mal an«, befand er schließlich und legte Cyril die Hand auf die Schulter. Der Merarchos antwortete nicht. Nicht zum ersten Mal lauschte Brix auf seinen Atem und war erleichtert, als er das Heben und Senken der Brust wahrnahm.

Obwohl seine Beine vor Erschöpfung brannten, erhob er sich und zog die Spatha aus der Scheide. Gebückt schlich er zu dem Gehöft hin. Es waren vier Gebäude, ein Wohnhaus, ein großer und ein kleiner Stall sowie eine kleine Räucherhütte, die um einen Platz samt Brunnen angeordnet waren.

Kein Hund bellte, keine Gans schnatterte, während er sich näherte. Aber zumindest standen die Häuser noch. Die Feuer am Horizont im Norden schienen zu erklären, dass die Raghater stehende Gebäude als Beleidigung empfanden.

Überrascht, dass sein Geist immer noch, wenn nur auch schwache, Scherze machen konnte, überquerte Brix das letzte Stück offene Fläche und duckte sich in den Schatten des kleinen Stalls. Er schob sich die Steinmauer entlang, bis er um die Ecke auf den Hof spähen konnte.

Das Tor des großen Stalls stand offen. Kein Laut war zu hören. Brix schluckte. Das war kein gutes Zeichen.

Am liebsten wäre er wieder umgekehrt, doch er biss die Zähne zusammen und trat auf den Hof, rannte so schnell er konnte zum offenen Tor und verschwand in der Dunkelheit des Stalls.

Trotz des offenen Tors war es immer noch warm darin, und es roch nach Vieh. Aber es gab keine Tiere, weder Rinder noch Pferde. Verhalten fluchte Brix. Waren die Raghater vor ihnen hier gewesen?

Immer noch die Spatha in der Faust, schlich er zum Wohnhaus, das direkt an den Stall grenzte. Es gab eine große Tür, die sich widerstandslos öffnen ließ; allerdings nicht, ohne dabei laut zu knarzen. Brix erstarrte und lauschte in die Finsternis im Haus hinein.

Kein Ruf, keine Stimme, nicht einmal Atem.

Er trat ein und versuchte, in der Dunkelheit Einzelheiten zu erkennen. Trotz der mondhellen Nacht war es im Gebäude sehr dunkel. Doch schnell wurde ihm deutlich, dass sich niemand darin aufhielt.

»Ich bin Legionär«, sagte er mit so fester, selbstbewusster Stimme wie er konnte in die Schatten hinein. Große Hoffnung auf eine Antwort hatte er nicht, dennoch hielt er den Atem an.

Doch es blieb still. Der Hof war verlassen. Entweder waren seine Bewohner geflohen, was angesichts der anrückenden Truppen weise war, oder man hatte sie bereits verschleppt, um sie auf den Sklavenmärkten des Nordens feilzubieten. Ein Schicksal, das ihnen auch noch drohte, wenn es ihnen nicht gelang, ihren Verfolgern zu entgehen.

Brix schob die Klinge zurück in die Scheide und blickte aus der Tür zum Feld. Er gestattete sich einige Atemzüge der Erholung, dann lief er zurück.

Einige Momente der Panik lang fand er Cyril nicht, dann entdeckte er den geschundenen Leib seines Offiziers zwischen den Pflanzen und kniete sich neben ihn.

»Auf«, sagte er schlicht, aber Cyril regte sich nicht. Seine Augen waren geschlossen, aber noch atmete er. *Ein letztes Stück,* sagte sich Brix, zog ihn über seine Schulter und stemmte ihn hoch.

Als er ihn wenig später im Haus zu Boden gleiten ließ, war er selbst der Ohnmacht nahe. Doch noch konnte er nicht ruhen. Halb suchend, halb tastend fand er ein kleines Öllicht, das er vorsichtig entzündete.

Zuerst schloss er die Tür, dann sah er sich um. Der Raum sah nicht geplündert aus. Wer auch immer hier eingepackt hatte, war zweifellos in Eile gewesen, wie die Unordnung zeigte, doch es war nichts zerschlagen oder achtlos umhergeworfen worden. Die Bewohner waren geflohen. Neid keimte in Brix' Brust auf, doch dann stieg Erleichterung in ihm auf. Wenigstens einige kamen davon. Und wenn für sie Hoffnung bestand, dann vielleicht auch für ihn und den Merarchos.

Viel hatten die Flüchtenden mitgenommen, doch es gab noch mehr als genug Vorräte für sie zwei. Zu seiner großen Freude fand Brix eine kleine Amphore mit Wein, der zwar sauer war, aber mit ein wenig kühlem Brunnenwasser verdünnt herrlich schmeckte. Es gelang ihm, Cyril einige Schluck einzuflößen, was die Lebensgeister des Offiziers ein wenig belebte.

»Ruht Euch aus, Herr«, bot Brix an. »Ich suche uns was zu essen und sehe, was sonst noch da ist.«

Cyril nickte schwach, rang sich aber ein Lächeln ab. An der Seite war seine Tunika dunkelrot von geronnenem Blut. Obwohl der Hunger an Brix' Eingeweiden nagte, suchte er erst nach Stoff und fand schließlich eine flache Kiste mit einigen Kleidern.

Davon riss er lange Streifen ab und kehrte zu Cyril zurück. Sosehr er sich auch bemühte, vorsichtig zu sein, der Schmerz stand dem Merarchos ins Gesicht geschrieben. Doch er biss die Zähne zusammen und keuchte nur, als Brix die alten, blutgetränkten Verbände von der Wunde löste.

Blut sickerte zwischen den Nähten hervor, doch weitaus weniger als zuvor. Es war kein schöner Anblick. Zwar hatte Brix die klaffende Wunde mit der groben Beinnadel und dem robusten Faden aus den Satteltaschen des Merarchos schließen können, doch es war ein gezacktes, unregelmäßiges Ungetüm von einer Naht geworden. Sollte Cyril die Tortur überleben, so würde er eine ebensolche Narbe davontragen.

Vor wenigen Tagen hätte Brix vielleicht noch mit anderen Legionären gescherzt, dass ein Offizier wie Cyril Narben nur brauchte, um in der Hauptstadt die Bürokraten zu beeindrucken, aber jetzt wusste er, dass Cyril nicht so war.

Und die Legionäre, mit denen er sich diesen Spaß gemacht hätte, lagen im Norden, Rabenfraß, ohne Rituale für den Übergang ihrer Geister in das andere Reich. Brix schüttelte den Kopf, vertrieb diese Gedanken. Jetzt hieß es, zu überleben. Trauern konnte er später.

Ganz vorsichtig träufelte er ein wenig Wasser auf die Haut und säuberte sie dann behutsam, bevor er den Verband um den Leib des Merarchos wickelte. Er zog ihn fest, was Cyril noch ein Stöhnen entrang. Aber danach schien es dem Offizier besser zu gehen. Seine Augen waren klarer, und er nickte Brix dankbar zu.

Brix legte die restlichen Kleider wie Decken über seinen Leib.

»Gleich wieder da, Herr.«

»Brix?«

Er hielt inne, wandte sich um.

»Danke.«

Brix lächelte. Dann suchte er ihnen von den Resten der Vorräte des Hofs ein Mahl zusammen. Es war besser als so manches in den Kasernen, zwar kein Brot, aber Käse und geräucherter Speck, ein Getreidebrei, den er mit Wasser anrührte, und dazu der verdünnte Wein.

»Esst, Herr«, bat er und hielt Cyril, der an die Wand gelehnt auf dem Boden saß, eine Schale mit Brei hin. Er selbst aß mit großen, hungrigen Bissen.

»Wir müssen bald wieder aufbrechen«, stellte er fest, als er sich den Mund abwischte. Dann genoss er einen Moment lang das Gefühl des vollen Bauchs.

»Wir werden nicht weit kommen«, entgegnete Cyril. Speis und Trank hatten ihm gutgetan, und er wirkte weitaus wacher.

»Aber wir können nicht hierbleiben.«

»Du kannst dich kaum noch auf den Beinen halten, und ich bin so schwach, dass ich nicht allein laufen kann.«

In den Worten lag Wahrheit, und obwohl Brix protestieren wollte, fiel ihm keine Antwort ein.

»Was schlagt Ihr vor?«

»Wir bleiben bis zum Morgengrauen hier. Dann haben wir uns wenigstens etwas ausgeruht und können bei Tageslicht einen neuen Plan fassen.«

Der Gedanke an Schlaf und Rast war verlockend, doch die Sorge, dass der Hof von den Raghatern entdeckt würde, lastete schwer auf Brix.

»Ich weiß, wir sind hier exponiert«, las Cyril wohl seine Gedanken, oder vermutlich eher seine Miene. Auch wenn Brix das Wort nicht kannte, konnte er seine Bedeutung erraten. »Aber ich sehe keinen anderen Weg. Manchmal muss man im Krieg auf sein Glück hoffen, Brix.«

Brix atmete aus. Bleierne Erschöpfung hielt ihn in ihrem Griff, und zum ersten Mal ließ er sie zu.

»Gut. Bis zum Morgengrauen.«

Kaum hatte er die Worte gesprochen, rutschte er auch schon zu Boden. Sein letzter wacher Gedanke war eine Bitte an die Geister, sie in dieser Nacht vor den Feinden zu verbergen. Dann forderten die Strapazen ihrer Flucht ihren Tribut, und er sank in die Schwärze des Schlafs hinab.

Ob es der Schutz der Geister oder doch einfach nur das nötige Quäntchen Glück im Krieg gewesen war, hätte er nicht sagen können, doch als Brix die Augen aufschlug, war es immer noch still. Graues Licht schimmerte unter der Tür hindurch.

Mit steifen Gliedmaßen erhob er sich. Cyril lag lang ausgestreckt auf dem Boden. Seine Brust hob und senkte sich regelmäßig in tiefen Atemzügen. Seine Miene war zum ersten Mal seit seiner Verletzung entspannt, also beschloss Brix, ihm noch etwas Ruhe zu gönnen.

Leise schlich er zu den Vorräten, nahm sich etwas Essen und den Rest aus der Weinamphore und glitt hinaus. Die Tür knirschte ein wenig, doch Cyril wachte nicht auf.

Draußen war der Tag noch in Zwielicht gehüllt. Die Sonne war noch nicht zu sehen, färbte den Horizont im Osten aber bereits in Rot- und Gelbtönen.

Brix sog die kühle Morgenluft ein und streckte sich. Obwohl er die Anstrengungen der Flucht noch im Leib spürte, war er vage guter Hoffnung. Ein Teil von ihm wusste, dass ein harter Tag vor ihm lag, doch noch war es ruhig.

Nachdem er wenig gegessen und getrunken hatte, ging er zum Brunnen und schöpfte sich kühles Wasser, das er über Kopf und Schultern goss. Es tat gut, belebte Geist und Körper und wusch den Schmutz von der Haut.

Ein leises Geräusch ließ ihn herumfahren. Zu seiner Überraschung sah er auf dem Feld gleich neben dem großen Stall ein Pferd. Ein großes Tier, mit breiter Brust und hohem Widerrist, wie es Bauern vor einen Wagen oder einen Pflug spannen mochten. Nicht edel, kein stolzes Ross, aber ein willkommener Anblick.

So unaufgeregt, wie er konnte, schritt Brix langsam auf das Pferd zu. Er murmelte beruhigende Worte. Einen nervösen Schritt tänzelte es zurück, die Ohren kreisten, dann war Brix heran. Immer noch flüsternd legte er dem Tier die Hand auf den Hals und rieb es sanft. Das Tier schnaubte, ließ ihn aber gewähren, und so hob er die Hand an die weichen Nüstern und streichelte die Stirn.

»Warte«, erklärte er ruhig und ging zum Stall. Nach kurzer Suche fand er Zaumzeug. Das Glück schien ihnen hold zu bleiben. Doch erst als er das Ross an einen Pfosten gebunden hatte, wagte er, wieder durchzuatmen.

Mit den guten Nachrichten kehrte er zu Cyril zurück, der verschlafen die Augen öffnete, als Brix ins Haus polterte.

»Wir haben ein Pferd, Herr«, rief er enthusiastisch und wies nach draußen. »Ein echter Brocken sogar.«

Cyril lächelte schwach und schob sich an der Wand in eine sitzende Position. Seine Miene zeigte den Schmerz, doch er gab keinen Laut von sich.

Brix kniete neben ihn, hob die Tunika an. Der neue Verband hatte einen roten Fleck, wo er von Blut durchtränkt war, doch weit weniger schlimm als der davor. Als wolle er es genau betrachten, beugte sich Brix hinab und schnüffelte dann heimlich. Es roch nach Blut, doch sonst konnte er nichts wahrnehmen.

»Dann sollten wir bald aufbrechen«, befand der Merarchos. »Vielleicht noch ein Morgenmahl?«

Den Wink verstand Brix sofort und brachte ihm von den Vorräten, dazu einen Krug mit Wasser aus dem Brunnen, mit dem sich der Offizier vorsichtig wusch. Währenddessen durchsuchte Brix das Haus noch einmal bei Tageslicht und wickelte alles, was sie brauchen konnten, in Beutel, die er aus den Kleidern drehte.

Im Stall fand er sogar einen Sattel, den er dem Pferd anlegte. Es war kein Militärsattel, nur ein einfacher Gegenstand, aber er würde genügen müssen. Er band die Beutel daran fest, dann half er Cyril auf die Beine und führte ihn nach draußen. Tatsächlich war der Merarchos stärker als gestern; zwar konnte er noch nicht allein gehen, aber Brix musste ihn weit weniger stützen.

Dennoch war es keine Frage, wer auf dem Pferd reiten würde. Mit einer gemeinsamen Anstrengung hoben sie Cyril in den Sattel, dann löste Brix die Zügel. Doch als er sie dem Offizier geben wollte, schüttelte der den Kopf.

»Am besten führst du, Brix.«

So marschierten und ritten sie von dem Hof in den anbrechenden Morgen. Cyril saß zusammengesunken in dem Sattel, Brix führte das große Ross hinter sich her. Er mied die Straßen und Wege und suchte ihnen stattdessen einen Pfad durch Felder, Wiesen und die kleinen, offenen Wäldchen.

Im Norden stiegen Rauchsäulen zum Himmel empor, doch ansonsten wirkte es friedlich. Solange man nicht dorthin schaute, hätte man nicht glauben können, dass Nicia angegriffen wurde. Vögel zwitscherten in den Bäumen, Kaninchen saßen zwischen dem Gebüsch, und Insekten schwirrten schillernd durch die Lüfte, fast so, als wäre alles wie immer.

Der Hauptteil der Raghater würde nur langsam vorwärtskommen, so viel war sicher. Sorgen bereiteten Brix vor allem Späher und Vorreiter, eben jene kleinen Trupps, von denen sie bereits aufgestöbert worden waren.

»Wir sollten weiter nach Westen«, schlug Cyril unvermittelt vor. Brix hielt inne und sah über die Schulter, als der Merarchos fortfuhr: »Es gibt in den Hügeln dort ein Kastell, in dem ein Teil der Kavallerie stationiert ist. Das erreichen wir eher als Nicia.«

Den ursprünglichen Plan, Neuigkeiten von dem Angriff zu überbringen, hatten sie längst aufgegeben. Dies war kein Überfall, von dem nur sie wussten. Die Invasion würde längst bekannt sein.

»Dann müsst Ihr mir den Weg weisen, Herr«, erklärte Brix. »Ich kenne das Land hier gar nicht.«

»Siehst du das Wäldchen dort?«

Brix beschattete seine Augen. Ein grüner Fleck in der unscharfen Ferne.

»Ja.«

»Dorthin erst einmal. Wenn wir das Kastell erreichen, kann ich Reiter aussenden. Nachrichten müssen verschickt werden. Wir brauchen mehr Informationen. Gefangene wären nützlich.«

Schon die kurze Rede erschöpfte Cyril sichtlich, also schnalzte Brix mit der Zunge und trieb das Pferd wieder an. Bevor sie die großen Strategien eines Gegenangriffs planen konnten, mussten sie zunächst denen entgehen, die der Merarchos gefangen nehmen wollte.

Als Brix vor wenigen Wochen seine Order erhalten hatte, nach Nicia zu marschieren – Wochen, die ihm jetzt wie ein halbes Leben erschienen –, hatte er sich sehr gefreut. Eine Versetzung zu einer der ruhmreichen Tagmaten und dann auch noch in den warmen Norden, von dem man sagte, dass die Frauen so heißblütig waren wie die Sommer lang. Jetzt blickte er zur unbarmherzigen Sonne empor, wischte sich den Schweiß von der Stirn und wünschte sich nichts sehnlicher als einen der verregneten, kühlen Sommertage seiner Heimat, über die er einst so geflucht hatte.

Die Ländereien um Nicia waren grün, doch das war vor allem dem ausgeklügelten System von Bewässerungskanälen zu verdanken. Dort, wo die Hand des Menschen fehlte, war das Land eher braun und beige, steinig und trocken. Müßig kratzte Brix einen der zahlreichen Mückenstiche auf. Gräben für die Felder, Gräben für die Mücken. Er seufzte. Alles in dieser Welt schien seinen Preis zu haben.

Langsam schlugen sie sich durch die weiten Flächen der Provinz durch. Keine Menschenseele war zu sehen; die

Felder waren unbestellt, keine Tiere auf den Weiden. Vermutlich gab es vor ihnen lange Ströme von Flüchtlingen. *Flüchtlinge wie wir,* dachte Brix.

Gegen Mittag erreichten sie das Wäldchen und rasteten kurz im Schatten einiger Bäume. Sie verzehrten ein Mahl aus dem Beutel. In der Amphore war nur noch ein Schluck Wein, den Brix Cyril hinhielt. Der Merarchos warf einen Blick hinein.

»Nein, trink du.«

»Gegen die Schmerzen, Herr. So könnt Ihr sie besser ertragen.«

Cyril lächelte.

»Dafür bräuchte ich weit mehr Wein. Gib mir den Wasserschlauch.«

Vorsichtig füllte er etwas Wasser in die Amphore und wollte sie schütteln, doch er konnte sie kaum heben. Brix nahm es ihm ab.

»Jetzt reicht es für uns beide.«

Sie teilten das immer noch kühle Getränk. Was Offiziere anging, hätte Brix es deutlich schlechter treffen können, wie er wieder einmal bemerkte. Sie waren aufeinander angewiesen, das stimmte, doch viele hätten Brix den Rangunterschied spüren lassen. Cyril hingegen behandelte ihn fast wie einen Ebenbürtigen.

Den schlimmsten Teil der Mittagshitze saßen sie aus, aber allzu lange wagte Brix nicht zu warten. Je länger sie brauchten, desto größer war die Gefahr, dass die vorauseilenden Teile der raghatischen Armeen sie einholten.

Jenseits des Wäldchens kam eine Reihe von niedrigen Hügeln und flachen Senken, Felder, die wohl brachlagen, wie es aussah. Es behagte Brix nicht, über die offene Flächen zu ziehen, doch sie hatten keine Wahl.

Als sich die Sonne bereits wieder über den Horizont senkte, wies Cyril nach vorne.

»Das sind die Hügel, von denen ich sprach. Das Kastell ist nicht mehr weit.«

Brix fragte nicht, wie weit. Zur Not würde er ohnehin die Nacht durchmarschieren, doch er spähte zum Horizont in der Hoffnung, Türme und Mauern zu sehen, ein Ziel, das er sich vor Augen halten konnte, wenn die Füße schwer und die Schritte kurz wurden.

Doch was er sah, ließ ihn fluchen. Eine Staubwolke vor ihnen, die sich schnell bewegte: Reiter. *Hoffentlich die Berittenen der Elften. Hoffentlich Kameraden.*

Wer auch immer dort ritt, sie mussten die beiden erspäht haben, denn die Rauchwolke näherte sich ihnen nun. Brix überlegte, irgendwo Deckung zu suchen, doch es gab hier keinen Ort, der geeignet war, sie zu verbergen.

Hastig löste er seinen Waffengurt und schob ihn unter die Beutel hinter dem Sattel, half dann Cyril dabei, seine Klinge ebenfalls zu verbergen. So seiner letzten Sicherheit beraubt, führte er das Pferd weiter, direkt auf die heranstürmenden Reiter zu, auch wenn alles in ihm auf Flucht drängte.

Als er endlich mehr Einzelheiten ausmachen konnte, sank sein Herz. Das waren keine Kavalleristen der Tagmata oder Reiter der Thuma. Es waren Raghater.

DARIUSH

»Wir müssen fort von diesem Pass.«

Es war eine einfache Wahrheit, doch zu beiden Seiten von Bergen umgeben war sie leichter ausgesprochen als umgesetzt. Noch immer hielt Ariadne seine Hand fest, und er zog sie hinter sich her. Die Dunkelheit der bewölkten Nacht verbarg keine Geheimnisse vor ihm, wohl aber vor ihr.

»Nicht nach Osten!«

Dariush lächelte, auch wenn sie es nicht sehen konnte.

»Natürlich nicht«, erwiderte er. Der Gedanke, nach Osten zu reisen, war absurd, auch wenn die Soldaten des Imperiums damit vermutlich am wenigsten rechneten.

»Da wollte sie mich hinbringen.«

Die Worte kamen abgehackt, denn Ariadne war außer Atem. Neugier regte sich in Dariush, doch jetzt war keine Zeit dafür. Das Mädchen konnte nicht ewig laufen, und er konnte sie nicht beide verbergen.

Erst ein langes Stück auf dem Weg zurück auf die westliche Seite der Berge öffnete sich rechts ein kleines Tal. Der Pass hatte sie hinabgeführt, doch dort ging es wieder höher empor. Dariush blieb stehen und blickte zurück. Früher oder später würde man Ariadnes Verschwinden bemerken. Oder die tote Wache, die er am Tor zurückgelassen hatte. Viel Zeit blieb ihnen nicht, und dies war vielleicht ihre einzige Möglichkeit, die Straße hinter sich zu lassen.

»Hier verschwinden wir«, erklärte er Ariadne und wies in das Tal. »Dort werden sie uns niemals finden.«

In seiner Stimme lag mehr Zuversicht, als er verspürte, aber als sie dankbar nickte, wusste er, dass er die richtige Entscheidung getroffen hatte.

Schon bald nachdem sie die ausgebaute Straße verlassen hatten, wurde das Gelände schwierig. Felsen und Geröll versperrten ihnen den Weg, der Boden war uneben und der Anstieg steil. Doch Dariush orientierte sich in der Finsternis sicher durch dieses Labyrinth.

Woher auch immer Ariadne die Kraft nahm, sie stapfte hinter ihm her. Er bewunderte ihre Willenskraft. Zu einer anderen, glücklicheren Zeit hätte sie ein besseres Leben haben können, als vor ihren eigenen Leuten in die Wildnis zu fliehen. Doch es war sinnlos, über verronnene Möglichkeiten zu sinnieren, wenn in der Wirklichkeit große Gefahr drohte.

Als das Tal bei Anbruch des Morgens in ein diffuses Licht getaucht wurde, suchte Dariush einen erhöhten Punkt auf einem großen Felsen und legte sich auf den kalten Stein. Sein Blick suchte die Straße, die kaum zwischen den Bergen zu sehen war. Lediglich der Einschnitt des Passes war deutlich zu erkennen.

Dann tauchten sie auf, berittene Krieger, gehüllt in dickes Eisen. Er wagte kaum, den Kopf zu heben, doch er hätte sich keine Sorgen machen müssen, denn sie stoben den Pass hinab in die Täler des Westens.

Zumindest für den Moment hatten sie ihre Verfolger abgeschüttelt.

Geschmeidig glitt er an dem Felsen hinab und setzte sich neben Ariadne in den Schneidersitz.

»Hier können wir rasten«, erklärte er und wies auf den Felsen. »In Deckung.«

Sie nickte und öffnete den schmalen Beutel, den sie bei sich trug. Das Essen war außergewöhnlich gut, wenn auch von der Flucht zermatscht. Aber Dariush hatte schon Schlimmeres gegessen.

»Was hast du damit gemeint, *sie* wolle dich nach Osten bringen. Wer ist sie?«

Er lauschte Ariadnes Erzählung von Legionären und Isadora mit gerunzelter Stirn. Es ergab wenig Sinn, dass Tullus sie ausgerechnet hierherbringen wollte, zur äußersten Festung des Imperiums. Aber noch weniger verstand er, was eine solche Frau hier tat.

»Bist du sicher, dass sie das Land unter den Schatten gemeint hat?« Ariadne sah ihn verständnislos an.

Er nickte in Richtung des brodelnden Sturms. »So heißen jene Lande in meiner Heimat. In unserer Zunge klingt es … besser.«

»Es passt«, erwiderte sie und erschauerte. »Dort herrschen Schatten.«

Schatten an sich waren nichts Böses, doch Dariush schwieg.

»Ja, ganz sicher.«

»Nichts Gutes kommt aus diesen Landen. Und niemand reist freiwillig dorthin.«

»Umso besser, dass du mich gefunden hast.« Sie zögerte. »Wie hast du mich gefunden?«

Dariush hätte lügen können, oder zumindest die Wahrheit verschleiern, hätte berichten können, wie er Tullus und seinen Leuten gefolgt war. Doch stattdessen griff er in den Beutel an seinem Gürtel und holte ein kleines, gefaltetes Stück Leder hervor. Als er es aufschlug, lag darin eine einzelne Locke hellen Haares. Entschuldigend verzog er das Gesicht.

»Ein kleiner Trick, den ich kenne. Eine Bitte an die Geister.«

Ihre Augen wurden groß, als sie verstand. Ihre Hand fuhr zu dem Pferdeschwanz, den sie sich gebunden hatte.

»Mein Haar!«

Als ihm die Lehrmeister seines Clans diese Kunst beigebracht hatten, schienen sie nicht daran gedacht zu haben, auch zu lehren, wie man es jenen erklärte, deren Haar man nahm. Kein Opfer solle entkommen können, hätten sie gesagt. Aber am Ende standen keine Fragen, sondern der Tod.

»Ich habe mir Sorgen um dich gemacht«, versuchte er zu begründen, weshalb er heimlich eine Strähne ihres Haars genommen hatte. »Und als ich merkte, dass Tullus dich nach Osten bringt, wusste ich, dass etwas nicht stimmte.«

Da war noch mehr, aber er konnte es nicht genau in Worte fassen. Ein Ruf, eine Notwendigkeit, ein inneres Zerren. Sie zurückzulassen, war schmerzhaft gewesen, doch das konnte er sich erklären. Danach war da jedoch mehr. In der Nacht war es wie ein Schrei gewesen, den nur sein Geist hören konnte. Er hatte gespürt, dass Ariadne in Gefahr war. Nein, er hatte es gewusst, mit einer Gewissheit, so fest und massiv wie die Berge um sie herum.

»Und warum? Warum bist du zurückgekommen?«

In ihrer Miene stand nur ehrliche Neugier. Dariush sah auf seine Hände, weizenblondes Haar vor dunklem Leder. Er seufzte. Sein ganzes Leben war eine Abfolge von Geheimnissen gewesen, eine Übung in Verstohlenheit, Lug und Trug, immer wieder. Die Wahrheit kam ihm nur leicht über die Lippen, wenn er sicher war, dass sie nicht schaden konnte.

»Ich hatte Angst um dich.«

Einfach und geradeheraus. Es war gut, so zu sprechen. Eine Erfahrung, die er selten gemacht hatte. Nur mit einem Menschen hatte er so reden können. Nur mit Mahsa.

»Du erinnerst mich an meine Schwester«, gestand er. »Und ich ... ich wollte dich nicht auch verlieren.«

Dann schwieg er. Manchmal wurde man sich der Wahrheit erst bewusst, wenn man sie aussprach. Manchmal schmerzte sie dann umso mehr.

»Was ist mit ihr geschehen?«

Dariush blickte Ariadne an. Ihre hellen blauen Augen forderten mehr von ihm, als er glaubte, geben zu können.

»Sie ging fort. Und ich suche sie.«

Eine Reihe von schwerwiegenden Entscheidungen in zwei Sätzen zusammengefasst. Der Verlust seines alten Lebens, seiner Familie, seines Clans. Eine weite Reise, fern der Heimat. Doch sosehr er auch manchmal um das trauerte, was er verloren hatte, er bereute nichts. Und auch nicht, für Ariadne zurückgekommen zu sein.

»Das ist weder der Ort noch die Zeit«, befand er schließlich und erhob sich. »Sollten wir den Jägern entkommen und einen Weg aus diesen Bergen finden, erzähle ich dir alles.«

Auch Ariadne erhob sich. Jetzt kam sie ohne seine Führung aus. Ihr Weg führte sie weiter in das Tal und damit tiefer in die Berge.

Bis sie an einen Felsen kamen, der ihr Vorankommen blockierte. Er war gut zwanzig Schritt hoch und sehr steil.

Allein hätte Dariush sich zugetraut, ihn zu erklimmen, doch mit dem Mädchen sah er keine Möglichkeit. Er gestattete sich einen leisen Fluch.

»Wir müssen umkehren«, stellte er fest, darauf bedacht, seine Befürchtungen nicht in seine Stimme einfließen zu lassen. Wenn der einzig gangbare Weg wieder auf den Pass führte, waren sie in großer Gefahr. Ihre Vorräte reichten nicht, um die Verfolger auszusitzen, und auf der Straße waren sie leichte Beute.

»Oder wir klettern da drüber.«

Ariadne blickte den Fels hoch und kniff die Augen zusammen.

»Mit einem Seil vielleicht«, entgegnete Dariush. »Aber so?«

»Wir können nicht zurück. Ich will nicht zurück!«

Er verstand sie, aber manchmal musste man akzeptieren, dass Wünsche nicht in Erfüllung gingen.

»Wenn du nicht da hochschweben kannst, müssen wir umkehren.«

»Klettern«, erwiderte sie bestimmt und band sich den Beutel um den Leib. Sie trat an die Felswand heran.

Dariush legte ihr die Hand auf die Schulter.

»Es hat keinen …«, begann er, doch dann spürte er einen Sog, der ihm die Sprache nahm. Kraft lief durch Ariadnes Leib, ein unbändiger Fluss, der mehr verlangte. Sein Atem stockte.

Beinahe unbewusst rief er stumm die Geister an, und als sie ihm antworteten, glitt ihre Macht durch ihn hindurch in Ariadne. Es war ein Gefühl, wie er es noch nie gespürt hatte, erhebend und erschreckend zugleich.

Und er verstand. Sie war mehr als nur ein einfaches Bauernmädchen. Deshalb waren die Marodeure hinter ihr her gewesen, deshalb hatte Tullus sie an diese Frau verschachert.

Mit einem Ruck zog sich Ariadne hoch. Ihre Finger fanden kleinste Ritzen, ihre Zehen klammerten sich an winzige Vorsprünge. Mit einem Mal war sie mannshoch über ihm. Sie blickte über die Schulter hinab.

»Kommst du?«

Dariush lachte. Noch einmal sammelte er sich, ein weiteres Mal bat er die Geister um ihre Gunst. Diesmal verblieb ihre Kraft in ihm.

Geschickt wie ein Bergpanther erklomm er die Felswand, doch Ariadne war schneller. Sie kletterte mit einer Sicherheit, von der Dariush wusste, dass sie von den Geistern von Fels und Stein stammte.

Als er sich oben über die Kante schob, stellte sich Ariadne bereits auf und breitete die Arme aus.

»Das war herrlich!«

Er blieb einen Moment lang hocken und betrachtete sie mit neu gewonnener Perspektive.

»Wie hast du das gemacht?«

»Was? Ich bin einfach geklettert.«

Da war keine Falschheit in ihrer Stimme. Offenbar wusste sie selbst nichts von ihrer Macht.

»Wir sollten weitergehen.«

Unvermittelt war ihm unwohl. Noch nie hatte er von solchen Fähigkeiten gehört, und er wusste nicht, über welche sie noch verfügte. Da war eine plötzliche Gefahr zwischen ihnen. Die Erkenntnis lastete schwer auf seinem Herzen.

Tatsächlich wurde ihr Weg leichter. Ein Stück ging es die Flanke des Bergs entlang, dann erreichten sie ein hohes Tal, das sich breit vor ihnen erstreckte. Dort, wo es hinabreichte, war Grün an seinen Hängen. Vielleicht gab es da einen Weg aus den Bergen.

Die Berge schützten sie vor dem Sturm im Osten, und im Tal war der Wind weniger scharf. Noch immer war es kühl, aber hier und da fiel ein Sonnenstrahl durch die Wolken. Je tiefer sie hinabkamen, desto besser würde es werden.

Bis auf einige Bergziegen und einen Adler, der hoch über ihnen seine Kreise zog, konnte Dariush kein Leben erkennen.

Sie schritten einen kleinen Bach entlang, der über Geröll plätscherte, und labten sich an seinem Nass. Dann erreichten sie die ersten Ausläufer von Vegetation, vereinzelte Bäume zwischen Sträuchern und Gräsern.

Dariush hielt inne als er einen hellen Fleck auf einem Felsen entdeckte. Ein Tierschädel. Er gab Ariadne zu verstehen, dass sie warten solle, und schlich vor.

Es war ein gehörnter Schädel, vielleicht von einem Widder, aber dafür sehr groß, bleich von Wind und Sonne. Doch es war nicht der Schädel selbst, der dafür sorgte, dass sich Dariush vorsichtig umsah. Jemand hatte ihn dort platziert, auf ein kleines Podest aus Steinen, und Federn und Stöckchen an die Hörner gebunden, die sich langsam im Wind bewegten.

Dieses Tal war nicht unbewohnt. Das mochte schlecht oder gut sein, je nachdem, wer es seine Heimat nannte. Aufgrund der letzten Tage war Dariush nicht gewillt, ein Risiko einzugehen, und huschte zurück zu Ariadne.

»Menschen«, erklärte er. »Wir sollten einen Weg in die Ebenen suchen und dabei vorsichtig sein.«

Ihre Angst war ihr anzusehen. So hoch in den Bergen waren es wohl keine Bauern des Imperiums. Hier lebten die wilden Stämme. Ebensolche wie die Marodeure, die Eubusos überfallen hatten.

Gemeinsam eilten sie das Tal hinab. Dariush suchte ihnen einen schnellen Weg, achtete dabei aber darauf, möglichst ungesehen zu bleiben. Die Felsen und der spärliche Bewuchs halfen dabei, aber viel zu oft waren sie exponiert.

Am Fuße einer steilen Wiese fanden sie einen offensichtlichen Trampelpfad. Dariush bückte sich und suchte nach Spuren, doch er fand keine Hinweise, dass er häufig begangen wurde.

Erst als Ariadne ihn am Ärmel zupfte, sah er auf.

Ein Mann stand auf einem Felsen nicht weit von ihnen entfernt. Langes, verfilztes Haar, ein rotblonder Bart. Gestützt auf einen Speer und gekleidet in dunkles Leder, besetzt mit grauem Pelz.

»Seid gegrüßt!«

Dariush ließ seine Stimme weit tragen. Flucht war zwecklos. Jetzt konnten sie nur hoffen, dass die Barbaren freundlich waren.

Ein weiterer Krieger erschien, schritt gemächlich um den Felsen, gefolgt von einer Frau, die einen alten, schartigen Legionärsschild trug, dessen Zeichnung mit dunkler Farbe übermalt worden war. Drei, vier, fünf, mehr und mehr erschienen, bauten sich auf und starrten die beiden an.

»Was tun wir?«, murmelte Ariadne.

»Die Geister um Hilfe anflehen.«

Als ein Dutzend Krieger und Kriegerinnen versammelt waren, kamen sie näher. Noch immer hatte keiner von ihnen ein Wort gesprochen.

»Wir sind Reisende«, erklärte Dariush und verneigte sich. Innerlich wünschte er sich, mehr über diese Stämme und Clans zu wissen, doch die Wilden an der Grenze des

Imperiums hatten in seiner Vergangenheit keine Rolle gespielt, und er hätte sich niemals träumen lassen, dass er ihnen einmal gegenübertreten würde.

Eine große Frau löste sich aus der Gruppe. Ihr Haar war über den Schläfen kurz geschoren und hing ansonsten wirr auf ihre Schultern. Sie trug einen Teil einer metallenen Rüstung, verstärkt mit Leder, doch ohne Schutz ihrer muskulösen Arme, auf denen sich Hautbilder abzeichneten.

»Ihr mitkommen«, befahl sie gebrochen in der Zunge des Imperiums und deutete mit dem Daumen über die Schulter.

Da sie kaum eine Wahl hatten, nickte Dariush und lächelte. Er achtete darauf, seine Handflächen zu zeigen.

Der Trupp nahm sie in die Mitte. Ariadne ergriff seine Hand und er hielt sie fest. Auch wenn ihm selbst nicht danach zumute war, versuchte er, ihr Mut einzuflößen.

Zumindest kannten die Barbaren ihre Heimat und führten sie auf einfachen Wegen durch die Wildnis. Dariush hoffte inständig, dass sie nicht zu jenen gehörten, die Jagd auf Ariadne gemacht hatten – denn er sah keine Möglichkeit, das Mädchen aus dieser misslichen Situation zu befreien.

Eine Spalte öffnete sich in den Felsen zur ihrer Linken, wie eine dunkle Pforte. Es war ein schmaler Pfad, der durch sie führte, und die hohen Felswände an beiden Seiten ließen kaum Licht auf den Boden scheinen.

Überall lagen Schädel auf kleinen Steinhaufen. Einige waren mit seltsamen Zeichen bemalt, andere mit Fetischen geschmückt. Tierschädel, aber auch solche von Menschen.

Dariush schluckte. Man hörte so einiges über die Barbaren. Waren es Menschenfresser?

Hier und da gab es Höhlen in den Felswänden, und

mehr als einmal entdeckte der Nordländer Gesichter, die zu ihnen herabstarrten.

Aus der Nähe betrachtet konnte er sehen, dass es ein primitives Volk sein musste. Nur einige der Krieger hatten metallene Waffen, andere mussten sich mit Speeren mit steinernen Spitzen zufriedengeben. Hier und da schimmerte Bronze, uralte Dolche und Klingen. Ihre Rüstungen waren zusammengestückelt, und sie alle trugen Hautbilder wilder Muster, die bei einigen sogar bis ins Gesicht reichten. Mit ihren grimmigen Mienen wirkten sie Furcht einflößend.

Ihr Dorf stellte er sich als eine Ansammlung von heruntergekommenen Hütten vor. Umso erstaunter war er, als sie ihr Ziel erreichten.

Vor ihnen erweiterte sich der Spalt zwischen den Felsen, und darin war die Front eines großen Gebäudes mit einer gewaltigen Kuppel, die sich zwischen den Felsen spannte. Das Gebäude wirkte wie ein Tempel und war aus dem dunklen Stein der Berge errichtet worden. Hohe Säulen stützten ein Vordach, in das groteske Figuren geschlagen worden waren. An diesem von allen Geistern verlassenen Ort war der Anblick so irreal, dass Dariush den Kopf schüttelte.

Doch das Bild vor seinen Augen verschwand nicht. Irgendjemand hatte gewaltige Steinblöcke in die Wildnis geschleppt, um dann einen riesigen, dunklen Tempel zu errichten, der in Athanopolis hätte stehen können.

Rechts und links davon gab es Höhlen, deren Eingänge erweitert worden waren. Um sie herum war der Fels bearbeitet, sodass sie fast wie Häuser wirkten, die nur zufällig von Fels umgeben waren. Überall waren die seltsamen, verdrehten Figuren als Schmuck angebracht.

»Das … das habt ihr gebaut?«

Falls die Kriegerin seine Frage verstand, gab sie es nicht zu erkennen. Stattdessen wurden die beiden auf den Platz zwischen all den Eingängen geführt, aus denen jetzt mehr und mehr Bewohner des Tals kamen, je weiter sich die Kunde von ihrer Ankunft verbreitete.

Männer und Frauen, Alte und Junge, alle wild und barbarisch, gekleidet in Felle und Leder, die Kinder die Schädel rasiert, die Erwachsenen nur die Schläfen. Die Haare meist blond, doch oft mit irgendeinem dunklen Zeug zu dünnen Zöpfen verklebt.

Und alle starrten sie die beiden an. Innerlich konnte er es verstehen, denn allzu oft würden sie keine Nordländer sehen. Aber Ariadne war nur ein Mädchen aus der Gegend, wenig auffällig.

Die vielen Augen der Menschenmenge machten Dariush unruhig. Neben ihm hatte Ariadne die Arme um den Leib geschlungen und blickte zu Boden.

Wie auf einen unhörbaren Befehl hin öffnete sich mit einem Mal eine Gasse, durch die ein alter, weißhaariger Mann schritt. Er sah marginal besser aus, mit einem Gewand aus weichem Leder und sauberer Haut. Doch man konnte noch die fast verblassten Hautbilder erkennen, die sich um Mund und Augen schlängelten, den Hals hinabliefen und unter dem Leder verschwanden.

Ohne ein Wort wies er auf Ariadne. Die Kriegerin packte das Mädchen hart an der Schulter und riss sie von Dariush fort.

»Nein!«

Er sprang vor, seine Faust traf ihren Nacken, doch dann wurde er selbst gepackt, Barbaren stürmten auf ihn ein. Die Kriegerin warf ihm einen hasserfüllten Blick zu, zog Ariadne jedoch weiter fort.

»Was habt ihr mit ihr vor?«

Dariush warf sich gegen seine Peiniger, rief die Geister um Hilfe an. Zwei, drei Schritte machte er, zog ein halbes Dutzend Krieger hinter sich her, dann wurde er zu Boden gedrückt. Jemand kniete auf seinem Rücken, presste alle Luft aus seiner Brust.

»Dareios!«

Ariadnes Schrei hallte zwischen den Felswänden. Er wollte antworten, hatte aber nicht einmal genug Luft zum Atmen.

»Dareios!«

Seine Arme und Beine zuckten, doch die Griffe waren gnadenlos. Der Weißhaarige sah noch kurz auf ihn herab, dann drehte er sich um und folgte der Kriegerin, welche die sich hilflos wehrende Ariadne zum Eingang des dunklen Tempels zerrte. Dariush öffnete den Mund, schnappte nach Luft, wand sich noch immer.

Ein harter Schlag gegen seinen Kopf erstickte seine Gegenwehr. Mit einem Mal war die Welt fern, und nur noch der Schmerz beherrschte ihn. Der Druck auf seinem Leib ließ nach. Er keuchte.

Ariadne verschwand in den Schatten.

BRAYN

»Bei allen Geistern! Seid ihr taub?«

Die beiden Wachen rührten sich nicht. Hinter ihnen erhob sich das Tor durch die innerste Mauer der Hauptstadt, und dahinter lag Brayns Ziel, die Stadt innerhalb der Stadt, in ihrer Mitte der Purpurne Palast der Kaisers.

Nur allzu gern hätte Brayn den Wachen einen Grund gegeben, die Mienen zu verziehen. Oder wenigstens seine Anwesenheit sichtbar zur Kenntnis zu nehmen. Aber es erschien ihm nicht weise angesichts der geschlossenen Torflügel und der Tatsache, dass die Gesalbte Garde vermutlich unwirsch auf jene reagierte, die ihre Brüder und Schwestern mit Flüchen belegte.

Aber wenigstens der Rabe könnte ihnen auf den Helm scheißen, dachte er wütend.

»Ich bin Veteran, ich habe für die Magistra Militium gekämpft. Sie kennt mich. Sie wird es nicht gern sehen, dass man mich nicht zu ihr lässt!«

Es war das dritte Mal, dass er dies sagte, und jedes Mal wuchs seine Vertrautheit mit Valeria ein wenig. Aber durch die dicken Schädel dieser Gardisten drangen Worte offenbar nicht hindurch. Es hieß, die Domestikoi wurden aus den besten Soldaten des ganzen Imperiums ausgewählt. Derzeit vermutete Brayn eher, dass es die tumbsten waren.

»Hört mal«, sagte er verschwörerisch, eine neue Taktik versuchend. »Ich bin auch Soldat. Ich weiß, wie langweilig es ist, Wache zu schieben.«

Einer der beiden blinzelte. Ein Zeichen?

»Seht es als willkommene Ablenkung. Ihr bringt meine Nachricht zur Magistra Militium und habt wenigstens kurz etwas zu tun, außer hier zu stehen.«

Sein Lächeln blieb unerwidert. Er konnte nicht einmal sagen, ob sie ihn verstanden. Genauso gut hätte er mit einer der Statuen sprechen können, die es in Athanopolis in großer Zahl gab. Und genauso dämlich fühlte er sich gerade auch.

»Eine Nachricht. Ist das wirklich zu viel verlangt?«

Als der Schamane einen Schritt näher machte, reagierten sie zum ersten Mal. Sie rückten enger zusammen und senkten ihre Speere in seine Richtung. Angewidert hob er die Hände.

»Latrinendienst auf alle Ewigkeit«, murmelte er, während er zurückwich, woraufhin die Gardisten wieder wie eine Person in Wachhaltung gingen.

Brayn rieb sich das frisch rasierte Kinn. Er hatte sich für seinen Besuch im Palast so präsentabel wie möglich gemacht, was, wie er zugeben musste, nicht sonderlich erfolgreich gewesen war. Aber man schätzte ihn weniger wegen seiner hübschen Nase und mehr wegen anderer Qualitäten. Zum Beispiel, weil er und die Magistra Militium eine gemeinsame Vergangenheit hatten. Was aber jetzt ebenso wenig weiterhalf wie die Nase.

Brayn seufzte.

Unvermittelt öffnete sich das Tor ein Stück, und eine Beamtin trat daraus hervor. Sie trug mehr Schmuck am Leib als so mancher Provinzfürst, und ihre Robe war aus Seide und so blau, dass sie fast strahlte. Bevor Brayn etwas sagen konnte, winkte sie ihm zu. *Endlich!*

Mit einem selbstgefälligen Lächeln schritt er langsam an den Gardisten vorbei, musste sich dann aber sputen, als die Beamtin wieder durch das Tor trat und es begann, sich hinter ihr zu schließen. So war sein erster Schritt in das innerste Sanktum des Imperiums ein wenig würdevoller Hüpfer.

Die Beamtin lief weiter mit schnellen Schritten voran, und Brayn musste sich beeilen, um sie nicht zu verlieren. Das Torhaus war hoch und breit, dahinter lag ein kleiner Platz mit einem Baum in der Mitte. Doch sie überquerten ihn und betraten den Ausläufer eines riesigen Gebäudes.

»Äh, wohin geht es denn?«

Keine Antwort, nur ein scharfer Seitenblick. Doch zumindest musste er sich nicht lange fragen, denn der Lauf endete in einem kleinen Raum mit sehr hohen Decken. Die Wände waren bis zur Hüfte rot gestrichen, darüber waren sie mit filigranen Pflanzenmustern verziert, so als ob aus dem Rot Blumen wachsen würden. Es war ein erstaunlicher Anblick.

Die Frau hingegen schien es gar nicht zu bemerken, sondern ging zu einem Stehpult und sah Brayn dann auffordernd an.

»Wie ich den Wachen draußen schon zu erklären versucht habe«, hob er an, »bin ich auf der Suche nach der Magistra Militium. Ich habe wichtige Nachrichten zu überbringen.«

Die Beamtin zeigte auch nicht mehr Regung als die Gardisten, und Brayn befürchtete schon, vom Regen in die Traufe gekommen zu sein.

»Name?«

»Brayn.«

»Siegel?«

Entschuldigend hob Brayn die Schultern.

»Ich bin Foederat«, erklärte er und kramte in der Tasche, die über seine Schulter hin. Er zog ein verknülltes Pergament hervor. »Hier.«

Die Beamtin studierte das Dokument eindringlich. Dann zückte sie eine Feder und schrieb etwas auf. Brayn neigte sich leicht vor, um etwas sehen zu können, aber das Pult war zu hoch.

»Brayn der Foederat«, sagte sie missbilligend, als sie ihm sein Dokument zurückreichte. »Und was ist dein Anliegen?«

Beinahe hätte er die Augen verdreht, doch er wusste, dass er ihren guten Willen benötigte, auch wenn nicht zu spüren war, dass sie solchen überhaupt besaß.

»Nachricht? Für die Magistra Militium?«

»Hm.«

Wieder kratzte die Feder ungesehen über Pergament. Dafür, dass es wirklich nicht komplex war, schrieb sie länger und länger. Brayn wartete äußerlich geduldig, innerlich kochend. Mit den Offizieren des Imperiums war es manchmal schon anstrengend; die Beamten jedoch waren eine Klasse für sich.

Als es jedoch schier kein Ende nehmen wollte, räusperte er sich einmal. Eine Reaktion blieb aus, also hustete er laut, bis sie von ihrem Schreiben aufsah.

»Und?«

»Brayn der Foederat, weißt du, wie viele Menschen gern Zugang zur Magistra Militium hätten?«

Der Schamane schüttelte den Kopf.

»Zu viele. Wir können nicht jedem …« Sie schien nach einem Wort zu suchen, entschied sich dann für die einfachste Variante: »Foederat Einlass in den Palast gewähren.«

»Ich verstehe«, entgegnete er, so ruhig er konnte. »Aber wie wäre es mit einer Nachricht? Sicherlich könnte diese übergeben werden?«

Die Beamtin sah ihn an, als habe er vorgeschlagen, dass sie ein ganzes Rind roh essen solle.

»Möglich«, sagte sie schließlich, aber ihre Stimme verriet die Ablehnung.

In diesem Moment hatte Brayn genug. Sein Anliegen war nicht wahnsinnig oder lächerlich, es wurde nur so dargestellt. Er trat an das Stehpult heran. Seine Stimme wurde leise.

»Valeria und ich haben zusammen gegen die Duonotauren Blut vergossen. Es wird ihr ganz und gar nicht gefallen, wenn sie erfährt, dass man ihr meine Nachricht nicht zugestellt hat.«

Gemeinsam Blut vergossen war eine leichte Übertreibung, aber es kam der Wahrheit nah genug, damit er das ganze Gewicht in die Waagschale werfen konnte.

Die Beamtin seufzte.

»Nun gut, Brayn der Foederat. Wo ist diese Nachricht?«

Von seinem plötzlichen Erfolg überrascht, wich Brayn zurück.

»Ich, äh, ich müsste sie noch aufsetzen.«

Die Beamtin sah ihn auffordernd an.

»Habt Ihr vielleicht etwas Pergament und Schreibzeug für mich?«

Es war ihr anzusehen, dass diese Bitte beinahe das Fass zum Überlaufen brachte. Aber nur beinahe, denn sie trat einen Schritt beiseite und ließ ihn an das Pult. Mit ungeübter Hand schrieb er einige Wörter, tupfte die Tinte ab, faltete das Pergament und reichte es der Beamtin.

Dann wurde er ohne großes Zeremoniell wieder hinausbegleitet und fand sich vor dem Tor wieder, wo die beiden Gardisten an ihm vorbeistarrten.

Ein Teil von ihm war erleichtert, aber ein anderer vermutete, dass die Beamtin seine Nachricht ins nächste Feuer geworfen hatte. Da er aber wenig mehr tun konnte als abwarten, lief er zurück zu seiner Herberge, einem kleinen, heruntergekommenen Haus weit draußen an der äußersten Mauer.

Es war nicht gerecht: Manche Städte mussten ohne Stadtmauern auskommen, und Athanopolis hatte fünf davon, nicht jene Bereiche mitgezählt, bei denen die alten Mauern nur für das unentwegte Wachstum der Stadt erweitert worden waren.

Die äußerste mochte die längste sein, aber die höchste und breiteste lag weiter innen. An ihr waren bis zum Heerzug aus dem Osten alle Feinde zerschellt.

Die Bürger der Stadt wussten ihre Mauern zu schätzen. Oft genug hatten nur sie zwischen Leben und Tod, zwischen Sieg und Plünderung gestanden. Anderenorts hätte man vielleicht die inneren Mauern als Quelle für Baumaterial verwendet, sie für bearbeiteten Stein ausgeschlachtet und abgetragen, jedoch nicht hier.

Im Schatten jener gewaltigen Mauer, der größten der Welt, so hieß es, lag Brayns Unterkunft. Und auf der Mauer saß der Rabe. Er beäugte Brayn von oben herab.

»Vielleicht«, rief er hoch, was einige Passanten verwundert zu ihm hinblicken ließ. »Aber sicher bin ich nicht. Fünfmal verfluchte Bürokraten!«

Das wiederum stieß auf Gegenliebe. Wenn es eines gab, worüber man sich im Imperium gern beschwerte, dann die Bürokratie, die alles und jeden in eisernem Griff hielt.

Der Rabe pickte ein wenig in einer Fuge auf der Mauer herum, zog dann etwas heraus und flog mit seiner Beute davon. Brayn sah ihm nach, dann suchte er sein Zimmer in der Herberge auf.

Sein eigener Raum war ein wenig Luxus, den er sich gönnte. Das Wirtspaar hatte ihm sicherlich zu viel Geld abgeknöpft, aber die Preise in der Hauptstadt waren nun einmal gesalzen und gepfeffert.

Erschöpft von dem ungewohnten Tagwerk ließ sich Brayn auf das Lager sinken, das er auf dem Boden hergerichtet hatte, und schloss die Augen.

Wie von allein wanderte sein Geist umher. Erinnerungen kamen hoch. Valeria, lange bevor sie Magistra Militium gewesen war, ihr Lachen über seine Scherze, ein ferner Schatten einer Verbundenheit, die lange vorbei war. Müßig fragte er sich, ob ihre Erinnerungen an ihn auch von der Patina der Zeit geprägt waren. Beide waren sie jünger gewesen, weniger vom Leben gezeichnet.

Halb sank er in Träume hinab. Er fand sich auf alten Schlachtfeldern wieder, und in Betten, die er einst gewärmt hatte. Es war eine bunte Prozession, eine lange Reise quer durch die Welt, voller Gewalt zu Zeiten, heiter zu anderen. Zumindest war sein Leben nicht langweilig gewesen.

Aber am Rande seiner Wahrnehmung lauerte noch etwas anderes. Mühelos glitt sein Geist davon. Manchmal fiel es ihm fast zu leicht, und er musste an die Geschichten von den regungslosen Leibern denken, die man fand, ihres Geists beraubt, leere Hüllen, so tot, als wären sie schon kalt.

Aber der Tod bereitete ihm wenig Sorgen. Stattdessen sah er vor seinem geistigen Auge einen Sturm über der Stadt, tief und dunkel, ein gewaltiger Mahlstrom aus schwarzen Wolken, das Auge des Unwetters direkt über dem Purpurnen Palast im Zentrum von Athanopolis.

Obwohl es mehr Traum als Realität war, wagte Brayn nicht, seinen Geist in den Palast zu senden; die Schutzzeichen der Priester des Imperiums waren zu stark. Geister waren in ihnen gebunden, bereit, Eindringlinge jederzeit abzuwehren.

Doch der Anblick weckte weitere Erinnerungen in ihm. Einmal hatte er über den Rand der Welt geblickt, in jene Länder im Osten, die unter dem nie enden wollenden Sturm lagen. Der Anblick hatte sich ihm damals in den Geist gebrannt. Die Geister in jenen Landen waren in Aufruhr, ungezügelt und wild, und es hieß, dass sie sich jeder Bitte der Sterblichen widersetzten. Nur geflüstert mochte man hören, dass sie anderen Herren dienten.

Athanopolis jedoch war fern von den düsteren Landen des Ostens. Warum also tobte jener Sturm über der Stadt?

Neugierig geworden, glitt Brayn doch näher an den Palast. Er sah die Runen der Elemente, vor sterblichem Blick verborgen, uralt und mächtig, von den Priestern des großen Tempels stets erneuert und erhalten. Nichts Dunkles konnte dort eindringen, jede Magie wäre sofort entdeckt worden. Und doch … es gab keinen Zweifel, über dem Palast lag das Zentrum des Sturms, das Herz der mahlenden Wolken, spiegelte sich dunkel das Herz des Imperiums.

Wie konnte das sein?

Ein neues Gefühl der Dringlichkeit nahm Besitz von

Brayn. Bislang war es eine Frage von Krieg gewesen, eine Sorge um seine Kameraden, dazu eine dunkle Vorahnung. Nun jedoch war da mehr.

Der Sturm tobte und kreiste über der Stadt. Sein Schatten bedeckte alles Land, so weit Brayn sehen konnte. Auf Rabenschwingen getragen flog er empor, bis die dunklen Wolken ihn zu verschlingen drohten.

Direkt unter ihm waren die Schatten tiefer. Dort, direkt im Zentrum des Purpurnen Palasts, waren sie so finster, dass kein Licht mehr zu sehen war. Sie hüllten den Palast ein, tauchten ihn in ein Nichts aus Schwärze.

Regen fiel auf Athanopolis herab, färbte Straßen, Plätze und Dächer dunkel. Brayn erstarrte. Es war kein normaler Regen. Es war Blut. Eine rote Flut, die alles unter sich ertränkte und Athanopolis davonspülte.

Er schlug die Augen auf. Ein leises Klacken ertönte von den Fensterläden her. Noch halb in seiner Vision gefangen, taumelte der Schamane dorthin und öffnete sie. Flatternd hüpfte der Rabe ins Zimmer, stolzierte dann über den Boden. Brayn zog eine Nuss aus dem Beutel an seinem Gürtel und hielt sie ihm hin. Sein Seelenbegleiter legte den Kopf schief, als wisse er nicht ganz genau, was ihm dargeboten wurde, dann pickte er die Nuss sanft aus Brayns Fingern.

»Wir haben ein Problem«, stellte Brayn fest. »Ich fürchte, wir haben weniger Zeit, als ich dachte.«

Der Rabe verschlang seine Beute und flog dann geschickt auf Brayns Schulter. Die Spitze seines Schnabels kitzelte Brayn im Nacken.

»Ich weiß auch nicht, aber wir müssen etwas tun. Valeria muss davon erfahren.«

Doch das war einfacher gesagt als getan. Das Fenster

ging hinaus auf die Stadtmauer, die sich wie ein Symbol für die Undurchdringlichkeit der Stadt vor ihm erhob.

Unglücklich sah sich Brayn um. In seinem Besitz befand sich nichts, was ihm helfen mochte. Aber sie mussten zur Magistra Militium vordringen. Jetzt dringender denn je.

BRIX

Es blieb Brix nichts übrig, als stehen zu bleiben und das Pferd zu beruhigen, während die Reiter auf sie zugaloppierten. Als sie näher kamen, erkannte er zu seiner Erleichterung, dass es nur eine kleine Gruppe war – drei leicht gerüstete Raghater auf schlanken, edlen Rössern von dunklem Fell. Sie trugen Panzer aus Kettenringen, die aber nur den Körper selbst schützten, und hohe, bunte Kappen aus dickem Leder. Ihre Pferde waren ungerüstet, anders als diejenigen der Kämpfer nahe des Nördlichen Walls.

Als sie näher kamen, schoben sie runde Schilde mit bronzenen Verzierungen auf ihre Arme und richteten die Spitzen ihrer Speere auf Brix und Cyril.

Vorsichtig hob Brix die Hände, um zu zeigen, dass er unbewaffnet war.

»Du Soldat?«

Der vorderste der drei Reiter beugte sich vor und fixierte Brix mit einem unfreundlichen Blick.

»Nein.« Brix wies auf Cyril. »Wir sind Bauern.«

Als der Reiter ihn weiter anstarrte, wiederholte er lauter: »Bauern.«

Die drei sprachen in ihrer fremdartigen Zunge, die für Brix fast wie Gesang klang. Sie schienen sich uneins zu sein. Einer der beiden Hinteren wedelte mehrfach mit der Hand, als wollte er die unliebsamen Worte davonscheuchen. Dann wandte der Anführer sich wieder Brix zu.

»Wo Soldaten?«

Gedanken rasten durch Brix' Geist. Sollte er ihnen die Wahrheit sagen? Oder sie lieber in die Irre leiten? Was, wenn sie es schon wussten und ihn nur auf die Probe stellten?

Vorsichtig wies er mit der Hand in Richtung Süden.

»Da. Viele Soldaten. Viele Legionäre. Tausende.«

Es war keine Lüge, aber es wies sie nicht auf das Kastell hin, das weitaus näher war als Nicia.

Wieder besprachen sich die drei. Schweiß rann Brix den Rücken hinab, bildete Perlen auf seiner Stirn. *Kommt schon, zwei einfache Bauern ohne Habe. Reitet einfach weiter.* Doch das Glück, das ihnen den Tag bislang zur Seite gestanden hatte, schien sie zu verlassen.

Das Pferd des Anführers tänzelte näher, dabei blieb der Speer direkt auf Brix' Brust gerichtet.

»Was du haben?«

Für einen Herzschlag wies die Waffe auf die Beutel.

»Nur ein wenig zu essen, Herr«, antwortete Brix unterwürfig. »Bitte, lasst es uns.«

Die Speerspitze tippte unsanft gegen sein Brustbein. Instinktiv wich Brix einen Schritt zurück.

»Zeigen!«

Sofort nickte Brix und ging zu den improvisierten Satteltaschen. Er löste eine und schob die andere so, dass seine Spatha noch verdeckt war, bevor er den Beutel öffnete und dem Raghater hinhielt.

»Seht Ihr, Herr? Nur Essen.«

Der Mann warf einen Blick darauf. Brix wagte nicht zu atmen. Der Speer glitt zurück.

»Brix!«

Ihr Pferd sprang vor, Cyril schwang seine Klinge über dem Kopf. Der Raghater, gerade im Begriff, Brix niederzustechen, schrie auf, als sie sich unterhalb des Helms in seinen Hals grub. Der Schlag riss Cyril die Spatha aus der Hand. Wie versteinert sah Brix, wie ihr Feind langsam seitwärts aus dem Sattel stürzte, während Schwall um Schwall Blut sein eisernes Hemd rot färbte.

»Verflucht!«

Brix sprang vor, packte den Speer. Die Hand des Reiters hielt ihn immer noch umklammert, also trat Brix ihm auf die Hand. Hinter ihm wieherte ihr Pferd. Die beiden Raghater brüllten wütend. Als Brix herumwirbelte, sah er Cyril verzweifelt mit dem bockenden Pferd kämpfen. Die Schreie, der Geruch nach Blut, das Arbeitstier war in Panik.

Einer der Raghater trieb seinen Rappen an, stürmte auf Cyril zu. Brix rannte los, packte den Speer mit beiden Händen. Der Reiter sah ihn kommen, lenkte sein Pferd auf ihn. Brix ging in die Knie, stemmte sich mit aller Kraft gegen den Speer. Die Spitze bohrte sich in die Brust des Rappen, der sich aufbäumte. Brix wurde nach hinten gestoßen, der Schaft entglitt seinen Fingern. Pferd und Reiter stürzten in einer Wolke aus Staub zu Boden.

Auf allen vieren kroch Brix auf den Raghater zu, der halb unter seinem Ross begraben lag. Er schlug die abwehrenden Arme zur Seite, dann traf seine Faust das ungeschützte Gesicht, einmal, zweimal. Blut floss aus der Nase, aus dem Mund.

Ein Dolch fuhr auf ihn zu, doch zu langsam, zu ungenau. Er packte die Hand, entrang ihr die Klinge. Die Augen des Mannes weiteten sich, als die Spitze seiner eigenen Waffe unter sein Kinn gedrückt wurde. Sein Mund öffnete sich, als wollte er etwas sagen, doch Brix legte sich auf das Heft, und der Dolch glitt tief durch Fleisch, Sehnen und Knochen. Statt Worten spritzte nur Blut über die Lippen.

Brix rollte sich schwer atmend von seinem Feind und sah sich um. Cyril war von ihrem Pferd gestürzt, das mit wehender Mähne davonraste. Vom dritten Raghater war nichts zu sehen.

Nur eine Eingebung ließ Brix herumfahren. Eine Klinge raste dort, wo er gerade noch gewesen war, durch die Luft, streifte nur noch seinen Rücken, hinterließ eine feurige Spur der Pein. Brix schrie auf, taumelte nach vorn, weg von der tödlichen Gefahr.

Der Raghater war abgestiegen, hielt seinen Schild vor die Brust und ließ sein langes, gebogenes Schwert kreisen. Brix stolperte, fiel auf die Knie, kroch über das schnaubende, sterbende Pferd hinweg.

Schnelle Schritte hinter ihm. Brix packte den Schild des Erdolchten, warf sich auf den Rücken, hielt ihn schützend über sich.

Die Klinge biss in den Schild. Der Raghater zog sie hoch, dann trat er gegen die Kante und schleuderte den Schild so davon.

Im Kampf zu fallen, war eine Realität, der sich Legionäre stellen mussten. Doch irgendwo war da immer die Hoffnung, dem Tod doch zu entkommen. Der eine zu sein, der davonkam. Nicht heute. Der Raghater stand über ihm; sein Schatten fiel auf Brix. Die Klinge hob sich. Brix hob die Arme, eine letzte, sinnlose Geste des Widerstands.

Heißes Blut regnete auf ihn nieder. Der Raghater legte

den Kopf in den Nacken. Etwas ragte aus seiner Kehle. Die Spitze einer Klinge.

Sein Feind fiel neben Brix zu Boden. Hinter ihm stand Cyril, eine Hand auf die Seite gepresst, eine blutige Spatha in der anderen.

Für nur einen Herzschlag sah der Merarchos aus wie ein Held vergangener Zeiten, das Halo der Sonne um sein Haupt, der Leib geschunden und doch siegreich, die Klinge rot vom Blut seiner Feinde. Dann sank er auf ein Knie, stützte sich keuchend auf die Spatha, wurde wieder Mensch.

Mit tauben Gliedmaßen stand Brix auf. Seine Beine schienen aus Holz zu sein, ohne Gefühl. Er wollte nur noch schlafen.

»Pferde«, erinnerte ihn Cyril. »Kriegsrösser.«

Brix nickte benommen. Er nahm das ungewohnte Schwert des Toten an sich, die Klinge überraschend dünn und leicht, sanft geschwungen. Für das Pferd mit dem abgebrochenen Speer in der Brust kam jede Hilfe zu spät. Brix kniete neben ihm nieder. Die großen Augen rollten umher, blutiger Schaum troff aus dem Maul.

Der Schnitt war schnell, den Hals entlang. Brix hielt seine Hand auf der Wange des Tiers, bis alles Leben aus seinem Blick wich.

Drei erschlagene Raghater lagen um sie herum. Ihr Pferd war nur noch eine Staubwolke in der Ferne, aber die Rösser ihrer Feinde hatten sich nur ein Stück entfernt. Brix sah auf den Mann, der ihn hatte aufspießen wollen. Er war jung, kaum älter als Brix selbst, mit sonnenbrauner Haut und dunklem Haar. Ein lockiger Bart bedeckte Wangen und Kinn. Blutstropfen hingen darin. Seine Augen blickten ins Nichts.

Das alles für einen Beutel Essen.

Unendlich müde machte er sich daran, die beiden Pferde einzufangen, was ihm schließlich auch gelang. Er führte sie an den Zügeln zurück zum Kampfplatz. Cyril war zu Boden gesunken. Seine Seite schimmerte wieder feucht von frischem Blut.

Vorsichtig band Brix die Vorderbeine der Pferde zusammen, dann setzte er sich neben Cyril. Der Offizier atmete langsam und bedächtig, als bereite ihm jeder Atemzug Schmerzen.

»Es ist unklug, mit einer solchen Wunde zu kämpfen«, erklärte Brix und kniff ein Auge zu.

Cyril lachte halb, halb keuchte er.

»Das nächste Mal sehe ich einfach zu, wie er dich mit seinem Speer spickt.«

Brix tat, als überlege er angestrengt.

»Nein, das ist auch nicht klug.«

Dann schob er vorsichtig Cyrils Hand zur Seite. Die Finger waren feucht von Blut.

»Schauen wir uns das mal an.«

Es war mitten in der Nacht, als Brix langsam die staubige Straße zum Kastell entlangtrappte. Das zweite Pferd führte er hinter sich her. Cyril saß in sich zusammengesunken im Sattel; Brix hatte ihn mit einem Lederband fixieren müssen.

Auf den vier Türmen der Befestigung brannten Feuerschalen. Erleichtert atmete Brix auf. In seinen schlimmsten Befürchtungen hatte er die brennenden Festungen des Nördlichen Walls vor sich gesehen. Doch er konnte Wachen auf den Zinnen sehen, welche die unverkennbaren Helme von Legionären trugen.

Als sie nah genug heran waren, ertönte ein Ruf: »Wer da?«

»Brix von der Elften«, rief er mit rauer Stimme zurück. »Und Merarchos Cyril!«

Husten schüttelte ihn. Dann wartete er. Nach einiger Zeit öffnete sich das Tor, und eine Handvoll Legionäre kam herausgelaufen, Speere und Schilde bereit, als erwarteten sie eine Falle. Doch als sie die beiden im Lichtschein ihrer Laternen sahen, nahmen sie die Pferde in die Mitte und führten sie in das Kastell.

Im Hof angekommen, glitt Brix aus dem Sattel und sank dankbar zu Boden. Um ihn herum bildete sich eine Traube aus Legionären, die auf ihn herabsahen. Er erkannte Furcht in vielen Gesichtern, aber auch Zorn.

»Er braucht einen Heiler«, krächzte er. Sein Versuch, auf Cyril zu zeigen, scheiterte, da sein Arm aus Blei zu sein schien und sich nicht so bewegte, wie er sollte. Sein Rücken brannte wie Feuer, aber es dauerte einen Moment, bis er den Zusammenhang herstellte.

»Ich auch.«

Kurz darauf fand er sich in einer hellen Stube wieder. Er war sicher, nur kurz geblinzelt zu haben, und doch war er plötzlich nicht mehr auf dem Hof.

Die Wände waren geweißelt, mehrere Öllampen brannten um ihn herum, machten den kleinen Raum noch heißer, als es ohnehin schon war. Er fühlte sich auf ein weiches Lager gelegt, dann schnitt man ihm die Überreste seiner Tunika vom Leib.

Finger glitten über seinen Rücken. Eine Stimme murmelte Bitten an die Geister. So vorsichtig die Berührung auch war, sie ließ ihn aufstöhnen. Doch der Schmerz war nichts gegen die Qual, die sich daraufhin in seinen Leib ergoss, wie flüssiges Feuer, das seine Welt ausfüllte.

Mit einem Mal wurde der Raum dunkel, und Brix fand endlich die Ruhe, die er gesucht hatte.

DARIUSH

Mit kaum verhaltendem Zorn tigerte Dariush im Kreise seiner Wärter umher. Ein gutes Dutzend stand um ihn herum, besser als jeder Käfig, hielten ihn mitten auf dem Platz in der Schlucht gefangen.

»Wenn ihr dem Mädchen auch nur ein Haar krümmt …«, zischte der Nordländer finster, sprach aber nicht weiter. Jede Drohung war leer. Selbst wenn sie ihn verstanden, mussten sie seinen Zorn nicht fürchten.

Den ganzen weiten Weg gekommen zu sein, nur um in Gefangenschaft bei Barbaren in den Bergen zu enden. Dariush konnte es kaum glauben.

Die Männer und Frauen ließen sich von ihm nicht beeindrucken. Stoisch betrachteten sie seinen unruhigen Gang. Einige hatten die Arme vor der Brust verschränkt, andere lehnten auf Speeren oder Schilden. Sie alle trugen irgendeine Form von Rüstung, wenn es meist auch nur dickes, grobes Leder war. Und alle hatten langes Haupthaar bei rasierten Schläfen. Bei mehreren zogen sich die Hautbilder Nacken und Hals empor bis auf die Schädel.

Für einen Moment gab sich Dariush der Vorstellung

hin, ihnen diese einzuschlagen, dann zwang er sich zu mehr Ruhe. Wut würde ihn und Ariadne nicht befreien. Aber ein kühler Kopf mochte helfen.

Also setzte er sich im Schneidersitz auf den Boden und schloss die Augen. Derartige Übungen hatte es früher oft gegeben. Geduld und Ruhe waren wichtig, und so hatten sie genauso sitzen müssen, oft einen halben Tag oder länger, manchmal während man sie anschrie oder mit dünnen, flexiblen Ruten schlug. Damals war ihm dies wie sinnlose Schikane erschienen, aber als sein Geist jetzt in die gewohnte Kälte abtauchte und die Welt hinter sich ließ, war er dankbar.

Gewalt war keine Lösung. Sie konnten nicht hoffen, gegen den ganzen Stamm zu bestehen. Blieben nur Flucht und Verhandlung. Ersteres war sehr schwierig, und selbst wenn es gelang, waren sie im Gebiet ihrer Häscher. Es war nicht einfach, der Entdeckung zu entgehen, wenn die Jäger das Land so viel besser kannten als man selbst.

Und für Verhandlung wusste Dariush zu wenig. Weder warum man sie festhielt noch wohin Ariadne gebracht worden war. Was hatte es mit diesem dunklen Tempel auf sich?

Er öffnete die Augen und stand auf.

»Wo ist das Mädchen?«, fragte er mit fester Stimme. Er ging den Kreis der Wächter ab, sah allen in die Augen und wiederholte die Frage. Einige grinsten, doch die meisten verzogen keine Miene.

»König«, erklang eine Stimme hinter ihm.

Er fuhr herum. Ein kleiner Mann mit breiten Schultern, die Nase schief und krumm, wich seinem Blick nicht aus.

»Welcher König? Euer König?«

Darauf gab es keine Antwort. Dariush spürte Frustration in sich aufsteigen. Selbst mit den hohlen Schädeln vom Imperium konnte man wenigstens reden.

»Welcher König?«

Der Weißhaarige trat aus den Schatten des Tempeleingangs. Dariush trat in seine Richtung, doch diesmal reagierten die Krieger und zogen ihre Waffen. Mit erhobenen Händen wich der Nordländer zurück.

»Schon gut«, murmelte er in seiner Muttersprache.

Offenbar genoss der Alte großes Ansehen, denn die Krieger hörten auf jeden seiner Befehle. Der Kreis öffnete sich in Richtung des Tempels. Der Kleine deutete auf den Eingang.

»Gehen. König.«

Über Dariush' Antlitz glitt ein wölfisches Lächeln. Vielleicht war Gewalt doch eine Option. Wenn ihnen der Alte so am Herzen lag, konnte er ihn vielleicht packen. Doch was dann? Er hatte keine Waffen mehr. Natürlich traute er sich zu, einen der bronzenen Dolche zu erwischen.

Aber dann schob er den Plan von sich. Mit einem König konnte er vielleicht reden. Der Alte blieb immer noch für den Notfall.

So hielt er die Hände oben und ging langsam zum Tempel. Einige der Krieger begleiteten ihn, ebenso der Weißhaarige.

»Sprichst du unsere Sprache?«

Der Alte sah kurz zu ihm herüber.

»Deine Sprache?«

»Die Zunge des Imperiums«, berichtigte sich Dariush. »Wo ist Ariadne? Das Mädchen?«

»Beim König«, erwiderte der Alte und wies auf den Tempel. »Er wünscht, dich zu sprechen.«

Das war eine gute Nachricht. Reden war genau das, was Dariush im Sinn hatte. Vielleicht gab es doch einen Ausweg aus ihrer Misere.

»Wie heißt er? Wie spreche ich ihn an?«

»Geh«, befahl der Alte und deutete auf die überraschend kleine Pforte, kaum größer als mannshoch. Dieses gewaltige Bauwerk mit der hohen Kuppel, und dann ein Eingang wie in einen Schuppen. Verwundert trat Dariush in die Schatten.

Im Inneren herrschte dämmriges Zwielicht. Zwei flache Schalen mit Öl spendeten flackerndes Licht. Das ganze Gebäude schien nur aus einem unmöglich großen Raum zu bestehen.

Säulen erhoben sich in die Dunkelheit über ihnen, verschwanden darin. Seltsame, fremdartige Symbole waren in den Stein getrieben worden, bedeckten die Wände und Säulen.

Inmitten der gewaltigen Kaverne stand ein großer, unbearbeiteter Felsen. Davor kniete ein Mann, und neben ihm stand Ariadne. Dariush lief vor.

»Ariadne!«

Sie sah auf. Angst und Erleichterung kämpften auf ihrem Antlitz miteinander.

Die Krieger des Stamms waren draußen geblieben, nur der Alte war mit in den Tempel getreten. Zwei Männer, einer davon alt. Dariush lächelte.

Doch dann sah er den Knienden genauer an. Er war nackt, seine Haut hell, das lange Haar dunkel, die Schläfen ebenso rasiert wie bei seinen Untergebenen. Dicke, eiserne Ringe waren um seine Unterarme gelegt, und von ihnen ragten Ketten mit Gliedern so dick wie Dariush' Fäuste nach oben, tauchten in die Dunkelheit ein, nur um sich wieder herabzusenken und an gewaltigen Ringen am Felsen zu enden.

Die bizarre Szenerie ließ Dariush innehalten. Eine schnelle Bitte an die Geister, und seine Augen durchdrangen die Schatten, als wäre es heller Tag. Die Ketten ragten bis zur der Kuppel empor, wo sie durch Ringe liefen, und dann hinab zu dem Felsen, an den sie geschmiedet waren.

Der Kopf des Königs zuckte nach oben.

»Ah. Ein Geistsprecher.«

Zu Dariush' Erstaunen sprach er die Zunge seiner Heimat, klar und ohne Akzent, als sei der seltsame Fremde ebenfalls in der verborgenen Festung aufgewachsen.

»Und ein König«, erwiderte er und ging langsam näher. Um den Felsen herum war ein Kreis aus Symbolen in den geglätteten Boden geschlagen worden. Instinktiv überschritt Dariush ihn nicht, was jedoch bedeutete, dass Ariadne fünf oder mehr Schritt von ihm entfernt stand.

Der Mann lachte bitter auf.

»Ein König in Ketten.«

Sorgsam darauf bedacht, die Symbole nicht zu betreten, schritt Dariush den Kreis entlang. Er erkannte die Formen der Hautbilder des Stamms in ihnen wieder, doch ob sie diese nur in blinder Verehrung kopierten, konnte er nicht sagen.

»Verzeiht mir, wenn ich gestehe, dass ich verwirrt bin. Ich hatte anderes erwartet.«

Jetzt sah der Mann auf. Sein Gesicht war ebenso bleich wie sein Leib, dominiert von hohen Wangenknochen und darüber dunkle, alles durchdringende Augen. Kein Bart bedeckte die Wangen. Die Lippen waren voll, aber blass.

»Einen Thron aus Gold? Eine Krone voller Edelsteine?«

Dariush zuckte mit den Schultern. Nach Ansicht des Stamms wäre beides nicht seine erste Wahl gewesen, dennoch erwiderte er: »Etwas in der Art, ja.«

»Wahre Macht liegt nicht in Orten oder Dingen.«

»Ich habe wenig Erfahrung mit Königen«, gestand Dariush. »Deshalb vertraue ich auf Euer Urteil.«

Wieder lachte der Angekettete, diesmal jedoch wirklich erheitert.

»Wie ist dein Name?«

»Dariush.«

Es gab keinen Grund zu lügen. Aber obwohl es ihm dennoch in den Sinn kam, hielt eine innere Stimme den Nordländer zurück. Vielleicht war es der Ort, oder vielleicht der schneidende Blick dieses Mannes. Sein Leib und sein Gesicht wirkten jung, aber in den Augen sah Dariush einen alten Geist.

»Und was tust du so fern deiner Heimat, Dariush?«

»Ich beschütze jenes Mädchen dort.« Dariush wies auf Ariadne. Dann wechselte er in die Zunge des Imperiums. »Ariadne, komm her.«

Fort von dem Angeketteten, fügte er in Gedanken hinzu. Warum auch immer wer auch immer entschieden hatte, ihn an diesen Felsen zu schmieden, es konnte nur eine gute Idee sein, Distanz zu wahren.

Doch als Ariadne einen vorsichtigen Schritt auf Dariush zumachte, packte der Mann ihre Hand.

»Bleib, Kind«, flüsterte er fast unhörbar.

Sie erstarrte.

Dann wandte er sich wieder an Dariush: »Und warum benötigt ein einfaches Mädchen aus Eubusos Schutz von einem wie dir?«

Jetzt war es Dariush, der lachte.

»Benötigen wir nicht alle Schutz, weil die Welt ein gefährlicher Ort ist.«

Es fiel ihm schwer, dem Blick des Königs standzuhalten, doch das wollte er sich nicht anmerken lassen.

»Allerdings.«

»Muss ich sie vor Euch beschützen?«

Bei der Frage sah Ariadne entsetzt zu ihm herüber. Der König in Ketten wog den Kopf hin und her.

»Ich weiß es noch nicht«, bot er an.

Dariush kniff die Augen zusammen. *Jetzt oder nie.* Er sprang zur Seite, sein Fuß traf den Alten am Knie, seine Arme schlangen sich um den Nacken. Langsam senkte er ihn ab, hielt ihn fest im tödlichen Würgegriff. Die Finger des Weißhaarigen kratzten hilflos über seine Haut.

»Wie wäre es mit einem Handel? Um Euch die Entscheidung zu erleichtern?«

»Oh, und was wäre der Handel?«

»Ihr lasst Ariadne und mich gehen. Wir sind nur vom Wind hierhergeweht worden, und ebenso kann uns der Wind wieder von Eurem Land wehen. Und Ihr bekommt den hier lebend zurück.«

Der König erhob sich langsam. Seine Ketten glitten durch die Ringe, ein lautes, hallendes Klirren. Er war gänzlich nackt, schien jedoch keine Scham zu besitzen. Trotz der Ketten hatte er die Haltung eines Königs. Oder die eines Kriegers.

»Kervan hat mir ein halbes Jahrhundert lang treu gedient. Ich würde seinen Verlust bedauern. Doch nach ihm kommen andere, so wie vor ihm andere waren.«

Mit einem Mal erkannte Dariush seinen Fehler. Was auch immer vor ihm stand, es war kein Mann. Mit einem Menschen konnte er verhandeln, konnte seine Motivation und Wünsche herausfinden. Doch hier wusste er nicht einmal, mit was für einer Kreatur er sprach.

So entließ er Kervan aus seinem Griff und trat zurück.

»Eine weise Entscheidung«, befand der König in Ketten. »Wenn ich euch ziehen lasse, dann nur zu meinen Bedingungen.«

Dariush atmete tief durch.

»Und die wären?«

»Ich weiß nicht«, erwiderte der Mann und sah von ihm zu Ariadne und wieder zurück. »Noch nicht. Aber als Beginn wirst du mir berichten, welcher Wind euch in dieses Tal geweht hat.«

»Also erfahrt Ihr alles über uns, gebt aber selbst nichts preis? Das erscheint mir nicht gerecht.«

Der König lachte in sich hinein.

»Das Leben ist selten gerecht.«

»Aber ein König sollte es sein.«

Schweigen antwortete ihm, als hätten seine Worte etwas bewirkt.

»Was schlägst du vor?«

So ganz genau wusste Dariush selbst nicht, was er bezweckte. Zeit gewinnen, um einen Plan zu schmieden. Informationen sammeln, nach denen er handeln konnte.

»Einen Handel«, entgegnete er verschmitzt und warf einen schnellen Blick auf Kervan, der von ihm weggekrochen war und sich den schmerzenden Hals rieb. »Wir beantworten Eure Fragen und Ihr die unsrigen.«

Es war offensichtlich, dass dieser Austausch dem König in Ketten gefiel, denn ein Lächeln zeigte sich auf seinen Zügen. Doch das schenkte Dariush keine Zuversicht. Im Gegenteil, es erinnerte ihn an die Fänge der großen Raubkatzen seiner Heimat, die man erst sah, wenn es bereits zu spät war.

»Das erscheint mir wiederum nicht gerecht, denn ich habe euch beide in meiner Gewalt. Warum sollte ich für etwas bezahlen, das ich mir einfach nehmen kann?«

Damit zog er Ariadne näher an sich heran. Dariush schüttelte den Kopf.

»Seid Ihr ein König oder ein Räuber?«

»Welcher König ist kein Räuber?«

Eine gute Frage, auf die Dariush keine Antwort wusste.

»Wir sind dort stark, wo wir ohne Not Schwäche zeigen«, deklamierte Dariush aus der Erinnerung. »Wir sind dort mächtig, wo wir Gnade walten lassen.«

Es waren die uralten Worte eines Gelehrten und großen Denkers seiner Heimat. Mehr fiel ihm nicht ein. Es schien nicht zu überzeugen.

»Ein Appell an meine Menschlichkeit?« Der König lachte. »Hier? An diesem Ort?«

Der König in Ketten hatte recht: Sie hatten nichts, was sie anbieten konnten, was er sich nicht einfach nehmen konnte. Außer eines vielleicht.

»Es muss einsam sein. Hier. An diesem Ort.«

Das ließ den Angeketteten verstummen.

»Lasst Ariadne zu mir kommen. Es gibt ohnehin keine Flucht für uns. Und wir werden mit Euch sprechen. Worüber Ihr wünscht.«

Zu Dariush' Erstaunen öffnete sich der Griff. Erst konnte Ariadne es noch nicht glauben, dann kam sie mit steifen Schritten zu Dariush. Er nahm sie in den Arm.

Die Ketten klirrten, als der König ihr langsam folgte. Je näher er dem Kreis aus Symbolen kam, desto mehr spannten sie, bis es ihn sichtliche Anstrengung kostete, nicht von ihnen zurückgezogen zu werden.

Aus der Nähe waren seine Augen noch beunruhigender, geradezu befremdlich durch die Macht, die in ihnen hauste.

»Ich habe gelogen«, gestand er und sah zu Ariadne. »Ich weiß, dass du sie wirst beschützen müssen.«

VALERIA

Es war ein Anblick für die Geister, Exoristos auf der Terrasse in der Sonne zu sehen. Sein heller Pelz schien von innen heraus zu leuchten, und der Duonotaurus hatte sich aus Kissen und Decken eine Art Lager errichtet, auf dem er die Wärme genoss. Obwohl sein Volk aus den kalten Bergen stammte und ihr zottiges Fell dicht und warm war, konnte er nie genug von der Sonne bekommen, selbst wenn die Legionäre der Tagmata schon in ihren Rüstungen fluchten.

Natürlich war Valeria froh, dass er die Zeit im Palast so klaglos ertrug. Es musste für ihn eine Tortur sein, in den für seine massige Gestalt zu engen Räumen zu hausen, dauernd begafft von den Dienern. Die Soldaten ihrer Leibgarde hatten sich längst an ihn gewöhnt, waren sogar stolz darauf, ihn zu den ihren zu zählen. Hier, fern der Berge, rief sein Anblick aber immer Erstaunen und nicht selten Entsetzen hervor.

Doch dann wanderte Valerias Aufmerksamkeit wieder zurück zu den Dokumenten auf dem Tisch vor ihr. Heliopolis. Sie hatte sich alle Informationen beschaffen lassen, die Gordian auftreiben konnte, und dabei mehr als einen

Bürokraten aufgescheucht. Die eingespielten Vorgänge und Abläufe im Palast waren ihr zu langsam, zu behäbig und selbstvergessen.

Wieder studierte sie die Zahlenkolonnen. Die Abgaben der Bürger waren hoch, und wenn man noch den Teil darauf rechnete, den der Magistrat in die eigene Tasche wirtschaften würde, konnte sie den Zorn verstehen. Sicher, die Stadt war reich und das sie umgebende Land fruchtbar. Viel Handel lief über sie, und die Ernten der umgebenden Ländereien flossen erst einmal in ihre Kammern.

Doch all dies war schon bedacht worden, als man die Steuern und Zölle des Reichs festgesetzt hatte. Nun kam noch die neue Abgabe hinzu.

Wohin dieses Geld floss, konnte Valeria den Dokumenten nicht entnehmen. Angeblich in die Verteidigung der Grenzen, aber das hätte sie gewusst. Solche Summen hätten sich sofort in den Einheiten niedergeschlagen. Stattdessen verschwand das Geld, die Spur verlor sich in Dutzenden von Aufzeichnungen.

Sie seufzte. Vermutlich musste sie noch einmal die imperialen Beamten bemühen. Ihre Expertise reichte bei Weitem nicht aus, um durch dieses Gewirr aus Posten und Positionen zu blicken. Aber dafür hatte sie ja Gordian.

Als habe er ihre Gedanken gehört, lief ihr Adjutant in den Raum. Zuerst wollte sie ihn rügen, dass er sich nicht angekündigt hatte, dann sah sie seine roten Wangen und den Schweiß auf der Stirn; er musste gerannt sein.

Ein ungutes Gefühl keimte in ihr. Sie erhob sich.

»Was gibt es?«

»Herrin, ich …«

Erst einmal musste er nach Luft schnappen. Ungeduldig wartete sie, bis sich sein Atem ein wenig beruhigt hatte.

»Der Nördliche Wall ist gefallen«, brachte er hervor.

Sofort schossen Szenarien durch ihren Kopf. An der Grenze im Norden kam es immer wieder zu Gefechten mit den Raghatern, kleinere Probleme, Überfälle. Schafsdiebstahl hatte Strategos Stephanos einst genannt, ein passender Name. Aber wenn die Grenzbefestigungen gestürmt worden waren, konnte dies nur eins bedeuten. *Krieg.*

Mit einer schnellen Geste wischte sie die Dokumente vom Tisch und entrollte die Karte des Reichs. Stephanos war ein guter Mann, erfahren in der Kriegskunst, und er kannte die Provinz gut. Ihr Finger fand Nicia.

Die Stadt war gut geschützt; so lange war sie Zankapfel zwischen den Reichen, dass sie eine der besten Verteidigungswälle im ganzen Imperium umgab. Mit Stephanos als Kommandant war Valeria sicher, dass sie nicht im Sturm zu nehmen war, sondern belagert werden würde.

»Sie werden ihre Truppen bei Nicia konzentrieren«, sagte sie mehr zu sich als zu Gordian. »Aber es gibt überall in der Provinz Kastelle. Wir haben zwei Tagmaten dort, aber die Neunte wird die Hauptlast des ersten Sturms getragen haben. Wenn Stephanos schnell genug handeln konnte, wird er die Elfte nach Nicia zurückgezogen haben.«

Die Elfte. Cyril. Sie sandte eine schnelle Bitte an die Geister, ihrem Sohn beiseitezustehen. Doch jetzt und hier konnte sie nicht viel für ihn tun. Je schneller sie eine Antwort auf die Raghater auf die Beine stellen konnte, desto sicherer würde er sein.

Pläne ratterten durch ihren Kopf. Die XII. Tagmata lagerte bei Athanopolis und wartete auf neue Befehle. Es war offensichtlich, sie als Speerspitze des Gegenangriffs nach Norden zu entsenden. Nicia wäre die simple Wahl gewesen, doch die Dreizehnte war erfahrener als die meisten, und

Valeria überlegte, sie auf die Halbinsel Dalein zu schicken und die Nachschublinien der Rahather zu unterbrechen. Wenn es eine Tagmata gab, die allein operieren konnte, dann die Dreizehnte.

»Wir werden mehr aus den Grenzprovinzen abziehen müssen«, erkannte sie. »Der Sheran wird seine Truppen nur entsandt haben, wenn er sich sicher ist. Das bedeutet, uns steht eine große Macht gegenüber.«

Sie sah auf. Gordian war ruhiger geworden.

»Woher kamen die Nachrichten? Hat Stephanos Details gesandt?«

»Ich habe es inoffiziell erfahren.«

Verblüfft schnalzte Valeria mit der Zunge.

»Inoffiziell? Wer weiß denn vor mir von Neuigkeiten solcher Tragweite?«

»Eine Beamtin hat …«

»Was?« Valeria schlug mit der Faust auf den Tisch. »Eine Beamtin? Das Imperium ist im Krieg, und eine Beamtin weiß vor der Magistra Militium davon?«

Eigentlich hätte jede Nachricht sofort sie persönlich erreichen müssen. Doch hier im Purpurnen Palast war sie von ihren Leuten wie abgeschirmt. Alles wurde von Beamten kontrolliert. Ein Fluch entwich ihren Lippen, keine gekünstelte Verwünschung des Hofs, sondern ein derbes Soldatenwort.

»Egal«, befand sie dann und zwang sich zur Ruhe. »Was auch geschehen ist, wir müssen handeln.«

Sie zog ein leeres Pergament aus der Unordnung auf ihrem Schreibtisch und begann, Befehle aufzusetzen.

»Bevor wir nicht mehr wissen, kann ich keine genauen Pläne machen. Aber wir verlegen die Dreizehnte schon einmal nach Norden, sodass sie gleich übersetzen kann.«

Sie faltete das Pergament, erhitzte Wachs und versiegelte es.

»Das geht an den Kommandanten der XIII. Tagmata. Direkt an ihn, Gordian, an niemanden sonst. Du überlieferst die Order persönlich.«

Ihr Adjutant nickte mit bleichem Gesicht. Die Größe der Neuigkeit war ihm vermutlich gerade aufgegangen. Valeria sank auf ihren Stuhl und hob die geballte Faust an den Mund. Es gab so viel zu tun, so viel zu organisieren.

»Und beschaff mir mehr Informationen. Alles, was du in die Finger bekommen kannst. Ach ja, ruf die Offiziere des Rats zusammen. Ich brauche ihren Einblick.«

Damit sprang sie wieder auf. Bis ihre Untergebenen hier waren, konnte sie nicht mit der genauen Planung beginnen. Aber sie konnte etwas anderes machen. Entschlossen schritt sie zur Tür.

»Herrin?«

»Ich habe eine Audienz bei dem Basileos«, stellte sie nicht ohne Genugtuung fest. Als sie Gordians verwirrte Miene bemerkte, fügte sie hinzu: »Er weiß es nur noch nicht.«

Einen Moment lang überlegte sie, Exoristos mitzunehmen, um ihre Position zu unterstreichen, entschied sich dann aber dagegen.

Stattdessen fielen die zwei Wachen der Domestikoi hinter ihr ein, als sie ihre Gemächer verließ und durch den Palast stürmte. Die beiden Gardisten in ihren Rüstungen mussten sich anstrengen, um mit ihr Schritt zu halten.

»Der Kaiser«, blaffte sie einen Beamten an, als sie an ihm vorbeieilte. »Wo ist der Kaiser?«

Der Mann schüttelte eingeschüchtert den Kopf, also lief Valeria weiter. Jeden, den sie traf, überfiel sie regelrecht mit der Frage, bis sie endlich eine Antwort erhielt. Vermutlich verbreiteten sich gerade schon im Palast Gerüchte über Gerüchte über ihr Verhalten, aber das war ihr komplett egal.

Sie fand den Kaiser im Palast der Kalmene, im Purpurnen Saal, auf seinem Thron sitzend. Die Wachen vor den Toren traten vor sie, aber sie schnippte mit den Fingern und befahl: »Aus dem Weg!«

Selbst die Purpurne Garde wagte es nicht, sich dem Willen der Magistra Militium vom Blute der Kalmene zu widersetzen, und so schob sie die Türflügel zur Seite und betrat den Saal.

Es war weder der größte noch der älteste Saal in der Palastanlage, doch es war ohne Zweifel der beeindruckendste. Wände, Boden und Säulen waren mit purpurnem Marmor verkleidet und mit zahlreichen schmückenden Bändern versehen. Dazwischen gab es Mosaike von außergewöhnlicher Kunstfertigkeit, die bis in die Zeiten des alten Pidnyra zurückreichten.

Am gegenüberliegenden Ende erhob sich der Thron des Basileos auf acht Stufen. Aus Gold getrieben, ragte der große Phoenix mit den ausgebreiteten Schwingen hoch über den Kaiser hinaus, schien ihn mit seinen Flügeln zu umfangen.

Valerias Auftritt löste Bestürzung unter den anwesenden Höflingen aus. Sie schritt zwischen den tuschelnden Gruppen hindurch, ohne sie eines Blickes zu würdigen. Ihr Vetter beäugte sie misstrauisch. Neben ihm stand sein Kämmerer Lucius, hinter diesem dessen Diener Thyron.

»Erhabener, ich bitte um eine Audienz.«

Die Worte hallten durch den Saal. Schweigen antwortete ihr. Lucius beugte sich vor, flüsterte etwas in des Kaisers Ohr. Dann nickte der Basileos.

»Lasst uns allein.«

Auf seinen Befehl hin flossen die Höflinge an Valeria vorbei und strömten aus dem Saal. Alle bis auf zwei, Lucius und Thyron. Einen Augenblick lang wünschte sich Valeria, sie auch fortzuschicken, doch sie besann sich.

»Was hat meine Magistra Militium für ein Anliegen?«

Ich diene dem Reich, knurrte Valeria innerlich, doch sie senkte das Haupt.

»Ich bringe Kunde aus dem Norden. Die Provinz Nicia wird angegriffen.«

Der Kaiser winkte ab.

»Das ist mir bekannt. Strategos Stephanos hat mir Berichte gesandt. Nur einige Überfälle, wie oft um diese Jahreszeit.«

Warum weiß ich nichts davon? Was wurde noch vor mir verborgen? Valeria knirschte mit den Zähnen.

»Nein, Erhabener. Ein Angriff der Raghater. Der Nördliche Wall ist durchbrochen.«

Der Kaiser starrte sie mit offenem Mund an, dann blickte er zu seinem Kämmerer.

»Woher habt Ihr diese Nachricht?«, schritt Lucius ein. Seine Frage war wie eine Anklage.

»Ihr wollt wissen, woher die Magistra Militium von einem Angriff auf das Imperium weiß?«

Der Kämmerer neigte das Haupt, ein freudloses Lächeln auf den Lippen.

»Natürlich. Verzeiht meine Impertinenz. Ich wollte nur sichergehen, dass Eure Kenntnis auch ganz sicher korrekt ist.«

»Ich spreche nicht mit Euch, Lucius, sondern mit meinem Kaiser und Gebieter«, fuhr Valeria ihn an. Sie hatte keine Zeit mehr für höfische Spielereien. Ein winziger Teil von ihr freute sich sogar, bald wieder ins Feld ziehen zu können und Athanopolis hinter sich zu lassen.

»Ist das wahr, Lucius? Greift der Sheran uns an?«

Der Kämmerer sah kalt auf Valeria hinab.

»Es scheint so, Erhabener.«

»Aber … aber uns wurde Frieden versprochen. Ihr sagtet, Ihr habt Zusicherungen, und ein Bündnis stünde kurz bevor.«

Valeria schüttelte den Kopf. Ihr Vetter war vollkommen erschlagen von den Neuigkeiten.

»Man hat uns wohl getäuscht«, erklärte Lucius langsam, als spreche er mit einem begriffsstutzigen Kind.

Der Basileos sprang auf.

»Wir müssen etwas tun. Wir müssen Legionäre entsenden. Wir müssen …«

Damit endete sein Wissen um die Kriegskunst.

Valeria räusperte sich.

»Ich habe bereits Pläne, Erhabener. Zuerst sollten wir die III. Tagmata nach Dalein verlegen. Der Rat tritt bald zusammen. Dann sehen wir, welche Einheiten wir anderenorts entbehren können.«

»Ja, ja, sehr gut.«

Der Kaiser strich sich fahrig die purpurne Tunika mit den goldenen Stickereien glatt, aber die Krone saß immer noch schief auf seinem Haupt.

Er ging einen Schritt auf Valeria zu.

»Ihr seid unsere beste Dienerin. Ihr werdet selbst …«

Er stockte. Thyron war hinter ihn getreten. Der Basileos öffnete den Mund, seine Hand fuhr zu seiner Brust. Verwunderung stand in seinen Augen.

Ein Schwall Blut quoll ihm über die Lippen, färbte sein Kinn rot und seine Robe dunkel.

»Nein!«

Valeria sprang vor. Ihr Vetter taumelte, stürzte die Treppenstufen hinab. Mit einem übelkeitserregendem Schlag landete er auf dem harten Boden.

Oben stand Thyron, einen blutigen Dolch in den Händen und ein wahnsinniges Grinsen im Gesicht.

»Was hast du getan?«, schrie Valeria und sank neben Justinian auf die Knie, nahm ihn in die Arme. Doch alles Leben hatte ihn verlassen. Seine Augen blickten an ihr vorbei in das Nichts.

»Ich?«, fragte Thyron mit einem Lachen. »Nichts. Aber Ihr habt den Kaiser erdolcht.«

Die Klinge segelte, sich träge drehend, durch die Luft und fiel klappernd die Stufen hinab, bis sie auf dem purpurnen Marmor bis zu ihr schlitterte.

Valeria verstand nicht. Das Blut ihres Vetters, das Blut der Kalmene rann über ihre Hände. Eine Lache, dunkles Rot vor Purpur, breitete sich auf dem Boden aus.

Sie blickte sich um. Domestikoi standen vor den Türen Wache, unbewegt, als hätten sie nicht gerade den Mord an ihrem Kaiser gesehen.

»Tötet sie!«, schrie Valeria. »Rächt euren Herrn!«

Doch als sich die Gardisten endlich in Bewegung setzten, packten sie Valeria und zogen sie hoch.

»Valeria die Kaisermörderin«, rief ihr Thyron hinterher, als sie aus dem Purpursaal geschleift wurde. »Was für ein Klang! Aber keine Sorge, niemand wird sich lange an Euch erinnern!«

Sein Lachen verfolgte Valeria, als die Domestikoi sie davonschleppten.

ARIADNE

Neben sich spürte Ariadne, wie sich Dareios anspannte. Er schien bereit, den seltsamen angeketteten Mann anzugreifen. Sanft legte sie ihm die Hand auf den Arm. Sie fürchtete um ihn. Der Mann, der keiner war, würde ihn mühelos töten.

Tief in sich konnte sie es spüren. Manchmal sah sie es fast vor ihren Augen, einen wirbelnden schwarzen Vortex, dort, wo er stand.

»Vor Euch?«

In den Worten schwang das Versprechen mit, dass er Ariadne auch vor dem König in Ketten schützen würde.

»Sie ist eine Gefahr.«

»Sie ist ein Kind«, blaffte Dareios den Mann an, der sich nun vorbeugte, wodurch die Ketten seine Arme nach hinten zogen.

»Sie ist beides.«

Da war keine Falschheit in seiner Stimme oder Miene, aber Ariadne traute sich nicht zu, ihn einzuschätzen. Er mochte ehrlich wirken, doch er war kein einfacher Mann.

Unsicher wich Dareios einen Schritt zurück und zog

Ariadne von ihm fort. Sein Blick huschte zum Ausgang. Sie könnte spüren, dass er fliehen wollte.

Die Ketten klirrten, als der König rückwärts zu dem Felsen ging. Die Kettenglieder liefen nach oben, andere senkten sich herab. Es war ein seltsames Schauspiel.

»Du glaubst mir nicht, Dariush. Und wer kann es dir verdenken? Du hast Angst, du verstehst nicht, wo du bist, wer ich bin. So etwas hast du noch nie gesehen. Trotz all deiner Ausbildung hat dich niemand auf diesen Moment vorbereitet.«

Der Nordländer schnaufte verächtlich.

»Ich brauche keine Ausbildung, um zu wissen, dass es falsch ist, Kinder zu bedrohen.«

Der König breitete die Arme aus.

»Weil du nicht erlebt hast, was mir widerfahren ist.«

Ariadne löste ihren Griff von Dareios' Arm und ging wieder an den Kreis der Symbole. Sie musste nicht auf sie hinabsehen, um zu wissen, dass sie dort waren. Sie strahlten etwas aus, eine Macht, die sie so sicher spüren konnte, wie ihre Augen sie sahen. Überall in dieser Halle war die Macht gebunden.

»Warum bin ich eine Gefahr?«

Dareios schüttelte den Kopf, aber sie wich seinem Griff aus und fixierte den König in Ketten mit einem fragenden Blick, den er mit seinen unergründlichen Augen erwiderte.

»Weil du eine Gabe hast, mein Kind. Eine Gabe, die andere für sich nutzen können.«

»Welche Gabe?«

Er lächelte.

»Du bist eine Pforte.«

Ariadne sah zu Dareios, der unwissend die Schultern hob.

»Ich verstehe nicht …«, gestand sie langsam.

Der König seufzte.

»Natürlich nicht. Es ist eine extrem seltene Gabe. Einmal in Jahrhunderten mag sie sich vielleicht offenbaren. Sie ist eine Verbindung zu älteren Zeiten. Ein Rückgriff auf das, was einst war.«

Es war ein unwirklicher Moment, hier an diesem fremdartigen Ort mit diesem noch fremdartigeren Mann. Wie ein Traum, aber noch wusste Ariadne nicht, ob daraus nicht ein Albtraum wurde.

»Wir sind auf der Flucht«, erklärte Dareios plötzlich. »Jemand ist auf der Jagd nach Ariadne. Mehr als das. Manchmal scheint es, als sei die halbe Welt hinter ihr her.«

Der König nickte.

»Und es wird noch schlimmer werden. Sobald andere erfahren, wer sie ist – was sie ist. Viele werden ihrer habhaft werden wollen. Und niemand hat ihr Wohl im Sinn.«

»Doch«, entgegnete sie ernst. »Dareios.«

Das ließ den König in Ketten schmunzeln. Er verneigte sich spielerisch vor ihrem Begleiter.

»Dann gebührt dir meine Achtung, Dariush. Auch wenn es närrisch ist, sich gegen jene zu stellen, die kommen werden.«

»Woher weißt du so viel über sie?«

»Weil ich einer von ihnen bin.« Der König sah auf seine Hand und hob sie, sodass die Kette nach oben lief. »Nun ja, einer von ihnen war.«

»Haben sie dich hier eingesperrt?«

»Das könnte man so sagen«, erwiderte er kalt. »Aber das spielt keine Rolle. Wichtig ist nur, dass sie seit langer Zeit voller Verzweiflung nach einer Pforte suchen. Und jetzt – endlich! – ist eine aufgetaucht. Und noch dazu so nah an ihrer Heimat.«

»Der Osten«, erkannte Ariadne und erschauerte. »Du stammst aus dem Osten?«

»Jenseits davon, aber ja, dort habe ich die längste Zeit mein Heim gehabt.«

Ariadne spürte einen Ruck in sich. Die Schatten verschwanden. Nein, sie waren noch da, aber sie konnte durch sie hindurchsehen. Licht umtanzte Dareios neben ihr. Und Dunkelheit den König in Ketten. Sein Gesicht war darin verborgen, aber sie musste es nicht mehr sehen, um zu wissen, dass er sie neugierig anstarrte. Sie konnte es in den Schatten um ihn herum lesen.

»Deine Fähigkeiten wachsen. Doch du hast sie nicht unter Kontrolle.«

»Ich … ich weiß nicht.«

Das alles war so verwirrend. Auch Dareios verstand offensichtlich nicht, was vor sich ging. Das ihn umspielende Licht zeigte seine Angst, aber auch seine Entschlossenheit, die stärker war als jedes Eisen. In ihm tobten zwei Wesen. Der Mann, der einem fremden Mädchen half. Und der Mann, der skrupellos tötete.

»Warum suchen sie Ariadne? Sie verfügt über eine Macht, gut, aber ist sie wirklich so groß? Und wenn sie so groß ist, kann sie sich nicht vor ihnen schützen?«

Licht und Schatten verblassten wieder, die Dunkelheit kehrte zurück, Ariadne tauchte wieder in die Wirklichkeit ein.

»Irgendwann einmal, vielleicht. Doch noch ist sie weit davon entfernt. Und ihre Häscher verfügen über mehr als Wissen und Magie. Völkerschaften haben sich ihrem Willen unterworfen, verehren sie als Götter.«

Dareios schnaubte.

»Es gibt keine Götter, nur die Geister der Welt.«

Der König grinste wölfisch.

»Korrekt.«

»Sie sind wie du.« Die Erkenntnis durchfuhr Ariadne wie ein Blitz. »Ein Schatten liegt über ihnen. In ihnen.«

»Sehr gut, mein Kind. Ja, sie sind wie ich. Mehr als nur sterbliches Fleisch, mehr als nur ein Geist. Verschmolzen mit uralter Magie. Flüchtlinge aus der anderen Welt, gekommen, um sich diese untertan zu machen.«

»Sie sind Geister? Beschworen? In unserer Welt?«

In Dareios' Stimme schwang Unglaube mit. Jedes Kind wusste, dass Priester und Magier den Segen der Geister erbitten konnten. Die mächtigsten von ihnen konnten sogar die Grenzen zwischen den Welten schwächen und die Macht der Geister in diese lassen. Doch den Sterblichen war die Welt der Geister verwehrt, und ebenso den Geistern ihre.

»Nicht beschworen.« Der König suchte sichtlich nach Worten. »Gestrandet. Übrig geblieben. Machtlos, bis sie sich in Fleisch kleideten. Oh, dieser erste Moment des Entzückens, der erste Schlag des Herzens in der Brust, der erste süße Atemzug. Sich bewegen, alles spüren, wahrnehmen, jeden Hauch, jedes Haar auf der Haut, jeden Ton.«

Die Augen geschlossen, drehte sich der König in Ketten langsam, so als würden all diese Empfindungen noch einmal mit herrlichem Entzücken über ihn kommen.

»Sie … wir stellten fest, über welche Macht wir verfügten. Ihr Sterblichen, ihr könnt die Geister um Hilfe bitten, mit schwachen, leisen Stimmen. Doch wir, wir rufen laut und klar. Wir können zu allem sprechen, alles erkennen. Eure Seelen sind offene Geheimnisse für uns. Eure Leben nur ein Funkenflug in langer Nacht.«

Die Schatten schienen sich um ihn zu versammeln.

Jede seiner Bewegungen war grazil und doch voller Kraft. Seine Stimme nahm an Gewalt zu, tief und unfassbar waren die Geheimnisse, die seinen Worten entsprangen. Größer schien er, weiser und mächtiger, jenseits sterblicher Vorstellungskraft. Ein Titan unter Menschen, unsterblich, schrecklich schön.

Dann hielten ihn die Ketten zurück, und der Zauber verging. Er lachte bitter auf.

»Wenn sie so mächtig sind, warum dann die Jagd auf Ariadne?«

Der König senkte das Haupt, sein langes Haar fiel ihm in wirren Strähnen ins Gesicht, doch zwischen ihnen funkelten seine Augen, die Ariadne immer noch in ihrem Bann hielten.

»Weil sie Angst haben.«

Stille senkte sich herab. Seine Worte waren unverständlich.

»Angst vor mir?«

»Mein Kind, kennst du die Legende vom Phoenixsprung?«

Ariadne nickte verwirrt.

»Natürlich. Ein jedes Kind im Imperium kennt sie. Vermutlich hat sogar Dariush vor langer Zeit einer Erzählung gelauscht.«

»Wir kennen die Geschichte des Imperiums«, unterbrach ihn Dareios ungeduldig. »Die Horde aus dem Land unter dem Schatten. Unaufhaltsam fraß sie sich durch das Reich, überwand alle Armeen des Imperiums. Athanopolis schien verloren, bis sich die Kriegerin von feurigen Flügeln getragen auf ihren Herrn stürzte und ihn erschlug.«

Spöttisch klatschte der König in Ketten in die Hände.

»Das ist eine sehr kurze Variante. Die lange ist voller

Blut und Tod und Schrecken. An all die anderen Heroen und Heldinnen erinnert sich niemand. Und wäre die Kalmene nicht gewesen, so wäre selbst das Imperium längst vergessen. Und das Land unter dem Schatten würde sich von See zu See erstrecken.«

Er warf einen geradezu schelmischen Blick auf den Nordländer.

»Und bis über die Weiße See in den Norden. Deine Heimat wäre ebenso gefallen, denn der Hunger nach mehr ist den Meinen ein unersättliches Verlangen.«

Dareios verzog das Gesicht.

»Aber so kam es nicht.«

»Nein, denn es gab Kalmene. Und es gibt den einen, der im Osten alles führte. Der Geist, dem alles unterworfen war. Den, der uns beherrschte.«

Wie in Erinnerungen verloren, sanken seine Worte herab, und er wurde still.

»Ich war da, müsst ihr wissen. Ich ritt an seiner Seite.«

Ariadne stockte der Atem. Der Gedanke war ungeheuerlich.

»Der Phoenixsprung, alles nur Mythos. Keine Flammen hüllten sie ein, kein Feuervogel trug sie davon. Es war pures Licht, das von ihr strahlte, heller als die Sonne selbst. Die Wahrheit ist schrecklicher und schöner als die Legende. Denn sie öffnete die Pforte und riss ihn mit sich fort.«

»Kalmene? Sie war wie Ariadne?«

Die Vorstellung, dass sie, das Bauernmädchen aus Eubusos, etwas mit der größten Heldin aller Zeitalter gemein haben sollte, ließ Ariadne aufkeuchen.

»Weniger dürr«, erwiderte der König mit einem nicht unfreundlichen Lächeln. »Bis heute frage ich mich, ob sie wusste, was sie tat. Oder ob es Instinkt war. Ich meine, dass sie sich opfern würde, musste ihr bewusst sein. Ein letzter, verzweifelter Akt, der Schrei, nicht ohne Kampf in die Schatten zu treten. Und dann …«

Seine Stimme versagte.

»Was dann?«

»Dann war ich frei. Wir alle. Das ganze Heer, all die sterblichen Kreaturen, die Geister, alles, was sein Wille bezwungen hatte. Aber die anderen … sie fühlen sich wie nichts ohne ihn. Unablässig suchen sie nach ihm, verwalten sein Erbe, rüsten sich für die Zeit seiner Wiederkehr.«

»Du hast dich von ihnen abgewandt. Dies hier ist deine Strafe.«

Falls ihre Worte ihn verletzten, zeigte er es nicht, sondern nickte einfach.

»In gewisser Weise. Ich tauschte ein Gefängnis gegen ein anderes. Mein Geist ist frei, mein Körper gefangen.« Er hob die Arme, die Ketten klirrten. »Ich glaube, es ist besser so.«

»Das alles erklärt nicht, warum du Ariadne schaden willst. Wenn sie so ist, wie Kalmene es war, dann ist sie doch eine Bedrohung für diese … diese Wesen.«

Dareios schritt nah an den Kreis heran. Der König betrachtete ihn, wie man ein zu vorlautes Kind betrachten mochte.

»Eine Bedrohung für dich!«

Als stimme er zu, legte der König den Kopf auf die Seite.

»Vielleicht, wenn sie lernt, ihre Fähigkeiten zu beherrschen. Aber was habe ich schon von ihr zu befürchten?«

»Den Tod.«

Freudlos lachte er auf.

»Es gibt keinen Tod für mich. Nur Gefangenschaft im

Nichts zwischen den Welten, weder hier noch in der anderen, ohne Zeit oder Empfinden.«

»Warum dann?«

Der König sprang vor, seine Finger glitten vor Dareios durch die Luft, wurden nur von den Ketten gehalten.

»Weil sie ihn zurückholen kann.«

BRIX

Von draußen wehten Stimmen herein, die Brix aufweckten. Es dauerte eine Weile, bis sich seine Augen an das Licht gewöhnt hatten. Noch länger, bis sein Geist begriff, wo er sich befand. Dann kam die Erinnerung zurück.

Vorsichtig setzte er sich auf. Die Haut an seinem Rücken spannte sich, da war ein leichtes Ziehen, aber nicht wie der Schmerz einer Wunde. Ein sauberer Verband war um seinen Leib gewickelt. Behutsam tastete er seine Schulter ab, spürte die rauen Leinenbahnen. Darunter war seine Haut empfindlich, aber es fühlte sich eher wie bei einer Narbe denn einer Wunde an.

Erleichtert schob er die Beine aus dem Bett. Seine Füße berührten den angenehm kühlen Boden. Es war warm in dem kleinen Raum, der nun einen Herzschlag lang vor Brix' Augen tanzte. Doch der Moment verging, und er erhob sich.

Die ersten Schritte waren noch ungelenk, die Beine steif, die Muskeln zittrig. Er fühlte sich, als sei er gestern erst im Kastell angekommen, aber seine Wunde war zu weit verheilt, als dass dies sein konnte.

Sein Kopf fühlte sich an, als habe man einen Verband um ihn gewickelt, viele Lagen, sodass die Welt fern und dumpf schien, verschwommen und gedämpft.

Die Tür führte in einen schmalen Gang, von dem weitere, ähnliche Türen abgingen. Doch Brix ging ihn entlang, dorthin, wo helles Licht schien, und erreichte einen größeren Raum mit zwanzig Lagerstätten. Sie waren leer, aber offensichtlich in Benutzung.

Eine Legionärin trat durch eine größere Tür, sah ihn, hielt kurz inne und hob dann grüßend die Hand.

»Du solltest dir etwas anziehen.«

Brix sah an sich hinab. Zu seiner Erleichterung sah er, dass er zumindest eine weite Hose trug. Er wollte antworten, doch seine Kehle war wie ausgedörrt.

»Wasser«, brachte er unter Schmerzen hervor. Sie kam zu ihm, reichte ihm einen kleinen Lederbeutel mit Wasser, das er dankbar in seinen Mund rinnen ließ.

Ob es die Begegnung oder das Getränk war, wusste er nicht, aber sein Geist klarte auf. Die Legionärin blickte ihn erwartungsvoll an.

»Danke.«

»Alles für einen Kameraden«, erklärte sie schlicht und band sich den Wasserschlauch wieder am Gürtel fest. Sie trug die volle Rüstung, allerdings ohne Helm. Sie war gut einen Kopf kleiner als er, mit kurzem blonden Haar und von der Sonne gebräunter Haut.

»Wie geht es Cyril? Ich meine, dem Merarchos?«

Fast fürchtete er sich vor der Antwort. Der Gedanke, dass all ihr Leid umsonst gewesen sein könnte, war schwer zu ertragen.

Doch sie lächelte.

»Der Priester sagt, er wird durchkommen. Aber er ist

noch nicht wieder aufgewacht. Sie haben sich zuerst um ihn gekümmert. Offizier halt.«

Brix winkte ab.

»Seine Wunde war schlimmer.«

Sie schnalzte mit der Zunge, erwiderte aber nichts.

»Ihr seid auch von der Elften?«

»Ja, einige hier. Der Rest ist von der Thuma.«

»Wie viele?«

»Zweihundert unter Waffen, alles in allem.«

Die Neuigkeit ließ Brix erleichtert aufatmen. Sie hatten es geschafft, waren ihren Häschern entkommen und nun in Sicherheit. Die Offiziere würden schon an Plänen arbeiten, die Raghater wieder zurück in den Norden zu treiben.

»Ich bin Brix«, sagte er. »Der Venarier.«

»Gudris, aus Astrien.«

Dann beugte sie sich über eine der Lagerstätten.

»Hier, nimm das.« Sie hielt ihm eine Tunika und Sandalen hin. »Chledreg ist ungefähr so groß wie du.«

Dankbar schlüpfte Brix in die gewohnte Kleidung. Die Bewegungen waren unangenehm, da er seinen Rücken spürte, aber er hatte weit Schlimmeres überstanden.

Auch wenn Rüstung und Waffen fehlten, fühlte er sich jetzt wieder wie ein Legionär.

»Es heißt, du bist ein Held«, stellte sie fest, als sie ihn musterte. Ihre Miene zeigte, dass sie diese Meinung nicht teilte. »Dein Merarchos hat es immer wieder und wieder gesagt.«

Unsicher schüttelte Brix den Kopf. Vor seinem geistigen Auge tauchten Bilder auf. Xylon, die Hand noch um den Pfeil in seiner Brust. Letha, erschlagen im Dreck liegend. Der junge Raghater, blutiger Bart und leere Augen.

»Ich wollte mich nur in Sicherheit bringen«, erwiderte er leise. »Und ich konnte ihn nicht zurücklassen.«

Zum ersten Mal sah er so etwas wie Bewunderung in ihren Augen.

»Für die Elfte.«

»Für die Elfte«, murmelte er. *Für all jene, die wir dort ließen. Und für alle, die noch für uns bluten werden.* Erst jetzt wurde ihm bewusst, dass ihnen das Schlimmste noch bevorstand. Ein Krieg, ein wahrhaftiger, großer Krieg gegen die Raghater und ihre Verbündeten.

»Gibt es mehr Neuigkeiten? Neue Befehle?«

»Du hast ein paar Tage verpasst«, erläuterte sie vorsichtig. »Es ist einiges geschehen.«

Der Tonfall ihrer Stimme gefiel ihm gar nicht. Angesichts des Heerwurms, der sich aus dem Norden ergossen hatte, musste er mit dem Schlimmsten rechnen. Plünderungen und Brandschatzung in der gesamten Provinz, Marodeure, die sich ungehindert bewegen konnten. Das Volk würde leiden.

»Was ist geschehen?«

»Am besten kommst du mit.«

Gudris wies über ihre Schulter auf den Ausgang. Als sie die Tür öffnete, musste er die Augen zusammenkneifen. Helles Sonnenlicht durchflutete den Hof.

Es war ein Kastell, wie man es überall im Imperium finden mochte, fast quadratisch, mit zwei gegenüberliegenden Toren, jeweils flankiert von dicken, wuchtigen Türmen. Steinerne Mauern mit hohen Zinnen. Auf der einen Seite des Hofs der lange Stall und kleinere Gebäude mit Schmieden und Werkstätten, auf der anderen die Kaserne, das hohe Haupthaus und Küchen, Waschräume, alles aneinandergebaut.

Es war erstaunlich, so weit im Norden und jenseits der Meerenge auf einem Hof zu stehen, der genauso aussah wie jene, auf denen er in seiner Heimat exerziert hatte.

Neben ihm hob Gudris Schild, Speer und Helm auf, die sie neben der Eingangstür deponiert hatte, und setzte den Helm auf.

Um sie herum herrschte geschäftiges Treiben. Einige Pferde wurden im Hof ausgeführt, Diener liefen mit großen Trögen in den Stall, ein Trupp von zwanzig Legionären der XI. Tagmata hatte vor seiner Prinzepos Haltung angenommen.

Doch Gudris führte ihn durch das Chaos hindurch zum großen Tor. Der Sonne nach wies es nach Norden, also war es das, durch welches Brix und Cyril geritten waren.

Sie gingen durch die breite Pforte in den linken der beiden Türme, das düstere Treppenhaus empor, bis sie in das oberste Geschoss traten. Hier gab es große Fenster in alle Richtungen, vor denen Legionäre Wache hielten. Trotz der Hitze stand in der Mitte eine breite Feuerschale mit glühenden Kohlen darin.

Die Legionärin klopfte einer der Wachen auf die Schulter, der sie kurz ansah und dann zur Seite trat. Sie wies auf das Fenster.

Um das Kastell herum waren grüne Hügel, doch es lag auf der höchsten Erhebung und bot so einen großartigen Blick auf das gesamte Umland.

Aber es waren nicht die Felder und Weiden, die Brix den Atem nahmen. Es waren die Zelte und Truppen, die das Kastell umzingelten. So weit er zu beiden Seiten sehen konnte, lagerten Raghater, gerade außer Bogenschussreichweite. Sein Magen wurde flau, krampfte sich zusammen.

Farbenfrohe Zelte in vielen Rottönen, über denen die

fremdartigen, pelzbesetzten Standarten der Raghater im Wind wehten. Hölzerne, mit Leder bespannte Barrikaden waren gen Kastell gerichtet, dahinter sah er hin und wieder Metall aufblitzen. Eine Schwadron Reiter preschte zwischen den Zelten entlang, ritt dann in eine Senke davon. Krieger in eisernen Schuppenpanzern standen in einer ordentlichen Formation vor einem großen, hellgelben Zelt. Die Sonne blitzte und funkelte auf ihren konischen Helmen und den Spitzen ihrer langen Speere. Ihre runden Schilde zeigten eine schwarze Raubkatze vor gelbem Grund.

Ein Hämmern wehte herüber. Im Schutz der Barrikaden wurde etwas gebaut. Ob Leitern oder Belagerungsmaschinen war egal; es würde den Verteidigern des Kastells nichts Gutes verheißen.

»Nicia wird belagert, einige Kastelle sind gefallen, andere halten … noch«, erklärte Gudris. Sie schnalzte mit der Zunge. »Willkommen im Krieg, Brix.«

BRAYN

So wie er es befürchtet hatte, geschah nichts. Keine Nachricht, kein Bote, keine Beamtin, die sich vielmals bei ihm entschuldigte. Es wäre auch zu viel erhofft gewesen, nahm Brayn an, als er sich seufzend wieder auf den Weg zum Palastbezirk machte. Diesmal wählte er ein anderes Tor. Vielleicht hatte er dort ja Glück.

Es war ein sonniger Tag, doch selbst die angenehme Wärme konnte nicht das Gefühl der Kälte vertreiben, das er seit seiner Vision hatte. Er versuchte es auf seine alten Knochen zu schieben, aber er wusste ganz genau, dass es eine Vorahnung war, die ihn nicht aus ihren Klauen ließ.

Der Gang durch die Stadt tat wenig, um seine Laune zu verbessern. Er sehnte sich zurück an den Rand der Zivilisation, zu den tiefen, dunklen Wäldern. Zu den Seinen.

Dieses Tor lag im Osten des Palasts, war kleiner als das davor, kaum mehr als eine Pforte, durch die Diener und Beamte für ihre Geschäfte gehen konnten. Dennoch standen zwei Wachen der Gesalbten Garde davor. Brayn schnitt eine Grimasse. Würde er wieder so lange auf sie einreden müssen, bis er genug Aufsehen erregte, als dass jemand mit mehr Autorität zu ihm sprach?

Als er kaum noch ein Dutzend Schritte entfernt war, öffnete sich das Tor, und ein junger blonder Mann in der Tunika eines Soldaten schlüpfte heraus. Brix stutzte, denn war Legionären nicht der Zutritt strengstens verboten?

Er drückte sich in den Schatten eines Hofeingangs. Gerade als er dem jungen Soldaten in den Weg treten wollte, sprang einer der Gardisten vor und zückte seine Klinge.

»Vorsicht!«, entfuhr es Brayn ganz unbewusst.

Der junge Mann wirbelte herum, riss den Arm empor, doch es war zu spät. Die Klinge schnitt durch Stoff, Haut und Fleisch, riss den Arm nach unten, dann stieß der Gardist zu. Mühelos glitt die Spatha in den Leib des Mannes. Seine Beine gaben nach, und er fiel zu Boden.

Alles hatte nur einen Herzschlag lang gedauert. Brayn war vollkommen überrascht. Er hatte nicht damit gerechnet, den Tod hier zu treffen. Die beiden Gardisten blickten sich um. Einer deutete auf Brayn, der die Hände hob. Worte wurden gewechselt, dann zogen sie sich zurück ins Innere des Palasts.

Sofort stürzte Brayn zu dem jungen Mann. Dessen Füße kratzten über den Boden, als versuche er zu gehen. Seine Zähne waren rot. Blut rann aus der Wunde in seiner Brust, floss über seine Lippen.

Glocken läuteten im Palast. Erst eine, dann noch eine, dann viele.

Der Soldat packte Brayn am Arm. Sein Mund bewegte sich. In seinen Augen konnte der Schamane Angst sehen, und Erstaunen. Brayn wollte ihm helfen, doch er wusste aus hundert Gefechten, dass es zu spät war.

»Alles gut, mein Junge«, sagte er, so ruhig er konnte. »Alles gut.«

Eine blutige Hand glitt in das Gewand, zog ein beflecktes Pergament hervor.

»Mag … Militium …«

Kaum Worte, mehr ein Hauch. Aber Brayn verstand.

»Valeria«, erwiderte er.

Der Sterbende nickte dankbar. Das Pergament fiel in Brayns Schoß.

Der junge Soldat bäumte sich auf. Seine Hände verkrampften sich um seine Wunde. Brayn redete auf ihn ein, sinnlose, beruhigende Geräusche, er hielt ihn fest, bis sein Geist aus dem Leib gewichen war.

Wie betäubt erhob er sich. Er war Zeuge eines feigen Mordes geworden, doch er wusste nicht, warum oder wenigstens an wem. Alles, was er hatte, war das Pergament. Es war mit dem Zeichen eines Phoenix versiegelt.

Mit einem Schulterzucken brach er das Siegel und las die kurze Order. Sie war von Valeria unterzeichnet.

Überall in der Stadt schlugen nun Glocken. Es schuf eine seltsame, bedrückende Stimmung. Etwas geschah, doch niemand wusste, was.

Der Rabe landete auf Brayns Schulter und beäugte den Leichnam. Auch wenn er seinem Seelenbegleiter niemals ein Mahl entsagte, schüttelte der Schamane das Haupt.

»Wir müssen aus der Stadt.« Er hielt das blutige Pergament hoch. »Der Junge wurde deshalb umgebracht. Es muss die Dreizehnte erreichen.«

Enttäuscht keckerte der Rabe und schwang sich dann wieder in die Lüfte. Sein Flug führte ihn nach Osten. Brayn lief in dieselbe Richtung, nur langsamer, suchte sich seinen Weg durch das Gewirr der Straßen und Gassen.

Überall kamen die Bewohner aus ihren Häusern oder blickten verwundert aus den Fenstern. Im Vorbeilaufen hörte Brayn tausendundein Gerüchte, von Feuern bis hin zu Barbaren vor den Toren der Stadt.

Er passierte die alten Stadtmauern, eine nach der anderen, doch die Wachen an den Toren wussten auch nicht mehr als der Rest der Einwohner.

Schließlich erreichte er das Tor der Vier Winde. Dort hatte sich eine Traube von Menschen angesammelt, die wütend auf die wachhabenden Soldaten einredeten. Brayn drängelte sich ungeduldig durch die Menge, bis er ganz vorne war.

»Wir haben unsere Befehle«, erklärte eine gedrungene Offizierin. »Niemand kommt hinein oder hinaus.«

Brayn fluchte verhalten.

»Ich muss durch«, erklärte er mit fester Stimme und trat an die Offizierin heran.

Sie musterte ihn von oben nach unten.

»Das sagen hier alle.«

»Ich habe Befehle von der Magistra Militium für die XIII. Tagmata dort draußen.«

Jetzt hatte er ihre Aufmerksamkeit.

»Du?«

Er hob die Hände.

»Ich bin Foederat. Meine Einheit ist bei der Dreizehnten.«

Eine kleine Lüge, mehr nicht. Er bat die Geister darum, ihn vertrauenswürdig erscheinen zu lassen, beugte sich vor.

»Ein Mann«, tuschelte er ihr verschwörerisch ins Ohr. »Niemand sonst, und ebenso muss niemand davon erfahren.«

Immer noch blickte sie ihn skeptisch an.

»Kommt schon, von Veteranin zu Veteran. Ein kleiner Gefallen.«

Sie seufzte.

»Aber kein großes Aufhebens!«

Er nickte ihr dankbar zu und huschte zum Tor. Auf ihren Wink hin öffnete eine der Wachen ein kleines Portal im großen Torflügel, und Brayn fand sich vor der Stadt wieder.

So schnell ihn seine Füße trugen, rannte er die Straße entlang, bis er das Lager der Dreizehnten erreichte. Einige Legionäre hatten sich am Rand des Felds zwischen Lager und Stadt versammelt und blickten nach Athanopolis hinüber. Als er angelaufen kam, riefen sie ihm Fragen zu.

»He, was ist denn da los?«

»Was soll das Geläute?«

Er antwortete, dass er es auch nicht wisse, und tauchte tiefer in das Lager ein, flog geradezu zwischen den Zelten entlang.

Schließlich fand er, was er suchte.

»Fyenn!«

Der Kentarchos sah von seinem Würfelspiel auf.

»Du schon wieder.«

»Keine Zeit«, keuchte Brayn. »Ich muss mit eurem Kommandanten reden.«

Fyenn lachte ungläubig.

»Der Tagmarchos hat Besseres zu tun als ...«

Brayn hielt ihm das blutige Pergament hin. Seine Augen wurden groß.

»Komm.«

Er zerrte Brayn weiter, bis in das Zentrum des Lagers, wo die großen Zelte der Offiziere errichtet worden waren. Wachen wollten ihr Begehr wissen, aber Fyenn brüllte sie so laut zusammen, dass eine Merarchos den Kopf aus einem Zelt streckte, um sich nach der Quelle des Lärms zu erkundigen. Nach kurzer Diskussion fand sich Brayn im großen Zelt des Tagmarchos wieder.

Der Kommandeur der Tagmata war nicht groß, mit ergrautem Haar und einer Narbe auf der Wange, die seinen Mundwinkel nach unten zog, was ihm ein griesgrämiges Aussehen verlieh.

Eine Reihe anderer Offiziere waren ebenfalls anwesend und betrachteten Brayn neugierig.

»Tagmarchos, das ist Brayn, ein Foederat, den ich schon lange kenne.«

»Einer von Decebals Leuten, nicht wahr?«

Brayn nickte dankbar.

»Du bringst Befehle aus dem Palast?«

Wieder nickte Brayn und hielt ihm das Pergament hin. Dann berichtete er, wie er in den Besitz gekommen war.

»Ein junger Mann? Blond?«

Die Merarchos beschrieb den erschlagenen Boten.

»Ja, genau der.«

»Gordian«, erklärte sie, was im Zelt Gemurmel auslöste.

»Ruhe!«

Die Stimme des Tagmarchos ließ alle verstummen. Er legte das Pergament auf einen Tisch, verschränkte die Arme hinter dem Rücken und sah Brayn an.

»Wir haben Berichte aus dem Palast erhalten. Es heißt, die Magistra Militium hat versucht, den Thron zu usurpieren. Der Kaiser ist tot und sie in Haft.«

Brayns Herz sank.

»Das kann nicht sein!«

»Außerdem wurden wir angewiesen, unsere Waffen niederzulegen und an die Domestikoi zu übergeben. Zum Wohle des Imperiums, wurde uns gesagt.«

»Das werdet Ihr doch nicht befehlen?«

Der Tagmarchos sah seine Offiziere an.

»Alles andere wäre Hochverrat.«

Brayn trat vor.

»Das ist Unsinn. Valeria würde doch niemals den Kaiser ermorden und den Thron an sich reißen. Sie dient dem Reich schon immer treu!«

Er deutete auf das blutgetränkte Pergament.

»Wenn die Nachrichten stimmen, dann ist das Imperium im Krieg mit den Raghatern. Ihr erster Gedanke würde doch der Verteidigung von Nicia gelten.«

Der Tagmarchos strich sich über das Kinn. Brayn spürte, dass niemand im Zelt überzeugt war, dass die Magistra Militium einen Umsturz begehen würde.

»Wenn Valeria den Thron wollte und einen Plan geschmiedet hätte, würde sie dann jetzt im Kerker sitzen? Oder wäre sie nicht vielmehr Kaiserin?«

Fyenn musste trotz der Schwere der Situation grinsen. Brayn klopfte mit den Fingern auf das Pergament.

»Sie hat immer einen Plan parat.«

Niemand sprach. Der Tagmarchos atmete tief durch.

»Ich will die Tagmata voll gefechtsbereit wissen«, befahl er. »Antreten zum nächsten Appell. Ich werde zu den Legionären sprechen.«

Erleichtert seufzte Brayn. Sofort kam Bewegung unter die Offiziere, sie liefen hinaus, Befehle wurden gebrüllt, das Lager erwachte. Auch Fyenn stürmte davon.

Während der Kommandeur sich mit den verbliebenen Offizieren beriet, schlich Brayn unbemerkt nach draußen.

Der Rabe hockte auf dem Vordach.

»Sieht nicht gut aus«, erklärte ihm Brayn. »Valeria ist in irgendwas hineingeraten.«

Eine Trompete erklang im Lager. Der Schamane grinste.

»Mal sehen, was wir tun können.«

Der Rabe hüpfte auf und ab. Die Aussicht auf einen Kampf regte ihn auf. Oder vielmehr die Aussicht auf das, was danach kam.

»Aber zuerst habe ich eine Aufgabe für dich«, flüsterte Brayn leise und hielt ihm die Hand hin. Sein Seelenbegleiter sprang herauf, die Krallen bohrten sich vorsichtig in seine Haut. Der Rabe trippelte den ausgestreckten Arm entlang bis zu Brayns Schulter. Er streichelte den gefiederten Kopf.

»Du hast die wichtigste Aufgabe, mein Freund«, erklärte er. »Ohne dich ist alles verloren.«

Das gefiel dem Raben. Liebevoll knabberte er an Brayns Finger, während der Schamane ihm seinen Plan erläuterte.

DARIUSH

Der unerwartete Ausbruch ließ Dariush zurückspringen. Der König in Ketten wirkte wie ein Raubtier, das voller Zorn gegen die Stäbe seines Käfigs sprang.

»Siehst du das nicht? Kalmene trug ihn fort, bannte ihn und sich in der Zwischenwelt. Ihre Macht hält ihn dort gefangen. Macht, gegen die wir hilflos sind. Aber nun ist da eine andere Pforte. Und mehr braucht es nicht. Einen Moment der Schwäche, eine Lücke, und er entkommt. Dann kleidet er sich erneut in Fleisch und wird beenden, was er vor so langer Zeit begonnen hat.«

Die Enthüllung grub sich wie ein Wurm in seinen Geist. Zweifelnd blickte er zu Ariadne. Er erinnerte sich an das Gefühl, als sie seine Macht genommen hatte, um die Felswand zu erklettern. Ein kurzer Augenblick nur, doch dahinter spürte er mehr.

»Jahrhunderte haben sie gewartet, jetzt ist ihr Ziel zum Greifen nahe. Sie werden vor nichts haltmachen. Ihre Macht ist groß, sie bewegen sich unerkannt unter den Sterblichen, suchend, immer suchend, nach ihr. Es ist das Echo seines Willens in ihnen, dem sie unablässig lauschen.«

Der König erbebte.

»So, wie ich ihn noch in mir fühlen kann.«

Dann fing er sich und ging einige Schritte zurück.

»Du tötest, Dariush. Ich kann es an dir riechen. Ich kann es in deinem Geist sehen. Du hast mehr als genug Leben genommen.«

Dariush schürzte die Lippen. Es gefiel ihm ganz und gar nicht, von diesem Wesen so erkannt zu werden.

»Und?«

»Das ist nichts gegen die Zahl der Leben, die ich ausgelöscht habe. So viele mit meinen eigenen Händen, und ein Vielfaches mehr mit meinen Worten. Ich könnte diese Halle mit ihren Gebeinen füllen, und sie würde dafür nicht ausreichen.«

Es war ein seltsames Prahlen, das Dariush abstieß. Doch dann erkannte er die Reue in der Stimme des Königs. Kein Stolz, sondern Hass auf sich selbst.

»Ein Tod, Dariush. Ein Tod, um unzähliges Leid zu verhindern. Kehrt er zurück, wird er die Welt mit Krieg überziehen, bis ihm alles untertan ist. Kein lebendes Wesen wird ohne seine Erlaubnis atmen. Die Erde wird in Blut getränkt werden, bis sie selbst rot ist.«

Wieder trat der König an ihn heran, doch diesmal langsam. Sein Antlitz war fast ein Flehen.

»Ein Leben gegen unzählige.«

Was für eine Bitte! Dariush taumelte zurück. War dies nicht genau das, was man ihn gelehrt hatte? Besser ein Dolch in der Nacht, ein einzelner Tod, als Kriege und Verheerung. Sauber, hatten es die Ältesten des Clans genannt, ein notwendiger Handel. Eine Schuld, die sie auf sich luden, ein Tod hier und da, damit viele andere leben konnten.

Sein Blick wanderte zu Ariadne. Sie hatte die Arme um

den Leib geschlungen. Fast konnte er in ihr die Bedrohung sehen, von welcher der König sprach, die mystische Pforte in das Reich der Geister. Doch darunter war sie noch immer ein halbes Kind, dürr, blass, erschüttert von allem, was geschehen war. Voller Angst. Vor ihm. Sie wich zurück.

»Es geht schnell«, fuhr der König fort. »Und auch wenn dir niemand außer mir danken wird, bist du ein Held in den Schatten.«

Dariush schüttelte den Kopf. Es wäre einfach. Es wäre nicht der erste Tod, der von seinen Händen kam. Ein Mädchen für eine Welt.

Ein anderes Mädchen erschien vor seinen Augen. Dunkle Haare voller Blut. Eine Klinge über ihrem Haupt. Sein Atem stockte.

»Nein«, wisperte er, kaum Herr seiner eigenen Stimme. Er ging vor Ariadne in die Knie. »Niemals.«

Sie zögerte keinen Moment, ihn in ihre Arme zu schließen.

»Ich werde dich beschützen«, flüsterte er. »Ich werde nicht zulassen, dass sie dich bekommen.«

Ihr Körper erbebte unter ihrem Schluchzen. Durch den Schleier ihrer Haare funkelte Dariush den König in Ketten an, der sie unbewegt beobachtete. Dann löste er sich behutsam aus Ariadnes Griff, hielt jedoch ihre Hand fest in der seinen.

»Wir werden von hier fortgehen«, stellte er fest, so sicher, als sei es beschlossene Sache. »Wenn du sie töten willst, müssen deine Diener uns aufhalten.«

Der König nickte und zog sich zu seinem Felsen zurück. Dariush fragte sich, wie es sein mochte, die Jahrhunderte an diesem dunklen Ort zu verbringen, angekettet, mehr Tier als Mensch. Dann erinnerte er sich daran, dass es kein Mensch war, sondern etwas grauenhaftes anderes, ein Monstrum, das nicht sein sollte.

»Die Geister haben euch hierhergebracht«, erklärte der König leise. »Ihr solltet auf sie lauschen, wenn ihr geht. Vielleicht weisen sie euch einen gangbaren Weg.«

»Wirst du uns aufhalten?«

Dariush war bereit zu kämpfen, zu bluten und wenn es sein musste, zu sterben. Aber der König in Ketten schüttelte den Kopf.

»Nein.«

Er wirkte wie ein geschlagener Mann, so als ob er einen Kampf verloren habe. Doch Dariush traute ihm nicht.

»Warum nicht?«

»Meine Zeit in der Welt ist vorübergezogen. Es ist nicht an mir, diese Entscheidungen zu treffen. Ich bin hier an diesem Ort, und hier werde ich sein, egal, was geschieht.«

Ohne den Blick von ihm zu lassen, führte Dariush Ariadne zum Ausgang. Gerade als sie ihn erreicht hatte, zog sie ihre Hand aus seinem Griff.

»Warte«, bat sie, dann lief sie wieder zurück in die Schatten. Dariush wollte sie aufhalten, doch sie warf ihm über die Schulter ein Lächeln zu, das ihn sich anders besinnen ließ.

Vor dem Symbolkreis kniete sie nieder. Der König trat mit klirrenden Ketten an sie heran, ging in die Hocke. Worte, zu leise, um sie zu verstehen. Dariush wagte kaum zu atmen, als sie so nah vor diesem uralten Raubtier kniete.

Doch als sie sich abwandte und zu ihm zurücklief, ließ der König sie gewähren.

»Was war das?«

»Ein Geschenk«, erklärte sie. »Als Dank.«

Wenigstens war Dariush jetzt fast sicher, dass ihnen

nichts geschehen würde, auch wenn es vielleicht nur daran lag, dass der König Ariadne zu sehr fürchtete, als dass er Hand an sie legen würde.

Als sie aus der Halle traten, sog Dariush glücklich die frische Luft in seine Lungen. Auf dem Platz standen immer noch Krieger des Stamms, und aus den Eingängen und von Plattformen herab starrten andere sie an. Er nahm wieder Ariadnes Hand und ging einfach zwischen den Barbaren hindurch.

Kein Wort wurde gesprochen, aber er konnte die Verwunderung in ihren Mienen lesen. Vermutlich geschah es nicht oft, dass ihr seltsamer König seine Opfer wieder ziehen ließ.

Vor ihnen öffnete sich eine Gasse, die sich hinter ihnen wieder schloss, aber Dariush warf keinen Blick zurück. Sie liefen die dünne Schlucht entlang, bis sich das Tal vor ihnen öffnete.

Niemand hielt sie auf. Es ertönten keine Rufe. Die Wachen in den Klippen ließen sie anstandslos passieren. Bis zum letzten Augenblick befürchtete Dariush, dass man sie doch noch aufhalten würde, doch der König in Ketten hielt sein Wort.

»Wir sind frei«, sagte Ariadne leise und wies auf das grüne Tal vor ihnen.

»Noch sind wir nicht aus ihrem Gebiet«, mahnte Dariush sie zur Vorsicht, lächelte dann aber. »Aber du hast wohl recht.«

Sie fanden einen der Pfade des Stamms und folgten ihm abwärts, hinaus aus dem hohen Tal.

»Glaubst du, was er gesagt hat, ist die Wahrheit?«

Ihre Stimme war dünn und voller Sorge. Einerseits wollte Dariush ihr diese nehmen, andererseits lag ein langer, harter Weg vor ihnen, und es half nichts, die Gefahren zu beschönigen.

»Ich glaube, er ist davon überzeugt, die Wahrheit zu sagen«, erwiderte er also vorsichtig. »Und er weiß viel. Aber sicher nicht alles.«

Ein Stück gingen sie schweigend weiter. Nach ihrer Begegnung mit dem König in Ketten wirkte die Welt so irreal. Pflanzen, Tiere, das alles schein so wenig mit ihren Erlebnissen gemein zu haben. Es war, wie in eine andere Welt zu treten.

»Aber sie werden nach mir suchen.«

Dariush nickte betrübt.

»Das hast du schon erlebt. Davon müssen wir ausgehen.«

»Was soll ich nur tun?«

Dariush blieb stehen, ging vor ihr in die Hocke, bis ihr Antlitz vor seinem war.

»Wir machen einen Schritt nach dem anderen. Zuerst verschwinden wir aus diesen verfluchten Bergen. Dann gehen wir nach Westen, so weit weg von ihnen wie möglich. Vielleicht finden wir im Imperium Hilfe.«

Skeptisch sah sie ihn an, und er zwinkerte ihr zu.

»Und wenn nicht, dann bringe ich dich in meine Heimat. Du suchst dir einen schönen neuen Namen aus und wirst eine Prinzessin.«

Sie zog die Nase kraus.

»Ich will lieber werden wie du.«

Das brachte ihn zum Lachen, auch wenn er sicher war, dass dies nicht ihr Wunsch wäre, würde sie ihn besser kennen.

»Ein Schritt nach dem anderen«, erinnerte er sie, was sie mit einem Lächeln quittierte.

Ob seine Worte ihr geholfen hatten, wusste er nicht, aber so langsam formte sich ein Plan in seinem Geist. Er war schon immer am besten gewesen, wenn Druck auf ihm lastete. Sollten die Häscher sie doch jagen, er würde ihnen ein Schnippchen schlagen.

Als sie weitergingen, horchte er, ob die Geister zu ihm sprachen, doch da war nur der Wind, der durch die Wipfel und über die Felsen strich. *Fort mit den Geistern,* dachte er. *Wir gehen unseren eigenen Weg.*

Und jeder Schritt brachte sie weiter vom Land unter dem Schatten fort.

EPILOG

Lange Zeit herrschte Stille in der großen Halle seines Gefängnisses. Nichts rührte sich. In seine Gedanken und alte, fast vergessene Erinnerungen versunken, kauerte der König in Ketten auf dem Boden.

In den Schatten, die ihn umgaben, tauchten Fratzen auf. Gesichter vergangener Weggefährten, Sterbliche, die ihm gedient hatten, Sterbliche, die ihn genährt hatten. Und andere. Seitdem die Reiter aus dem Osten gekommen waren, um den Stamm mit Gold und Waffen zu locken, wusste er, dass der Tag der Rückkehr gekommen war. Einst hatte er gehofft, dass es niemals geschehen würde. Doch so, wie er sich den Opfern nicht versagen konnte, so war tief in ihm ein Wunsch nach mehr als dieser Qual.

Schon immer hatte er gewusst, dass er schwach war. Zu schwach, um sich zu lösen, zu schwach, um zu kämpfen, zu schwach, ein Ende zu suchen.

Nun war die Entscheidung ohne ihn gefallen. Das Rad der Zeit drehte sich weiter, ein Äon ging zu Ende, ein anderes begann. Vielleicht würde dies die Epoche der Schatten werden, das Zeitalter der letzten Dunkelheit. Jene im Osten bauten darauf, arbeiteten mit aller Macht daran, diese Ära in die Welt zu zerren.

Einst hatte er an ihrer Seite gestanden. Er hatte sich an

der Macht gelabt, die er über die Sterblichen hatte. Ihr Ringen mit dem Schicksal, ihr Aufbäumen gegen das Unvermeidliche hatten ihn nur amüsiert. Ihr Tod war ihm nichts gewesen. Sterben mussten sie alle, sterben würden sie alle.

Doch die Jahrhunderte hatten ihn ausgehöhlt. Schal und grau war ihm die Existenz geworden. Was die anderen antrieb, entglitt ihm. Welche Freude konnte schon die Ewigkeit überdauern?

Wieder einmal wünschte er sich, die Stärke gefunden zu haben, dem allem ein Ende zu bereiten. Stattdessen war er hier gefangen, angekettet wie ein Tier.

Licht fiel in die Halle. Kervan trat herein, gefolgt von seinen Kriegern. Sie trugen eine Frau zwischen sich, nackt, der Leib mit Hautbildern verziert, die blonden Haare schleiften über den Boden.

Niemals hatte er darum gebeten, dass sie zu ihm kamen. Oft genug hatte er versucht, sie fortzuschicken. Er hatte ihnen gedroht, sie verflucht, gebeten und gebettelt. Aber er war ihr König, ihr Gott, und sie ließen ihn niemals lang allein.

Wortlos legten sie den reglosen Leib auf den Boden. Sorgsam schob Kervan ihren Arm über die Begrenzung. Der winzige Kreis, in dem er absolut herrschte. Hatte es jemals einen machtloseren König als ihn gegeben? Trotz all seiner unirdischen Kräfte reichte seine Macht nur bis zum Kreis der Symbole auf dem Boden.

Hunger nagte an seinen Eingeweiden. Längst hatte er gelernt, die Bedürfnisse seines Leibs zu kontrollieren. Alle bis auf den Hunger.

Die Menschen verneigten sich tief vor ihm und zogen sich dann zurück. Selten brachten sie eine der ihren zu ihm. Meist gingen sie auf Raubzug, nahmen Gefangene, entführten sie von anderen Stämmen oder den Menschen am Fuß der Berge.

Langsam schritt der König in Ketten vorwärts, den Blick immer auf den fahlen Leib gerichtet. Einst hatte er das Vergnügen gesucht, doch all dies war von ihm abgefallen.

Sie war jung, knapp zwanzig Winter mochte sie überstanden haben. Ihr Gesicht war entspannt, die Augen geschlossen. Wie es Tradition war, hatte sie ihre Schläfen geschoren, während ihr Haupthaar ungehindert wuchs, als Zeichen, dass sie erwachsen war. Seit die Ersten des Stamms ihn vor so langer Zeit entdeckt hatten, trugen sie ihr Haar wie er. Es war ein Zufall, dass sein Haar so war, und doch hatten Generationen es ihm nachgemacht.

Ebenso wie die Zeichen, die in ihre Haut gestochen waren. Die Symbole des Kreises, in langen Reigen wiederholt, auch wenn sie nicht wussten, was sie bedeuteten. Es waren die Zeichen ihres Königs, und das genügte ihnen.

So einfach wäre es gewesen, sich an ihr zu laben, seinen Hunger für einen vergänglichen Moment zu stillen. Und sich danach zu hassen.

»Was hast du getan?«, fragte er leise, ohne auf eine Antwort zu warten. »Haben sie dich per Los erkoren? Oder gabst du dich freiwillig hin? Wurde es dir als eine Ehre angepriesen?«

Sie schwieg, nur ihr ruhiger Atem war zu hören. Seine Finger berührten ihre warme Haut. Die Kuppen strichen über die Symbole, verfolgten sie, zeichneten sie nach. In ihnen lag keine Macht, anders als in jenen überall um sie herum.

Jahre hatte es gedauert, die Sterblichen dazu zu zwingen, sie in den Fels zu schlagen. Er hatte sie gelehrt, sie zu stärken und jene arkane Kraft in sie zu legen, die ihn band.

Ein jedes der vielen hundert war wichtig, essenziell, so wie die Glieder der Kette. Er kannte um seine furchtbare Kraft. Und er hatte alles gegeben, um sie zu bannen.

Die Zeiten änderten sich. Generationen kamen und gingen. Die Welt wurde eine andere. Nur er blieb gleich. Doch dann erkannte er, dass dies nicht die Wahrheit war. Stets hatte er sich verändert, langsam, fast unmerklich zwar, doch ebenso, wie die Welt selbst allmählich ihr Antlitz änderte.

Die Ketten hielten ihn fest. Der Kreis hielt ihn gefangen. Es gab kein Entkommen für diesen Leib.

Der König in Ketten blickte zur Decke empor. Darüber würde sich der Himmel spannen, für ihn nur noch eine Erinnerung. Die Sonne, deren Wärme er seit Menschengedenken nicht mehr genossen hatte. Seine Finger schlossen sich um das Handgelenk der jungen Frau.

»Vielleicht ist es an der Zeit«, erklärte er ihr, fast entschuldigend. »Ich bin nicht mehr derjenige, der sich an diesen Felsen schmiedete.«

Ein Teil von ihm wollte sie zu sich ziehen und ihren Geist verschlingen, wie er es so viele Tausende Male davor getan hatte. Aber da war nun mehr.

Eine Lücke hatte sich aufgetan, nur ein winziger Spalt. Ein einziges Zeichen seiner Kraft beraubt, gestohlen von dem Mädchen mit den tiefen Augen. Warum hatte er sie nicht getötet? Solange sie lebte, war das gesamte Weltenrund in Gefahr. Er konnte es nicht sagen.

Sein Geist zwängte sich in diese Lücke. Fast unbewusst, eine uralte Erfahrung, Wissen, das halb verschüttet in ihm war. Oft hatte er es früher getan, wann immer er gelangweilt von seiner Existenz war, hatte er sich eine neue genommen.

Die gebundene Kraft der Symbole wirkte gegen ihn, doch dieser winzige Spalt in ihrem Bollwerk war alles, was er brauchte. Er schloss die Augen.

Als er sie wieder öffnete, lag er auf dem Boden und starrte zur Decke empor. Nein, sie lag auf dem Boden. Sie hob die Hand vor das Gesicht, bleiche Haut, darunter Symbole gestochen. Neben ihr war der Angekettete zusammengebrochen. Speichel troff aus seinem Mund auf den Boden. Eine leere Hülle, die einst ein Leben, einen Namen gehabt hatte, bevor ihm all dies gestohlen wurde.

Sie erhob sich. Geschlecht bedeutete ihr nichts. Mann, Frau, ein Leib war ein Leib. Ein letzter Blick auf ihr Gefängnis, auf den Gefangenen. Dann schritt sie aus der Halle.

Das grelle Licht blendete sie. Gesichter starrten aus Eingängen zu ihr. Fragen erklangen.

Im Osten rollte Donner. Ein Sturm braute sich zusammen. Bald würde er losbrechen, würde über die Berge kommen und die Reiche der Sterblichen mit seinem schrecklichen Zorn erschüttern. Städte würden brennen, und die Flüsse würden rot vor Blut werden.

Doch erst einmal musste sie sich stärken. Kervan lief gestikulierend auf sie zu, deutete zurück in die Halle. Sie griff an seine Kehle, riss ihn empor, brach sein Genick so leicht, als wäre es ein dürrer Zweig.

Um sie herum Schreie, doch sie kümmerte sich nicht darum, während sie sich an seinem entsetzten Geist labte.

Die anderen würden danach kommen. Sie hatte Hunger.

DANKSAGUNG

Manche Bücher brauchen länger. Die ersten Ideen für »Schattenkaiser« kamen mir lange bevor mein erster Roman erschienen ist. Immer wieder habe ich an Aspekten der Geschichte, der Figuren und der Welt gebastelt, gefeilt und geschraubt, bis mir der Gedanke kam: Jetzt oder nie.

Wenn eine Geschichte einen so langen Weg geht, gibt es natürlich auch viele Menschen, die sie begleiten. Da wäre das Team bei Piper, allen voran meine Lektoren Carsten Polzin und Sabrina Weller. Viel zu verdanken haben ich und mein Text Catherine Beck, der als Lektorin mein vollstes Vertrauen gehört. Großer Dank gebührt meinem Agenten Bastian Schlück, der mir all die Sorgen abnimmt, die Autoren so gern plagen, sodass ich mich auf das Schreiben konzentrieren kann.

Danke auch meinen Testlesern, deren scharfer Blick so einige Ungereimtheiten erspäht hat: Christian und die geschätzte Kollegin Julia Lange; Markus, der nicht nur das Manuskript gelesen, sondern auch die wundervolle Karte geschaffen hat.

Und natürlich unendlicher Dank an meine Frau, die meine Texte immer als Erste liest und sie seit mehr als zehn Jahren so viel besser macht. Ohne sie gäbe es nicht ein einziges meiner Bücher.

Andere haben mich unterstützt, mir Mut zugesprochen und mir in vielerlei Hinsicht geholfen. Euch allen ein großes Dankeschön!

Christoph Hardebusch
München, Juli 2016